LA VILLA

DANIELLE STEEL

LA VILLA

Traducción de
Encarna Quijada

PLAZA JANÉS

Título original: *The Cottage*

Primera edición: Agosto, 2004

© 2002, Danielle Steel
© 2004, Random House Mondadori, S.A.
  Caracas, Venezuela
© 2004, Encarna Quijada Vargas, por la traducción

Printed in Venezuela - Impreso en Venezuela

ISBN 84-01-01528-6
Depósito legal: If 85620048002163

Impreso en Editorial Arte
Caracas, Venezuela

A mis maravillosos hijos,
Beatie, Trevor, Todd, Sam, Nick,
Victoria, Vanessa, Maxx y Zara,
que son la luz de mi vida,
la alegría de mis días,
el consuelo de mi vida,
un solaz en la tristeza,
una luz en la oscuridad
y la esperanza de mi corazón.
No hay mayor alegría que vosotros.
Y cuando algún día tengáis hijos,
que tengáis, como yo la he tenido,
la suerte de amar y ser amados.
Con todo mi amor,

MAMÁ

1

El sol destellaba sobre el elegante tejado abuhardillado de la casa de campo cuando Abe Braunstein tomó el último recodo de aquel sendero que parecía interminable. De haber sido otra persona, la visión de la imponente mansión francesa le hubiera dejado sin respiración. Era un edificio espectacular, y había estado allí docenas de veces. La Villa era una de las últimas casas legendarias de Hollywood, una reminiscencia de los palacios construidos por los Vanderbilt y los Astor en Rhode Island a principios del siglo pasado, al estilo de un *château* francés del siglo XVIII, opulenta, hermosa, elegante, exquisita hasta el último detalle. Se había construido en 1918 para Vera Harper, una de las grandes estrellas del cine mudo. Ella fue una de las pocas estrellas de la primera época del cine que conservó su fortuna, hizo más de un buen casamiento y vivió en la casa hasta que murió ya muy mayor en 1959. Un año más tarde Cooper Winslow compró la casa a su administrador. Vera no había tenido hijos ni herederos, y dejó todo lo que tenía, incluyendo la casa, a la Iglesia católica. Cooper Winslow pagó una bonita suma por ella, porque en aquel entonces estaba en su mejor momento como actor. La operación suscitó un cierto revuelo. Era una casa demasiado extraordinaria para un joven de veintiocho años, por muy estrella que fuera. Pero Coop no tuvo ningún reparo en vivir en aquella casa palaciega, que estaba seguro de que era digna de él.

La casa estaba rodeada por cinco hectáreas y media de parques y jardines impecablemente cuidados en pleno centro de

Bel Air; tenía pista de tenis, una enorme piscina con un mosaico azul y dorado y diferentes fuentes repartidas por los jardines. Al parecer el diseño de los jardines se había copiado de Versalles. Era un lugar especial. Por dentro, la casa tenía techos altos y abovedados, muchos de ellos pintados por artistas a quienes se hizo venir especialmente de Francia. El comedor y la biblioteca estaban revestidos de paneles de madera, y las *boiseries* y los suelos de la sala de estar procedían de un *château* francés. Fue un bonito hogar para Vera Harper y había sido una casa espectacular para Cooper Winslow. Y si por algo estaba agradecido Abe Braunstein era por que Cooper Winslow la hubiera comprado cuando lo hizo en 1960, aunque había hecho dos hipotecas más sobre la casa desde entonces. Pero ni siquiera eso la desmerecía. Era con diferencia la propiedad más importante de Bel Air. Hubiera sido difícil ponerle un precio. Sin duda no había casas que pudieran compararse a aquella, ni en la zona ni en ningún otro sitio salvo, tal vez, en Newport, aunque el hecho de que estuviera en Bel Air encarecía mucho su valor, a pesar de que estaba algo descuidada.

Cuando Abe bajó del coche, había dos jardineros arrancando malas hierbas alrededor de la fuente principal, y otros dos arreglando un macizo de flores cercano. Había que reducir el número de jardineros al menos a la mitad. Cuando miraba a su alrededor, lo único que veía eran números, y billetes de dólares que salían volando por las ventanas. Sabía casi hasta el último penique que a Winslow le costaba mantener aquello. Una cantidad obscena desde cualquier punto de vista, y desde luego también en opinión de Abe. Él llevaba la contabilidad de al menos la mitad de las estrellas más importantes de Hollywood y hacía tiempo que había aprendido a no quedarse boquiabierto, pestañear, desmayarse o hacer gestos evidentes de indignación cuando oía lo que gastaban en casas, coches, pieles y gargantillas de diamantes para sus chicas. Comparadas con Cooper Winslow, las extravagancias de los demás no eran nada. Abe estaba convencido de que Coop Winslow gastaba más que el rey Faruk. Llevaba casi cincuenta años haciéndolo, gastaba el dinero como el agua, y no había tenido un papel destacado en ninguna película importante en más de veinte años. En los últimos diez años se había limitado a pequeños papeles y apariciones concretas por las que le pagaban muy poco. De todos modos, fuera cual fuera la película, el papel o el atuendo, Cooper siempre parecía interpretar al mismo casanova atrevido, encantador y fabulosamente guapo o, más recientemente, a un libertino entrado en años e irresistible. Pero, por muy irresistible que siguiera siendo en la pantalla, cada vez había menos papeles para él. De hecho, aquel día que Abe tocó el timbre de la casa y esperó a que vinieran a abrir, hacía algo más de dos años que Coop no tenía ningún papel, aunque él decía tener entrevistas con directores y productores cada día. Abe iba a la casa para hablar del tema sin rodeos y aconsejarle que recortara su presupuesto drásticamente. Llevaba cinco años ahogado en deudas y viviendo de promesas y a Abe no le interesaba que hiciera anuncios para la carnicería del barrio, Coop tenía que ponerse a trabajar y pronto. Tenía que hacer cambios. Recortar drásticamente gastos, reducir su personal, vender algunos de sus coches, y dejar de comprar ropa y alojarse en los hoteles más caros del mundo. O eso o vendía la casa, que es lo que Abe hubiera preferido.

Abe estaba ante la puerta con expresión grave, con su traje de verano gris, camisa blanca y corbata gris y negra, cuando el mayordomo le abrió, ataviado con su librea. El mayordomo lo reconoció enseguida y le saludó con un gesto silencioso de la cabeza. Livermore sabía por experiencia que cuando el contable iba a la casa, su jefe se ponía de un humor terrible. A veces hacía falta una botella entera de champán Cristal para que recuperara el buen humor y en algunos casos también una lata entera de caviar. Livermore había puesto ambas cosas en hielo en cuanto Liz Sullivan, la secretaria de Coop, le dijo que el contable iría esa mañana.

Liz había estado esperando a Abe en la biblioteca; en cuanto oyó el timbre atravesó el vestíbulo principal con una sonrisa. Estaba allí desde las diez de la mañana, revisando algunos papeles para preparar la reunión, y desde la noche anterior tenía un nudo en el estómago. Había tratado de advertir a Coop del motivo de la reunión, pero el hombre estaba demasiado ocupado para hacerle caso. Tenía que asistir a una fiesta de gala, y quería asegurarse de que le daba tiempo de cortarse el pelo, hacerse un masaje y echarse una siesta antes de irse. Liz no le había visto esa mañana. Cuando llegó, él había ido a desayunar al hotel Beverly Hills con un productor que quería hablarle sobre un posible papel. Era difícil atrapar a Coop, sobre todo cuando se trataba de malas noticias o cosas desagradables. Tenía una especie de instinto, una especie de radar supersónico que le advertía casi físicamente de las cosas que no quería oír. Y el caso es que siempre se las arreglaba para esquivarlas, como un misil Scud. Pero Liz sabía que esta vez tendría que escucharle, y el hombre prometió estar de vuelta a mediodía. En el caso de Coop, eso significaba casi las dos.

—Hola, Abe, es un placer verle —dijo Liz con gesto cordial. Llevaba unos pantalones caquis, jersey blanco y un collar de perlas. En los veintidós años que llevaba trabajando para Coop su figura se había expandido considerablemente, así que ninguna de las tres cosas le sentaba especialmente bien. Pero tenía un rostro encantador, y su pelo era rubio auténtico. Cuando Coop la contrató era realmente guapa, como un anuncio de champú Breck.

Fue un amor a primera vista, aunque no literalmente en el caso de Coop. A él le pareció fantástica, y valoraba mucho su eficiencia y el esmero maternal con que lo había cuidado desde el principio. Cuando la contrató ella tenía treinta años y él cuarenta y ocho. Ella lo adoraba y, durante años, estuvo secretamente enamorada de él. Se dedicó en cuerpo y alma a los asuntos de Cooper Winslow, trabajando catorce horas al día, siete días a la semana si hacía falta, y en el proceso se olvidó de casarse o de tener hijos. Pero ella aceptó el sacrificio gustosa, pues seguía pensando que Coop lo valía. Últimamente la tenía muy preocupada. La realidad no era importante para Cooper Winslow, él la veía como un pequeño inconveniente, nada más, como un mosquito molesto, y la evitaba a toda costa. Con buena fortuna en la mayoría de los casos, eso pensaba él. En realidad, casi siempre. Coop solo oía lo que quería oír, o sea, las buenas noticias. El resto se esfumaba antes de que llegara a su cerebro o sus oídos. Y, hasta la fecha, había salido bien librado. Aquella mañana, Abe iba a darle una dosis de realidad, tanto si le gustaba como si no.

—Hola, Liz. ¿Está en casa? —preguntó Abe con expresión grave. Detestaba hablar con Coop. Eran antagónicos en todos los sentidos.

—Todavía no —dijo ella con una sonrisa amistosa mientras lo acompañaba a la biblioteca—. Pero llegará de un momento a otro. Tenía una entrevista sobre un papel protagonista en una película.

—¿En qué película? ¿De dibujos animados?

Liz, muy diplomática, no contestó. No le gustaba que la gente dijera cosas feas de Coop. Pero también sabía que el contable estaba muy irritado con su jefe.

Coop no había seguido ninguno de sus consejos y, en los últimos dos años, su precaria situación económica había llegado al borde del desastre. Las últimas palabras que Abe le dijo al teléfono el día antes fueron «Esto tiene que acabarse». Aunque era sábado, iba especialmente a la casa para comunicarle el mensaje personalmente, y le molestó mucho ver que, como de costumbre, Coop llegaba tarde. Siempre llegaba tarde. Y como era quien era y cuando a él le interesaba podía ser de lo más encantador, la gente siempre esperaba. Incluso Abe.

—¿Quiere tomar algo? —preguntó Liz haciendo de anfitriona, mientras Livermore se quedaba allí plantado con cara de piedra. Tenía una única expresión, que utilizaba en todas las situaciones: ninguna. Aunque corría el rumor de que, en una o dos ocasiones, cuando Cooper le tomaba el pelo de forma implacable, había llegado a sonreír. Pero nadie lo había visto, así que se trataba más de una leyenda que de un hecho. Por mucho que Coop jurara que era cierto.

—No, gracias —dijo Abe, casi tan inexpresivo como el mayordomo, aunque Liz se dio cuenta de que su irritación aumentaba por momentos.

—¿Un té helado? —Ingenuamente, Liz, trataba de hacer que se sintiera a gusto.

—No iría mal. ¿Cree que tardará mucho? —Eran las doce y cinco, y los dos sabían que a Coop no le parecía importante llegar con una o dos horas de retraso. Se presentaría con una excusa plausible y una sonrisa deslumbrante que hubiera derretido a cualquier mujer. A Abe no.

—Esperemos que no. Solo es una reunión preliminar. Tenían que darle el guión para que lo lea.

—¿Por qué?

Sus últimos papeles habían sido de mero figurante, o lo mostraban entrando o saliendo de algún estreno, o en algún bar, abrazando a alguna chica. Casi siempre con traje de etiqueta. En la pantalla era tan encantador como en la vida real. Tanto que, incluso ahora, las gratificaciones que se incluían en sus contratos eran legendarias. De alguna forma siempre se las arreglaba para quedarse con los trajes, y negociaba su guardarropa, hecho a medida por sus sastres favoritos de París, Londres y Milán. A lo que, para disgusto de Abe, había que sumar que cada vez que iba a esas ciudades, compraba y compraba más ropa, además de antigüedades, cristalerías, ropa de cama y objetos de arte increíblemente caros para la casa. Las facturas se amontonaban en el despacho de Abe, junto con la de su último Rolls-Royce. Corría el rumor de que le había echado el ojo a un Bentley Azure descapotable de edición limitada con motor turbo que costaba medio millón de dólares. Sería un bonito añadido a los dos Rolls-Royce, el descapotable y el sedán, y la limusina Bentley hecha a medida que tenía en el garaje. Para Coop, los coches y la ropa no eran un lujo, sino una necesidad. Eso eran los elementos básicos, lo demás eran aderezos.

Un criado apareció con dos vasos de té helado en una bandeja de plata. Livermore había desaparecido. El joven aún no había salido de la habitación cuando Abe miró a Liz con el ceño fruncido.

—Tiene que despedir al personal. Hay que solucionar esto hoy. —Liz vio que el criado miraba atrás por encima del hombro con gesto preocupado, y ella le dedicó una sonrisa tranquilizadora.

Su trabajo era tener a todo el mundo contento y pagar tantas facturas como pudiera. Los salarios de los empleados siempre eran lo primero, pero a veces incluso eso se retrasaba uno o dos meses. Estaban acostumbrados. Y ella misma no cobraba desde hacía seis meses. Tuvo ciertas dificultades para hacérselo entender a su novio. Siempre se recuperaba cuando Coop conseguía algún anuncio o un pequeño papel en alguna película.

Liz podía permitirse esperar. A diferencia de Coop, ella tenía algunos ahorros. Nunca tenía tiempo para gastar y llevaba una vida bastante frugal desde hacía años. Y Coop era generoso con ella cuando podía.

—Quizá podríamos ir despidiéndolos poco a poco. Esto va a ser muy duro para ellos.

—No puede pagarles, Liz, y usted lo sabe. Tendré que aconsejarle que venda los coches y la casa. No conseguirá gran cosa por los coches, pero si vende la casa, podemos liquidar la hipoteca y sus deudas, y podrá vivir con holgura con lo que le quede. Puede comprar un apartamento en Beverly Hills y volver a estar en forma. —Hacía años que no lo estaba.

Pero Liz sabía que la casa era parte de Coop, como podía serlo una pierna o un brazo o un ojo. Era su vida. Formaba parte de su identidad desde hacía más de cuarenta años. Coop hubiera preferido morir a vender la casa. Y no se desprendería de los coches, de eso estaba segura. Era impensable imaginar a Coop al volante de un coche que no fuera un Rolls-Royce o un Bentley. Su imagen formaba parte de lo que era, o más bien, era todo lo que era. Y la mayoría de la gente no sabía que estaba en una situación económica tan apurada. Simplemente, pensaban que no tenía prisa por pagar las facturas. Unos años atrás tuvo algunos problemas con Hacienda, y Liz se aseguró de que los ingresos íntegros por una película que Coop rodó en Europa fueran a ellos instantáneamente. No había vuelto a suceder. Pero últimamente las cosas no iban bien. Lo único que necesitaba era una película importante, eso decía él. Y Liz se lo decía a Abe. Ella siempre había defendido a Coop, llevaba veintidós años haciéndolo. Pero con un comportamiento tan irresponsable cada vez le resultaba más difícil. Coop era así y los dos lo sabían.

Abe estaba cansado de jueguecitos.

—Tiene setenta años. Hace dos años que no tiene ningún papel en una película, y veinte que no tiene ningún papel importante. Si hiciera más anuncios ayudaría. Pero seguiría sin ser suficiente. No podemos seguir así, Liz. Si no arregla este embrollo, acabará en la cárcel. —Liz había estado recurriendo a tarjetas de crédito para pagar el crédito de otras tarjetas desde hacía más de un año. Abe lo sabía y le ponía malo. Y había facturas que quedaban sin pagar. Pero la idea de que Coop acabara en la cárcel era absurda.

Era la una en punto cuando Liz pidió a Livermore que trajera un bocadillo al señor Braunstein, y por la cara que puso Abe parecía que le iba a salir humo de las orejas. Estaba furioso, y solo el aprecio que sentía por su trabajo consiguió que se quedara donde estaba. Estaba decidido a hacer lo que había ido a hacer, con la ayuda de Coop o sin ella. No entendía cómo Liz podía haber seguido apoyándolo durante todos esos años. Siempre había sospechado que tenían una aventura, y le hubiera sorprendido mucho descubrir que no era así. Coop era demasiado listo para eso, y Liz también. Ella lo adoraba, pero nunca se habían acostado. Ni él se lo había pedido. Algunas relaciones eran sagradas, y Coop jamás se hubiera arriesgado a ensuciar lo que había entre ellos dos. Al fin y al cabo, ante todo era un caballero.

A la una y media Abe se había terminado su bocadillo y Liz le estaba hablando de los Dodgers, su equipo favorito. Liz sabía que era un apasionado del béisbol. Una de las cosas que mejor se le daba era hacer que la gente se sintiera a gusto. Cuando Liz volvió la cabeza, Abe casi se había olvidado de la hora. Había reconocido el sonido del coche en la grava, aunque Abe no había oído nada.

—Ya está aquí. —Liz le sonrió, como si anunciara la llegada de los tres reyes magos.

Como siempre, ella tenía razón. Coop llegó al volante del Bentley Azure descapotable que el concesionario le había prestado por unas semanas. Era una máquina espléndida y le iba como anillo al dedo. Llevaba puesto un CD de *La Bohème* cuando tomó la última curva del camino y detuvo el coche frente a la casa. Era un hombre arrebatadoramente guapo, con los rasgos cincelados y el mentón hendido. Sus ojos eran de un intenso azul, la piel clara y suave, y sus cabellos canosos estaban cortados y peinados de forma inmaculada. Incluso con la capota bajada, no llevaba ni un pelo fuera de sitio. Nunca llevaba un pelo fuera de sitio. Cooper Winslow era la perfección en todos los sentidos. Masculino, elegante, espontáneo. Rara vez perdía los nervios, o se le veía alterado. Tenía un aire aristocrático del que él había hecho un arte y que se había convertido en algo espontáneo. Procedía de una antigua familia de Nueva York, con antepasados ilustres y sin dinero que se había hecho su propio nombre.

En sus buenos tiempos, siempre hizo papeles de chico rico de clase alta, como un Cary Grant moderno, con un aire a lo Gary Cooper. Nunca había hecho de malo, solo de ligón o de héroe con vestimenta impecable. Y a las mujeres les encantaba su mirada afable. No tenía ni un gramo de mezquindad en su cuerpo, jamás se mostraba cruel o tacaño. Las mujeres con quienes salía lo adoraban, y seguían adorándolo incluso cuando lo dejaban. Cuando se cansaba de una mujer, Coop siempre se las arreglaba para que fuera ella quien lo dejara. Era un genio con las mujeres, y todas las que habían tenido una aventura con él, al menos las que él recordaba, hablaban bien de él. Se divertían con él. Mientras duraba, Coop hacía que todo fuera agradable y elegante. Y casi todas las actrices importantes de Hollywood habían sido vistas de su brazo en un momento u otro. Coop había sido un soltero de oro y un playboy toda la vida. A sus setenta años, había conseguido escapar a lo que él llamaba «la trampa». Y no aparentaba ni de lejos la edad que tenía.

Se cuidaba mucho, casi se podría decir que había hecho de ello su carrera, y no aparentaba más de cincuenta y cinco años. Cuando bajó de aquel extraordinario vehículo, con su americana, pantalones grises y una camisa azul exquisitamente almidonada hecha en París, quedó patente que era ancho de hombros y tenía un físico impecable y unas piernas larguísimas. Media metro noventa y cinco, algo no habitual en Hollywood porque los grandes actores siempre habían sido bajitos. Pero Coop no. Cuando saludó a los jardineros con la mano no solo enseñó sus dientes perfectos en una sonrisa; una mujer se hubiera fijado también en sus bonitas manos. Cooper Winslow parecía un hombre perfecto. Y su encanto se hubiera hecho notar en un radio de cien kilómetros a la redonda. Atraía irremediablemente a hombres y mujeres por igual. Y solo unas pocas personas que le conocían bien, como Abe Braunstein, eran inmunes a sus encantos. Pero para el resto del mundo tenía un magnetismo irresistible, una especie de halo que hacía que la gente se volviera a mirarlo y sonriera con gesto reverente. Era un hombre espectacular.

Livermore también lo había visto llegar y le abrió la puerta.

—Tiene buen aspecto, Livermore. ¿Se ha muerto alguien hoy? —Coop siempre le tomaba el pelo por su carácter sombrío. Para él era un desafío hacerle sonreír. Livermore llevaba cuatro años en la casa y Coop estaba muy contento con él. Le gustaba su dignidad, su rigidez, su eficiencia, su estilo. Le daba a la casa exactamente la imagen que él quería. Y se ocupaba de forma impecable de su guardarropa, cosa que para él era muy importante. Era una parte esencial de las tareas del mayordomo.

—No, señor. La señorita Sullivan y el señor Braunstein están aquí, en la biblioteca. Acaban de terminar el desayuno.
—No le dijo a su jefe que le esperaban desde las doce. Cooper tampoco le hubiera dado importancia. Desde su punto de vista, Abe Braunstein trabajaba para él y si tenía que esperar, que se lo cobrara.

Pero al entrar en la habitación, le dedicó una sonrisa triunfal a Abe, con aire ligeramente divertido, como si compartieran alguna broma. Abe no picó el anzuelo, pero tampoco podía hacer nada. Cooper bailaba al son que él quería.

—Espero que te habrán servido una buena comida —dijo, como si llegara temprano y no con dos horas de retraso. Su estilo normalmente dejaba a la gente desarmada y les hacía olvidar lo enfadados que estaban por el retraso, pero a Abe no. Él fue directo al grano.

—Estamos aquí para hablar de sus finanzas, Coop. Tenemos que tomar algunas decisiones.

—Desde luego. —Coop rió, al tiempo que se sentaba en el sofá y cruzaba las piernas. Sabía que, en cuestión de segundos, Livermore le serviría una copa de champán, y no se equivocó. Era el Cristal reserva que siempre bebía, a su temperatura adecuada. Tenía docenas de cajas de ese champán en la bodega, junto con otros fabulosos vinos franceses. Su bodega era tan legendaria como su buen gusto—. Subámosle el sueldo a Liz —dijo sonriéndole, y el corazón de la mujer se deshizo. También ella tenía malas noticias que darle. Había estado pensándolo toda la semana, y al final prefirió dejarlo para el fin de semana.

—Hoy voy a dar el finiquito a todo el servicio doméstico —dijo Abe sin rodeos; Cooper lanzó una risotada en el mismo momento en que Livermore abandonaba la habitación con gesto inexpresivo. Como si no hubiera oído nada. Cooper dio un sorbito a su champán y dejó la copa en una mesa de mármol que había comprado en Venecia cuando un amigo vendió su *palazzo*.

—Eso sí que es una novedad. Y ¿cómo se te ha ocurrido? ¿Te parece que los crucifiquemos o mejor les pegamos un tiro? ¿Por qué darles el finiquito? Parece tan de clase media...

—Hablo en serio. Tienen que irse. Acabamos de pagarles el sueldo. Hacía tres meses que no cobraban y no podemos volver a pagarles, no podemos mantener este gasto. —De pronto el tono del contable se había vuelto lastimero, como si supiera que nada de lo que pudiera hacer o decir haría que Coop le tomara en serio. Cuando hablaba con Coop era como si de pronto le hubieran bajado la voz—. Les daré la noticia hoy mismo. Tienen que estar fuera en dos semanas. Solo se quedará una doncella.

—Qué maravilloso. ¿Puede planchar? ¿A cuál me piensas dejar? —Tenía tres doncellas, además de la cocinera y el ayudante que les había servido la comida. Livermore, el mayordomo. Ocho jardineros. Y un chófer a quien pagaba a tiempo parcial para las ocasiones importantes. Se necesitaba mucho personal para mantener aquella casa tan enorme, aunque hubiera podido arreglarse sin la mayoría. Pero le gustaba estar bien atendido, que lo agasajaran.

—Dejaremos a Paloma Valdez. Es la más barata —dijo Abe con gesto pragmático.

—¿Y esa quién es? —Miró a Liz. No recordaba a nadie con ese nombre. Dos de las criadas eran francesas, Jeanne y Louise, se acordaba, pero no le sonaba ninguna Paloma.

—Es la guapa salvadoreña que contraté el mes pasado. Pensé que le gustaba —dijo Liz, como si le hablara a un niño, y Coop pareció confundido.

—Pensaba que se llamaba María, al menos yo la he estado llamando así, y ella no me ha dicho nada. Ella no puede ocuparse de toda la casa. Es ridículo —dijo afablemente, volviendo a mirar a Abe. Coop parecía notablemente poco afectado por la noticia.

—No tiene alternativa —dijo Abe secamente—. Tiene que despedir al personal, vender los coches y no comprar absolutamente nada, y quiero decir nada de nada, ni un coche, ni un traje, ni siquiera un par de calcetines, o un cuadro o un mantel individual durante un año. Y a lo mejor entonces podrá empezar a salir del agujero donde se ha metido. Me gustaría que vendiera la casa, o al menos que alquilara la casa del guarda y parte de esta; eso supondría unos ingresos. Liz me ha dicho que nunca utiliza el ala para invitados de la casa principal. Podría alquilarla. Seguramente podríamos conseguir un buen precio, así como por la casa del guarda. No necesita ninguna de las dos cosas. —Abe lo había meditado mucho, era muy concienzudo en todo lo que hacía.

—Nunca sé cuándo va a venir gente de fuera. Es ridículo alquilar parte de la casa. ¿Por qué no limitarnos a tener huéspedes? ¿O a convertirlo en un pensionado? Una escuela para señoritas tal vez. Propones cosas absurdas. —Coop parecía bastante divertido, como si no tuviera intención de hacer nada de todo aquello, pero Abe lo miraba furioso.

—Creo que no comprende plenamente la situación en que se encuentra. Si no acepta mis ideas, tendrá que poner la casa entera en venta en seis meses. Está al borde de la bancarrota, Coop.

—Eso es ridículo. Lo único que necesito es un papel en una película importante. Hoy me han pasado el guión de una buenísima —dijo con aire complacido.

—¿Cómo de importante sería su papel? —preguntó Abe implacable. Ya sabía de qué iba la cosa.

—Todavía no lo sé. Están considerando la posibilidad de incluirme en el guión. El papel será tan importante como yo quiera.

—A mí me suena a aparición de figurante —dijo Abe, y Liz pestañeó. Detestaba que la gente fuera tan cruel con Coop. Y la realidad siempre parecía demasiado cruel, por eso nunca la escuchaba. Se limitaba a dejarla al margen. Él quería que la vida fuera agradable, divertida, fácil y hermosa en todo momento. Para él lo era. Simplemente, no podía pagarla, aunque eso no impedía que viviera como él quería. Nunca vacilaba a la hora de comprar un nuevo coche o encargar media docena de trajes o de comprarle a una mujer alguna hermosa joya. Y la gente siempre estaba encantada de hacer negocios con él. Les daba prestigio que se pusiera o condujera sus productos. Suponían que podía pagar lo que él quisiera tarde o temprano, y la mayoría de las veces lo hacía. De alguna forma, con el tiempo, las facturas se pagaban, sobre todo gracias a Liz.

—Abe, sabes tan bien como yo que con una película importante volveremos a nadar en la abundancia. Podría conseguir diez o quince millones de dólares por una película la semana que viene. —Vivía de sueños.

—Yo diría que uno, y con suerte. O, lo que es más probable, quinientos, o trescientos o doscientos mil. Ya no puede esperar que le paguen las grandes cifras. —Lo único que no dijo era que Cooper Winslow era viejo. Incluso Abe conocía los límites de lo que podía y no podía decirle. Pero lo cierto es que tendría suerte si conseguía cien o doscientos mil dólares. Cooper Winslow era demasiado viejo para hacer un papel protagonista, por muy guapo que fuera. Sus días de gloria ya habían pasado—. No puede esperar una ganga así. Si le dice a su agente que quiere trabajar, puede conseguirle algunos anuncios, por cincuenta o incluso cien mil si el producto es importante. No cuente con grandes sumas, Coop. Y mientras ese dinero no llegue, tendrá que controlarse. Deje de gastar el dinero a espuertas, despida a casi todo el personal, alquile la casa del guarda y parte de esta y volveremos a estudiar la situación de aquí a unos meses. Pero se lo advierto, si no lo hace, tendrá que vender la casa antes de que acabe el año. En mi opinión sería lo mejor, pero Liz parece pensar que está usted decidido a quedarse aquí.

—¿Desprenderme de La Villa? —Esta vez la risa de Coop fue aún más sincera—. Eso sí que es un disparate. Hace más de cuarenta años que vivo en esta casa.

—Bueno, pues si no empieza a apretarse el cinturón, pronto habrá otra persona. No es ningún secreto. Se lo avisé hace dos años.

—Sí, lo hiciste, y aún estamos aquí, ¿no es cierto? Ni estoy en la quiebra ni en la cárcel. Quizá lo que necesitas son estimulantes, Abe, que te ayuden a combatir esas ideas tan negativas que tienes. —Siempre le decía a Liz que Abe parecía de una funeraria, y se vestía como si lo fuera. Coop no lo dijo, pero no le parecía nada bien que Abe llevara un traje de verano en pleno febrero. Ese tipo de cosas le molestaban, pero no quería avergonzar al hombre haciendo algún comentario. Al menos no había dicho que vendiera también su guardarropa—. Lo del personal lo dices en serio, ¿verdad? —Coop lanzó una ojeada a Liz, que lo miraba con gesto compasivo. Detestaba pensar lo incómodo que se iba a sentir.

—Creo que Abe tiene razón. Gasta muchísimo dinero en salarios, Coop. Quizá tendría que hacer algunos recortes durante un tiempo, hasta que vuelva a tener ingresos. —Siempre trataba de dejar lugar a sus sueños. Los necesitaba.

—¿Cómo va a ocuparse de toda la casa esa salvadoreña? —dijo Coop, con aire perplejo. La idea era absurda. Al menos para él.

—No tendrá que hacerlo si alquila parte de la casa —apuntó Abe, siempre tan práctico—. Sería un problema menos.

—Coop, hace dos años que no utiliza el ala de invitados, y la casa del guarda lleva cerrada casi tres. No creo que vaya a echar de menos ninguna de las dos cosas —le recordó gentilmente Liz, como una madre que trata de convencer a su hijo para que dé algunos de sus juguetes a los pobres o se coma la carne.

—¿Y por qué demonios iba a meter a gente extraña en mi casa? —preguntó Abe con aire perplejo.

—Porque necesita conservar la casa, por eso —dijo Abe obstinado—, y si no lo hace no podrá conservarla. Hablo muy en serio, Coop.

—Bueno, ya lo pensaré —dijo Coop con tono impreciso. Todo aquello no le parecía lógico. Aún estaba tratando de imaginar lo que sería su vida sin su servidumbre. No sonaba nada divertido—. Y, supongo que esperas que me cocine yo mismo —dijo anonadado.

—De todas formas, a juzgar por sus tarjetas de crédito, come fuera todos los días. No echará en falta a la cocinera, ni a ninguno de los otros. De cuando en cuando podemos hacer venir algún servicio de limpieza si es necesario.

—Encantador. O un servicio de portería, ¿no? Quizá podríamos conseguir un grupo de convictos bajo fianza, eso podría funcionar. —Había una chispa en los ojos de Coop, y Abe parecía exasperado.

—Tengo sus cheques y las cartas con la notificación del despido —dijo Abe con un tono agrio. Quería asegurarse de que Coop comprendiera que los iba a despedir de verdad. No tenía otro remedio.

—Hablaré con el corredor de fincas el lunes —dijo Liz con tono suave. Detestaba preocuparle de aquella forma, pero tenía que saberlo. No podía hacerlo sin advertírselo antes. Pero lo cierto es que la idea de alquilar las dependencias de los invitados no estaba mal. Coop no echaría en falta aquel espacio y podían pedir un alquiler bastante elevado. Le pareció que era una de las mejores ideas que Abe había tenido. Y para Coop sería mucho más fácil que tener que vender la casa.

—De acuerdo, de acuerdo, pero procura no meter a ningún asesino en serie en mi casa. Y nada de niños, por Dios, ni de perros. De hecho, solo quiero inquilinas féminas, y que sean atractivas. Yo mismo las entrevistaré —dijo, en broma, pero no del todo. A Liz le pareció que estaba siendo excepcionalmente razonable, así que trataría de encontrar esas inquilinas antes de que cambiara de opinión—. ¿Es todo? —le preguntó a Abe al tiempo que se ponía en pie, indicando claramente que ya había tenido bastante. Había sido una dosis demasiado fuerte de realidad. Y quería que Abe se fuera.

—Creo que por ahora bastará —contestó Abe poniéndose en pie—. Y lo he dicho muy en serio, Coop. No compre nada.

—Lo prometo. Me aseguraré de que todos mis calcetines y mis calzoncillos están agujereados. La próxima vez que vengas podrás comprobarlos tú mismo.

Abe no contestó. Se dirigió hacia la puerta y entregó a Livermore los sobres que había traído, y le pidió que los repartiera entre el personal. Tenían que estar todos fuera en dos semanas.

—Qué individuo tan desagradable... —dijo Coop con una sonrisa cuando se fue—. Debe de haber tenido una infancia muy triste para ver las cosas de esa forma. Seguramente se pasó su niñez arrancando las alas a las moscas. Es patético y, por Dios, alguien tendría que quemarle esa ropa que lleva.

—No lo hace con mala intención, Coop. Siento que haya sido tan difícil. Haré lo posible para preparar a Paloma en las dos próximas semanas. Pediré a Livermore que le enseñe cómo ocuparse de su guardarropa.

—Tiemblo solo de pensar cómo va a quedarse todo esto. Supongo que la mujer meterá mis trajes en la lavadora. Tendré un nuevo look. —Se negaba a dejarse vencer, y seguía mirándola con aire algo divertido—. Desde luego esto se va a quedar muy tranquilo si solo estamos tú, yo y Paloma, o María o como se llame. —Pero vio algo extraño en la mirada de Liz—. ¿Qué pasa? No pensará despedirte a ti también, ¿verdad? —Por un instante, Liz vio en los ojos de Coop una mirada de pánico, y casi le partió el corazón. Y le costó indeciblemente contestarle.

—No, no me va a despedir... me voy yo —dijo en un suspiro. Se lo había dicho a Abe el día antes; era la única razón por la que no iba a despedirla también a ella.

—No seas tonta. Preferiría vender la casa a dejar que te vayas, Liz. Soy capaz de ponerme a fregar suelos con tal de conservarte.

—No, no es por eso... —Tenía lágrimas en los ojos—. Me caso, Coop.

—¿Que qué? ¿Con quién? ¿No será con ese ridículo dentista de San Diego? —Eso había sido hacía cinco años, pero Coop no se fijaba en esas cosas. No podía imaginarse lo que sería perder a Liz, y nunca se le había ocurrido que pudiera casarse. Tenía cincuenta y dos años y, no solo parecía que siempre había estado allí, sino que siempre lo estaría. Después de tantos años, era como de la familia.

Liz contestó con lágrimas en los ojos.

—Es un corredor de bolsa de San Francisco.

—¿Y cuándo apareció en escena? —Coop parecía sorprendido.

—Hará unos tres años. Yo no pensé en ningún momento que llegaríamos a casarnos. Le hablé de él el año pasado. Suponía que no pasaríamos de salir. Pero él se retira este año, y quiere que viajemos juntos. Sus hijos ya son mayores y ha decidido que o nos casamos ahora o nunca. Es mejor que aproveche ahora que aún estoy a tiempo.

—¿Cuántos años tiene? —Coop parecía aterrado. Era la única mala noticia que jamás pensó que escucharía y la única que le había sacudido de verdad.

—Cincuenta y nueve. Le ha ido bastante bien. Tiene un piso en Londres, y una casa muy bonita en San Francisco. Acaba de venderla, y vamos a mudarnos a un piso en Nob Hill.

—¿En San Francisco? Te morirás de aburrimiento, o en algún terremoto. Liz, no te va a gustar nada. —Estaba aturdido por la impresión. No acertaba a imaginar cómo se las iba a arreglar sin ella. Ella se sonaba la nariz y no dejaba de llorar.

—Es posible. Es posible que vuelva corriendo. Pero creo que tengo que casarme al menos una vez para poder decir que lo he hecho. Puede llamarme siempre que quiera, Coop, esté donde esté.

—¿Quién va a hacerme las reservas y a hablar con mi agente? ¡Y no me digas que la dichosa Paloma!

—En la agencia me han dicho que le llevarán todo lo más al día que puedan. Y la oficina de Abe se encargará de la contabilidad. En realidad no hay mucho más. —Aparte de las llamadas de campo de sus novias, y tener a su agente de prensa informado de las novedades, sobre todo de sus nuevas conquistas. Tendría que ocuparse él mismo de hacer las llamadas. Sería una nueva experiencia para él. Liz se sentía como si lo hubiera traicionado y lo estuviera abandonando.

—¿Estás enamorada de ese hombre o solo te ha entrado el pánico? —Desde hacía años ni siquiera se le había ocurrido que ella aún pudiera querer casarse. Nunca le había dicho nada, y él nunca preguntaba por su vida privada. Hubiera sido raro que ella dijera nada, o incluso que tuviera tiempo para salir con nadie. Estaba siempre tan ocupada haciendo equilibrios entre los compromisos, las compras, los viajes y las fiestas de Coop que en el último año casi no había tenido tiempo de salir con el hombre con quien iba a casarse, que era la razón por la que él finalmente había decidido plantarse. En su opinión, Cooper Winslow era un narcisista y un ególatra, y quería salvar a Liz de sus zarpas.

—Creo que estoy enamorada. Es una buena persona, se porta bien conmigo. Quiere cuidarme y tiene dos hijas muy agradables.

—¿Cuántos años tienen? No te imagino con niños, Liz.

—Tienen diecinueve y veintitrés. Me caen muy bien, y parece que yo también les caigo bien a ellas. Su madre murió cuando eran muy pequeñas y Ted las ha criado solo. Ha hecho un buen trabajo. Una trabaja en Nueva York, y la otra está en Stanford, en el curso preparatorio para entrar en medicina.

—No me lo puedo creer. —Parecía completamente destrozado. De pronto todo se le había venido abajo. Ni siquiera recordaba que estaba a punto de alquilar la casa del guarda y el ala de invitados de la casa. Ahora eso no le preocupaba, solo le preocupaba perder a Liz—. ¿Cuándo os casáis?

—De aquí a dos semanas, en cuanto deje mi trabajo aquí. —Y cuando lo dijo se puso a llorar otra vez. De pronto parecía una idea terrible, incluso para ella.

—¿Quieres celebrar la boda aquí? —se ofreció él generosamente.

—La haremos en la casa de un amigo de Napa —dijo ella entre lágrimas.

—Suena fatal. ¿Será una boda por todo lo alto? —Estaba realmente perplejo. Jamás hubiera esperado algo así.

—No. Solo nosotros dos y sus hijas y la pareja que vive en la casa. Si fuera más importante, le hubiera invitado, Coop. —No había tenido tiempo de planificar una boda. Estaba demasiado ocupada cuidando de él. Y Ted no quería esperar más. Sabía que si lo hacía, Liz jamás dejaría a Coop. Se sentía responsable de él.

—¿Cuándo lo decidisteis?

—Hará una semana. —Ted había bajado a pasar el fin de semana y la presionó. Y su decisión llegó en el momento justo para coincidir con la decisión de Abe de despedir a todo el mundo. En cierto modo, sabía que le estaba haciendo un favor a Coop. Tampoco podía permitirse seguir pagando su sueldo. Pero aun así sabía que para los dos iba a ser muy duro. Le partía el corazón tener que dejarlo. Era un hombre tan ingenuo, tan indefenso... tan inimitable... Y ella lo había mimado muchísimo en los últimos veintidós años. Se preocupaba continuamente por él, lo consentía. Liz sabía que cuando viviera en San Francisco se pasaría las noches despierta, preocupada por él. Iba a ser un cambio muy drástico para los dos. Coop había sido como un hijo para ella, como esos hijos que había dejado de desear hacía tanto tiempo.

Cuando Liz se fue, Coop aún parecía impresionado. Antes de irse contestó al teléfono. Era Pamela, la última novia de Coop. Tenía veintidós años, demasiado joven incluso para los estándares de Coop. Era modelo, y soñaba con ser actriz. La había conocido durante el rodaje de un anuncio que hizo para *GQ*. Habían contratado a media docena de modelos para que lo rodearan con expresión de adoración; ella era la más guapa. Solo llevaban un mes saliendo y la chica estaba locamente enamorada de él, aunque era lo bastante mayor para ser su abuelo. Iba a llevar a Pamela a cenar en The Ivy y Liz le recordó que tenía que pasar a recogerla a las siete y media. Antes de irse, Coop le dio un fuerte abrazo, y le dijo que podía volver cuando quisiera si el matrimonio no iba bien. Secretamente, esperaba que así fuera. Coop se sintió como si acabara de perder a su hermana pequeña y su mejor amiga.

Cuando arrancó el coche, Liz se puso a llorar otra vez. Amaba a Ted, pero no podía imaginarse la vida sin Coop. Con los años él se había convertido en su familia, su amigo, su hermano, su hijo, su héroe. Lo adoraba. Y había necesitado de todo su valor y su fuerza para acceder a casarse con Ted y decírselo a Coop. Hacía una semana que no podía dormir, y se había pasado la mañana muy nerviosa mientras esperaba que Coop llegara a la casa. Menos mal que había podido distraerse un poco con Abe. Cuando salía por la verja principal, estuvo a punto de chocar con un coche que pasaba. Estaba totalmente desquiciada. Dejar a Coop sería como dejar el convento, o el vientre materno. Solo esperaba haber tomado la decisión correcta.

Cuando Liz se fue, Coop seguía en la biblioteca, y se sirvió otra copa de champán. Dio un sorbo y, con la copa aún en las manos, subió lentamente a su habitación. Por el camino se cruzó con una mujer menuda vestida con una bata blanca que estaba pasando la aspiradora por las escaleras. En la parte frontal del vestido tenía una gran mancha que parecía salsa de tomate o sopa. Llevaba el pelo recogido en una larga trenza a la espalda y gafas de sol. A Coop eso le llamó la atención.

—¿Paloma? —preguntó él con cautela, como si la viera por primera vez y deseando no haberla visto. Llevaba zapatos de lona de leopardo, y eso lo dejó perplejo.

—Sí, señor Uinglou. —Tenía un algo de independencia. No se quitó las gafas de sol para mirarlo. Era imposible adivinar la edad que tenía, pero Coop supuso que sería de mediana edad.

—Winslow, Paloma, se dice Winslow. ¿Has tenido un accidente? —Se refería a la mancha del uniforme, que era como si alguien le hubiera tirado una pizza encima.

—Hemos comido espaguetis, y se me ha caído una cucharada sobre el uniforme. No tengo ninguno de repuesto aquí.

—Parece encantadora —dijo Coop siguiendo su camino, alterado aún por lo de Liz y preguntándose cómo sería cuando Paloma se ocupara de su guardarropa. Paloma siguió mirándolo y, cuando cerró la puerta, levantó los ojos al techo. Era la primera vez que le dirigía la palabra, pero por lo poco que sabía de él, no le gustaba. Salía con mujeres lo bastante jóvenes para ser sus hijas, y se le veía completamente egocéntrico. No se le ocurría ni una sola cosa que pudiera gustarle de él y, mientras retomaba su trabajo con la aspiradora, meneó la cabeza con gesto desaprobador. A ella tampoco le entusiasmaba la idea de quedarse sola en la casa con él. Cuando supo que sería la única que no iban a echar, se sintió como si hubiera sacado la pajita más corta. Pero no pensaba discutir por eso. Tenía muchos familiares a quienes mantener en San Salvador y necesitaba el dinero. Incluso si eso significaba tener que trabajar para gente como él.

2

Mark Friedman firmó el último de los documentos en su casa vacía, en compañía del corredor de fincas, y casi se le partió el corazón. La casa solo llevaba tres semanas en venta. Habían conseguido un buen precio, pero para él eso no significaba nada. Mientras estaba allí de pie, contemplando las paredes desnudas y las habitaciones vacías donde él y su familia habían vivido los últimos diez años, fue como si viera desvanecerse sus sueños definitivamente.

Él había pensado conservar la casa, pero en cuanto Janet llegó a Nueva York le dijo que vendiera. Y entonces, a pesar de lo que ella había dicho, Mark supo que jamás volvería con él. No le avisó de que lo dejaba hasta dos semanas antes de irse. Y su abogado acababa de ponerse en contacto con el suyo. En cinco semanas su vida entera se había desmoronado. Los muebles ya iban de camino a Nueva York: se lo había dejado todo a su mujer y los niños. Él se había instalado en un hotel que había cerca de la oficina, y cada mañana se despertaba deseando estar muerto. Llevaban diez años viviendo en Los Ángeles, y dieciséis años de casados.

Mark tenía cuarenta y dos años, era alto, delgado, rubio, ojos azules y, hasta hacía cinco semanas, creía estar felizmente casado. Él y Janet se habían conocido en la facultad de derecho y se casaron en cuanto terminaron los estudios. Ella se quedó embarazada casi enseguida. Jessica nació en su primer aniversario de bodas, y ahora tenía quince años. Jason tenía trece. Mark trabajaba de abogado en cuestiones tributarias para un importante bufete y lo habían trasladado de Nueva York a Los Ángeles hacía diez años. Al principio el cambio fue muy traumático, pero acabaron encantados con el sitio. Mark encontró la casa de Beverly Hills a las pocas semanas, antes de que Janet y los niños llegaran de Nueva York. Era perfecta, con un gran jardín, una pequeña piscina... La gente que acababa de comprársela quería instalarse lo antes posible, porque la mujer estaba esperando gemelos y salía de cuentas en unas seis semanas. Mark dio un último paseo por la casa; no pudo evitar pensar que la vida de aquel matrimonio acababa de empezar, y en cambio la suya se había acabado. Aún no podía creerse lo que le había pasado.

Seis semanas atrás, era un hombre felizmente casado con una hermosa mujer a la que adoraba, un trabajo que le encantaba, una bonita casa y dos niños estupendos. No tenían problemas económicos, todos gozaban de buena salud y nunca les había pasado nada malo. En cambio ahora, su mujer le había dejado, la casa ya no estaba, su familia vivía en Nueva York y se iba a divorciar. Era demasiado.

La de la inmobiliaria dejó que paseara por las habitaciones a su aire. Lo único que podía pensar era en los buenos momentos que habían pasado juntos. Desde su punto de vista, no había ningún problema en su matrimonio e incluso Janet reconocía que había sido feliz con él.

—No sé qué ha pasado —le dijo Janet casi llorando—. Quizá es que me aburría... quizá tendría que haber vuelto al trabajo cuando nació Jason... —Pero nada de aquello explicaba realmente por qué lo había dejado por otro. Cinco semanas atrás, su mujer le confesó que estaba locamente enamorada de un médico de Nueva York.

Haría cosa de año y medio, la madre de Janet se había puesto muy enferma. Primero fue un ataque al corazón, luego herpes, y finalmente una apoplejía. Fueron siete interminables meses durante los cuales Janet no dejó de ir y venir a Nueva York. El padre de Janet estaba destrozado y empezaba a manifestar síntomas del Alzheimer, mientras la madre iba de una crisis a otra. Él se ocupaba de los niños cuando Janet estaba fuera. La primera vez que Janet se fue, cuando su madre tuvo el ataque, pasó fuera seis semanas. Pero lo llamaba tres o cuatro veces al día. Él nunca sospechó nada, y lo cierto es que, según le explicó ella, no pasó enseguida, fue algo gradual. Se enamoró del médico de su madre. Era un gran hombre, y siempre le ofreció su apoyo y fue bueno con ella. Una noche salieron a cenar, una cena informal, y fue entonces cuando empezó todo.

Llevaban un año liados, y Janet le dijo que aquello la estaba matando. No dejaba de pensar que se le pasaría, que era algo pasajero. Juró y perjuró que había tratado de dejarlo muchas veces. Pero estaban enganchados, se había convertido en una obsesión para los dos. Estar con Adam era como una adicción. Él le aconsejó terapia y la ayuda de un consejero matrimonial, pero ella se negó. No se lo dijo en aquel momento, pero ya se había decidido. Dijo que quería volver a Nueva York y ver cómo iban las cosas. Necesitaba estar lejos de él, al menos de momento, para poder explorar aquella aventura abiertamente. Pero en cuanto llegó a Nueva York, le dijo a Mark que quería el divorcio, y le pidió que vendiera la casa. Quería su parte del dinero para poder comprarse un piso. Mark se quedó mirando la pared de su dormitorio mientras recordaba la última conversación que tuvieron. Nunca se había sentido tan solo y tan perdido. Todo aquello en lo que creía y que contaba para él ya no estaba. Y lo peor es que no había hecho nada mal, al menos que él supiera. Quizá trabajaba demasiado, o no la sacaba a cenar con la suficiente frecuencia, pero todo parecía tan agradable... y ella nunca se quejó.

El segundo peor día de su vida, aparte del día en que ella le habló de su aventura, fue cuando les dijeron a los niños que se separaban. Los niños quisieron saber si se iban a divorciar y él contestó sinceramente que no lo sabía. Pero ahora se daba cuenta: Janet sí lo sabía, ella lo supo desde el principio. Simplemente, no quería decirlo aún.

Los chicos lloraron muchísimo y, sin más ni más, al principio Jessica le echó toda la culpa a él. Aquello no tenía sentido para ellos, menos incluso que para él. Porque al menos él sabía por qué iba a dejarle su mujer, tanto si lo merecía como si no. Pero para los niños era un misterio. Nunca habían visto discutir a sus padres ni discrepar en nada. Como mucho discrepaban sobre el sitio donde había que poner el árbol de Navidad, y una vez Mark se puso furioso porque Janet le había destrozado su coche nuevo, pero al final se disculpó y le dijo que se alegraba de que no se hubiera hecho daño. Él era un hombre con quien se vivía bien, y ella tampoco estaba mal. Pero Adam era más emocionante. Según Janet, tenía cuarenta y ocho años, trabajaba activamente y vivía en Nueva York. Tenía un barco en Long Island y pertenecía al Peace Corps desde hacía cuatro años. Tenía amigos interesantes y una vida divertida. Estaba divorciado, pero no había tenido hijos. Su mujer no podía tener niños, y no quisieron adoptar. Y estaba emocionado con lo de los hijos de Janet. Hasta quería tener otros dos hijos con ella, aunque Janet se guardó de mencionárselo a Mark o a los niños. Ellos aún no sabían nada de Adam. Pensaba presentárselos cuando estuvieran instalados, y Mark tenía la sospecha de que no les diría que Adam era la razón por la que le había dejado.

En comparación, Mark sabía que él era aburrido. Le gustaba su trabajo y se le daba muy bien, aunque no era un tema que pudiera debatir en profundidad con su mujer. Ella siempre quiso dedicarse al derecho penal o a las leyes de protección del menor, y la cuestión del fraude fiscal siempre le había parecido mortalmente aburrida. Ella y Mark jugaban al tenis varias veces a la semana, iban al cine, salían con los niños, iban a cenar con amigos. Era una vida cómoda y corriente. Y ahora, ya no había nada cómodo. La angustia que sentía era casi como un dolor físico. Como tener un puñal clavado en el estómago desde hacía cinco semanas. Por indicación de su médico, Mark había empezado a hacer terapia y tuvo que llamar pidiéndole pastillas para dormir. Su vida se había convertido en un infierno. Añoraba a su mujer, a sus hijos, su vida. En un abrir y cerrar de ojos todo se había desvanecido, incluso la casa.

—¿Listo, Mark? —preguntó con suavidad la mujer de la inmobiliaria asomando la cabeza por la puerta. Mark estaba allí de pie, con la mirada perdida, sumido en sus pensamientos.

—Sí, claro —dijo él, y salió de la habitación después de echar una última ojeada. Era como decirle adiós a un mundo perdido, o a un viejo amigo. Salieron de la casa y la mujer cerró con llave. Mark le había dado todas las copias. El dinero se depositaría en su cuenta esa misma tarde, y Mark le había prometido a Janet que le mandaría su parte por transferencia. Habían conseguido un buen precio, aunque en aquellos momentos eso no significaba nada para él.

—¿Cuándo piensa buscarse algo para usted? —le preguntó la mujer de la inmobiliaria esperanzada—. Tengo algunas casitas estupendas en las colinas, y hay una pequeña joya en Hancock Park. También hay algunos pisos que están muy bien. —Febrero era un buen mes para buscar. La parálisis del verano ya había pasado, y en primavera siempre aparecían en el mercado cosas increíbles. Con el dinero que había conseguido por la venta de la casa, Mark sabía que podía permitirse gastar. Incluso solo con su mitad tenía bastante para comprarse una bonita casa nueva. Y tenía un buen trabajo. El dinero no era problema. Pero todo lo demás sí.

—Estoy bien en el hotel —dijo subiéndose en su Mercedes después de volver a darle las gracias. La mujer había hecho un buen trabajo, y cerró la venta en un tiempo récord. Mark casi hubiera preferido que no fuera tan eficiente. No estaba preparado. Tendría que trabajar el tema con su terapeuta. Nunca había ido al psiquiatra, y parecía un buen tipo, pero no estaba muy seguro de que pudiera ayudarle. Con el problema del sueño tal vez, pero ¿qué podía hacer con lo otro? Dijeran lo que dijeran en las sesiones, Janet y los niños seguían estando fuera, y sin ellos no tenía vida. No quería vida. Los quería a ellos. Y ahora su mujer pertenecía a otro y quizá a los niños también les gustaría más. La idea le resultaba devastadora. Nunca se había sentido tan indefenso y perdido.

Condujo de vuelta al trabajo, y para mediodía ya estaba en su despacho. Dictó un montón de cartas y repasó algunos informes. Tenía una reunión con un socio aquella tarde. Ni siquiera se molestó en comer. Había perdido cuatro kilos en las últimas cinco semanas, o quizá algo más. De momento lo único que podía hacer era seguir moviéndose, primero un pie, luego el otro, y tratar de no pensar. Era por las noches cuando pensaba, cuando le volvía todo a la cabeza y oía una y otra vez lo que su mujer le había dicho, cuando pensaba en los niños y lo mucho que habían llorado. Los llamaba todas las noches, y había prometido que iría a visitarlos al cabo de unas semanas. Por Semana Santa pensaba llevarlos al Caribe, y en verano vendrían a Los Ángeles, pero por el momento no tenía ningún sitio donde alojarlos. Solo de pensarlo se ponía enfermo.

Cuando vio a Abe Braunstein en una reunión sobre legislación tributaria aquella tarde, el contable se quedó de piedra. Parecía como si Mark tuviera una enfermedad terminal. Normalmente tenía un aire saludable, juvenil y atlético, siempre estaba de buen humor, y aunque tenía cuarenta y dos años, Abe siempre lo había visto como un buen chico. Como el chico del piso de al lado. Ahora parecía como si se le hubiera muerto alguien. Que es exactamente como se sentía.

—¿Está bien? —le preguntó Abe con expresión preocupada.

—Sí —repuso él vagamente, con aire ido. Hasta parecía algo gris. Se le veía exhausto y pálido y Abe se sintió realmente preocupado.

—Parece como si hubiera estado enfermo. Ha perdido mucho peso. —Mark asintió, pero no contestó y, después de la reunión, se sintió como un idiota por no haber correspondido al interés de Abe. Abe sería la segunda persona a quien se lo decía, después de su psiquiatra. No había tenido agallas ni estómago para decírselo a nadie más. Era demasiado humillante, le hacía sentirse como un perdedor, y le preocupaba que la gente pudiera pensar que se había portado mal con su mujer. Quería explicarlo, y se sentía dividido entre el deseo de lloriquear y la necesidad de esconderse.

—Janet se ha ido —dijo crípticamente cuando salían de la reunión. Eran casi las seis. Mark no se había enterado de la mitad de lo que se había dicho, cosa que Abe también había notado. Mark tenía el aspecto de estar teniendo una experiencia extracorpórea. Pero al principio Abe no le entendió.

—¿De viaje? —preguntó con expresión confundida.

—No. Para siempre —explicó él con aire sombrío. Pero, en cierto modo, fue un alivio decir la verdad—. Se fue hace tres semanas. Se ha trasladado a Nueva York con los niños. Acabo de vender la casa. Vamos a divorciarnos.

—Siento oír eso —dijo Abe, apenado por Mark. El pobre parecía destrozado. Pero era joven, encontraría otra mujer, e incluso puede que tuviera más hijos. Abe siempre había pensado que era un tipo atractivo—. Es muy duro. No lo sabía. —No había oído nada, aunque trabajaba bastante para el bufete de Mark. Normalmente hablaban sobre derecho fiscal, o sobre los clientes, pero no de asuntos personales—. ¿Dónde vive ahora? —Es curioso que los hombres se pregunten por lo que hacen, no por lo que sienten.

—En un hotel, a dos manzanas de aquí. Es un tugurio, pero por el momento está bien.

—¿Quiere que vayamos a comer algo? —La mujer de Abe le esperaba en casa, pero Mark parecía necesitar un amigo. Y lo necesitaba, aunque no tenía ánimo para ir a ningún sitio. Desprenderse de la casa lo había empeorado todo. Era una evidencia tangible de que su vida con Janet había desaparecido para siempre.

—No, gracias. —Mark consiguió esbozar una sonrisa—. Otro día.

—Le llamaré —prometió Abe. No sabía quién era responsable del divorcio, pero estaba claro que Mark no se sentía muy feliz. Se notaba que no había otra, y Abe pensó si no habría sido la mujer, porque era muy guapa. Siempre le habían parecido la pareja perfecta, el chico y la chica de la puerta de al lado. Los dos rubios, los dos con ojos azules, y sus hijos eran como los críos que salen en los anuncios representando el estilo de vida americano. Tenían aspecto de haber salido de un rancho en el Medio Oeste, aunque Mark y Janet se habían criado en barrios muy próximos, en pleno Nueva York. Habían asistido a los mismos bailes de instituto, aunque no se conocieron allí. Ella fue a Vassar y él a Brown, y finalmente se conocieron en la escuela de derecho de Yale. Tenían una vida perfecta. Pero ya no.

Esa noche Mark se quedó en la oficina hasta las ocho, revolviendo papeles, y finalmente volvió al hotel. Se le pasó por la cabeza coger un bocadillo por el camino, pero no tenía hambre. Otra vez. Había prometido a su médico y al psiquiatra que se esforzaría por comer. Mañana, se prometió. Ahora lo único que quería era meterse en la cama y ver la televisión. Y con un poco de suerte dormir.

Cuando llegó a la habitación el teléfono estaba sonando. Era Jessica. Había tenido un buen día en el colegio y le habían puesto una A en un examen. Estudiaba segundo de secundaria, pero no le gustaba nada su nuevo instituto. Ni a Jason, que estudiaba octavo. El cambio les estaba resultando muy duro. Jason jugaba al fútbol y Jessica estaba en el equipo universitario de hockey. Y seguía culpando a Mark de todo.

Mark no le dijo que la casa se había evaporado ese día y nunca volverían a verla. Se limitó a prometer que iría pronto a Nueva York y a pedirles que saludaran a su madre. Cuando colgó, se quedó sentado en la cama, mirando el televisor, mientras las lágrimas rodaban silenciosamente por sus mejillas.

3

Jimmy O'Connor era un hombre esbelto, atlético y fuerte. Era ancho de hombros y tenía unos brazos poderosos. Jugaba al golf y al tenis. Había estudiado en Harvard y formó parte del equipo de hockey sobre hielo de la universidad. Mientras estudiaba, fue un atleta soberbio y seguía siéndolo. Y era un tipo estupendo. Había estudiado en la escuela de graduados y se sacó un máster en psicología en la UCLA que compaginaba con su trabajo de voluntario en Watts. Un año después volvió para sacarse el título de trabajador social, y ya no se fue de Watts. A sus treinta y tres años, tenía una vida y un trabajo que le encantaban y aún le quedaba tiempo para hacer algo de deporte. Había organizado un equipo de fútbol y un equipo de béisbol con pelota blanda para los chicos con los que trabajaba. Su trabajo era dar niños en adopción, sacarlos de hogares donde se les maltrataba, hogares donde les pegaban o abusaban de ellos. Llevaba a urgencias en sus propios brazos a niños a los que les habían arrojado lejía o a quienes habían quemado, y en más de una ocasión los había llevado a su propia casa hasta que encontraban un hogar adecuado para ellos. La gente con la que trabajaba decía que tenía un corazón de oro.

Tenía el clásico aspecto del irlandés: pelo negro, piel blanquísima y grandes ojos oscuros. Sus labios eran sensuales, y su sonrisa hubiera desarmado a cualquier mujer. Desarmó a Maggie. Margaret Monaghan. Los dos eran de Boston, se conocieron en Harvard y se instalaron juntos en la costa Oeste después de graduarse. Desde el primer curso habían vivido juntos. Y hacía seis años, sin dejar de lamentarse durante todo el camino, habían ido al juzgado a casarse. Sobre todo por sus padres. Según decían, para ellos eso no cambiaba nada, y entonces, a regañadientes, se confesaron el uno al otro que no solo estaba bien, sino que era bonito. Casarse había sido algo muy bueno.

Maggie era un año más joven que Jimmy y era la mujer más inteligente que había conocido. No había otra como ella en el mundo. Ella también tenía un máster en psicología, y estaba pensando en hacer el doctorado. No estaba segura. También trabajaba con niños de los barrios del centro. Quería adoptar un montón en lugar de tener hijos propios. Jimmy había sido hijo único; ella era la mayor de nueve hermanos y procedía de una familia de Boston, irlandesa de pura cepa, del condado de Cork. Sus padres habían nacido en Irlanda y tenían un marcadísimo acento que ella imitaba a la perfección. En cambio la familia de Jimmy había salido de Irlanda cuatro generaciones antes. Él era primo lejano de los Kennedy, y Maggie lo utilizaba sin piedad para bromear con él y llamarle noviete. Pero nunca se lo dijo a nadie; simplemente, le gustaba bromear con él. Por cualquier cosa. Era una de las cosas que a Jimmy le gustaban de ella. Era tan genial, irreverente, guapa, valiente... con ese pelo rojo, los ojos verdes, y con pecas por todas partes. La mujer de sus sueños, el amor de su vida. No había ni una sola cosa que no le gustara de ella, salvo quizá el hecho de que no sabía cocinar ni le interesaba. Así que él cocinaba para los dos; estaba muy orgulloso de sus dotes como cocinero.

Jimmy estaba recogiendo la cocina y ordenando los cacharros cuando el propietario del edificio llamó a la puerta y entró. Saludó en voz alta para que Jimmy supiera que era él. No le gustaba molestar, pero tenía que enseñar el apartamento, un minúsculo apartamento en Venice Beach. Habían estado muy a gusto en aquella casa. A Maggie le gustaba ir en patines por las calles, allí a todo el mundo le gustaba. Y les encantaba la playa.

Jimmy había dado aviso la semana antes, y pensaba dejar el piso a final de mes. No sabía adónde iría. Pero que no fuera allí. Donde fuera menos allí.

El propietario había traído a una joven pareja que estaba a punto de casarse. Los dos iban con vaqueros, camisetas y sandalias, y a Jimmy le parecieron jóvenes e inocentes. Tendrían veintipocos años, acababan de salir de la universidad y venían del Medio Oeste. Estaban enamorados de LA y el apartamento les pareció genial. Venice era lo mejor. El propietario los presentó. Jimmy les estrechó la mano y volvió con sus cacharros para que pudieran mirar el apartamento a sus anchas. Una pequeña sala de estar, un minúsculo dormitorio donde cabía poco más que la cama, el cuarto de baño, donde tenían que subirse el uno encima del otro si querían entrar a la vez, y la cocina, donde Jimmy estaba recogiendo. A ellos les había ido bien, no necesitaban más espacio, y Maggie siempre había insistido en pagar su parte del alquiler. Era muy testaruda con ese tipo de cosas. Desde el día que se conocieron repartieron los gastos, incluso después de casados.

—¡No pienso ser una mantenida, Jimmy O'Connor! —le había dicho Maggie, imitando el acento de sus padres, mientras sus cabellos llameantes bailaban alrededor de su rostro. Él quería hijos, tener una casa llena de niños con el mismo pelo rojo. Se habían pasado los últimos seis meses hablando de un posible embarazo, pero Maggie también quería adoptar. Quería dar a algunos niños la oportunidad de tener una vida mejor.

—¿Qué te parece seis y seis? —repuso Jimmy bromeando—. Seis nuestros y seis adoptados. ¿A cuáles quieres mantener? —Ella admitió que estaba dispuesta a dejar que fuera él quien mantuviera a los niños, al menos a algunos. No podía permitirse tener tantos como quería. Pero habían hablado varias veces de cinco o seis.

—¿Cocina de gas? —preguntó la futura inquilina con una sonrisa. Era una chica muy guapa, y Jimmy asintió, sin decir nada—. Me encanta cocinar. —Jimmy hubiera podido decir que a él también, pero no quería entablar conversación con ellos. Se limitó a asentir y siguió guardando; cinco minutos más tarde ya se habían ido. El propietario le dio las gracias desde la puerta y Jimmy le oyó cerrar la puerta, y luego las voces amortiguadas en el rellano. Se preguntó si se quedarían el apartamento. En realidad le daba igual. Alguien se lo quedaría. Era una casa bonita, el edificio estaba bien y tenía una buena vista. Maggie había insistido en lo de la vista, aunque supusiera forzar más su presupuesto. No tenía mucho sentido vivir en Venice si no tenías una buena vista, insistió, de nuevo con el acento irlandés. Jugaba mucho con lo del acento. Se había criado oyéndolo, y lo conocía muy bien. A Jimmy le divertía. A veces salían a comer una pizza y Maggie se pasaba el rato haciendo que era irlandesa; engañaba a todo el mundo. Había estudiado gaélico por su cuenta. Y francés. También quería aprender chino para poder trabajar con niños inmigrantes de los barrios chinos. Quería poder hablar con los niños.

—No es muy sociable —susurró uno de los nuevos inquilinos. Habían estado hablando en el cuarto de baño, y decidieron quedarse el apartamento. Podían pagarlo, y les encantaba la vista, incluso si las habitaciones eran pequeñas.

—Es un buen tipo —dijo con tono protector el propietario. A él siempre le habían gustado los dos—. Lo está pasando mal —dijo con cautela, no muy seguro de si debía contarlo, aunque de todas formas, se enterarían por boca de alguien. En el edificio todos apreciaban a los O'Connor. Le daba mucha pena que Jimmy se fuera, pero lo entendía. Él hubiera hecho lo mismo.

Los nuevos inquilinos pensaron si no lo habrían echado de la casa, porque tenía un aire demasiado triste y hasta hostil.

—Tenía una bonita esposa, estupenda. Treinta y dos años, pelo rojo y luminoso, inteligente.

—¿Han roto? —preguntó la mujer inocentemente, con algo más de empatía. Jimmy casi le había parecido agresivo cuando tiraba sus cacerolas en una caja de cartón.

—Ella murió. Hace un mes. Ha sido terrible. Un tumor cerebral. Empezó a tener dolores de cabeza hace unos meses, y pensaba que eran migrañas. Hace tres meses la ingresaron para hacerle unas pruebas, escáner cerebral, TAC, esas cosas. Le hicieron muchas cosas. Le descubrieron un tumor en el cerebro; pensaron operarla, pero era demasiado grande y ya estaba demasiado extendido. A los dos meses ya estaba muerta. Pensé que él iba a morirse también. Nunca había visto una pareja más enamorada. Siempre reían, hablaban y bromeaban. Me lo dijo la semana pasada. Dice que no puede quedarse, que se siente demasiado triste. Me da pena, es tan buen tipo... —El propietario tenía lágrimas en los ojos.

—¡Qué terrible! —dijo la mujer, sintiendo que también se le llenaban los ojos de lágrimas. Era una historia terrible; se había fijado que en el apartamento había fotografías de los dos por todas partes. En todas se les veía felices y enamorados—. ¡Qué shock tan terrible para él!

—Era una mujer muy valiente. Hasta la última semana estuvieron saliendo a pasear, él le preparaba la comida, y un día la bajó a la playa porque a ella le encantaba. Pasará mucho tiempo antes de que pueda superarlo, si es que puede. Nunca encontrará una mujer como ella. —El propietario, que era conocido y apreciado por su brusquedad, se enjugó una lágrima y la joven pareja lo siguió por las escaleras. Pero la historia los estuvo rondando el resto del día. Y, aquella misma tarde, el propietario deslizó una nota por debajo de la puerta del apartamento de Jimmy para decirle que la pareja se lo quedaba. Dentro de tres semanas tenía que estar fuera.

Jimmy se quedó sentado, mirando la nota. Era lo que quería, y sabía que tenía que hacerlo, pero no tenía ningún sitio adonde ir. Ya no le importaba dónde vivir. No le importaba nada. Hubiera podido dormir en un saco en plena calle. Quizá así era como la gente se convertía en un sin techo. Quizá ya no les importaba dónde vivían, o si vivían. Jimmy había pensado en suicidarse cuando Maggie muriera, adentrarse en el mar. Hubiera sido un gran alivio. Y entonces, como si pudiera oírla, se imaginó a Maggie diciéndole lo furiosa que estaba y lo tonto que era. Con aquel acento. Ya caía la noche cuando volvió al apartamento; estuvo durante horas llorando en el sofá.

Las familias de los dos llegaron de Boston aquella noche, y el rosario y el funeral ocuparon los dos días siguientes. Jimmy no había querido enterrarla en Boston. Ella había dicho que quería quedarse en California con él, así que la enterraron allí. Y, cuando todos se fueron a sus casas, se quedó solo otra vez. Los padres y hermanos y hermanas de Maggie estaban destrozados. Pero nadie estaba tan afectado como él, nadie sabía cuánto había perdido o cuánto significaba para él. Ella era su vida, y sabía con toda certeza que nunca querría a ninguna mujer como la había querido a ella. No podía imaginar que pudiera haber otra mujer en su vida. Eso hubiera sido un insulto. Y ¿dónde iba a encontrar a alguien como ella? Todo ese fuego, y esa pasión, y ese genio, su alegría y su valor. Era la persona más valiente que había conocido. Ni siquiera había tenido miedo ante la muerte, la aceptó como su destino. Fue él quien lloró y suplicó a Dios que no se la llevara, quien estaba aterrado y no podía imaginar su vida sin ella. Era impensable, intolerable, insoportable. Y sin embargo allí estaba. Hacía un mes que se había ido. Semanas. Días. Horas. Y ahora lo único que le quedaba era arrastrarse durante el resto de su vida.

Había vuelto al trabajo una semana después de morir Maggie, y todos lo trataron como si fuera de porcelana. Volvió al trabajo a jornada completa, con los niños, pero ya no había alegría en su vida, ni ánimo, ni vida. Tenía que encontrar la forma de seguir poniendo un pie delante del otro mientras viviera, de seguir respirando, de seguir levantándose cada mañana, aunque no tuviera ningún motivo para hacerlo.

Una parte de él hubiera querido quedarse para siempre en aquel apartamento, pero no habría podido soportar despertar una mañana más sin tenerla a su lado. Sabía que tenía que irse. El lugar no importaba. Pero tenía que irse. Había visto el nombre de una agencia inmobiliaria en un anuncio y llamó. Todos los agentes estaban fuera. Dejó su nombre y su teléfono y siguió empaquetando cosas. Pero cuando llegó a la parte del armario de Maggie, se sintió como si Mike Tyson le hubiera golpeado en el pecho. Se quedó sin respiración. La realidad de aquello era tan poderosa que le dejó sin aire en los pulmones ni sangre en las venas. Por un largo instante se quedó inmóvil, percibiendo el aroma de Maggie, sintiendo su presencia como si estuviera en la habitación con él.

—¿Qué demonios se supone que tengo que hacer ahora? —dijo en voz alta mientras las lágrimas le saltaban a los ojos, y se sujetó al marco de la puerta. Era como si una fuerza sobrenatural casi le hubiera derribado de un golpe. La impresión por haberla perdido era tan fuerte que casi no se podía tener en pie.

—Sigue adelante, Jimmy —oyó que le decía una voz en su cabeza—, no puedes abandonar ahora. —Con el mismo acento irlandés de siempre.

—¿Y por qué no? —Pero ella no lo hizo, ella nunca se rindió. Había luchado hasta el final. El día que murió llevaba los labios pintados y se lavó el pelo y se puso su blusa favorita. Ella nunca se rindió—. No quiero seguir adelante —le gritó a la voz que escuchaba, a aquel rostro que no volvería a ver.

—¡Mueve tu jodido culo! —oyó claramente, y de pronto se echó a reír entre lágrimas, allí, plantado delante de la ropa de Maggie.

—Muy bien, Maggie... muy bien... —dijo mientras cogía uno a uno sus vestidos y los doblaba cuidadosamente, como si ella pudiera volver algún día a recogerlos.

4

Liz volvió a La Villa para reunirse con la mujer de la inmobiliaria un día después de que Coop accediera a alquilar la casa del
guarda y el ala para invitados de la mansión. Quería actuar lo antes posible, antes de que cambiase de opinión. Los ingresos que
obtendrían por esos alquileres marcarían una gran diferencia, y
Liz quería hacer todo lo que pudiera por Coop antes de irse.

Habían quedado a las once y, cuando llegaron a la casa,
Coop había salido. Se había llevado a Pamela, la modelo de
veintidós años, a desayunar al hotel Beverly Hills, y le había
prometido que al día siguiente la llevaría de compras a Rodeo
Drive.

Era absolutamente despampanante, pero no tenía qué ponerse. Consentir a las mujeres jóvenes era una de las cosas que a
Coop se le daba mejor. Le encantaba comprar por ellas. A Abe
le iba a dar un patatús cuando viera la factura. Pero a Coop no le
preocupaban esas cosas. Le había prometido que la llevaría a
Theodore, Valentino, Dior y Ferré, a donde ella quisiera, y después a Fred Segal. Seguro que la salida saldría por cincuenta mil
dólares o más. Sobre todo si en los escaparates algo le llamaba la
atención y paraban en Van Cleef o Cartier. A Pamela no se le
pasaría por la imaginación decirle que tanta generosidad era ex-
cesiva. Para una chica de veintidós años de Oklahoma, aquello
era un sueño hecho realidad, como Coop.

—Me sorprende que el señor Winslow acepte tener inquilinos en su propiedad, sobre todo en la casa —le comentó la

agente inmobiliaria a Liz cuando entraron en el ala para invitados. Estaba buscando algún cotilleo que poder contar a los posibles inquilinos, y a Liz eso no le gustó. Pero era inevitable si querían alquilar, un mal necesario. Estaban a merced de lo que la gente quisiera interpretar. Y las interpretaciones de la gente no solían ser muy caritativas con las grandes estrellas o la gente famosa. Era parte del trato.

—Evidentemente, el ala para invitados tiene su propia entrada, así que no tienen por qué coincidir con Coop. Y como viaja tanto, no creo que él note ni que están aquí. Tener inquilinos permanentemente será una especie de protección para él. Si no, podría producirse algún robo, o cosas peores. Es como tener un sistema de seguridad adicional. —Era un motivo en el que la agente de la inmobiliaria no había pensado, aunque tenía sentido. De todos modos, la mujer tenía la sospecha de que había algo más. Cooper Winslow no tenía un papel protagonista en ninguna película desde hacía años. No recordaba cuándo apareció en la pantalla por última vez, aunque desde luego era una estrella y causaba un gran revuelo allá donde iba. Era una de las grandes leyendas de Hollywood de todos los tiempos, y eso haría más fácil encontrar inquilinos y pedir un buen precio. Aquello era de un gran, gran prestigio, y la casa era única en el país, si no en el mundo. Y con un guapo actor de cine como vecino. Con un poco de suerte, los inquilinos podrían verlo en la pista de tenis o en la piscina. Sí, lo pondría en el anuncio.

La puerta que daba al ala para invitados chirrió al abrirse y Liz deseó haber mandado un equipo de limpieza a adecentar aquello un poco antes de ir. Pero no hubo tiempo, y tenía que moverse deprisa. Aunque, a grandes rasgos, se veía bien. Era una zona bonita de la casa, con los mismos techos altos del resto del edificio y elegantes puertaventanas que se abrían a los jardines. Había una bonita terraza de piedra bordeada de setos y bancos y mesas de mármol antiguo que Coop había comprado en Italia años atrás. La sala de estar estaba llena de bonitas antigüedades de Francia. A un lado había un pequeño estudio que podía utilizarse como oficina y, tras un corto tramo de escaleras, un inmenso dormitorio decorado con satén azul claro y mobiliario art déco que Coop escogió en Francia.

El dormitorio contaba con un enorme cuarto de baño de mármol blanco y un vestidor con más armarios de los que la mayoría de la gente necesitaría, aunque no hubieran bastado para el vestuario de Coop. Al otro lado de la sala de estar, había dos dormitorios pequeños pero correctos, decorados con una llamativa zaraza con motivos florales y antigüedades inglesas. Y una maravillosa cocina de estilo rústico con una gran mesa, que según dijo la inmobiliaria le recordaba a Provenza. No había comedor pero, como bien dijo Liz, no lo necesitaban: la sala de estar era muy grande y podían poner una mesa si querían, o comer en la cocina, que era acogedora e informal, con una inmensa cocina, una chimenea de cerámica en un extremo y bonitas baldosas pintadas a mano en las paredes. Todo lo cual lo convertía en un apartamento perfecto y una de las propiedades más bellas de Bel Air, con acceso a las pistas de tenis y la piscina.

—¿Cuánto pide por el alquiler? —Los ojos de la agente brillaban por la emoción. Nunca había visto un sitio como aquel, y hasta podía imaginar a otro actor alquilándolo, solo por el prestigio que le daría. Quizá alguien que hubiera venido a la ciudad para rodar alguna película o pasar un año en LA. Y el hecho de que ya estuviera amueblado sería un valor añadido. Hermosamente amueblado y decorado. Con flores frescas y un pequeño repaso, el ala para invitados cobraría vida.

—¿Cuánto cree usted que sería adecuado? —preguntó Liz. No había tenido tratos con el mercado inmobiliario desde hacía años, y ella llevaba más de veinte años en su modesto apartamento.

—Había pensado como mínimo diez mil al mes. Puede que doce. Con el inquilino apropiado podríamos pedir hasta quince. Pero, desde luego, no menos de diez. —A Liz le pareció bien y, junto con lo que consiguieran por la casa del guarda, Coop dispondría de cierto desahogo cada mes, siempre y cuando no cayeran en sus manos las tarjetas de crédito. Estaba muy preocupada, porque cuando ella se fuera, no habría nadie que lo controlara, y sabe Dios en los problemas que se metería. Tampoco es que ella controlara nada, pero al menos podía recordarle de vez en cuando que no debía endeudarse más.

Liz cerró la entrada al ala para invitados y fueron con el coche al extremo norte de la propiedad, donde la casa del guarda se alzaba oculta en una especie de jardín secreto. De hecho no estaba ni remotamente cerca de la entrada, y había tanta vegetación alrededor que parecía una propiedad aparte. Era una pequeña y bonita casa de piedra, con una parra encaramándose por un lado. A Liz le recordaba una casita inglesa. Tenía un algo mágico, y por dentro estaba toda revestida de paneles de madera y piedra toscamente labrada. Una interesante yuxtaposición de dos mundos, y completamente distinta de la elegante decoración francesa del ala para invitados.

—¡Oh, Dios mío, es fabuloso! —dijo la agente cuando dejaron atrás el jardín de rosas que rodeaba la casa y entraron—. Es como estar en otro mundo.

En la casa del guarda, las habitaciones eran más modestas y proporcionadas, con techos de vigas, el mobiliario era más macizo, inglés, y había un bonito sofá de cuero que Coop había comprado en un club inglés. La casa resultaba acogedora, y tenía una enorme chimenea en la sala de estar. Una respetable cocina rústica, con las paredes cubiertas de antiguos utensilios de cocina. Dos dormitorios normales en el piso de arriba, decorados con listas masculinas y muebles de estilo Jorge III que durante una época había coleccionado Coop. Había bonitas alfombrillas de encaje de aguja en todas las habitaciones y un elegante comedor con una antigua cubertería de plata en una vitrina. La vajilla del armario era Spode. Era una casita inglesa perfecta. Uno hubiera podido imaginarse que estaba en cualquier parte menos en Bel Air. Estaba más cerca de las pistas de tenis que la casa principal, pero más lejos de la piscina, que quedaba casi frente a la salida del ala para invitados. Así que los dos sitios tenían sus virtudes, comodidades y estilo.

—Es un sitio absolutamente perfecto —dijo la agente sin disimular su alegría—. Yo misma me instalaría aquí encantada.

—Sí, yo también pienso lo mismo. —Liz le sonrió. En una ocasión le había preguntado a Coop si podía disponer de ella un fin de semana, pero al final no llegó a utilizarla. Y, al igual que el ala para invitados, estaba perfectamente equipada con ropa de cama, cortinas, porcelana y todos los útiles de cocina y platos y cubiertos que se pudieran necesitar.

—Por esta también podría pedir al menos diez mil al mes —dijo la mujer con aire satisfecho—. Puede que más. Es pequeña, pero es maravillosa, y tiene un encanto increíble. —Tenía una atmósfera completamente distinta al ala para invitados, que parecía más imponente y lujosa por la escala, aunque también resultaba muy hogareña. Había techos más altos y mucho más espacio, porque la sala de estar y el dormitorio principal y la cocina eran inmensos. Pero ambos lugares eran muy bonitos, y la inmobiliaria estaba segura de que podría alquilarlos enseguida—. Me gustaría tomar unas fotografías la semana que viene, no quiero enseñarlas todavía a otras agencias. Primero quiero ver qué clientes tenemos nosotros que busquen casa amueblada para alquilar. No salen al mercado cosas como estas todos los días, y quiero encontrar los inquilinos apropiados.

—Eso sería muy importante para Coop —dijo Liz con gesto solemne.

—¿Hay alguna condición que deba saber? —preguntó la mujer, haciendo algunas anotaciones sobre tamaños, electrodomésticos y número de habitaciones.

—Para ser sincera, no le gustan mucho los niños, y no le gustaría que le rompieran nada. No sé si le haría mucha gracia que hubiera perros. Pero aparte de eso, creo que mientras la persona sea respetable y pueda pagar el alquiler no habrá ningún problema. —No le dijo que Coop solo quería mujeres como inquilinas.

—Tendremos que ir con cuidado con la cuestión de los niños. No nos gustaría que nos denunciaran a la cámara de comercio por discriminación —le advirtió la mujer—. Pero lo tendré en cuenta cuando lo enseñe. Son dos casas muy sofisticadas, y el precio es bastante elevado. Eso mantendrá al margen a la purria. —A menos, claro, que lo alquilaran a alguna estrella de rock. Con ellos nunca se sabía y la agente había tenido algunos problemas, como todo el mundo.

La agente de la inmobiliaria salió de la propiedad poco después del mediodía y Liz volvió a su apartamento después de comprobar que todo estaba en orden en la casa grande. Todo el personal estaba aún en una especie de shock por la noticia que Abe les había dado el día antes, pero, dada la irregularidad con que cobraban, no fue del todo una sorpresa. Livermore ya había anunciado que se iba a Montecarlo a trabajar para un príncipe árabe. El hombre llevaba meses detrás de él, y aquella mañana lo llamó para aceptar su oferta. No parecía especialmente preocupado por dejar la casa, y si lo estaba, como de costumbre, no dio ninguna señal. Saldría para Francia el fin de semana siguiente. Iba a ser un duro golpe para Coop.

Más tarde, aquel mismo día, Coop llegó a la casa con Pamela. Habían comido tranquilamente y luego se habían quedado en la piscina del hotel Beverly Hills, charlando con unos amigos de Coop, todos grandes figuras de Hollywood. Pamela no se podía creer que se estuviera relacionando con aquella gente y estaba tan impresionada que, cuando salieron del hotel, casi no podía ni hablar. Media hora más tarde estaban juntos en la cama, con una botella de Cristal enfriándose al lado. La cocinera les sirvió la cena en la cama, en unas bandejas y, por insistencia de Pamela, vieron en vídeo un par de películas antiguas de Coop. Luego él la llevó a casa, porque tenía cita con su entrenador y con el acupuntor a primera hora de la mañana. Aparte de que prefería dormir solo. Dormir con alguien en su cama, incluso si era una mujer guapa, a veces perturbaba sus sueños.

A la mañana siguiente, la agente inmobiliaria había preparado un par de dossieres con todos los detalles sobre los dos alquileres. A primera hora se puso al teléfono y llamó a varios clientes que buscaban alquileres poco frecuentes. Concertó tres citas para enseñar la casa del guarda a solteros, y otra para enseñar el ala para invitados a una joven pareja que acababa de mudarse a Los Ángeles y necesitaba un lugar donde instalarse durante el año o dos años que tardarían en reformar la casa antigua que habían comprado. Poco después, su teléfono sonó. Era Jimmy.

Por la voz se le oía serio y tranquilo, y explicó que estaba buscando algo de alquiler. No le importaba el sitio, solo quería que fuera pequeño y manejable, con una cocina decente. Últimamente no le apetecía cocinar, pero algún día tendría que empezar a hacerlo. Aparte del deporte, era una de las pocas cosas que le relajaban. Tampoco le importaba si estaba amueblado o no. Él y Maggie tenían lo más básico, pero no eran cosas que les gustaran especialmente, y no le hubiera importado dejarlo todo en un almacén. En cierto modo, tenía la sensación de que si el mobiliario era distinto le recordaría menos a ella, le resultaría menos doloroso. En realidad, lo prefería así. El único recuerdo que quería llevarse de Maggie eran las fotografías. El resto lo estaba empaquetando para no tener que verlo cada día.

La mujer de la inmobiliaria le preguntó si prefería alguna zona en particular. Él dijo que no. Hollywood, Beverly Hills, Los Ángeles, Malibú. Dijo que le gustaba el mar, pero eso también le hubiera recordado a Maggie. Todo le recordaba a Maggie. Hubiera sido difícil encontrar algo que no se la recordara.

Y, como no dijo nada sobre el precio, la agente decidió arriesgarse y le habló de la casa del guarda. No le mencionó el precio, se limitó a describirla, y, después de vacilar un momento, él dijo que quería verla. Quedó con él a las cinco de aquella tarde, y luego le preguntó en qué parte de la ciudad trabajaba.

—Watts —dijo él con tono distraído, como si para él fuera algo completamente normal. Pero la mujer pareció sobresaltarse.

—Oh, ya veo. —Pensó si no sería afroamericano, pero evidentemente no podía preguntárselo. ¿Podría permitirse pagar un alquiler tan alto?—. ¿Cuánto tenía pensado pagar más o menos, señor O'Connor?

—No lo había pensado —dijo él tranquilamente, y consultó su reloj. Tenía que salir corriendo para una reunión con una familia sobre la adopción de dos niños—. Entonces, quedamos a las cinco. —Pero la mujer ya no estaba tan segura de que fuera el inquilino que buscaba. Una persona que trabajaba en Watts no podría permitirse pagar la casa del guarda de Cooper Winslow. Y, cuando lo vio llegar aquella tarde, se ratificó en su opinión.

Jimmy llegó al volante del desvencijado Honda Civic que Maggie había insistido en que compraran, aunque él hubiera preferido algo más llamativo cuando llegaron a California. Había tratado de explicarle a Maggie que vivir en California significaba tener un gran coche pero, al final, ella lo convenció, como siempre. Era impensable que hicieran el trabajo que hacían y tuvieran un cochazo, por mucho que pudieran permitírselo.

Habían mantenido en secreto que él era de una antigua familia acaudalada, incluso para sus mejores amigos.

En aquellos momentos Jimmy iba vestido con unos tejanos gastados, con los bordes deshilachados y una rodilla rota, una sudadera y descoloridas botas de trabajo. Con frecuencia había ratas en los lugares donde vivían las familias que visitaba y no quería que le mordieran. A pesar de eso, iba limpio y afeitado y con el pelo recién cortado, y se veía que era un chico inteligente y educado. Era un interesante conglomerado de elementos contradictorios, y eso confundió completamente a la agente.

—¿Qué clase de trabajo hace, señor O'Connor? —preguntó ella muy parlanchina cuando abría la puerta de la casa del guarda. Ya la había enseñado tres veces aquella tarde, pero el primer hombre dijo que era demasiado pequeña, el segundo que estaba demasiado aislada y el tercero que en realidad lo que él quería era un apartamento. Así que seguía libre, aunque ahora tenía la certeza de que Jimmy no podría pagarla. No con el sueldo de un trabajador social. Pero tenía que enseñársela de todos modos.

Cuando se acercaron al seto, notó que Jimmy contenía el aliento. Era como una casita irlandesa, y le recordó los viajes que él y Maggie habían hecho a Irlanda. En el momento en que entró en la sala de estar, se sintió como si estuviera en Irlanda o Inglaterra. Era perfecta para un soltero, tenía un algo masculino, sin pretensiones, sencillo, y pareció encantado cuando vio la cocina. También el dormitorio pareció de su agrado. Pero lo que más dijo que le gustaba era esa sensación de estar perdido en algún lugar del campo. A diferencia del hombre que la había visto aquella tarde, a él le gustaba el aislamiento. Era perfecto para su estado de ánimo.

—¿No quiere que lo vea su esposa? —preguntó la mujer, tanteando con delicadeza para ver si estaba casado. Era un hombre atractivo, con un buen físico y, mientras ojeaba aquella sudadera, se preguntó si realmente habría estudiado en Harvard o había comprado la camiseta en Goodwill.

—No, ella... —empezó a decir, pero no terminó la frase—. Yo... voy a vivir solo. —Seguía sin ser capaz de decir la palabra viudo. Cada vez que lo intentaba sentía como un puñal en el corazón. Y decir que estaba soltero le hubiera parecido patético y falso. A veces hubiera querido decir que seguía casado. Si tuviera anillo de casado aún lo hubiera llevado en el dedo. Pero Maggie nunca le dio ninguno, y el suyo se fue a la tumba con ella—. Me gusta —dijo con voz serena, volviendo a recorrer las habitaciones y abriendo los armarios. Estar en una propiedad como aquella le venía un poco grande, pero si alguna vez llevaba a alguien del trabajo allí siempre podía decir que se encargaba de cuidar la casa, o que le pagaban por trabajar en la finca.

Podía inventarse cualquier cosa. Pero lo que más le gustaba de todo aquello es que sabía que a Maggie le hubiera encantado. Era el tipo de casa que le gustaba, aunque nunca hubiera aceptado alquilarla porque no hubiera podido pagar su parte. Aquello le hizo sonreír, y tuvo la tentación de aceptar en aquel mismo momento, pero finalmente decidió consultarlo con la almohada, y prometió llamar a la agencia al día siguiente.

—Me gustaría pensarlo —dijo cuando se iban, y la mujer pensó que lo decía por no quedar mal. Por la ropa, el coche y el trabajo que tenía estaba claro que no podría permitírselo. Pero parecía un hombre agradable, y procuró ser amable con él. Nunca se sabe lo que puedes encontrarte. Y ella llevaba el tiempo suficiente en el negocio para saberlo. A veces, gente que parecía de lo más pobre o poco respetable resultaban ser herederos de alguna gran fortuna. Eso lo había aprendido muy pronto, así que procuró ser amable.

Cuando Jimmy conducía de vuelta a su casa, estuvo pensando en la casa del guarda. Era un sitio recogido y bonito, como un refugio donde resguardarse del mundo. Le hubiera gustado vivir allí con Maggie, y pensó si aquello no sería un problema. Era difícil saber qué era mejor. No podía esconderse de su pesar en ninguna parte. Cuando llegó a su casa, siguió empaquetando cosas para distraerse. El apartamento estaba prácticamente vacío. Se preparó una sopa y se sentó a mirar en silencio por la ventana.

Estuvo despierto casi toda la noche, pensando en Maggie, en lo que ella le hubiera aconsejado. Lo más práctico hubiera sido alquilar un apartamento en los límites de Watts, y a él el peligro no le preocupaba especialmente. O quizá un apartamento normal en cualquier sitio de Los Ángeles. Pero aquella noche, mientras estaba tendido en su cama, no pudo dejar de pensar en la casa del guarda. Podía pagarla y sabía que a Maggie le hubiera encantado. Se preguntó si, por una vez en su vida, no estaría bien que se permitiera un capricho. Y le gustaba la historia de que trabajaba en la finca a cambio de ocupar la casa del guarda por un bajo precio. Era plausible. Y además, le encantaban la cocina, la sala de estar y la chimenea, y el jardín que rodeaba la casa.

Llamó a la agente a su móvil a las ocho de la mañana, mientras se afeitaba.

—Me la quedo. —Y lo dijo con una sonrisa en los labios. Era la primera vez que sonreía desde hacía semanas, pero estaba entusiasmado con la casa. Era perfecta para él.

—¿En serio? —La mujer parecía sorprendida. Estaba convencida de que no volvería a saber de él y pensó si habría oído bien el precio—. Son diez mil dólares al mes, señor O'Connor. ¿No será un problema? —No tuvo el valor de pedirle una cantidad mayor, y empezaba a preguntarse si no sería más difícil alquilarla de lo que había pensado. Tenía un aire muy peculiar y diferente. Y no todo el mundo hubiera querido vivir aislado en una gran finca, pero a aquel joven parecía encantarle la idea.

—Me parece bien —le aseguró—. ¿Tengo que dejar algún depósito o una paga y señal? —Ahora que se había decidido, no quería perderla.

—Bueno, no... yo... bueno, primero tendría que comprobar sus referencias. —Estaba segura de que con aquello podría rechazarlo, pero, por ley, tenía que seguir el procedimiento, por muy inapropiado que le pareciera.

—No me gustaría perder la casa si mientras tanto la ve algún otro inquilino. —Se le oía preocupado. Ya no se tomaba las cosas tan a la ligera como antes. Últimamente notaba que se ponía nervioso con facilidad por cosas en las que antes ni siquiera pensaba. Antes siempre era Maggie la que se preocupaba. Ahora le tocaba a él.

—Se la reservaré, por supuesto. Usted tiene preferencia sobre cualquier otra persona.

—¿Cuánto tiempo tardará en hacer esas comprobaciones?

—Unos días. Últimamente los bancos son un poco lentos con los informes de solvencia.

—Mire, ¿por qué no llama a mi banco? —Y le dio el nombre del director de la banca privada de BofA—. Quizá él pueda acelerar el proceso. —Jimmy era un hombre discreto, pero también sabía que en cuanto llamara a su banco las cosas irían como la seda. Su solvencia no era problema, nunca lo había sido.

—Lo haré encantada. ¿Hay algún número donde pueda localizarle?

Él le dio el número de la oficina y le dijo que dejara mensaje en el buzón de voz si no estaba. Él la llamaría en cuanto recibiera el mensaje.

—Estaré en el despacho toda la mañana. —Tenía una montaña de papeleo que arreglar. La mujer lo llamó a las diez.

La comprobación del banco había ido como él esperaba. La mujer llamó al director del banco por pura rutina y, en cuanto mencionó el nombre de Jimmy, el hombre le dijo sin ningún género de duda que no había ningún problema. Era una persona totalmente solvente, aunque no podían revelar el balance de sus cuentas. Lo único que podía decirle es que eran lo suficientemente importantes para que estuviera entre sus mejores clientes.

—¿Va a comprar una casa? —preguntó el banquero con interés. Esperaba que así fuera, aunque no lo dijo. Después de la reciente tragedia de Jimmy, hubiera sido un gesto esperanzador, y desde luego se lo podía permitir. De haber querido, hubiera podido comprar La Villa entera. Pero no se lo mencionó a la de la inmobiliaria.

—No, va a alquilar la casa de un guarda. Es muy cara —dijo, para ver si le confirmaba lo que acababa de decirle y asegurarse de que no lo había entendido mal—. Diez mil al mes, y necesitaremos el mes corriente y uno de depósito, además de un depósito de veinticinco mil dólares. —De nuevo, el hombre le aseguró que no había problema. La agente estaba intrigada y, en un raro arrebato de indiscreción, le preguntó directamente—. ¿Quién es?

—Es exactamente quien dice ser. James Thomas O'Connor. Uno de nuestros clientes más solventes. —No quiso decir más. La mujer estaba más que intrigada.

—Estaba un poco preocupada porque, siendo un trabajador social, claro... no es muy frecuente que paguen un alquiler tan alto.

—Pues es una pena que no haya más como él. ¿Necesita saber algo más?

—¿Le importaría mandarme una carta por fax?

—En absoluto. ¿Necesita que le extendamos un cheque en su nombre o piensa hacerlo él personalmente?

—Se lo preguntaré —dijo ella, y se dio cuenta de que acababa de alquilar la casa del guarda de Cooper Winslow. Llamó a Jimmy, le dio la buena noticia y dijo que podía darle las llaves cuando quisiera. Él prometió pasarse a entregarle el cheque a la hora de comer y dijo que no se instalaría hasta dentro de unas semanas, cuando dejara el apartamento donde estaba. Quería conservar aquel último vestigio de su vida con Maggie mientras pudiera, aunque también le entusiasmaba la idea de irse a aquella vivienda. Y, sabía que, fuera a donde fuese, la llevaría consigo.

—Espero que sea muy feliz allí, señor O'Connor. Es una maravilla de casa. Y estoy segura de que disfrutará cuando conozca al señor Winslow.

Cuando colgó, Jimmy se rió al pensar en lo que Maggie hubiera dicho del hecho de tener a una estrella de cine como casero. Pero, por una vez, quería permitirse hacer una pequeña locura. Y, de alguna forma, en su corazón, tenía la sensación de que Maggie no solo hubiera dado su aprobación, se habría alegrado enormemente por él.

5

Mark había pasado otra noche de pesadilla, y casi no había podido dormir. A la mañana siguiente, cuando acababa de llegar a la oficina, el teléfono sonó. Era Abe Braunstein.

—Lamento muchísimo lo que me contó ayer —dijo Abe con tono compasivo. Había estado pensando en él, y de pronto se le ocurrió que tal vez buscaba apartamento. No podía quedarse para siempre en un hotel—. Ayer por la noche se me ocurrió algo increíble. No sé si busca casa, ni cuáles son sus necesidades, pero conozco un sitio fuera de lo común que acaba de salir al mercado. Uno de mis clientes, Cooper Winslow, va a alquilar el ala para invitados de su mansión. Él está en una situación bastante apurada, es confidencial, por supuesto. Tiene una propiedad fantástica en Bel Air, una casa increíble. Y quiere alquilar el ala para invitados y la casa del guarda. Ayer estuvieron enseñando las dos a posibles inquilinos y no creo que las hayan alquilado todavía. Se lo digo porque creo que podría ser un sitio estupendo para vivir, como estar en un club de campo. A lo mejor le interesa verlo.

—No lo había pensado —dijo Mark sinceramente. No estaba preparado, aunque vivir en la finca de Cooper Winslow no sonaba nada mal, y sería un entorno perfecto para sus hijos cuando fueran a verle.

—Si quiere, puedo pasar a recogerle a la hora de comer y llevarle a ver el sitio. Como mínimo, vale la pena verlo. Es precioso. Pista de tenis, piscina, cinco hectáreas y media de jardines en medio de la ciudad.

—Me encantaría. —No quería ser grosero con Abe, pero no estaba de humor para mirar casas, ni siquiera en la propiedad de Cooper Winslow. Aunque tal vez debiera hacerlo, estaría bien para los niños.

—Pasaré a recogerle a las doce y media. Llamaré a la de la agencia y quedaremos en la casa. Es caro, pero usted se lo puede permitir. —Sonrió, porque sabía que Mark era uno de los socios del bufete que más ganaban. El derecho fiscal no era muy emocionante, pero le había resultado muy provechoso, por mucho que no le gustara ostentar. Tenía un Mercedes, pero aparte de eso era un hombre corriente y discreto, y siempre lo había sido.

Después de la llamada, Mark se olvidó del asunto. No creía que le gustara el ala para invitados de La Villa. Iría por cortesía, y porque no tenía otra cosa que hacer a mediodía. Ahora que casi no comía, tenía mucho más tiempo libre. La ropa se le había quedado muy ancha.

Abe pasó a recogerlo a la hora en que habían quedado y le dijo a Mark que tenían que reunirse con la de la agencia en la casa dentro de quince minutos. Durante el trayecto estuvieron charlando animadamente de un nuevo impuesto con ciertos entresijos interesantes, de manera que cuando llegaron a la verja de entrada Mark pareció sorprendido. La Villa tenía una entrada bastante imponente. Abe conocía el código, así que entraron y recorrieron el sinuoso sendero entre árboles y jardines interminables y bien cuidados. Mark rió cuando vio la casa. No podía imaginarse viviendo en una casa como aquella, parecía un palacio.

—Dios santo, ¿de verdad vive aquí? —Había pilares y escalones de mármol, y una enorme fuente que le recordó la plaza de la Concordia de París.

—Fue construido para Vera Harper. Winslow vive aquí desde hace más de cuarenta años. Y mantenerla le cuesta una fortuna.

—Me lo imagino. ¿Cuántos empleados tiene?

—Por el momento, cerca de veinte. De aquí a dos semanas, le quedarán una en la casa y tres jardineros. Ahora son ocho. Él dice que tengo una política de tierra quemada, y no le hace mucha gracia. También le he obligado a que venda los coches; si le interesa adquirir un Rolls-Royce o un Bentley, ya sabe... Es un individuo interesante, pero caprichoso como él solo. No me gusta tener que admitirlo, pero este sitio va con él. Y entre nosotros tenemos una especie de tregua. —Abe era todo lo que Coop no era: práctico, realista, frugal, no tenía ni una pizca de elegancia ni estilo... aunque era mucho más compasivo de lo que Coop imaginaba, que era la razón por la que llevó a Mark a ver la casa. Coop le daba pena, y quería ayudarle. Él nunca había visto personalmente el ala para invitados, pero Liz le había dicho que era increíble, y tenía razón.

Mark dejó escapar un silbido cuando entraron. Alzó la vista con asombro a los techos altos, y miró por las puertaventanas encantado. Los jardines eran preciosos. Se sentía como si estuviera en un antiguo *château* francés, y el mobiliario también era muy bonito. La cocina era un poco anticuada, pero en realidad le daba igual y, como señaló la corredora de fincas, era cálida y acogedora. Y se quedó maravillado ante el esplendor del dormitorio principal. Nunca se le hubiera ocurrido elegir satén azul para su dormitorio, pero desde luego le daba mucho glamour y, durante el año que calculaba que tardaría en decidir lo que hacía con su vida, sería una buena solución. Los terrenos que rodeaban la casa eran seguros y resguardados para los niños. Tenía muchos puntos a su favor. Últimamente Mark había estado pensando en volver a Nueva York para estar cerca de los niños, pero no quería molestar a Janet, y tenía muchos clientes que contaban con él en Los Ángeles. Lo que tenía muy claro es que no quería precipitarse, y teniendo un sitio donde vivir sería más fácil. Volvería a tener su casa, aunque no fuera suya. Y sería mucho menos deprimente que vivir en un hotel y pasarse la noche oyendo a la gente tirar de la cadena o cerrando puertas.

—Menudo sitio. —Le sonrió a Abe, y miró a su alrededor sintiéndose como un ingenuo. Nunca hubiera pensado que había gente que vivía de esa forma. Su casa siempre fue confortable y estuvo bien decorada, pero aquel lugar parecía un decorado de cine. Desde luego, como mínimo, vivir allí sería divertido. Y tenía la sensación de que a los niños les encantaría, sobre todo las pistas de tenis y la piscina—. Me alegro de que me haya traído. —Y volvió a sonreírle agradecido.

—Lo estuve pensando anoche y me pareció que valía la pena mirarlo. No puede vivir en un hotel para siempre. —Mark le había dejado todos los muebles a Janet, así que alquilar un sitio ya amueblado, y muy bien por cierto, le evitaría quebraderos de cabeza. Era perfecto.

—¿Cuánto pide? —le preguntó Mark a la de la inmobiliaria.

—Diez mil al mes —dijo ella sin pestañear—. Pero no encontrará nada igual. Mucha gente pagaría diez veces ese precio solo por poder estar aquí. La Villa es un lugar único, y el ala para invitados también. Esta mañana le he alquilado la casa del guarda a un hombre muy agradable.

—¿Ah, sí? —comentó Abe con interés—. ¿Alguien conocido? —Estaba acostumbrado a las celebridades y a estrellas de cine que eran clientas suyas o amigas de Coop.

—En realidad no. No lo creo. Es un asistente social —dijo la mujer con voz tensa y Abe pareció sorprendido.

—¿Y se lo puede permitir? —Como contable de Coop, tenía que preguntarlo. No le interesaba meter en la casa a alguien que no pudiera pagar el alquiler.

—Parece que sí. El director de banca privada de BofA dice que es uno de sus clientes más solventes. Me mandó un fax certificándolo unos diez minutos después de que habláramos. Y el inquilino me dejó un cheque con el importe del mes corriente, el mes de depósito y el aval bancario cuando estaba a punto de salir hacia aquí. Esta noche le entregaré el contrato de alquiler. Vive en Venice Beach.

—Interesante —comentó Abe y volvió a concentrarse en Mark, que estaba inspeccionando los armarios. Había más de los que necesitaba. Pero lo que más le gustó fueron los dos dormitorios para los niños. El sitio les iba a encantar. Era elegante y glamouroso, pero seguía siendo agradable y todo estaba hecho con un gusto exquisito.

Mark estuvo echando un vistazo mientras pensaba en el precio, aunque sabía que podía permitírselo. Sencillamente, no estaba seguro de querer gastar tanto dinero en un alquiler. Sería la primera cosa indecente que hacía por sí mismo en toda su vida, pero quizá ya iba siendo hora de que hiciera algo así. Janet lo había hecho. Se había tirado en brazos de otro hombre. Él lo único que iba a hacer era alquilar un apartamento muy caro durante un año, un apartamento donde viviría muy a gusto. Hasta es posible que en aquel sitio tan tranquilo recuperara el sueño de una vez. Podía nadar unos largos en la piscina cuando volviera a casa de la oficina, o jugar al tenis si encontraba pareja. No se imaginaba invitando a Cooper Winslow a jugar con él.

—¿Alguna vez está en la casa? —le preguntó a la agente interesado.

—Parece ser que viaja mucho, que es el motivo de que quiera tener inquilinos, para que haya gente viviendo en la casa permanentemente, y no solo sirvientes. —Era un comentario muy bonito, y Abe comprendió enseguida que seguramente aquello era lo que Liz le había dicho. Ella siempre tan diplomática, siempre defendiendo la reputación de Coop. No quiso decirle a la agente que en dos semanas ya no quedarían sirvientes en la casa.

—Es lógico —concedió Mark—. Es una garantía. —Pero también sabía lo que Abe le había confesado confidencialmente sobre la situación económica de Coop. Siempre compartían ese tipo de informaciones sobre sus respectivos clientes.

—¿Está usted casado, señor Friedman? —preguntó la mujer educadamente. Quería asegurarse de que no tenía diez hijos, aunque no parecía muy probable. Y el hecho de que el propio contable de Coop lo hubiera llevado ya indicaba que no hacía falta indagar más y simplificaba mucho las cosas para todos.

—Yo... mmm... no... estoy a punto de divorciarme. —Casi se atragantó al decirlo.

—¿Viven sus hijos con usted?

—No, están en Nueva York. —Le partía el corazón decir aquello—. Iré a verlos siempre que pueda. Ellos solo podrán venir aquí en vacaciones. Y ya sabe cómo son los niños, siempre quieren estar con sus amigos. Tendré suerte si vienen una vez al año —dijo con tristeza. Pero, después de lo que Liz le había dicho sobre las pocas ganas que Coop tenía de tener inquilinos con niños, la agente se sintió aliviada. Era un candidato perfecto, un hombre solo, con hijos que ni siquiera vivían en la misma ciudad y no vendrían a verle casi nunca. No se podía pedir más. Y si Abe le había traído, evidentemente era porque era solvente.

El hombre volvió a la sala de estar y espetó—: Me la quedo.

—Hasta Abe pareció sorprendido, pero Mark parecía radiante y la de la inmobiliaria estaba encantada. Solo habían pasado dos días y ya había alquilado la casa del guarda y el ala para invitados, y a un precio bastante bueno. Diez mil le parecía perfecto, y Liz había dicho que a Coop ese precio le satisfaría. No había querido pedir más. Y Mark parecía extasiado. Estaba impaciente por salir del hotel e instalarse allí. La agente le dijo que podría instalarse en unos días, en cuanto hiciera las comprobaciones oportunas y él pagara la fianza, le entregaría las llaves. Liz le había dicho que quería que una empresa de limpieza se ocupara de adecentar los dos lugares, y la agente así lo dijo.

—Creo que me instalaré este fin de semana —dijo Mark alegremente. Él y la de la inmobiliaria se dieron la mano para sellar el trato, y le dio las gracias a Abe profusamente por haberle llevado a ver la casa.

—Esto ha sido mucho más fácil y productivo de lo que esperaba, y más rápido. —Abe sonreía feliz mientras se alejaban por el camino de acceso. Pensaba que a Mark le resultaría mucho más difícil tomar aquella decisión.

—Seguramente es la cosa más disparatada que he hecho nunca, pero a lo mejor no es tan malo hacer disparates de vez en cuando. —Él siempre era tan serio y responsable, tan comedido en todo lo que hacía... pensó si no sería esa la razón de que hubiera perdido a Janet, que la compañía del otro hombre fuera más emocionante—. Gracias, Abe. Me encanta el sitio, y creo que a los niños también les gustará. Me temo que me voy a volver un consentido si paso un año entero aquí.

—Le sentará bien —dijo Abe con gesto compasivo.

Aquella noche Mark llamó a Jessica y Jason a Nueva York y les habló de la casa que había alquilado a Coop.

—¿Y ese quién es? —preguntó Jason sin saber de quién hablaba.

—Creo que es un señor muy mayor que hacía películas cuando papá era pequeño —le explicó Jessica.

—Eso es —dijo Mark con tono complacido—. Pero lo más importante es que es una casa enorme, y tenemos una parte para nosotros solos, en un sitio muy bonito, con una pista de tenis y piscina. Creo que os vais a divertir mucho cuando vengáis. —Estaban al teléfono los tres.

—Echo de menos nuestra casa —dijo Jason con voz triste.

—Yo odio el nuevo colegio —terció Jessica—. Las chicas son todas unas idiotas y los chicos son unos tontos.

—Dadles tiempo —dijo él diplomáticamente. No había sido idea suya romper su matrimonio o llevarse a los niños a Nueva York. Pero no quería hablarles mal de su madre. Prefería que la animosidad que pudiera haber entre ellos quedara entre los dos. Era lo mejor para los niños—. Hace falta tiempo para acostumbrarse a un nuevo colegio. Y pienso ir a veros muy pronto. —En febrero iría a pasar un fin de semana a Nueva York. En marzo, para las vacaciones de primavera, tenían una reserva en Saint Bart. Y estaba pensando en alquilar un pequeño bote para sus vacaciones en el Caribe. Estaba tratando de romper con el patrón que habían seguido cuando eran una familia—. ¿Cómo está mamá?

—Está bien, y sale mucho —se quejó Jason, aunque aún no habían dicho una palabra del nuevo hombre. Mark estaba seguro de que aún no lo conocían. Su ex estaría esperando a que las cosas se calmaran un poco. Solo llevaban tres semanas allí, casi cuatro. No era mucho, aunque a él le parecía una eternidad.

—¿Por qué no podemos conservar nuestra vieja casa? —preguntó Jessica con voz quejumbrosa, y cuando Mark le dijo que acababa de venderla, los dos se echaron a llorar. Otra conversación que acababa entre lágrimas. Pasaba muchas veces. Y Jessica siempre parecía estar buscando a quien culpar, sobre todo a él. Aún no entendía que era su madre quien había querido el divorcio. Y Mark no quería decir nada. Estaba esperando que Janet diera la cara y asumiera la responsabilidad. De momento se había limitado a decirles que ella y su padre no se llevaban muy bien últimamente, y eso era mentira. Estaban perfectamente hasta que Adam apareció. ¿Cómo lo presentaría a los niños, diría que lo acababa de conocer? Seguramente pasarían años antes de que los niños lo descubrieran, si es que lo descubrían, y eso también le deprimía. Sus hijos se pasarían la vida culpándolo por el divorcio. Y lo que más miedo le daba era que Adam les gustara tanto como a Janet y se olvidaran de él. Estaba a cuatro mil ochocientos kilómetros de distancia, en Los Ángeles, y no podría verlos con la frecuencia que hubiera querido. Estaba impaciente por que llegaran esas vacaciones en Saint Bart. Había elegido el sitio porque pensó que sería divertido para ellos, y también para él.

Prometió llamarlos al día siguiente, como siempre hacía. Aquella noche dio aviso en el hotel de que se iba. Estaba impaciente. Le encantaba su nueva casa. Era la primera cosa buena que le pasaba desde que Janet le dio la patada. Se sentía como si hubiera pasado las últimas cinco semanas en estado de shock. Y esa noche, antes de acostarse, salió a comer una hamburguesa. Estaba hambriento por primera vez desde hacía semanas.

El viernes por la noche guardó su ropa en dos maletas y el sábado por la mañana se fue a la casa. Tenía el código de la verja de entrada y la abrió; cuando entró en el ala para invitados de la casa, la encontró inmaculada. Habían pasado la aspiradora, limpiado el polvo, y los muebles relucían. La cocina estaba limpísima y había sábanas nuevas en la cama. Durante un momento sorprendentemente largo, se sintió como si hubiera vuelto a casa.

Después de sacar sus cosas de las maletas, dio un paseo por los jardines. Estaban muy bien cuidados. Salió, compró comida y se preparó algo. Luego se tumbó a tomar el sol junto a la piscina. Aquella tarde, cuando llamó a los niños, estaba muy animado. Para ellos había sido un día de nieve. Y los dos parecían muy aburridos. Estaban cansados de estar en casa. Esa noche Jessica iba a salir con unos amigos, pero Jason no tenía ningún plan. Echaba de menos a su padre, su casa, sus amigos, el colegio. Por lo visto, en Nueva York no había nada que le gustara.

—Aguanta machote, dentro de dos semanas iré a veros. Ya pensaremos algo. ¿Has jugado al fútbol esta semana? —Mark trataba de animar la conversación, y Jason seguía quejándose.

—No podemos jugar por culpa de la nieve. —Jason odiaba Nueva Yok. Él era de California, vivía allí desde los tres años. Ni siquiera se acordaba del tiempo que pasó en Nueva York cuando era muy pequeño. Lo único que quería era volver a California, porque seguía siendo su casa.

Estuvieron hablando un rato más, y finalmente Mark colgó. Comprobó dónde estaba cada cosa en la cocina y esa noche se puso un vídeo; le divirtió comprobar que Cooper Winslow tenía un papel de figurante. Desde luego era un hombre apuesto, y se preguntó si se habrían visto en algún sitio. Aquella tarde alguien llegó detrás de él al volante de un Rolls-Royce, pero iba lo bastante por detrás para que no pudiera distinguir más que un hombre con el pelo canoso, presumiblemente Coop, y una bonita joven en el asiento del acompañante. Mark se dio cuenta de que Coop tenía una vida mucho más interesante que la suya. Después de dieciséis años de matrimonio, no se imaginaba saliendo con mujeres otra vez, ni le apetecía. Tenía demasiadas cosas en la cabeza, demasiados recuerdos, demasiadas cosas de las que arrepentirse, y lo único en lo que podía pensar era en sus hijos. De momento, en su vida no había sitio para ninguna mujer. Bueno, sitio quizá sí, pero no en su corazón. Se sintió agradecido porque, aquella noche, cuando se acostó, durmió como un niño y por la mañana se despertó muy contento porque había soñado que sus hijos vivían con él. De hecho aquello hubiera sido perfecto. Pero, entretanto, lo que tenía era una mejora respecto a su habitación del hotel. Y vería a sus hijos dentro de dos semanas. Lo estaba deseando; era lo único que necesitaba.

Cuando fue a prepararse el desayuno, descubrió que la cocina no funcionaba. Tomó nota para avisar en la agencia, aunque en realidad no importaba. Se quedó igual de contento con unas tostadas y zumo de naranja. No solía cocinar, aunque cuando los chicos estuvieran allí cocinaría para ellos.

En la parte principal de la casa, Coop acababa de descubrir algo parecido. Su cocinera había encontrado otro trabajo y se había ido aquella semana. Livermore también se había ido. Y las dos doncellas tenían el fin de semana libre y se irían la semana siguiente. El mayordomo ya estaba en su nuevo trabajo. Y Paloma no estaba los fines de semana. Pamela le estaba preparando el desayuno, vestida con un biquini y una camisa de él. La chica dijo que era un genio en la cocina, como atestiguaban una montaña de huevos revueltos duros como piedras y el beicon quemado que le llevó en un plato a la cama.

—Qué lista eres —dijo él con expresión admirada echando un vistazo a los huevos—. Deduzco que no has podido encontrar las bandejas.

—¿Qué bandejas, cariño? —preguntó ella con su acento de Oklahoma. Estaba muy orgullosa de sí misma, y había olvidado las servilletas y los cubiertos. Mientras ella iba a buscarlos, Coop tocó cautelosamente los huevos. No solo estaban duros, también estaban fríos. La chica había estado hablando con una amiga por teléfono mientras cocinaba. La cocina nunca había sido su fuerte, pero sí lo era lo que hacía con él en la cama, y Coop estaba satisfecho. El único problema es que no se podía hablar con ella. Como no fuera de su pelo, su maquillaje, su crema hidratante y la última sesión de fotografías que había hecho. Era una persona extremadamente limitada, pero no era su conversación lo que fascinaba a Coop. Le gustaba estar con ella. Había algo totalmente rejuvenecedor en la compañía de las chicas jóvenes. Y a él se le daban muy bien, era atractivo y divertido, mundano, sofisticado, y, además, la llevaba de compras casi a diario. La chica no se había divertido tanto en su vida. No le importaba que fuera viejo. Tenía un guardarropa nuevo, y el hombre le había comprado pendientes de diamantes y un brazalete la semana antes. No cabía duda. Cooper Winslow sabía vivir.

Coop tiró los huevos por el retrete cuando la chica volvió a bajar para subirle un vaso de zumo de naranja, y ella se sintió muy orgullosa al ver que se lo había comido todo. Cuando ella se comió los suyos, Coop la atrajo de nuevo a la cama, donde pasaron el resto de la tarde. Y por la noche la llevó a Le Dome a cenar. También le gustaba ir con él a Spago. Para ella era emocionante ver que todo el mundo los miraba al reconocer a Coop, intrigados por saber quién le acompañaba. Los hombres miraban a Coop con envidia, y las mujeres los miraban arqueando una ceja, y eso le gustaba.

Aquella noche Coop la llevó de vuelta a su apartamento después de cenar. Se lo había pasado muy bien, pero tenía una semana muy ajetreada por delante. Tenía que rodar un anuncio de un coche, y eso era muy importante para él, aparte de que le pagarían muy bien. Y sería la última semana de Liz.

De hecho, aquella noche, Coop se alegró de poder meterse solo en su cama. Pamela era muy divertida, pero, cuando se llevaba rato con ella, era como una cría. Y desde luego él no era ningún crío. Necesitaba su sueño reparador. Se acostó a las diez en punto y durmió como un tronco, hasta que Paloma abrió las cortinas y subió las persianas al día siguiente. El hombre se despertó sobresaltado y se incorporó en la cama.

—¿Por qué demonios has hecho eso? —No se imaginaba qué podía estar haciendo la mujer en su cuarto, y le alivió comprobar que se había puesto un pijama de seda al acostarse por la noche. De lo contrario, podía perfectamente haberlo encontrado desnudo sobre la cama—. ¿Qué estás haciendo aquí? —La mujer llevaba un uniforme limpio, esta vez combinado con gafas de fantasía y zapatos rojos de tacón. Era como una mezcla entre enfermera y adivina, y a Coop no le hizo ninguna gracia.

—La señorita Liz me dijo que le despertara a las ocho —dijo mirándolo con expresión disgustada. Sentía un profundo desagrado por él, y se le notaba. El sentimiento era mutuo.

—¿Y no podías llamar a la puerta? —le espetó, volviendo a tumbarse y cerrando los ojos. Lo había despertado de un sueño profundo.

—Yo intento. Usted no contesta. Yo entra. Ahora usted levanta. La señorita Liz dice que usted tiene que trabaja.

—Muchas gracias —dijo él muy formal, con los ojos aún cerrados—. ¿Te importaría prepararme el desayuno? —Ya no había ninguna otra persona que pudiera hacerlo—. Tomaré huevos revueltos y tostadas de pan de centeno. Zumo de naranja. Café solo. Gracias.

La mujer salió de la habitación mascullando para sus adentros y Coop gruñó. Vio con claridad diáfana que aquella relación iba a ser muy dolorosa. ¿Por qué demonios tenía que ser ella quien se quedaba? ¿No podían haberse quedado a alguno de los otros? No, claro que no, se quejó para sus adentros... ella es más barata. Pero, veinte minutos más tarde, cuando salió de la ducha y se encontró el desayuno en la bandeja sobre la cama, tuvo que admitir que los huevos estaban buenos. Mejores que los de Pamela. Algo es algo, aunque los huevos eran rancheros, no revueltos. Coop se hubiera quejado, porque aquello no era lo que había pedido, pero los huevos estaban deliciosos, así que los devoró.

Media hora más tarde, Coop salía por la puerta, impecablemente vestido, como siempre, con una americana, pantalones grises y camisa azul, corbata Hermès azul marino y el pelo tan bien puesto como siempre. Cuando subió en su Rolls-Royce y se fue, era la viva imagen de la elegancia y la sofisticación. Mark salió detrás de él por el camino, en dirección al trabajo. ¿Adónde iría Coop a esa hora? No acertaba a imaginarlo. Estaba solo, y eso no era común, aunque claro, tampoco era común que saliera de la casa tan pronto.

Liz se cruzó con los dos por el camino y saludó a Coop. Aún no podía creer que aquella era su última semana.

6

Los últimos días de Liz como empleada de Coop tuvieron un regusto amargo. Coop nunca había sido tan dulce o generoso con ella. Le regaló un anillo de diamantes que dijo que había pertenecido a su madre, aunque Liz ya estaba acostumbrada y escuchaba sus historias con escepticismo. Pero, fuera de quien fuera, era un anillo bonito; le iba perfecto y le prometió que siempre lo llevaría puesto y pensaría en él.

El viernes por la noche la llevó a Spago; ella bebió demasiado y, cuando él la dejó a la puerta de su casa, estaba llorando por lo desgraciada que iba a sentirse sin él. Pero él ya se había resignado a su marcha y le aseguró que estaba haciendo lo correcto. Luego volvió a su casa, donde le esperaba una nueva belleza. Pamela estaba en Milán, haciendo unas fotos para una revista. Él había conocido a Charlene en el rodaje del anuncio de coches que acababa de hacer. Era una mujer espectacular, aunque tenía veintinueve años y eso significaba que era demasiado mayor para él. Pero tenía el cuerpo más increíble que había visto, y había visto muchos. Era digna de entrar en el Salón de Honor de Cooper Winslow.

Charlene tenía unos pechos enormes que insistía en que eran suyos, y una cintura que podía abarcar con las manos. Tenía una cabellera larga y oscura y unos enormes ojos verdes gatunos. Decía que su abuela era japonesa. Era una chica con un aspecto increíble y Coop la tenía completamente desconcertada. Era más inteligente que Pamela, y eso ya era un alivio. Charlene había vivido dos años en París, haciendo algún dinero extra como modelo mientras estudiaba en la Sorbona, y se había criado en Brasil. Era una maravillosa combinación de sabores internacionales; para el segundo día de rodaje, ya se habían acostado. Coop había tenido una semana muy buena.

Había invitado a la joven a pasar el fin de semana con él y ella aceptó con un chillido de satisfacción. Coop ya estaba pensando en ir al Hotel du Cap con ella. Estaría estupenda en *topless* en la piscina. Ya estaba acostada cuando Coop llegó a casa después de su cena con Liz, y se metió en la cama con pocos miramientos. Pasaron una noche interesante juntos, algo acrobática, y el sábado fueron a comer a Santa Barbara; volvieron a casa a tiempo para cenar en L'Orangerie. Coop estaba disfrutando mucho y empezaba a pensar que había llegado el momento de despedirse de Pamela. Charlene tenía mucho más que ofrecer y una edad más razonable.

Aún estaba en la casa cuando Paloma llegó el lunes por la mañana. Coop le pidió que les subiera el desayuno a los dos, y ella lo hizo con una agria expresión de desaprobación. Miró con ira a Coop, dejó las dos bandejas sobre la cama de mala manera y salió de la habitación con paso digno con sus zapatos rosas de tacón. Los accesorios que llevaba con el uniforme eran de lo más fascinantes.

—No le gusto —dijo Charlene cabizbaja—. Creo que desaprueba lo que hago.

—No te preocupes. Está locamente enamorada de mí. Tú no te asustes si nos monta una escenita —dijo él con sarcasmo al tiempo que los dos se avalanzaban sobre unos huevos que parecían de plástico cubiertos con una gruesa capa de pimienta que hizo que Coop se atragantara y Charlene estornudara. Estaban muy lejos de los huevos rancheros que le había preparado la semana antes. Paloma había ganado aquel asalto, pero Coop pensaba tener unas palabras con ella cuando Charlene se fuera, que fue a primera hora de la tarde.

—Nos has servido un desayuno muy interesante esta mañana, Paloma. —Coop estaba en pie en la cocina, mirándola fríamente—. Lo de la pimienta ha sido un bonito detalle, aunque innecesario. He tenido que coger una sierra para cortar los huevos. ¿Con qué los hiciste? ¿Con goma o con pegamento normal?

—No sé de qué está hablando —dijo ella crípticamente, abrillantando una pieza de la cubertería que Livermore le había dicho que había que pulir cada semana. Volvía a llevar las gafas de fantasía. Estaba claro que eran sus favoritas, y empezaban a serlo también de Coop. Se preguntó si habría una remota posibilidad de hacerla entrar en cintura. Si no, tendría que sustituirla, por mucho que Abe se quejara—. ¿No le gustan mis huevos? —preguntó con tono angelical mientras él la miraba con el ceño fruncido.

—Ya sabes a qué me refiero.

—La señorita Pamela llamó desde Italia esta mañana, a las ocho —anunció Paloma sin inmutarse y Coop la miró sorprendido. De pronto su acento había desaparecido.

—¿Qué has dicho? —Aunque más que el qué, se trataba del cómo.

—He dicho... —La mujer lo miró con una sonrisa inocente—. Señorita Pamela llama usted a las ocho. —Volvía a hablar con acento. Estaba jugando con él.

—Eso no es lo que has dicho hace un momento, ¿verdad, Paloma? —Se le veía visiblemente molesto, y ella parecía un poco avergonzada, pero enseguida lo disimuló con descaro y un encogimiento de hombros.

—¿No es eso lo que esperaba? Estuvo usted llamándome María los dos primeros meses que pasé aquí. —Coop aún percibía el eco de San Salvador, pero solo levemente; el inglés de esa mujer era casi tan bueno como el suyo.

—No hemos sido presentados adecuadamente —dijo él disculpándose. Y, aunque nunca lo hubiera confesado, estaba un tanto divertido. La mujer imaginaba que podría esconderse fingiendo que apenas entendía el inglés. Coop sospechaba que no solo era lista, sino que también una cocinera condenadamente buena—. ¿Qué hacías en tu país, Paloma? —De pronto estaba intrigado. Por más irritante que fuera como persona, se estaba convirtiendo en un ser humano para él, y no estaba seguro de querer cargar con aquello. Pero, a pesar de todo, la curiosidad le pudo.

—Era enfermera —dijo ella sin dejar de pulir la plata. Era una tarea odiosa, y ella añoraba a Livermore casi tanto como Coop.

—Qué pena —dijo Coop con una sonrisa—. Esperaba que dirías que eras modista o costurera. Al menos hubieras podido cuidar adecuadamente mi ropa. Por suerte, no necesito tus cuidados como enfermera.

—Aquí gana más dinero. Y usted tiene mucho ropa —dijo, adoptando otra vez el acento, como si fuera un vestido que se ponía o se quitaba a su antojo. Era como jugar al cucú con él.

—Gracias por el comentario. Veo que tú también tienes accesorios interesantes —dijo bajando la vista a sus zapatos rosas—. Por cierto, ¿por qué no me dijiste que Pamela había llamado? —Ya había decidido cambiar de amante. Pero siempre mantenía una relación de amistad con las que dejaba. Y era lo bastante generoso para que le perdonaran sus caprichos y pecados. Estaba seguro de que Pamela le perdonaría.

—Estaba usted ocupado con la otra cuando llamó. Como se llame. —El acento había vuelto a desaparecer.

—Charlene —apuntó él, y Paloma pudo cara de circunstancias—. Gracias, Paloma —dijo tranquilo, y decidió retirarse mientras aún estaba a tiempo. Aquella mujer nunca tomaba nota de los recados y solo se los comentaba cuando se acordaba, y eso le preocupaba. Pero parecía saber muy bien quiénes eran los jugadores. Al menos de momento. Cada día que pasaba se convertía en un personaje más interesante.

Paloma había conocido a Mark la semana antes, y se había ofrecido a hacerle parte de la colada cuando él dijo que la lavadora del ala para invitados de la casa estaba estropeada. Y la cocina seguía sin funcionar. Paloma le dijo que podía utilizar la cocina de la casa si le hacía falta. Dijo que Coop nunca bajaba a la cocina por la mañana, y le dio una llave de la puerta que unía el ala para invitados con la parte principal de la casa. La cafetera exprés también estaba estropeada. Mark lo había apuntado todo en una lista, y la de la inmobiliaria le prometió que se ocuparían de todo aunque, sin Liz allí, no había quien pudiera hacerse cargo de aquello como no fuera Coop, y eso no parecía probable. Mark llevaba su ropa a la lavandería y Paloma le lavaba las sábanas y las toallas. Aparte de eso, y la cafetera exprés de Coop, que utilizaba los fines de semana, no le hacía falta nada más. Utilizaba el microondas en vez de la cocina, y si acaso la necesitaba sería cuando tuviera a los niños con él. Seguro que para entonces ya estaría arreglada, incluso si tenía que encargarse personalmente. La mujer de la inmobiliaria dijo que vería qué podía hacer. Pero Coop no contestaba a sus llamadas, ni a las de Mark. Y el actor tenía que rodar otro anuncio aquella semana, de una marca de chicles. Era un anuncio ridículo, pero pagaban bien y su agente le había convencido para que aceptara. Últimamente trabajaba más que de costumbre, aunque aún no le habían ofrecido ningún papel. Su agente había estado buscando en vano. Su reputación era demasiado conocida en Hollywood y era demasiado viejo para el tipo de personaje romántico que él quería interpretar. No estaba preparado para interpretar padres o abuelos. Y hacía años que no se cotizaban los playboys entrados en años.

Aquella semana Charlene se quedó con él en La Villa casi todas las noches. Estaba tratando de encontrar trabajo como actriz, pero parece que tenía aún menos suerte que Coop. De momento, el único trabajo que había hecho desde que llegó a Hollywood eran dos películas X, una de las cuales se pasó por televisión a las cuatro de la mañana. Su agente la convenció para que no las mencionara en su currículum. Ya le había preguntado a Coop si él podía hablar con alguien para conseguirle un trabajo, y él dijo que vería qué podía hacer. Charlene había empezado como modelo de ropa íntima en la Séptima Avenida, después de hacer un trabajo parecido en París, y tenía un cuerpo fabuloso, aunque Coop dudaba que estuviera capacitada para la interpretación. Ella decía que había hecho muchos trabajos como modelo en París, pero por lo visto nunca encontraba su sitio. Más que en la interpretación, el trabajo de modelo o la interpretación, sus dotes entraban en el área que a Coop le interesaba.

Coop estaba disfrutando muchísimo con ella. Cuando Pamela volvió de Milán y le dijo que se había liado con el fotógrafo, se sintió aliviado. Aquellas cosas siempre se solucionaban por sí solas, sobre todo en el mundillo de Coop. Todo eran cuerpos, alianzas temporales, aventuras rápidas. Solo cuando salía con actrices famosas se molestaba en alentar los rumores de noviazgos y bodas. Pero aquello no le interesaba con Charlene. Se trataba de que los dos lo pasaran bien. Coop ya la había llevado un par de veces de compras, y, aunque se gastó enteritos los dos cheques que le habían dado sus inquilinos, pensaba que la chica lo valía, tal como le explicó a Abe cuando el hombre llamó y le advirtió que tendría que vender la casa si no se comportaba.

—Será mejor que renuncie a las modelos y actrices muertas de hambre, Coop. Lo que necesita es una esposa millonaria.
—Coop se rió y dijo que lo pensaría, pero el matrimonio nunca había entrado en sus planes. Él lo único que quería era jugar, y es lo que pensaba hacer hasta que se muriera.

El fin de semana siguiente, Mark fue a Nueva York a ver a sus hijos. Para entonces ya se lo había contado todo a Paloma. La mujer le ayudaba un poco con la limpieza, y él le pagó generosamente. Aunque Paloma lo habría hecho de todos modos. Le dio mucha pena cuando le dijo que su mujer le había dejado por otro, así que empezó a dejarle fruta fresca en el frutero de su cocina y algunas tortillas que hacía. Le gustaba oírle hablar de sus hijos. Se notaba que los quería con locura. Tenía fotografías de ellos por todas partes, y también fotos de él con su mujer.

Pero, a pesar de eso, fue un fin de semana agotador. Era la primera vez que Mark veía a sus hijos desde que se fueron. Janet decía que tendría que haberles dado más tiempo para que se acomodaran, y se mostró nerviosa y hostil. Llevaba una doble vida: con los niños fingía que estaba sola, pero continuaba con su aventura en secreto. Y Adam quería saber cuándo podría conocerlos. Ella le había prometido que sería pronto, pero no quería que supieran que él era la causa de que se hubieran ido a Nueva York. Le aterraba que pudieran rechazarlo e iniciar una guerra, aunque solo fuera por lealtad a su padre. Cuando Mark la vio, la notó nerviosa y tensa. ¿Qué le pasaría? Y los niños tampoco estaban contentos. Aunque estaban muy contentos porque había ido a verles.

Se quedaron en el Plaza con él y pidieron montones de comida al servicio. Él los llevó al teatro y a ver una película. Fue a comprar con Jessica y él y Jason dieron un largo paseo bajo la lluvia, tratando de darle sentido a las cosas. El domingo por la tarde Mark se sentía como si solo hubiera logrado arañar la superficie y detestaba tener que volver a separarse de ellos. Durante todo el trayecto en avión estuvo abatido. Empezaba a pensar seriamente si no tendría que irse a Nueva York. El sábado siguiente, estaba tumbado al sol junto a la piscina, pensando aún en aquello, cuando se dio cuenta de que por fin alguien se estaba instalando en la casa del guarda. Se acercó hasta allí dando un paseo y vio a Jimmy metiendo cajas él solo. Se ofreció a echarle una mano.

Jimmy vaciló durante un largo momento y finalmente aceptó agradecido. Él mismo estaba sorprendido ante la cantidad de cosas que tenía. Lo había mandado casi todo a un guardamuebles, pero había conservado muchas fotografías enmarcadas, algunos trofeos, su equipo deportivo, y su ropa. Tenía un montón de discos, y una parte era de Maggie. Parecía haber una montaña de cosas e, incluso con la ayuda de Mark, tardaron dos horas en descargar la furgoneta. Cuando por fin acabaron los dos estaban cansados. Después de presentarse, se habían limitado a cargar cajas. Cuando se sentaron, Jimmy le ofreció una cerveza, y Mark aceptó agradecido. Habían trabajado mucho.

—Tienes muchas cosas —dijo Mark con una sonrisa mientras bebía su cerveza—. Cosas que pesan. ¿Qué hay en todas esas cajas? ¿Tu colección de bolas para jugar a los bolos? —Jimmy sonrió y se encogió de hombros.

—Que me aspen si lo sé. Teníamos un apartamento con dos habitaciones y lo he mandado casi todo a un almacén, y ha seguido quedando esto. —Tenía un montón de libros, periódicos, CD. Parecía que no se acababan nunca, pero todo fue desapareciendo fácilmente en los cajones, alacenas, estantes y armarios de la casa. Cuando Jimmy abrió la primera caja, sacó una foto de Maggie y la puso en la repisa de la chimenea y se quedó mirándola. Era una de sus favoritas. Maggie acababa de pescar un pez en un lago, en uno de sus viajes a Irlanda; tenía expresión triunfal y satisfecha, con sus cabellos rojos sujetos en un moño en lo alto de la cabeza y los ojos entrecerrados por el sol. Aparentaba unos catorce años. Pero fue el verano antes de que enfermara, unos siete meses atrás. A él le parecía una eternidad. Se dio la vuelta y vio que Mark le miraba. Él apartó la mirada sin decir nada.

—Bonita mujer. ¿Tu novia? —Jimmy negó con la cabeza y tardó un rato en contestar, pero finalmente lo hizo, con un nudo en la garganta. Ya se había acostumbrado a ese nudo, como si fuera una parte de su ser, un nudo que le hacía llorar por cualquier cosa.

—Mi mujer —dijo sereno.

—Lo siento —dijo Mark con tono compasivo, suponiendo que se habrían divorciado, porque daba la sensación de que era lo que todo el mundo hacía—. ¿Cuánto hace?

—Mañana por la noche hará siete semanas —dijo Jimmy, respirando hondo. Nunca hablaba de aquello, pero sabía que tenía que aprender a hacerlo y quizá era un buen momento para empezar. Mark parecía un buen tipo y, viviendo en la misma finca, tal vez se harían amigos. Jimmy trató de mantener la voz firme y bajó los ojos.

—Pues yo hace seis semanas. El fin de semana pasado fui a Nueva York a ver a mis hijos. Los echo mucho de menos. Mi mujer me ha dejado por otro —dijo Mark con tono sombrío.

—Lo siento —dijo Jimmy con expresión compasiva. Podía ver el dolor en los ojos de Mark, reflejado y amplificado en los suyos propios—. Eso es muy jodido. ¿Cuántos años tienen tus hijos?

—Quince y trece, chica y chico. Jason y Jessica. Son estupendos, y de momento odian Nueva York. Si tenía que enamorarse de otro, hubiera preferido que fuera de aquí. Los niños aún no saben nada de él. ¿Y vosotros? ¿Tenéis hijos?

—No. Habíamos estado hablando de tenerlos. Aún no nos habíamos puesto de acuerdo. —A Jimmy le sorprendió comprobar las ganas que tenía de contarle cosas a Mark. Era como si los uniera un vínculo extraño e invisible. El vínculo del pesar, la pérdida y la tragedia inesperada. Los brutales golpes de la vida que llegan por sorpresa.

—Quizá sea mejor así. Supongo que es más fácil divorciarse cuando no hay hijos. O quizá no. ¿Qué sé yo? —dijo Mark con una mezcla de compasión y humildad, y de pronto Jimmy se dio cuenta de la confusión.

—No nos vamos a divorciar —dijo con voz ahogada.

—Supongo que os podéis reconciliar —dijo Mark con envidia, pero estaba claro que la mujer no estaba por allí, así que no podía estar yéndoles muy bien. Y entonces reparó en la mirada de ira de Jimmy.

—Mi mujer murió.

—Oh, Jesús... Lo siento... pensaba... ¿Qué pasó? ¿Un accidente? —Volvió a mirar la fotografía, aterrado ante la idea de que aquella mujer tan joven que sostenía el pez se hubiera ido, de que hubiera muerto. No hacía falta fijarse mucho para ver que estaba destrozado.

—Un tumor cerebral. Empezó con dolores de cabeza... migrañas... le hicieron unas pruebas. A los dos meses se había muerto. Así, sin más. No suelo hablar de esto. A ella le hubiera encantado este sitio. Su familia era irlandesa, del condado de Cork. Y ella era irlandesa hasta la médula. Una mujer extraordinaria. Me gustaría poder ser la mitad de increíble que ella. —Mark casi se echó a llorar escuchándolo, y veía las lágrimas brillar en los ojos de Jimmy. Lo único que podía hacer era mirarlo con comprensión; luego le ayudó a repartir el resto de las cajas y subió al menos la mitad al piso de arriba. Durante un rato no cruzaron palabra, pero, para cuando las cajas estuvieron cada una en su habitación y empezaron a abrir algunas, Jimmy parecía haber recuperado la compostura.

—No sabes cuánto te lo agradezco. Me siento un poco idiota instalándome aquí. Teníamos un bonito apartamento en Venice Beach. Pero tenía que salir de allí; entonces apareció este sitio. Me pareció lo mejor. —Era un lugar donde podría recuperarse sin sentirse constantemente rodeado del recuerdo de su vida con ella. Dadas las circunstancias, a Mark también le pareció lo mejor.

—Yo he estado viviendo en un hotel a dos manzanas de mi despacho, oyendo a la gente toser toda la noche. Un contable con el que trabajo también lo hace para Coop y sabía que iba a alquilar el ala para invitados de la casa y la casa del guarda. Me enamoré del sitio en cuanto lo vi, y creo que a mis hijos les encantará. Es como vivir en un parque. Me instalé hace un par de semanas y es tan tranquilo que duermo como un bendito. ¿Quieres venir a ver mi casa? Es completamente distinta. La mañana que vine a verla tú acababas de alquilar esta. Pero creo que la mía irá mejor para los niños. —Era lo único que podía pensar, sobre todo después de haberlos visto en Nueva York y descubrir que estaban tan a disgusto. Jessica se peleaba continuamente con su madre y Jason parecía estar desconectando de todo el mundo, aislándose. Ni los niños ni la madre estaban bien. Nunca la había visto tan estresada. Ella había hecho añicos su vida en común y Mark pensó si no estaría descubriendo ahora que las cosas no eran tan idílicas como había imaginado. Había elegido un camino difícil, no solo para ellos, sino también para ella.

—Voy a darme una ducha —dijo Jimmy dedicándole una sonrisa—. Si vas a estar en casa, dentro de un rato me pasaré. ¿Quieres jugar al tenis esta tarde? —No había jugado desde que Maggie murió.

—Claro. Todavía no he visto las pistas. No tenía con quien jugar. Pero he utilizado la piscina, y es muy agradable. Está justo delante de mi parte de la casa. Tenía intención de nadar un poco cada noche al volver del trabajo, pero no he tenido tiempo.

—¿Has visto a Coop? —preguntó Jimmy con una mueca divertida, y Mark notó que se sentía mejor. El pobre hombre parecía muy afectado por la muerte de su mujer.

—No, todavía no, al menos no he hablado con él. Solo le he visto de lejos, cuando entra y sale en coche. Siempre va con mujeres condenadamente guapas. Como si tuviera un rebaño de jovencitas a su disposición.

—Tiene esa fama, ¿no? Creo que es lo que lleva haciendo toda su vida. Hace años que no le veo en ninguna película.

—Creo que está pasando una mala racha, o al menos un apuro, que es la razón de que tú y yo estemos aquí de inquilinos —dijo Mark con tono pragmático. Para ellos había sido ideal.

—Ya lo imaginaba. Sobre todo en tu caso —le dijo a Mark—. ¿Por qué iba a querer alquilar una parte de su propia casa si no es porque necesita el dinero? Debe de costar una fortuna mantener este sitio.

—Su contable acaba de despedir a todo el personal. A lo mejor lo vemos arreglando el jardín un día de estos. —Los dos se rieron ante la idea y unos minutos más tarde Mark se fue y volvió a su casa. Se alegraba de haber conocido a Jimmy y estaba impresionado por el trabajo que hacía con los niños en Watts.

Aunque sentía terriblemente lo de su mujer. Qué mala suerte. Parecía peor que lo que le había pasado a él. Al menos él aún tenía a sus hijos, y Janet le había roto el corazón y le había arruinado la vida, pero al menos no se había muerto. A Mark no se le ocurría nada peor que lo que le había pasado a su nuevo amigo.

Jimmy se presentó media hora más tarde, con aire renovado y limpio y el pelo recién lavado. Llevaba pantalones cortos y una camiseta, así como una raqueta de tenis. Quedó bastante impresionado cuando vio la parte de la casa donde vivía Mark. Tenía razón, era completamente diferente a la casa donde estaba él. A Jimmy le gustaba más la suya, pero entendía perfectamente por qué la otra sería mejor para los hijos de Mark. Había mucho más espacio. Y sospechaba que serían más felices al lado de la piscina.

—¿Coop no ha dicho nada por lo de los niños? —preguntó Jimmy cuando iban hacia la pista de tenis.

—No. ¿Por qué? —Mark pareció sorprendido—. Le dije a la de la inmobiliaria que viven en Nueva York y que por desgracia no los tendré conmigo casi nunca, solo en vacaciones. Para ellos es más fácil que vaya yo.

—Por lo que dijo la agente, me pareció que no le gustaban los niños. Es lógico. Tiene cosas muy bonitas en las dos casas. A mí me ha ido perfecto. Maggie y yo no teníamos muchos muebles, y estaban bastante hechos polvo. Nuestro apartamento era muy pequeño. Lo he guardado todo en un almacén. Es agradable poder empezar de cero. ¿Qué me dices de ti?

—Se lo dejé todo a Janet, excepto mi ropa. Pensé que sería mejor para los niños que tuvieran sus cosas de siempre. Este sitio me ha venido como agua de mayo. Si no, hubiera tenido que salir y comprarlo todo nuevo. Creo que si hubiera tenido que hacerlo me hubiera quedado en el hotel. No estaba para amueblar ningún piso ni preocuparme por esas cosas. Llegué aquí con mis maletas, desempaqueté. Presto, magia, estoy en casa.

—Sí —Jimmy sonrió—. Yo también. —Mark ya lo sabía.

Encontraron la pista enseguida, pero les decepcionó ver que no estaba en buenas condiciones. Trataron de jugar una partida, pero el suelo estaba resquebrajado y duro. Al final, se limitaron a golpear la pelota. Disfrutaron del ejercicio y después fueron a la piscina. Mark estuvo nadando mientras Jimmy se tumbaba un rato al sol. Luego Jimmy volvió a su casa. Invitó a Mark a cenar aquella noche. Iba a preparar unas chuletas en la barbacoa y, por pura costumbre, había comprado dos.

—Me parece bien. Yo traeré un vino —se ofreció Mark. Una hora más tarde se presentó con una botella de buen cabernet y se sentaron en la terraza a charlar de la vida, el deporte, sus trabajos, los hijos de Mark y los que Jimmy hubiera querido tener y tal vez tendría algún día, y hablaron lo menos posible de sus mujeres. Aún era demasiado doloroso para los dos. Mark admitió que no le apetecía empezar a alternar otra vez y Jimmy no estaba seguro de que pudiera hacerlo nunca. De momento, no tenía intención de hacerlo, pero decidir algo así con treinta y tres años era muy duro. De momento los dos se limitarían a dejarse llevar. Al cabo del rato la conversación derivó hacia Coop, cómo pensaba cada uno que era, quién era en realidad, si existía. Jimmy tenía la teoría de que si llevas la vida que Hollywood ofrece durante tanto tiempo como había hecho Coop, acaba corroyendo tu realidad. Desde luego, por lo que los dos habían leído de Coop, parecía plausible.

En aquel momento, mientras ellos estaban sentados en la terraza, Coop estaba en la casa grande, en la cama, con Charlene. Aquella mujer era una auténtica gourmet del sexo, y habían hecho cosas en las que Coop ni siquiera pensaba desde hacía años. Le hacía sentirse joven, desafiado, divertido. Era una gatita deliciosa y al momento siguiente se convertía en una feroz leona que lo desafiaba a que la conquistara. Lo tuvo ocupado la mayor parte de la noche. Y, a la mañana siguiente, bajó sin hacer ruido al piso de abajo para prepararle el desayuno. Quería sorprenderlo con un maravilloso desayuno y luego volver a hacer el amor. Estaba plantada en la cocina sin otra cosa que un tanga y zapatos de tacón alto de satén rojo cuando oyó una cerradura y una puerta que se abría y, al darse la vuelta, se encontró con Mark, en ropa interior y con el pelo revuelto. Parecía un chico de dieciocho años, medio dormido, y ella siguió donde estaba, sonriendo, sin el menor gesto de disculpa ni hacer ademán de cubrirse.

—Hola, soy Charlene —dijo como si llevara puesta una bata y zapatillas. Mark estaba tan abrumado por los enormes pechos, el tanga y las piernas interminables que ni siquiera le veía la cara. Tardó un minuto entero en encontrársela.

—Oh, señor... lo siento... Paloma me dijo que Coop nunca utiliza la cocina los fines de semana... mi cocina no funciona y la cafetera exprés está estropeada... solo quería hacerme un café... ella me dio la llave... —Casi estaba tartamudeando, en cambio Charlene no parecía molesta. Si acaso, tenía expresión amable y divertida.

—Yo le preparé ese café. Coop está durmiendo. —Mark supuso que seguramente sería una actriz o una modelo que había llevado a su casa, o alguna de sus novias. Las semanas anteriores, Mark había visto a una rubia con él, aunque no sabía quién era ni la una ni la otra. Talento sexual, supuso, en una u otra forma.

—No, de verdad, me voy... lo siento mucho... —La mujer seguía allí de pie, sonriéndole, con los pechos dándole casi en la cara.

—Vale. —No parecía preocuparle estar desnuda ante él. Y, de no haber sido tan embarazoso, Mark se hubiera reído de la escena. Se sentía como un perfecto idiota y, mientras él seguía con su expresión mortificada, ella le preparó el café y se lo entregó—. ¿Es usted el inquilino? —preguntó con desenvoltura, mientras Mark sostenía la taza de café y trataba de retirarse.

—Sí, soy yo. —¿Quién iba a ser? ¿Un ladrón? ¿Un desconocido?—. No volveré a pasar. Compraré una cafetera nueva. Quizá lo mejor es que no se lo diga a Coop —dijo algo nervioso. Era una chica con un aspecto increíble.

—Muy bien —dijo ella muy amable al tiempo que sacaba un recipiente con zumo de naranja y servía un vaso para Coop. Luego miró a Mark, que ya se iba—. ¿Quiere un zumo?

—No, gracias... de verdad. Estoy bien. Gracias por el café —dijo, y desapareció tan deprisa como pudo. Cerró la puerta que unía las dos partes de la casa con llave y se quedó sonriendo en el vestíbulo que había junto a su sala de estar. No podía creerse lo que le acababa de pasar. Era como las cosas que pasan en las películas muy malas. Pero menudo cuerpazo... y tenía un pelo negro increíblemente largo.

Siguió riendo para sus adentros, y cuanto más lo pensaba, más divertida le parecía la escena. Cuando se vistió, no pudo resistirse, así que fue a la casa del guarda para contárselo a Jimmy. Se prometió que esa tarde saldría a comprar una nueva cafetera.

Jimmy estaba sentado en la terraza, bebiendo un tazón de café y leyendo el periódico. Cuando alzó la vista vio a Mark sonriéndole y le devolvió la sonrisa. Mark parecía incapaz de contener la risa.

—¿A que no te imaginas con quién me he tomado el café esta mañana?

—Seguramente no, pero por tu cara debe de haber sido bueno.

Mark le habló de Paloma y de la llave, la cocina estropeada y la cafetera, que se había encontrado con Charlene, prácticamente desnuda, con tanga y zapatos de plataforma, y que le preparó el café sin ningún reparo.

—Por Dios, ha sido como en una película. Imagínate que me encuentro con él. Seguro que me hubiera echado.

—O peor. —Pero Jimmy también sonreía. Era divertido imaginar a Mark en calzoncillos y a una mujer desnuda sirviéndole el café.

—¿Quieres otra taza de café? Aunque tengo que reconocer que aquí el servicio será más normal.

—Sí, claro. —Eran como dos niños nuevos en el barrio y que se acaban de conocer, y la situación de ambos era lo suficientemente parecida para que se estableciera un vínculo entre ellos. Había algo espontáneo y agradable en el hecho de que fueran vecinos. Los dos tenían sus vidas y sus amigos, pero últimamente evitaban sus respectivos círculos. Sus tragedias los habían aislado, y hacían que se sintieran incómodos incluso en compañía de sus amigos más íntimos. Se habían aislado y, en su soledad, habían encontrado un nuevo amigo. Era mucho más fácil que estar con gente que les conocía cuando estaban casados. Como empezar de cero, aunque se hubieran contado sus respectivas historias. Porque la compasión de sus viejos amigos a veces se hacía insoportable.

Media hora más tarde, Mark volvió a su casa. Se había traído algo de trabajo de la oficina. Pero, aquella tarde, volvieron a coincidir en la piscina. Mark ya se había comprado la cafetera, y Jimmy había terminado de desempaquetar sus cosas. Había colocado media docena de fotografías de Maggie en lugares clave. Extrañamente, se sentía menos solo si veía su rostro. A veces, bien entrada la noche, le aterraba pensar que podía olvidarse de su cara.

—¿Ya has terminado con el trabajo? —le preguntó Jimmy a Mark cómodamente instalado en una tumbona.

—Sí. —Mark le sonrió—. Y he comprado una cafetera nueva. Pienso devolverle esa llave a Paloma mañana por la mañana. No volveré a hacerlo. —La visión de Charlene en tanga aún le hacía sonreír.

—¿Es que esperabas menos de él? —preguntó Jimmy refiriéndose a su casero.

—Supongo que no. Aunque no esperaba ver su vida sexual en primera fila.

—Me parece que eso te va a tener muy ocupado. —Jimmy parecía muy divertido; media hora después, seguían charlando tranquilamente cuando oyeron una verja chirriar y vieron a un hombre alto y con el pelo canoso que se acercaba sonriéndoles. Llevaba unos tejanos y una camisa blanca perfectamente planchada, así como mocasines de piel de cocodrilo sin calcetines. Era la viva imagen de la perfección. Los dos se levantaron de un salto, como si los hubieran pillado haciendo algo que no debían. En realidad, tenían permiso para utilizar la piscina, y si Coop había salido era solo para conocerlos. Los había visto desde su terraza. Charlene estaba arriba, en la ducha, lavándose el pelo.

—No se molesten. Solo quería saludarles. Ya que los tengo como invitados, quería conocerles. —A los dos les pareció gracioso que se refiriera a ellos como «invitados». Cuando uno paga diez mil dólares al mes, más que invitado, es un inquilino—. Hola, soy Cooper Winslow —dijo con una sonrisa deslumbrante, y estrechó la mano de Jimmy, luego la de Mark—. ¿Dónde vive cada uno? ¿Se conocían de antes? —Tenía curiosidad por saber de ellos, y ellos por saber de él.

—Yo soy Mark Friedman, vivo en el ala para invitados. Y, no, nos conocimos ayer, cuando Jimmy se estaba instalando.

—Jimmy O'Connor —dijo él tranquilo, y le estrechó la mano al hombre alto y atractivo que tenía delante. Los dos se sentían como niños delante del director de un nuevo colegio.

Y los dos se dieron cuenta de que Coop merecía realmente la fama de encantador que tenía. Se le veía un hombre espontáneo y agradable, elegante, con una ropa impecable. Incluso los vaqueros, cuidadosamente planchados, eran perfectos para su cuerpo esculpido y sus piernas interminables. De no haber sabido la edad que tenía, ninguno de los dos le hubiera echado más de sesenta años, porque aparentaba muchos menos. Era impensable que pudiera tener setenta años. No es de extrañar que las mujeres lo adoraran. Incluso vestido con vaqueros rezumaba estilo y glamour. Se sentó en una silla y les sonrió, y cada palmo de su cuerpo se correspondía con su leyenda.

—Espero que los dos estén a gusto.

—Mucho —se apresuró a contestar Mark, rezando para que Charlene no le hubiera dicho nada. Tenía miedo de que esa fuera la razón por la que había salido a conocerlos—. Es un lugar extraordinario —dijo con gesto admirado, tratando de no pensar en la mujer que le había servido su café en tanga. Jimmy, que intuía que era eso exactamente lo que estaba pensando, sonreía con expresión pícara. Era una historia increíble.

—Siempre me ha gustado este lugar —dijo Coop refiriéndose a la casa—. Tienen que venir alguna vez a la casa principal. A cenar tal vez. —Y entonces se acordó de que ya no tenía cocinera ni nadie que pudiera servir la comida adecuadamente. A partir de ahora, si quería invitar a alguien a cenar tendría que llamar a un servicio de cátering. Nunca se le hubiera ocurrido encargar a Paloma otra cosa que no fueran pizzas o tacos, por muy bien que hablara el inglés. Con o sin acento, era una mujer rebelde y temiblemente independiente. Quién sabe lo que sería capaz de hacer si le pedía que les sirviera la cena—. ¿De dónde son?

—Yo soy de Boston —contestó Jimmy—. Llevo aquí ocho años, desde que me licencié. Y me encanta.

—Yo llevo aquí diez años —explicó Mark—. Soy de Nueva York. —Estaba a punto de añadir «con mi mujer y mis hijos», pero no lo hizo. Sonaba demasiado patético, sobre todo si tenía que explicar por qué ya no estaban con él.

—Los dos tomaron la decisión más correcta. Yo también soy del Este, pero no soporto aquel clima, sobre todo el invierno. Aquí la vida es mucho mejor.

—Sobre todo en un lugar como este —dijo Jimmy admirado. Cooper Winslow le fascinaba. Allí sentado, con aire de sentirse muy a gusto en su piel. Era evidente que estaba acostumbrado a que lo adularan, a llamar la atención, y que era plenamente consciente de la fascinación que despertaba en los demás. Llevaba medio siglo viviendo de aquello. Una estadística impresionante, sobre todo teniendo en cuenta el aspecto que tenía a su edad.

—Bueno, espero que los dos sean felices aquí. Si necesitan algo solo tienen que decirlo. —Mark no tenía intención de decir nada de la cocina o la cafetera. Había decidido arreglarlas por su cuenta y descontar el dinero de la siguiente mensualidad. No quería hablar de su café de aquella mañana, por si la mujer de los pechos grandes le había dicho algo a Coop. Había prometido no decir nada, pero Mark no sabía si podía fiarse.

Coop volvía a sonreírles con expresión triunfal, estuvo charlando con ellos unos minutos más y luego se fue. Los otros dos hombres, mucho más jóvenes, se miraron, y esperaron unos minutos antes de hablar, para dar tiempo a que Coop entrara en la casa y no pudiera oírles.

—Jesús. —Mark habló primero—. ¿Has visto qué aspecto tiene? Creo que me voy a retirar. ¿Quién podría competir con algo así? —En su vida se había sentido tan impresionado por ningún hombre. Cooper Winslow era el hombre más atractivo que conocía. Jimmy parecía menos impresionado cuando contestó, con tono pensativo.

—Solo hay un problema —dijo en un susurro. No quería que Coop le oyera—. Es todo en él. No puede uno evitar preguntarse si hay un corazón ahí dentro o solo es lo que se ve, encanto, buena apariencia y un excelente sastre.

—Quizá eso es suficiente —dijo Mark, pensando en Janet. Ella nunca hubiera dejado a un hombre con el aspecto, el ingenio y el encanto de Cooper Winslow. A su lado se sentía como un perfecto idiota. En el momento en que Coop apareció, su inseguridad volvió a aflorar.

—No, no lo es —repuso Jimmy sabiamente—. Solo tiene fachada. Nada de lo que dice significa nada. Solo se trata de belleza y palabrería. Y mira las mujeres que busca. De aquí a treinta años, ¿quieres tener una mujer descomunal que te sirva el desayuno en tanga o una persona real con quien puedas hablar?

—¿Me dejas que me lo piense? —dijo Mark, y los dos se echaron a reír.

—Sí, de acuerdo, seguramente sería divertido un tiempo, pero ¿luego qué? A mí me volvería loco. —Maggie siempre fue una persona tan completa... inteligente, real, guapa, sexy. Era todo lo que él siempre había querido. Lo último que Jimmy querría era una jovencita guapa y tonta. Y lo único que Mark quería era a Janet. Pero, desde fuera, daba la sensación de que Cooper Winslow tenía todas sus bases cubiertas. Hasta Jimmy tenía que admitir que era imponente—. De hecho, puede quedarse con la mujer de las tetas. Si tuviera que elegir, yo me quedaba con los mocasines.

—Tú te quedas los mocasines y yo con la chica. Menos mal que no ha dicho nada de nuestro encuentro en la cocina —dijo Mark con expresión de alivio.

—Ya sabía que estabas pensando en eso. —Jimmy se rió. Mark le gustaba. Era un hombre agradable, tenía valores. Jimmy había disfrutado hablando con él, y le gustaba pensar que iban a ser amigos. Habían empezado bien, y le daba mucha pena. Podía imaginar el mal trago que había pasado, sobre todo por lo de los niños—. Bueno, ya le conocemos. Parece una estrella de cine, ¿no? —dijo Jimmy pensando en aquel breve encuentro—. ¿Quién le planchará la ropa? La mía ha estado arrugada desde que me independicé. Mag nunca planchaba nada. Decía que iba en contra de su religión. —Siempre fue una ferviente católica, y feminista. La primera vez que Jimmy le pidió que pusiera una lavadora, ella casi le pegó.

—Yo lo llevo todo a la lavandería, hasta la ropa interior —reconoció Mark—. La semana pasada me quedé sin camisas y tuve que comprarme seis nuevas. El trabajo de casa no es mi fuerte. Le he estado pagando a Paloma para que me ayude un poco con la limpieza. Si se lo pides a lo mejor te ayuda. —Había sido increíblemente amable con él. Y no solo parecía una mujer voluntariosa y capaz, también era inteligente y sensata. Él le había contado muchas cosas de sus hijos, y ella le habló en todo momento de forma comprensiva y sensata. Sentía un gran respeto por ella.

—Estoy bien —repuso Jimmy con una sonrisa—. Con la aspiradora y una botella de Windex soy un auténtico genio. Maggie tampoco lo hacía. —Mark no quiso preguntar qué hacía. Evidentemente, la mujer tenía las suficientes virtudes para que Jimmy la quisiera con locura. Más tarde, aquel mismo día, Jimmy le dijo que se habían conocido en Harvard. Era una mujer brillante.

—Janet y yo nos conocimos en la facultad de derecho. Pero ella nunca ejerció. Se quedó embarazada en cuanto nos casamos y se quedó en casa con los niños.

—Por eso nosotros no habíamos tenido hijos aún. Maggie estaba dividida entre abandonar su carrera y quedarse en casa con los niños. En ese sentido era muy irlandesa. Pensaba que una madre tiene que cuidar de sus hijos. Y yo supuse que tarde o temprano llegaríamos a un acuerdo. —Nunca supuso que pasaría lo que pasó.

Al cabo de un rato volvieron a hablar de Coop y, a las seis, Jimmy volvió a su casa. Había prometido salir con unos amigos a cenar. Invitó a Mark a acompañarlos, pero este dijo que tenía que revisar unos papeles. Tenía que leer algunos libros sobre las nuevas leyes fiscales. Cuando se separaron, los dos decidieron que había sido un buen fin de semana. Los dos tenían un nuevo amigo y estaban satisfechos con su nuevo hogar. Y se habían divertido al conocer a Cooper Winslow. No les había decepcionado. Era todo lo que se decía que era. La perfecta leyenda de Hollywood.

Jimmy y Mark quedaron en cenar juntos alguna noche de la semana siguiente. Mientras Jimmy se alejaba por el camino que llevaba a la casa del guarda, Mark entró en el ala para invitados y sonrió para sus adentros al recordar el café y la mujer que se lo había preparado. Cooper Winslow era un hombre con suerte.

7

Liz llamó a Coop la mañana después de que conociera a Jimmy y Mark junto a la piscina, y le alegró oír su voz. Llevaba casada una semana y aún estaba de luna de miel, aunque estaba preocupada por él.

—¿Dónde estás? —preguntó Coop, sonriendo al oír que era ella. Todavía se le hacía raro no verla cada mañana.

—En Hawai —dijo ella con orgullo. Utilizaba su nombre de casada cada vez que podía y, aunque le resultaba extraño, le encantaba y ahora se arrepentía de no haberse casado antes. Estar casada con Ted era como un sueño.

—Qué plebeyo —dijo Coop bromeando—. Sigo pensando que tendrías que dejarlo y volver conmigo. Podemos conseguir la anulación cuando quieras.

—¡No se atreverá! Me gusta ser una mujer respetable y casada. —Mucho más de lo que nunca hubiera creído.

—Liz, me decepcionas, pensaba que tenías más carácter. Tú y yo éramos los últimos de nuestra especie. Ahora solo quedo yo.

—Bueno, a lo mejor tendría que casarse también. No es tan terrible. Hasta tiene ciertas ventajas fiscales, o eso me han dicho. —Lo cierto es que le encantaba, y se había casado con el hombre adecuado. Ted era maravilloso con ella. Y Coop se alegraba, a pesar de lo mucho que aquello le había trastocado.

—Eso dice Abe. Que tendría que casarme. Dice que tengo que buscar una mujer rica. Es tan inexcusablemente rudo...

—No es mala idea —bromeó ella. No se imaginaba a Coop casado. Se divertía demasiado yendo de flor en flor. No se lo imaginaba sentando cabeza con una sola mujer. Tendría que montarse un harén para entretenerse.

—De todos modos, hace siglos que no conozco a ninguna mujer rica. No sé dónde se esconden. Además, prefiero a sus hijas. —O, en los últimos tiempos, a sus nietas, aunque ninguno de los dos lo dijo. A lo largo de los años, había tenido aventuras con ricas herederas y con mujeres ricas de una edad más respetable, pero Coop siempre había preferido a las más jóvenes. Hasta hubo una princesa india y un par de acaudaladas saudíes. Pero, fueran quienes fuesen, por mucho dinero que tuvieran, Coop siempre se cansaba de ellas. Siempre había una mujer más guapa o más excitante a la vuelta de la esquina. Y él siempre doblaba una esquina más. Liz sospechaba que siempre lo haría y, si llegaba a los cien años, seguiría doblando cada nueva esquina. Amaba su libertad.

—Solo quería asegurarme de que se está comportando —dijo Liz con tono de adoración. Lo añoraba muchísimo. Sentía un enorme afecto por él—. ¿Cómo lo lleva Paloma?

—Es fabulosa —dijo Coop con tono convincente—. Prepara huevos de goma, me pone pimienta en las tostadas, convirtió mis calcetines de cachemira en botitas de bebé y tiene un gusto exquisito. De hecho, me encantan sus gafas de fantasía. Por no hablar de los zapatos fucsia que se pone con la bata de trabajo, o los de leopardo. Es una joya, Liz. Sabe Dios dónde la encontraste. —Pero la verdad era que, por más que lo irritara, Coop disfrutaba enormemente de la animosidad que había entre ellos.

—Es una buena mujer, Coop. Enséñele, aprenderá. Ha trabajado un mes con los otros, algo le habrá quedado.

—Creo que Livermore debía de tenerla encerrada en el sótano con grilletes. Podría probar... Ah, por cierto, ayer conocí a mis invitados.

—¿Invitados? —Liz pareció sorprendida. No sabía nada de ningún invitado.

—Los dos individuos que se han instalado en el ala para invitados y la casa del guarda. —Sus inquilinos.

—Oh, *esos* invitados. ¿Cómo son?

—Parecían respetables. Uno es abogado y el otro asistente social. El asistente social parece un crío y estudió en Harvard. Al abogado se le ve un poco nervioso, pero fue muy agradable. Me han parecido personas correctas y respetables. Mientras no empiecen a tirar botellas de cerveza en la piscina o a adoptar a huerfanitos indeseables... No parecen drogadictos, ni criminales. Diría que hemos tenido suerte.

—Eso parece. La de la agencia inmobiliaria me aseguró que eran buena gente.

—Puede que tenga razón. Pero me reservo mi opinión hasta que pase algo más de tiempo. De momento, no creo que vaya a haber ningún problema. —Para ella fue un gran alivio. Había estado muy preocupada, y en parte esa era la razón por la que llamaba—. De todos modos, ¿cómo es que has llamado? Tendrías que estar haciendo el amor apasionadamente con ese fontanero con el que te has casado.

—No es fontanero, es corredor de bolsa. Y ahora está jugando al golf con un cliente.

—¿Se ha llevado a los clientes a vuestra luna de miel? Liz, eso es muy mala señal. Divórciate de él inmediatamente. —Coop se estaba riendo, y a Liz la alivió verlo tan contento.

—Se encontró con el cliente aquí —dijo ella riendo también—. Estaré de vuelta en casa en una semana. Le llamaré. Y ahora, compórtese, no compre ningún brazalete de diamantes esta semana. Le provocará una úlcera a Abe Braunstein.

—Se la merecería. Es el hombre con menos sentido del humor y menos gusto que hay en la Tierra. Tendría que mandarte un brazalete de diamantes, solo para fastidiarle. Al menos tú sí lo mereces.

—Llevo puesto el precioso anillo que me regaló cuando me fui —le recordó ella. Liz siempre era agradecida—. Hablaremos cuando vuelva. Cuídese, Coop.

—Lo haré, Liz. Gracias por llamar. —Le gustaba hablar con ella y, aunque odiaba tener que admitirlo, la echaba de menos. Terriblemente. Desde que ella se fue se sentía a la deriva. Su casa y su vida eran como un barco sin timón. ¿Qué iba a hacer sin ella?

Cuando comprobó su agenda aquella mañana, vio aquella letra suya tan cuidada. Esa noche se esperaba que asistiera a una cena de gala en casa de los Schwartz. Eran las estrellas sociales de Hollywood y llevaban dos décadas siéndolo. Él era un importante productor, y ella había sido actriz y una belleza en los años cincuenta. Coop no quería ir, pero sabía que se preocuparían si no lo hacía. Le interesaba mucho más pasar otra noche con Charlene, pero no quería llevarla con él. Era un poco demasiado picante para aquel grupo. Charlene era la clase de chica con quien le gustaba jugar, no alguien con quien quería que le vieran en cenas de gala. Coop tenía muchas categorías de mujeres. Charlene entraba en la de «chica para casa». Las grandes estrellas de cine las reservaba para estrenos e inauguraciones, donde el hecho de que los hubieran visto juntos doblaba el impacto que causaban en la prensa. Y había un rebaño de jóvenes actrices y modelos con las que le gustaba salir. Pero a las fiestas de los Schwartz prefería ir solo.

En sus fiestas siempre tenían montones de gente interesante, y nunca se sabe a quién podías conocer. Era más útil estar solo, y ellos disfrutaban invitándolo como soltero. Coop sentía un gran aprecio por Arnold y Louise Schwartz, así que llamó a Charlene y le dijo que aquella noche no podía verla. Ella se lo tomó muy bien, le dijo que de todos modos necesitaba una noche libre, para depilarse las piernas y hacer la colada. Necesitaba un poco de sueño reparador, le dijo, aunque Coop sabía perfectamente que aquella era la única cosa que no necesitaba. Para ella no era un problema pasarse la noche despierta y estar arrebatadora por la mañana. Y él siempre estaba dispuesto a arrebatarla. Pero aquella noche pertenecía a los Schwartz.

A la hora de la comida se reunió con un productor, luego le hicieron un masaje y la manicura. Durmió una siesta, y, cuando se levantó tomó una copa de champán. A las ocho en punto salió por la puerta principal. El chófer que había contratado le estaba esperando en su Bentley, y Coop estaba más guapo que nunca con aquel esmoquin y el pelo canoso.

—Buenas noches, señor Winslow —dijo el chófer educadamente. Llevaba años conduciendo para Coop, y también trabajaba para otras estrellas. Se ganaba bien la vida haciendo de chófer por libre. Para Coop era más lógico que tener un chófer permanente. La mayoría de las veces prefería conducir él mismo.

Cuando Coop llegó a la enorme mansión de los Schwartz en Brooklawn Drive, ya había cien personas en el salón principal, bebiendo champán y haciendo los honores a los anfitriones. La mujer iba muy elegante con un vestido de noche azul marino, y llevaba una fabulosa colección de zafiros. A su alrededor, Coop vio lo de siempre: ex presidentes y primeras damas, políticos, corredores de arte, productores, directores, abogados de fama internacional y el habitual surtido de estrellas de cine, algunas de ellas más actuales que Coop, pero ninguna tan famosa. Al momento quedó rodeado por un enjambre de admiradores de ambos sexos. Una hora después, pasaron al comedor para cenar, y Coop siguió al rebaño.

Lo sentaron a la misma mesa que otro conocido actor de su misma época. Había también dos famosos escritores y un importante agente de Hollywood. Coop vio que con ellos también se sentaba el director de uno de los estudios importantes y tomó nota para hablar con él después de la cena. Había oído que iban a rodar una película perfecta para él. La mujer que tenía a la derecha era una de las anfitrionas más conocidas de Hollywood y sus fiestas trataban de rivalizar con las de Louise Schwartz, aunque sin mucho éxito. En cambio la joven que tenía a su izquierda era una desconocida para él. Tenía un rostro delicado y aristocrático, grandes ojos marrones, piel de marfil y pelo oscuro recogido en un moño, como una bailarina de Degas.

—Buenas noches —dijo él muy afable. Se dio cuenta de que era menuda y ágil y pensó si no sería de verdad bailarina. Mientras un ejército de camareros servía el primer plato, le preguntó si era bailarina, y la joven rió. No era la primera vez que se lo preguntaban, y dijo sentirse halagada. Ella sí lo conocía a él y estaba emocionada por poder sentarse a su lado. La tarjeta que indicaba su sitio decía Alexandra Madison, aunque a Coop aquel nombre no le decía nada.

—En realidad soy residente —dijo ella, como si eso lo explicara todo, aunque Coop no entendió lo que quería decir.

—¿Residente de dónde? —preguntó con expresión divertida. No era su tipo, pero era extraordinariamente guapa y vio que tenía unas manos preciosas, con las uñas cortas y sin esmaltar. Llevaba un vestido de satén blanco y tenía el rostro y la figura de una niña.

—De un hospital. Soy médico.

—Qué interesante —dijo él, y por un momento pareció impresionado—. ¿De qué clase? ¿Algo útil?

—No, a menos que tenga usted hijos. Soy pediatra, neonatóloga, para ser más exactos.

—Detesto a los niños. Me los como para la cena —dijo él con una amplia sonrisa que dejó al descubierto los dientes blancos y perfectos que le habían hecho famoso.

—No le creo —dijo ella con una risita.

—De verdad. Y los niños me odian a mí. Saben que me los como. Solo me gustan cuando se hacen mayores. Sobre todo las mujeres. —Al menos era sincero. Durante toda su vida había desconfiado de los niños, les tenía aversión. Lo complicaban todo y le habían estropeado más de una velada. En su opinión, las mujeres sin niños eran mucho más divertidas. No tenías que volver corriendo a casa para pagarle a la canguro. No se ponían enfermos en el último minuto. No te tiraban el zumo encima o te decían que te odiaban. Era una de las muchas razones por las que prefería las mujeres jóvenes. Después de los treinta, la mayoría ya tenían hijos—. ¿Y por qué no podía tener una profesión más entretenida? Como domadora de leones. En realidad, lo de bailarina le pega. Creo que debería reconsiderar su carrera, antes de seguir adelante. —Alexandra se estaba divirtiendo a su lado. Se sentía impresionada, pero le gustaba aquella especie de juego y a Coop le gustaba ella, aunque en su opinión había elegido mal su profesión y su peinado.

—Tendré que pensarlo. ¿Qué le parece veterinaria? ¿Mejor? —preguntó Alexandra inocentemente.

—Tampoco me gustan los perros. Son sucios. Te dejan la ropa llena de pelos, muerden, huelen. Casi son tan malos como los niños. No tanto, pero casi. Tendremos que buscarle algo completamente distinto. ¿Qué me dice de ser actriz?

94

—No. —La mujer rió mientras un camarero le colocaba el caviar sobre los blinis. A Coop le encantaba la comida de las recepciones de los Schwartz y Alexandra también parecía muy a gusto. Tenía un aura de tranquilidad y gracia, como si se hubiera educado en salones como aquel. Lo tenía escrito en todo su ser, a pesar de que no llevaba joyas importantes. Solo un collar de perlas y unos pendientes de perla y diamante. Pero algo en ella olía a dinero—. ¿Qué me dice de usted? —Ahora le tocaba preguntar a ella. Ante todo era una mujer inteligente, y a Coop aquello también le gustó. Si otra cosa no, en aquella mesa suponía un desafío—. ¿Por qué quiso ser actor?

—Me divierte. ¿A usted no? Imagínese poder fingir que es otra cosa todos los días y llevar ropas bonitas. En realidad, es muy agradable. Mucho más que lo que hace usted. Tiene que ponerse una bata blanca fea y arrugada y los niños le vomitan encima y se ponen a gritar en cuanto la ven.

—Eso es cierto. Aunque los que yo trato son demasiado pequeños para hacer daño. Trabajo en la unidad de cuidados neonatales, sobre todo con niños prematuros.

—Qué horror —dijo él, fingiendo estar horrorizado—. Seguramente son como ratoncitos. Podrían contagiarle la rabia. Es mucho peor de lo que sospechaba. —Estaba disfrutando enormemente de su compañía y, desde el otro lado de la mesa, un hombre lo miró con expresión divertida. Ver cómo Coop desplegaba todo su encanto sobre una mujer era como contemplar una obra de arte. Pero Alexandra era una buena contrincante. Era muy sensata, y lo bastante inteligente para no dejar que Coop la sedujera o la hiciera sentirse incómoda—. ¿Qué otras cosas hace? —prosiguió Coop.

—Piloto mi propio avión y llevo haciéndolo desde los dieciocho años. Me encanta hacer ala delta. Me he lanzado en paracaídas desde un avión, pero le prometí a mi madre que no volvería a hacerlo. Juego al tenis, esquío. Antes me dedicaba a las carreras de motos, pero le prometí a mi padre que no volvería a hacerlo. Y pasé un año en Kenia como voluntaria antes de matricularme en la facultad de medicina.

—Tiene usted instintos suicidas. Y veo que sus padres interfieren bastante en sus metas atléticas. ¿Aún se relaciona con ellos?

—Cuando tengo que hacerlo —dijo ella sinceramente, y por su mirada Coop supo que decía la verdad. Era una joven con un aplomo y una energía sorprendente. Estaba fascinado.

—¿Dónde viven? —inquirió él con interés.

—En invierno en Palm Beach. En verano en Newport. Aburrido y predecible; en cambio yo soy bastante rebelde.

—¿Está casada? —Coop se había fijado en que no llevaba anillo, y no esperaba una respuesta afirmativa. No daba la impresión de ser una mujer casada. Y él tenía un olfato muy fino para esas cosas.

—No. —La joven vaciló un momento antes de contestar—. Aunque estuve a punto —explicó. No solía decir aquello, pero era un hombre tan extravagante que era divertido sincerarse con él. Era fácil hablar con él, y era un hombre despierto.

—¿Y? ¿Qué pasó?

Aquel rostro de marfil se volvió de hielo, aunque siguió sonriendo. Pero de pronto sus ojos parecían llenos de pesar. Solo Coop hubiera sido capaz de darse cuenta.

—Me dejaron plantada en el altar. En realidad fue la noche antes.

—¡Qué mal gusto! Detesto a la gente que hace cosas tan soeces, ¿no? —Estaba tratando de ganar tiempo. Era evidente que el tema le resultaba doloroso y por un momento se arrepintió de haber preguntado. Pero ella había sido tan franca con la respuesta... No lo esperaba—. Espero que después de aquello cayera en un hoyo lleno de serpientes o en un foso infestado de caimanes. Se lo merecía.

—Pues más o menos. Lo de los caimanes, quiero decir. Se casó con mi hermana. —Aquello era muy denso para acabar de conocerse. Pero la joven supuso que no volverían a verse, así que no importaba lo que dijera.

—Eso es muy fuerte. ¿Y aún se hablan?

—Solo cuando tengo que hacerlo. Fue entonces cuando me fui a Kenia. Fue un año muy interesante. Disfruté mucho. —Aquella era la señal de que no quería que siguieran hablando del tema, y Coop no la culpaba. Había sido dolorosamente sincera con él, mucho más de lo que él se hubiera aventurado a serlo con un desconocido. Y la admiraba por ello. Después de eso,

Coop le habló de su último safari, que estuvo lleno de incomodidades y penurias. Le habían invitado a una reserva de caza y, en su opinión, le torturaron de todas las formas imaginables. Odiaba cada minuto que pasó allí aunque, oyendo cómo lo contaba, parecía muy divertido y la joven no dejó de reírse con su descripción de la aventura.

Disfrutaban enormemente en la compañía del otro y ninguno de los dos hizo el menor caso a los otros invitados. La joven seguía riendo cuando la cena llegó a su fin y Coop lo sintió muchísimo cuando se levantó y se fue a hablar con unos amigos que había visto en otra mesa. Eran amigos de sus padres y quería saludarlos, pero le dijo a Coop que lo había pasado muy bien en su compañía, y lo decía de verdad. Había hecho que aquella noche fuera memorable para ella.

—No tengo mucho tiempo para salir. La señora Schwartz ha sido muy amable al invitarme. Es amiga de mis padres. Si he venido ha sido porque he conseguido que me dieran la noche libre, pero la mayor parte del tiempo estoy en el hospital. Me alegro de haber venido. —Le estrechó la mano con firmeza y, un momento después, Coop tenía a Louise Schwartz riendo con disimulo a su lado.

—Vaya con cuidado, Coop —le advirtió—. No es una cualquiera. Y si sale con ella, su padre le matará.

—¿Por qué? ¿Es de la mafia o algo así? A mí me parece muy respetable.

—Y lo es. Por eso le mataría. Arthur Madison. —Todo el mundo conocía ese nombre. Era la fortuna del acero más antigua del país, y la más grande. La hija era médico. Una interesante combinación. Las palabras de Abe Braunstein resonaron en sus oídos cuando Louise dijo aquello. No solo era una mujer rica, seguramente era una de las más ricas. Sencilla y sin humos, y una de las jóvenes más brillantes que había conocido. Y, mejor aún, tenía una gran vitalidad. Hubiera sido difícil dejar de estar atraído por ella, o de haberse divertido, o al menos de sentirse desafiado. Coop la observó con interés mientras hablaba con diferentes personas. Había dado en el blanco con Cooper. Cuando ya se iba, volvieron a encontrarse. Coop había sincronizado su marcha a la perfección para coincidir con ella. Señaló al Bentley que le esperaba.

—¿Puedo llevarla? —Sonaba amigable e inofensivo. Según sus cálculos, tendría unos treinta años, y no se equivocaba. Él tenía exactamente cuarenta años más que ella, pero al menos no los aparentaba, ni se sentía de esa edad. Y lo curioso es que no se sentía atraído por ella por lo que era. Le gustaba de verdad. Era evidente que aquella mujer no estaba por tonterías. Mejor aun, o peor, la habían herido y Coop notó que actuaba con mucha cautela. El hecho de ser quien era o tuviera el padre que tenía solo daba más color e interés al conjunto. Le gustaba muchísimo, y hubiera seguido gustándole sin su padre y sin su dinero. Por extraño que pareciera, meditó para sus adentros, Alexandra le gustaba por sí misma.

—Tengo mi coche, pero gracias —dijo ella sonriéndole con educación. Y en ese momento, uno de los mozos dejó su Volkswagen viejo y achacoso ante la entrada y la joven le sonrió.

—Estoy impresionado. Muy humilde. Admiro su discreción —le dijo bromeando por el coche.

—No me gusta gastar dinero en coches. Casi nunca lo uso. Nunca voy a ningún sitio. Siempre estoy trabajando.

—Lo sé, con esos espantosos niños ratón. ¿Qué me dice de una escuela de belleza? ¿Lo ha pensado alguna vez?

—En realidad era lo que quería hacer, pero no aprobé los exámenes. No dejaba de catear con las permanentes. —Era tan irreverente como él.

—Me alegro de haberla conocido, Alexandra —dijo Coop, mirándola a los ojos con sus legendarios ojos azules y su mentón hendido que tan irresistible le hacían para las mujeres.

—Llámeme Alex. Yo también he disfrutado con usted, señor Winslow.

—Quizá debería llamarla doctora Madison. ¿Lo preferiría?

—Por supuesto. —Y le sonrió al tiempo que subía a su coche. No le preocupaba lo más mínimo haber ido a la casa de los Schwartz en un coche que parecía más apto para un desguace—. Buenas noches —le gritó agitando la mano mientras se alejaba. Y él contestó:

—Buenas noches, doctora. Tómese dos aspirinas y llámeme por la mañana. —Coop la vio alejarse por el camino riendo y subió a la parte de atrás del Bentley con una sonrisa en los labios. Por la mañana le mandaría un ramo de flores a Louise. Un montón de flores. Se alegraba tanto de no haberse quedado con Charlene aquella noche... Lo había pasado maravillosamente con Alex Madison. Ciertamente, era una joven poco común, y un interesante partido para él.

8

A la mañana siguiente, Coop le envió a Louise Schwartz un enorme centro de flores. Pensó hablar con su secretaria para pedirle el teléfono de Alex Madison, pero decidió llamar directamente al hospital y ver si podía localizarla por su cuenta. Preguntó por la unidad de cuidados neonatales y repasaron una lista de médicos residentes antes de darle el número de su busca. Llamó, pero Alex no contestó. Le dijeron que estaba trabajando y no podía ponerse al teléfono en aquel momento. Coop se sorprendió al darse cuenta de que le dolía que no le hubiera llamado.

Dos días más tarde, volvió a salir vestido de etiqueta. Como siempre, estaba invitado a la ceremonia de los Globos de Oro, aunque hacía más de veinte años que no era candidato a ellos. Aun así, al igual que las otras grandes estrellas, daba un toque de color y emoción al evento. Iba con Rita Waverly, una de las más grandes estrellas que Hollywood había visto en las tres décadas anteriores. A Coop le gustaba asistir a las ceremonias importantes con ella. La atención que les dedicaba la prensa era increíble, y a lo largo de los años se les había relacionado en diversas ocasiones. En una de ellas, el agente de prensa de Coop dejó caer que se iban a casar, y ella se molestó mucho. Pero ya se les había visto juntos demasiadas veces para que nadie se creyera los rumores. A pesar de todo, el solo hecho de ir con ella le daba un aire estupendo. Era una mujer increíblemente atractiva, a pesar de su edad. En su currículum decía que tenía cuarenta y ocho años, pero Coop sabía de buena tinta que tenía cincuenta y ocho.

La recogió en su piso de Beverly Hills, y la mujer salió con un traje de noche de satén blanco entallado al bies. Aquella figura no solo había pasado muchísima hambre en años recientes, sino que había sido sometida a todas las intervenciones imaginables, quitando las de cáncer de próstata y corazón abierto. Le habían pellizcado, remetido, estirado, y cortado con sorprendentes buenos resultados. Sobre el destacable canalillo de sus pechos, que también habían pasado por el quirófano, descansaba una gargantilla de diamantes de tres millones de dólares cortesía de Van Cleef. Y salió del edificio arrastrando un abrigo de armiño. Era la viva imagen de la estrella de Hollywood, igual que Coop. Hacían una bonita pareja y, cuando los periodistas los vieron llegar, se volvieron locos. Cualquiera hubiera dicho que tenían veinticinco años y habían ganado un Oscar aquel año. La prensa los devoraba, como siempre.

—¡Aquí!... ¡Aquí!... ¡Rita!... ¡Coop! —Los fotógrafos gritaban buscando el mejor ángulo, mientras los fans gritaban agitando sus cuadernos de autógrafos y un millar de flashes se disparaban en sus caras radiantes. Era una noche que hubiera podido alimentar sus egos durante los próximos diez años. Pero los dos estaban acostumbrados y Coop reía cuando el equipo de alguna cadena televisiva los detenía cada pocos pasos preguntándoles qué pensaban de las candidaturas de aquel año.

—Maravilloso... un trabajo impresionante... hace que se sienta uno orgulloso de estar en el mundo del cine... —decía Coop hábilmente mientras Rita se pavoneaba. Con tanta adulación y tantos ojos puestos en ellos, tardaron casi media hora en llegar a sus asientos. Los asistentes estaban repartidos en diferentes mesas y, antes de que empezara la parte televisada de la ceremonia, cenarían. Coop se mostraba muy atento con ella, se inclinaba amablemente, le pasaba una copa de champán, le llevaba el abrigo.

—Casi me arrepiento de no haberme casado contigo —bromeó Rita, aunque los dos sabían perfectamente que todo era de cara a la galería. Pero aquello era bueno para la reputación de los dos e incluso los rumores de aventuras que se habían difundido a lo largo de los años los habían convertido en el centro de atención por un tiempo. Lo cierto es que nunca habían intimado. Coop la besó en una ocasión, por capricho, pero era una mujer tan narcisista que no hubiera podido aguantarla más de una semana, ni ella a él. Los dos lo tenían muy claro.

En cuanto se inició la ceremonia y las cámaras empezaron a pasearse sobre el público, se detuvieron sobre ellos durante un buen rato.

—¡Jesús! —exclamó Mark, que estaba en la casa del guarda con Jimmy, bebiéndose una cerveza y viendo la televisión. Ninguno de los dos tenía nada mejor que hacer y Mark había propuesto que vieran la ceremonia de entrega de los premios. Hasta había bromeado sobre la posibilidad de que vieran a Coop, aunque no esperaban que lo verían con tanto detalle ni a él ni a su acompañante. Las cámaras parecían haberse quedado atascadas sobre ellos—. ¡Mira eso! —señaló Mark, y Jimmy hizo una mueca.

—¿Quién es esa? ¿Rita Waverly? Vaya, ese hombre conoce a todo el mundo, ¿no? —Hasta Jimmy estaba impresionado—. Ella tiene muy buen aspecto para su edad. —Enseguida le vino a la cabeza que a Maggie le gustaba toda aquella parafernalia de Hollywood, los Globos de Oro, los Oscar, los Grammy, los Emmy, incluso los premios de las telenovelas. Le encantaba poder reconocer a las estrellas. Aunque, reconocer a Coop y Rita Waverly no era ninguna gran cosa, hasta un niño ciego los hubiera reconocido.

—Menudo traje —comentó Mark cuando la cámara se desplazó hacia otra persona—. Bonito, ¿eh? ¿Cuándo fue la última vez que tuviste un casero que saliera en la televisión nacional?

—Creo que en Boston tuve uno al que arrestaron por un delito grave, y apareció una décima de segundo en las noticias de la noche. Creo que vendía crack. —Los dos sonrieron, y Jimmy abrió otra cerveza. Su amistad se había convertido en algo oportuno y cómodo: vivían al lado, los dos eran bien parecidos e inteligentes y, aparte de sus respectivos trabajos, no tenían apenas nada en sus vidas. Tenían en común su soledad y la pérdida reciente de un ser querido, y ninguno de los dos estaba aún preparado para salir con nadie. Compartir un par de veces por

semana unas cervezas y una chuleta les hacía las noches más lle-
vaderas. Cuando Coop desapareció de la pantalla, se pusieron a
ver la ceremonia. Jimmy acababa de poner una bolsa de palomitas en el microondas.

—Empiezo a sentirme como una mitad de la Extraña Pareja. —Jimmy sonrió y le pasó a Mark la bolsa humeante de palomitas. Estaban anunciando los candidatos al mejor tema musi-
cal de una de las películas. Mark miró a Jimmy con una mueca.

—Sí, yo también. Pero de momento funciona. Algún día me
gustaría hacerme con la agenda de Coop y entrevistar a algunas
de las que ya ha descartado, aunque no todavía. —Jimmy prácticamente había hecho voto de castidad para el resto de su vida.
No tenía intención de traicionar la memoria de Maggie en un
futuro próximo, puede que nunca. Por el momento, la amistad
entre los dos era una bendición. Y su camaradería llenaba sus
noches vacías.

Aquella noche Alex Madison tenía guardia en el hospital para
recuperar la noche que perdió para ir a casa de los Schwartz.
Cambió aquel lunes por esa noche a otro médico residente que
tenía una cita con la chica de sus sueños. Fue fácil.

Había tenido una noche muy ocupada y estresante y en
aquellos momentos cruzó la sala de espera buscando a los padres de un bebé prematuro de dos semanas que había entrado
en código pero al que habían conseguido estabilizar. Quería
tranquilizarlos y decirles que las constantes vitales del bebé
eran estables y que se había dormido. Pero, cuando entró en la
sala vacía, supuso que habrían salido a comer. Al mirar a su alrededor, sus ojos se detuvieron un momento en la pantalla del
televisor, que siempre estaba encendido, y se sobresaltó al ver
que Coop estaba allí. Las cámaras acababan de enfocarlo, y la
joven se quedó allí sonriendo y hablando sola.

—¡Yo le conozco! —Se le veía increíblemente guapo y encantador inclinándose hacia Rita Waverly para ofrecerle una
copa de champán. Le producía una extraña sensación saber que
había hecho lo mismo con ella, con aquella misma mirada en
casa de los Schwartz solo dos días antes.

Desde luego, Coop era un hombre muy atractivo, y Rita
Waverly también era muy guapa.

—Me pregunto cuánto plástico llevará encima —volvió a decir en voz alta sin darse cuenta. Era curioso pensar lo distante que estaba aquel mundo del suyo. Ella pasaba día y noche salvando vidas y consolando a padres cuyos hijos estaban entre la vida y la muerte. La gente como Coop y Rita Waverly pasaban su vida poniéndose guapos y asistiendo a fiestas, vestidos con pieles y joyas y trajes de noche. Ella rara vez tenía ocasión de maquillarse, y llevaba puesto un uniforme verde y arrugado con una gran señal en el pecho que decía: UCN. No era muy probable que la incluyeran en la lista de mejor vestidas, pero es lo que había elegido y le gustaba así. Por nada del mundo hubiera vuelto al entorno enrarecido, pretencioso e hipócrita donde se movían sus padres. Con frecuencia sentía que había sido una suerte que no se casara con Carter. Ahora que estaba casado con su hermana y formaba parte de su grupo social, era tan esnob y arrogante como los hombres que tanto detestaba en su antigua vida. Coop era distinto. Era una estrella de cine, una celebridad. Al menos él tenía una excusa para tener el aspecto que tenía y comportarse de aquella forma. Era su trabajo. Pero no el de ella.

Un momento después, cuando la cámara dejó de enfocarlo, Alex volvió a su entorno seguro y protegido lleno de incubadoras y minúsculos bebés con tubos y monitores. Volvió a olvidarse de Coop y de los Globos de Oro. Ni siquiera vio el mensaje que le había dejado en el busca hasta el día siguiente. Era la última persona en quien hubiera podido pensar.

Pero, a pesar de que a Mark, Jimmy y Alex les pareció divertido ver a Coop por televisión, Charlene estuvo viéndolo con el ceño fruncido, mucho menos animada. Dos días atrás le había dicho que no podía llevarla a casa de los Schwartz porque lo necesitaban como soltero. Y le aseguró que se hubiera aburrido mortalmente, que es lo que siempre decía cuando quería ir a algún sitio solo. Pero ir a los Globos de Oro con él le hubiera encantado. Y estaba furiosa porque no la había llevado con él en vez de ir con Rita Waverly. Al menos en el plano profesional, a Coop no le hubiera aportado nada ir con Charlene a la ceremonia.

—¡Perra! —escupió petulantemente al televisor—. Si por lo menos tendrá ochenta años —dijo en voz alta, como había hecho Alex en la sala de espera. Había algo en el hecho de ver a gente que conocías por televisión que hacía que quisieras hablarles. Y a Charlene le hubiera gustado decirle unas cuantas cosas. Le había visto rodear a Rita con el brazo e inclinarse sobre ella y susurrarle al oído. Rita Waverly se reía por algo que había dicho, y entonces las cámaras se desplazaron a otra de las estrellas que estaban sentadas por allí.

Charlene le dejó media docena de mensajes y estaba que rabiaba cuando por fin lo localizó en el móvil a las dos de la mañana.

—¿Dónde demonios estás? —Por la voz parecía dividida entre hacerse la ofendida y echarse a llorar.

—Buenas noches a ti también, querida. —Le habló con voz tranquila e imperturbable—. Estoy en casa, en la cama. ¿Dónde estás? —Coop sabía por qué estaba enfadada. Era previsible, aunque inevitable. Ni en un millón de años la hubiera llevado con él a un evento tan importante como los Globos de Oro. Por lo que a él se refería, su relación no era ni lo bastante seria ni lo bastante importante para garantizar su publicidad. Además de eso, que se le viera con Rita Waverly le beneficiaba muchísimo más. Disfrutaba de la compañía de Charlene y de otras como ella enormemente, pero en privado. No tenía ninguna intención de enseñarla al mundo. Aun así, supuso acertadamente que le había visto por televisión.

—¿Rita Waverly está contigo? —preguntó casi histérica. No tardaría en ponerse desagradable, y Coop lo sabía. Ese tipo de interrogatorios siempre le empujaban a pasar rápidamente a la siguiente candidata de su lista. Guapa o fea, el momento de gloria de Charlene había pasado. Siempre había otras esperándole. Había llegado el momento de doblar otra esquina.

—Por supuesto que no. ¿Por qué iba Rita a estar conmigo?

—Cuando te he visto en la tele parecía que te la ibas a tirar de un momento a otro. —Había llegado el momento.

—No seamos groseros —dijo como si le hablara a un niño travieso que había intentado darle un pisotón. Ante la duda, Coop siempre se apartaba, o daba el pisotón primero. Pero no tenía necesidad de hacerle aquello a Charlene. Sabía que lo único que tenía que hacer era desaparecer discretamente—.

Ha sido una ceremonia muy aburrida —dijo con un bostezo muy bien sincronizado—. Como siempre. Es mi trabajo, querida.

—¿Y dónde está? —preguntó Charlene. Se había bebido una botella casi entera de vino mientras trataba de localizarle. Pero, evidentemente, él había apagado el móvil antes de entrar en el salón de la ceremonia y se había olvidado de volver a encenderlo hasta que llegó a su casa.

—¿Dónde está quién? —De verdad, no supo por quién le preguntaba. Se la oía más que un poco borracha. Se había puesto muy nerviosa mientras esperaba poder hablar con él.

—¡Rita! —dijo Charlene insistiendo.

—No tengo ni idea. Supongo que en su cama. Y yo, mi querida dama, me voy a dormir. Mañana tengo que levantarme temprano para rodar un anuncio. No soy tan joven como tú. Necesito dormir.

—Y un huevo. Si estuviera allí, pasaríamos la noche despiertos, y tú lo sabes.

—Sí. —Coop sonrió—. Estoy seguro. Que es la razón por la que no estás aquí. Los dos necesitamos dormir.

—¿Por qué no vienes a mi casa? —preguntó ella arrastrando las palabras. Se la oía más borracha de lo que le pareció en un principio, y seguía bebiendo mientras hablaban.

—Estoy cansado, Charlene. Y me parece que tú tampoco estás muy fina. ¿Por qué no lo dejamos por esta noche? —Su voz sonaba aburrida.

—Voy para allá ahora mismo.

—No lo harás —dijo él con firmeza.

—Treparé por la verja.

—La patrulla te descubrirá, y eso te resultaría muy embarazoso. Durmamos un poco y ya hablaremos mañana —dijo con suavidad. No quería enzarzarse en una discusión con ella, sobre todo estando tan nerviosa y borracha como estaba. Era demasiado listo como para eso.

—¿Hablar de qué? ¿Me la estás pegando con Rita Waverly?

—Lo que haga o deje de hacer no es asunto tuyo, Charlene, y el término «pegármela» presupone que entre nosotros hay alguna clase de compromiso, cuando no es así. Seamos un poco razonables. Buenas noches, Charlene —dijo con firmeza y colgó. Su móvil volvió a sonar casi enseguida, pero Coop dejó que saltara el buzón de voz; luego Charlene probó con el fijo. Estuvo llamando durante dos horas, y al final Coop desconectó el teléfono y se fue a dormir. Detestaba a las mujeres posesivas que montaban escenas. Definitivamente, había llegado el momento de que Charlene desapareciera de su vida. Era una pena que Liz no estuviera con él. A ella se le daban muy bien esas cosas. Si Charlene hubiera sido más importante para él, le hubiera mandado un brazalete de diamantes o algún otro regalo impresionante para darle las gracias por los momentos que habían compartido. Pero no habían estado juntos el tiempo suficiente. Y Coop sabía que en este caso eso no hubiera hecho más que alentarla. Charlene era de esa clase de chicas con las que tienes que cortar de golpe y mantener las distancias. Era una pena que le hubiera hecho una escena, pensó cuando se estaba durmiendo. De no ser por eso, hubiera podido tenerla con él dos o tres semanas más, más no, desde luego. Pero, después de lo de aquella noche, tenía que salir de su vida a toda prisa. De hecho, mientras oía el teléfono sonar a los lejos por milésima vez, supo que ya había salido. Adiós, Charlene.

Coop se la mencionó discretamente a Paloma a la mañana siguiente cuando la mujer le llevó su bandeja con el desayuno. Lo llevaba mejor que durante los primeros días, aunque le puso pimienta en los huevos escalfados y, a pesar de que la escupió, la boca le picó durante todo el día. La mujer dijo que era un manjar para él, y él le suplicó que no le sirviera más manjares.

—Paloma, si llama Charlene, dile que he salido, tanto si estoy como si no. ¿Está claro?

Paloma se lo quedó mirando con los ojos entrecerrados. Coop había aprendido a verlos a través de aquellas gafas de sol de fantasía. Y, de todos modos, la expresión general de su rostro la delataba. La mayor parte del tiempo, toda ella transmitía una sensación de desaprobación, desprecio e ira. Cuando hablaba de él con sus amigas lo llamaba «viejo verde».

—¿Ya no le gusta? —Había dejado de fingir el acento. Pero tenía otros ases guardados en la manga. Disfrutaba desafiándolo de la forma que fuera.

—Eso no viene al caso. Simplemente, nuestro... nuestro pequeño interludio... ha llegado a su fin. —A Liz no hubiera tenido que darle explicaciones, y no quería tener que hacerlo con su criada. Pero Paloma parecía decidida a ser la reina de los oprimidos y defensora del género femenino, no de Coop.

—¿Interludio? ¿Interludio? ¿Significa eso que ya no se acuesta con ella? —Coop pestañeó.

—Dicho así suena un poco feo, pero me temo que sí. Por favor, no vuelvas a pasarme sus llamadas. —No podía haberlo dicho más claro. Media hora más tarde, Paloma le dijo que tenía una llamada.

—¿Quién es? —preguntó él distraído. Estaba leyendo un guión en la cama, tratando de decidir si había algún papel para él.

—No lo sé. Suena como una secretaria —dijo ella algo ambigua, y Coop cogió el teléfono. Era Charlene.

Estaba sollozando, histérica, y dijo que quería verle inmediatamente; que si no iba tendría una crisis nerviosa. Coop tardó una hora en librarse de ella. Le dijo que no creía que su relación fuera buena para ella y que lo mejor era que no se vieran por un tiempo. No le dijo que aquella era la clase de histrionismo que evitaba como la peste y que no tenía intención de volver a verla. Cuando Coop consiguió por fin colgar el teléfono, la chica aún lloraba, aunque estaba menos histérica. Salió inmediatamente en busca de Paloma, en pijama, y la encontró pasando la aspiradora en la sala de estar. La mujer llevaba un par nuevo de zapatos de terciopelo rojo y gafas de sol a juego, de fantasía, por supuesto. No oyó una palabra de lo que Coop le decía, así que Coop apagó la aspiradora y se quedó mirándola furioso mientras ella lo miraba a él muy tranquila.

—Sabías exactamente quién era —le dijo con tono acusador. Coop muy rara vez perdía los nervios, pero Paloma hacía aflorar su lado más oscuro. Le daban ganas de estrangularla, y a Abe, por despedir al resto del personal y dejarle con ella. Cualquier sentimiento de benevolencia que hubiera podido despertar en él había desaparecido. Era una bruja.

—No. ¿Quién? —repuso ella inocentemente—. ¿Rita Waverly? —Ella también le había visto en la ceremonia de entrega de premios y, mientras lo veía, le dijo a todas sus amigas la clase de mal bicho que era. Coop no se hubiera sentido muy halagado con sus críticas.

—Era Charlene. Lo que has hecho está muy feo. La ha alterado terriblemente, y a mí también. Estaba histérica, y esa no es la forma en que me gusta empezar el día. Te lo advierto, si se presenta en casa y la dejas pasar os voy a echar a las dos de una patada. Y llamaré a la policía y diré que sois unas intrusas.

—No se ponga nervioso —dijo ella con mirada tranquilizadora.

—No estoy nervioso. Estoy furioso, Paloma. Te dije específicamente que no quería hablar con Charlene.

—Lo olvidé. O a lo mejor no sabía que era ella. De acuerdo, no volveré a contestar al teléfono. —Ella había ganado, y acababa de librarse de otra tarea. Eso lo puso más furioso.

—Sí contestarás al teléfono, Paloma. Y no le dirás a Charlene que estoy aquí. ¿Está claro?

Ella asintió, y volvió a encender la aspiradora, desafiándolo abiertamente. Se le daba muy bien desafiar. Y la agresión pasiva.

—Bien, muchas gracias —dijo Coop y dicho esto volvió a su habitación dando grandes zancadas y se metió en la cama, aunque ya no pudo volver a concentrarse en el guión. Aparte de la furia que sentía hacia Paloma, estaba muy irritado con Charlene. Estaba siendo pesada, histérica y grosera. Detestaba a las mujeres que se colgaban de esa forma. Cuando una aventura se acaba, hay que saber retirarse con elegancia. Pero desde luego la elegancia no era el fuerte de Charlene. Coop intuía que se lo iba a poner difícil. Finalmente, se levantó de la cama, aún irritado, se dio una ducha se afeitó y se vistió.

Iba a comer en Spago con un director con el que había trabajado años atrás. Coop lo había llamado y sugirió que comieran juntos; quería averiguar qué planes tenía. Nunca se sabe cuándo alguien va a hacer una película con un papel importante para ti. Al menos aquello le permitió quitarse a Charlene de la cabeza. Cuando iba de camino hacia Spago, recordó que no había tenido noticias de Alex y decidió probar otra vez. Llamó y dejó el número de su móvil en el busca.

Esta vez Coop se sintió sorprendido y complacido, porque

Alex contestó enseguida. Coop acababa de dejar el móvil en el asiento del acompañante cuando Alex llamó.

—Hola, soy la doctora Madison. ¿Con quién hablo? —No reconoció el número y hablaba con tono profesional. Coop sonrió.

—Soy Coop. ¿Cómo está usted, doctora Madison?

A Alex le sorprendió oír su voz y, muy a su pesar, se alegró.

—Le vi anoche en la ceremonia de los Globos de Oro. —Le había visto medio mundo, y todo Hollywood.

—No creí que tuviera tiempo de ver la televisión.

—No lo tengo. Fue cuando entré en la sala de espera buscando a los padres de uno de mis pacientes. Y allí estaba usted, con Rita Waverly. Los dos tenían un aspecto increíble —dijo sinceramente. Su voz era jovial, y hablaba con la misma franqueza que tanto le había gustado cuando la conoció. No había artificio en ella, solo belleza y cerebro, no como en Charlene. Pero la comparación era injusta. Charlene estaba en desventaja con gente como Alex Madison. Alex lo tenía todo, el aspecto, el encanto, la inteligencia, la educación. Procedía de otro mundo. En cambio, había cosas que Charlene hacía de las que las mujeres como Alex no sabían nada. En el mundo de Coop había sitio para las dos, o lo hubo hasta la noche antes. Pero habría otras como ella, y Coop lo sabía. Las había a montones. Eran las mujeres como Alex las que eran raras y escasas—. Debió de ser usted quien me llamó ayer al busca —dijo con candidez—. No reconocí el número y no tuve tiempo de devolver la llamada. En realidad no lo he visto hasta hoy. Pero al ver que llamaba otra vez he pensado que lo mejor era que contestara. Pensé que sería algún médico que tenía alguna consulta. Me alegro de que no lo sea. —Se la oía aliviada.

—Yo también, sobre todo con esos pequeños ratoncitos con los que juega usted a los médicos. Preferiría ser barbero a hacer lo que hace usted. —Aunque, en realidad, la respetaba más de lo que estaba dispuesto a admitir. Pero su fingido horror ante lo que hacía era parte del juego, y ella lo sabía.

—¿Cómo fue anoche? ¿Se divirtió? Desde luego Rita es muy guapa. ¿Es agradable? —La pregunta hizo sonreír a Coop. «Agradable» no era la palabra que él hubiera utilizado para describir a Rita, aparte de que ella se hubiera sentido insultada. Ser agradable no era una virtud que se valorara en Hollywood. Ella era importante, poderosa, guapa y glamourosa, aunque tenía los dientes algo feos.

—Creo que «interesante» sería más apropiado. Entretenida. Es una estrella de cine —repuso él diplomáticamente.

—Como usted. —Alex le había devuelto la pelota, y Coop rió.

—*Touché*. ¿Qué planes tiene para el resto del día? —Le gustaba hablar con ella, y quería que volvieran a verse, si conseguía arrancarla del hospital y sus responsabilidades en la UCN. No estaba muy seguro de poder hacerlo.

—Trabajo hasta las seis y luego me iré a casa y dormiré unas doce horas. Tengo que estar de vuelta mañana a las ocho de la mañana.

—Trabaja usted mucho, Alex —dijo con voz preocupada.

—La residencia es así. Es una forma de esclavitud. Creo que lo único que tienes que hacer para aprobar es demostrar que puedes sobrevivir.

—Suena todo muy noble —dijo él alegremente—. ¿Cree que podría mantenerse despierta el tiempo suficiente para cenar conmigo esta noche?

—¿Con usted y Rita Waverly? —bromeó ella, pero sin la malicia con que Charlene lo había dicho la noche antes o aquella misma mañana. Alex no era así. Se veía una persona inocente, recta y con sentido del humor. Coop estaba cansado de mujerzuelas, y aquello le resultaba muy refrescante. Alex era como una bocanada de aire fresco en su existencia sofisticada. Era una criatura totalmente diferente y el hecho de que fuera hija de Arthur Madison tampoco se le pasaba por alto. Una fortuna de ese calibre no podía olvidarse.

—Si le interesa podría pedírselo a Rita —dijo muy razonable—, pero había pensado que cenáramos juntos, si es posible.

—Me encantaría —dijo ella sinceramente; le halagaba que Coop la invitara a cenar—. Pero no estoy segura de poder mantenerme despierta el tiempo suficiente para cenar.

—Puede dormir durante la comida, y luego yo le cuento lo que he comido. ¿Qué me dice?

—Me temo que es muy realista. Quizá si comemos pronto, y algo normalito... Hace unas veinte horas que no duermo. —Tanta ética laboral era inconcebible para Coop, pero la admiraba.

—Sería interesante tratar de cumplir con esos requisitos. Acepto el desafío. ¿Dónde la recojo? —No pensaba aceptar un no por respuesta.

—¿Qué tal mi casa? —Le dio la dirección, en Wilshire Boulevard, en un edificio bueno, pero no excesivamente lujoso—. Puedo estar lista para las siete. Pero, de verdad, no quiero estar hasta muy tarde, Coop. Mañana tengo que estar bien despierta y con mis cinco sentidos cuando vuelva al trabajo.

—Lo entiendo. —Y la respetaba por ello—. La recogeré a las siete, y la llevaré a algún sitio sencillo y corriente. Lo prometo.

—Gracias —dijo ella, sonriendo ante la perspectiva. No se podía creer que fuera a cenar con Cooper Winslow. Si se lo hubiera dicho a alguien, seguro que no la creían. Después de eso, Alex volvió al trabajo y Coop acudió a su cita en Spago. Fue entretenida, pero poco fructífera.

Últimamente las cosas le iban más que mal. Le habían ofrecido otro anuncio, de ropa interior masculina, pero él lo rechazó. Nunca perdía de vista la importancia de su imagen. Pero tenía muy frescas en la cabeza las amenazas de Abe. Por mucho que le disgustara guiarse por motivos económicos, tenía que conseguir dinero. Lo único que necesitaba era una película importante en la que interpretara el papel principal. A Coop nunca le pareció un imposible, ni siquiera poco probable. Solo era cuestión de tiempo. Y, mientras, tenía sus apariciones estelares y los anuncios. Y chicas como Alex Madison. Pero, no, él no iba por su dinero, se dijo. Le gustaba de verdad.

Coop pasó a recoger a Alex puntualmente a las siete en Wilshire Boulevard, y la chica salió por la puerta antes de que él pudiera entrar en el vestíbulo. El edificio parecía respetable, aunque algo antiguo, y cuando iban en el coche Alex reconoció que su piso era más bien feo.

—¿Por qué no se compra una casa? —le preguntó Coop mientras iban en su Rolls-Royce favorito. Desde luego, el dinero no era problema para ella, aunque parecía muy discreta, y

Coop se fijó en que no llevaba joyas y vestía con sencillez. Llevaba unos pantalones negros y un jersey negro de cuello vuelto, junto con una chaqueta de marinero azul marino de segunda mano. Coop había intuido que no se iba a vestir de forma especial, y decidió llevarla a un chino. Cuando se lo dijo, ella reconoció que estaba encantada.

—No necesito una casa —dijo en respuesta a su pregunta—. Nunca estoy, y si estoy solo es para dormir. Además, no sé si me voy a quedar aquí. Cuando termine la residencia, no sé dónde iré a ejercer, aunque no me importaría quedarme en Los Ángeles. —El único sitio donde sabía con certeza que no iría era Palm Beach, por sus padres. Aquello era un capítulo cerrado en su vida. Solo iba allí por vacaciones y en ocasiones especiales, las menos veces posibles.

Coop pasó una velada fascinante con ella. Hablaron de mil cosas diferentes, de Kenia otra vez, e Indonesia, por donde ella había viajado mucho al terminar la universidad. Y Bali, que era uno de sus lugares favoritos, junto con Nepal, donde había estado haciendo senderismo. Le habló de los libros que le gustaba leer, la mayoría sorprendentemente serios. Y tenía un gusto muy ecléctico en música. Sabía mucho de antigüedades y arquitectura. Y le interesaba la política, sobre todo en lo relacionado con la medicina; conocía bastante bien las nuevas leyes sobre el tema. Coop nunca había conocido a nadie igual. Su cabeza era como una máquina bien afinada y era mucho mejor que ningún ordenador. Tenía que hacer un gran esfuerzo para seguirla, y eso le gustaba. Cuando le preguntó por su edad, Alex le dijo que tenía treinta años. Ella supuso que él tendría cerca de sesenta. Sabía que llevaba muchos años en el cine, pero no sabía cuántos años tenía cuando empezó. De haber sabido que acababa de cumplir los setenta se hubiera sorprendido mucho; desde luego, no los aparentaba.

Pasó una agradable velada con él, y así se lo dijo cuando la llevó de vuelta a casa. Solo eran las nueve y media. Coop había procurado no retenerla demasiado tiempo: sabía que si la retenía hasta medianoche y a la mañana siguiente se sentía agotada no tendría muchas ganas de volver a salir con él. Tenía que levantarse a las seis y media.

—Ha sido muy amable al aceptar salir conmigo —dijo Coop generosamente—. Me hubiera desilusionado mucho que no lo hiciera.

—Es usted muy cortés, Coop. Me lo he pasado muy bien, y la cena estaba deliciosa. —Sencilla pero buena, y con el toque justo de especias, como a ella le gustaba. Y la compañía de Coop le había resultado muy agradable, mejor incluso de lo que esperaba. Tenía miedo de que fuera todo relumbrón, brillo y encanto, un producto del mundo del celuloide. Y le sorprendió descubrir que era un hombre inteligente, cordial y bien informado. No parecía estar interpretando un papel, sino más bien que era un hombre muy digno.

—Me gustaría volver a verla, si tiene tiempo y no tiene otros compromisos, Alex. —No le había preguntado si tenía novio. Aunque el hecho de que hubiera otros hombres nunca había sido obstáculo para él. Tenía la suficiente confianza en sí mismo para superarlos a la mayoría y normalmente lo lograba sin grandes esfuerzos. Después de todo, era Cooper Winslow. Y eso es algo que nunca olvidaba.

—En estos momentos no tengo otro compromiso. No tengo tiempo para eso. Me temo que no soy una compañera muy de fiar. Siempre estoy trabajando o de guardia.

—Lo sé —apuntó él sonriendo—, o durmiendo. Ya se lo dije, me gustan los desafíos.

—Bueno, pues yo soy un reto en más de un sentido —admitió ella—. Me imponen un poco las relaciones serias. Más que un poco.

—¿Por cortesía de tu cuñado? —preguntó él con suavidad, y ella asintió.

—Él me ha enseñado algunas lecciones dolorosas. Desde aquello no he querido profundizar en la relación con nadie, prefiero quedarme en zonas poco profundas, con los niños. Eso lo puedo tolerar. Pero no sé si quiero ir más allá.

—Cuando encuentre al hombre adecuado estoy seguro de que se arriesgará. —Había algo de verdad en lo que decía, y sinceridad en lo que decía ella. Le aterraba que volvieran a hacerle daño, no había tenido una relación seria desde que rompió su compromiso y pocas veces salía con alguien.

—Mi vida es mi trabajo, Coop. Mientras los dos lo tengamos claro, no tengo problema en salir con usted.

—Bien. —Parecía complacido—. La llamaré. —Aunque dejaría pasar un tiempo. Coop tenía mucho olfato para esas cosas. Quería que ella lo añorara y se inquietara porque no la llamaba. Sabía cómo tratar a las mujeres. Alex era transparente y fácil de prever, y le había abierto su corazón.

Alex le dio las gracias sin besarle, y Coop se quedó esperando hasta asegurarse de que entraba sana y salva en el edificio. Coop arrancó el vehículo saludando con la mano, y ella subió con expresión pensativa en el ascensor. Sería tan fácil enamorarse de alguien tan dulce y encantador... Solo Dios sabe lo que podría pasar. Cuando entró en su piso, pensó si debía salir de nuevo con él o era demasiado arriesgado. Era un jugador experimentado.

Alex se desvistió y dejó la ropa en un montón sobre una silla, junto con la bata de hospital que había llevado todo el día y la del día anterior y el anterior. Tampoco tenía tiempo para poner lavadoras.

Coop volvió a su casa muy satisfecho. Había ido exactamente como él quería. Y, fueran cuales fuesen las intenciones de cada uno, había sido un buen comienzo. Ahora solo tenía que ver en qué dirección soplaba el viento y si le interesaba o no. Pero, desde luego, Alex Madison era una opción.

A Coop no le preocupaba, y Alex no tenía energía para preocuparse. Antes de que él llegara a su casa, ella ya se había dormido.

9

Aquella noche, Charlene llamó a Coop media docena de veces y, a la mañana siguiente, al menos doce veces más. Pero esta vez, Paloma no le engañó para que contestara. Sabía que Coop la hubiera matado. Finalmente, dos días más tarde, Coop contestó una de sus llamadas. Estaba tratando de dejarla con la mayor gentileza posible, aunque a Charlene que no le contestara durante dos días no le pareció muy gentil.

—¿Qué pasa? —preguntó Coop como si nada cuando contestó—. ¿Cómo estás?

—Estoy histérica —dijo ella con voz frenética—. ¿Dónde demonios estabas?

—He estado fuera, rodando un anuncio. —Era mentira, pero la aplacó por unos momentos.

—Al menos podías haberme llamado —dijo ella con voz dolida.

—Lo pensé —mintió él—, pero no tuve tiempo. Y pensé que los dos necesitábamos espacio. Esto no va a llevarnos a ningún sitio, Charlene. Y creo que lo sabes.

—¿Por qué no? Lo pasamos muy bien juntos.

—Sí, es verdad —concedió él—. Pero, si otra cosa no, soy demasiado viejo para ti. Necesitas relacionarte con gente de tu edad. —En ningún momento se le pasó por la cabeza que Charlene solo era un año más joven que Alex.

—Eso nunca ha sido obstáculo para ti. —Por las revistas sensacionalistas y gente que le conocía, Charlene sabía que había salido con chicas aún más jóvenes—. No es más que una excusa, Coop. —Tenía razón, por supuesto, pero él jamás se lo hubiera dicho.

—No me parece bien —dijo Coop cambiando de táctica—. Es muy difícil hacer que una relación funcione en el negocio del cine. —Pero eso tampoco colaba. Los dos sabían que Coop había salido con todas las estrellas y actrices principiantes de Hollywood, y a veces durante largas temporadas. Sencillamente, Charlene no le interesaba tanto como para eso. En su opinión, era una mujer con un gusto vulgar en el vestir, y algo obsesiva. Y lo que es más, le aburría. Se sentía mucho más intrigado por Alex. Y su fortuna no le era del todo indiferente. No era lo que más le atraía de ella, pero desde luego era un aliciente. Charlene no podía ofrecerle nada de aquello. Y, acertadamente, intuía que, si quería salir con Alex, tendría que ser relativamente casto. Saliendo en las revistas con una chica que había empezado como actriz porno no llegaría muy lejos con Alex. Y, por el momento, ella era la única que le interesaba. Charlene era historia, un capítulo muy corto de la historia, zanjado sin pena ni gloria. Había tenido a muchas como ella y enseguida le cansaban. Y el exotismo que pudiera tener (el hecho de que tuviera una abuela japonesa, hubiera vivido en París y se hubiera criado en Brasil) no compensaba su falta de distinción. Además de lo cual, había descubierto que tenía un carácter rencoroso y le parecía un poco desequilibrada. No pensaba darse por aludida y desaparecer discretamente, no, ella quería aferrarse a él como un pitbull con un hueso entre los dientes, y eso a Coop le reventaba. Prefería los finales rápidos e indoloros a la persecución obstinada y desesperada a que Charlene le estaba sometiendo. No le estaba gustando nada, y cada vez que hablaba con ella sentía claustrofobia.

—Te llamaré de aquí a unos días, Charlene —dijo él finalmente, pero solo consiguió enfurecerla.

—No, no lo harás. Me estás mintiendo.

—Yo no miento. —Parecía muy ofendido—. Tengo una llamada por la otra línea. Ya te llamaré.

—¡Eres un mentiroso! —gritó ella, y Coop colgó. No le gustaba en absoluto la forma en que se estaba comportando. De la noche a la mañana se había convertido en un problema. Pero él no podía hacer nada. Tarde o temprano se daría por vencida, pero, entretanto, estaba siendo muy desagradable, y Coop estaba muy molesto.

Aquella tarde llamó a Alex, pero ella tuvo tres emergencias seguidas y no pudo contestarle hasta la noche. Y lo único que Coop consiguió fue un mensaje en su buzón de voz. Cuando lo llamó a las nueve estaba a punto de acostarse, y dijo que tenía que levantarse a las cuatro de la mañana. Entablar una relación con ella no iba a ser fácil, pero valía la pena.

Finalmente, consiguió hablar con Alex a la tarde siguiente. Solo tenía unos minutos, y trabajaría varios días seguidos, pero accedió a cenar con él el domingo. Aunque estaría de guardia.

—¿Y eso qué significa? ¿Que te llaman para que les des consejo? —preguntó él esperanzado y algo ingenuamente. No recordaba haber salido nunca con una doctora, aunque sí con varias enfermeras, y una vez con una quiropráctica.

—No —repuso ella con una risa espontánea, y a Coop le enamoró el sonido de esa risa. En Alex todo era sincero y espontáneo—. Significa que tengo que irme corriendo si me llaman al busca.

—Entonces será mejor que confisque ese busca.

—Hay días en que no me importaría. ¿Estás seguro de que quieres que vayamos a cenar estando de guardia?

—Del todo. Si tienes que irte te pondré la comida en una bolsa.

—Si prefieres podemos esperar a que tenga un día libre. Tengo uno la semana que viene —propuso ella.

—No, quiero verte, Alex. Prepararé algo sencillo que puedas llevarte.

—¿Vas a cocinar tú? —Parecía impresionada, y él también. Lo único que sabía preparar eran las tostadas para el caviar y hervir el agua para el té.

—Ya pensaré algo. —Vivir sin cocinera era otro nuevo reto en su vida. Quizá llamara a Wolfgang Puck para que le mandara algo de pasta y pizza de salmón. La idea le gustó, y el sábado llamó a Wolfgang, quien prometió enviar una cena sencilla para dos y un camarero. Era perfecto.

Tal como habían quedado, el domingo Alex llegó a las cinco de la tarde en su propio coche; dijo que lo necesitaba por si tenía que volver corriendo al trabajo. Llegó traqueteando por el camino y se quedó impresionada cuando vio la casa. A diferencia de las que eran como Charlene, ella había visto casas de ese estilo. En realidad, había vivido en varias. La casa de sus padres en Newport era muy parecida, solo que más grande, aunque no se lo dijo a Coop; no quería ser grosera. La casa y los jardines le parecieron adorables, y le entusiasmaba la idea de bañarse en la piscina. Coop le había dicho que llevara el bañador, y ella acababa de meterse en el agua y estaba nadando con brazadas largas y suaves hacia el otro extremo de la piscina bajo la mirada de Coop cuando Mark y Jimmy llegaron en pantalones cortos, después de jugar una partida de tenis en la pista maltrecha o, como decían ellos, aporrear la pelota. Les sorprendió encontrar allí a Coop con aquella mujer tan joven, y a ella le sorprendió verlos a ellos cuando salió a la superficie.

Alex nadó hasta un lado de la piscina y Mark la miró con admiración. Era guapa, y tenía un aspecto mucho más interesante que la que le preparó el café. Aún temía que le hubiera contado a Coop su encuentro de aquella mañana.

—Alex, me gustaría presentarte a mis huéspedes —dijo Coop con gesto grandilocuente, y se los presentó. Ella sonrió.

—Qué sitio tan estupendo —dijo sonriendo—. Tienen mucha suerte de poder estar aquí. —Ellos estuvieron de acuerdo y, unos minutos más tarde, se metieron también en la piscina. Coop rara vez nadaba. Aunque en sus tiempos había sido capitán del equipo de natación de la facultad, prefirió quedarse sentado a un lado de la piscina, hablando a ratos con ellos, a ratos con Alex, y entreteniéndolos a todos con sus disparatadas historias sobre Hollywood.

Se quedaron junto a la piscina hasta las seis, y luego Coop la llevó dentro para enseñarle la casa y dejar que se cambiara. El camarero de Wolfgang estaba ocupado en la cocina, y Coop le dijo que cenarían a las siete. Todo era maravillosamente civilizado. Se sentaron en la biblioteca y Coop le ofreció un vaso de champán, que ella rechazó, por si tenía que volver al hospital. Estar de guardia significaba que no podía probar el alcohol, pero a Coop no pareció importarle. Los dos parecían aliviados porque, al menos de momento, el busca no había sonado.

—Tus huéspedes parecen muy agradables —dijo Alex muy a gusto mientras Coop daba sorbitos a su vaso de Cristal y el camarero de Spago servía unos deliciosos entremeses y volvía a la cocina para terminar de preparar la cena—. ¿Cómo los conociste?

—Son amigos de mi contable —dijo Coop espontáneamente, aunque solo era verdad a medias. Pero por lo menos explicaba que estuvieran en su propiedad.

—Eres muy amable al dejar que se hospeden aquí. Parece que les encanta. —Mark había dicho que iba a hacer una barbacoa aquella noche y había invitado a Coop y a Alex, pero Coop le dijo que tenían otros planes. Mark había manifestado un evidente interés por Alex, y cuando ella y Coop entraron en la casa, estuvo hablándole de ella en voz baja a Jimmy.

—Una chica muy guapa —comentó. Jimmy dijo que no se había fijado. La mayor parte del tiempo Jimmy se movía como en una nube y no le interesaban las mujeres. Mark empezaba a volver a la vida más deprisa y cada vez se sentía más furioso con Janet. De pronto lo que le había pasado hacía que las otras mujeres le parecieran más atractivas. Pero su dolor era muy distinto al de Jimmy—. Me sorprende que a Coop le interese.

—¿Por qué? —Jimmy pareció sorprendido. No se había fijado en el aspecto de la chica, pero estaba claro que era inteligente y Coop había dicho que era doctora. Parecía perfecta para él.

—Cerebro grande, tetas pequeñas. Por lo que he visto diría que no es su tipo.

—Quizá hay facetas de él que desconocemos —sugirió Jimmy. Había algo que le resultaba vagamente familiar en ella. No estaba seguro, quizá era el tipo de chica que había visto con frecuencia en Boston, o tal vez se habían visto alguna vez. No le preguntó a qué rama de la medicina se dedicaba, y Coop había monopolizado buena parte de la conversación con sus divertidas historias. Era un hombre de trato agradable, y tanto él como Mark entendían perfectamente por qué gustaba tanto a las mujeres. Era infinitamente encantador, innegablemente bien parecido, y era ingenioso y rápido.

Para entonces Coop y Alex ya se habían sentado a cenar, y Mark había empezado a preparar la barbacoa. Era la primera vez que la utilizaba, porque la semana anterior, cuando comieron las chuletas, habían utilizado la de Jimmy. Mark estaba preparando unas hamburguesas y una ensalada césar. Todo iba bastante bien, pero echó demasiado combustible en el carbón y al encenderlo las llamas se desbocaron rápidamente.

—Mierda, hace tiempo que no hago esto —dijo a modo de disculpa, tratando de contener las llamas y salvar la cena. Pero unos minutos después hubo una pequeña explosión y Alex y Coop la oyeron desde el comedor, donde estaban disfrutando de una cena elegante, cortesía de Wolfgang. Estaban comiendo pato a la Pekín, y tres clases diferentes de pasta, con una gran ensalada y pan casero.

—¿Qué ha sido eso? —preguntó Alex con expresión preocupada.

—Creo que el IRA —sugirió Coop, en apariencia despreocupado mientras seguían con su cena—. Seguramente mis invitados han volado el ala para invitados. —Pero cuando Alex miró a la ventana por encima del hombro, vio humo entre los árboles y luego vio las llamas de un pequeño arbusto que acababa de prender.

—Oh, Jesús, Coop... creo que los árboles se están quemando.

Coop estaba a punto de decirle que no se preocupara cuando se volvió y vio que tenía razón.

—Cogeré un extintor —dijo con aire pragmático, sin saber siquiera si tendría uno ni dónde.

—Será mejor que llames al 911. —Alex sacó el móvil de su bolso sin vacilar y llamó mientras Coop corría fuera a ver qué pasaba.

Mark estaba junto a la barbacoa, con expresión mortificada, y él y Jimmy trataban de sofocar las llamas con unas toallas. Fue totalmente inútil y, cuando los camiones de bomberos llegaron diez minutos más tarde, había un bonito incendio. Alex estaba horrorizada, y Coop temía por la casa. Los bomberos tardaron menos de tres minutos en apagarlo. No hubo grandes daños, aunque varios de los setos tan bien podados quedaron muy chamuscados. Los bomberos habían reconocido a Coop, quien durante los siguientes diez minutos estuvo firmando autógrafos y contando historias, incluida la de su experiencia como bombero voluntario en Malibú treinta años atrás.

Coop les ofreció una copa y ellos la rechazaron. Media hora más tarde, aún seguían allí, admirándolo y disfrutando de sus historias. Mark seguía disculpándose y Coop le aseguró que no pasaba nada. Entonces el busca de Alex sonó y ella llamó al hospital mientras los otros hablaban.

Se alejó del centro de la conversación para oír lo que le decían. Dos de sus prematuros estaban en estado crítico y otro había muerto. Los residentes que estaban de guardia estaban saturados y necesitaban que fuera enseguida. Un nuevo paciente estaba a punto de ingresar, un bebé prematuro con hidrocefalia. Alex consultó su reloj cuando volvía con los otros. Había prometido estar en el hospital en quince minutos o menos si podía.

—¿Cuál es su especialidad? —preguntó Jimmy mientras los otros seguían charlando. Coop no se había dado cuenta de que el busca de Alex había sonado. Estaba demasiado ocupado hablando con los bomberos y entreteniéndolos a todos, pero Jimmy se sentía intrigado por las cosas que la oyó preguntar por teléfono. Parecía una persona muy competente.

—Neonatología. Soy residente de la UCLA.

—Debe de ser interesante —dijo él muy amable, y ella llamó a Coop y dijo que tenía que irse.

—No dejes que estos dos incendiarios te asusten —dijo Coop sonriente señalando a Mark con el gesto. Coop se estaba mostrando notablemente sereno durante el episodio, y a Alex eso le sorprendió muchísimo. A su padre le hubiera dado un ataque.

—No me asustan —dijo y le sonrió—, ¿qué importancia tiene una pequeña hoguera entre amigos? Me llaman del hospital. Tengo que irme.

—¿Ah, sí? ¿Cuándo ha sido eso? Yo no he oído nada.

—Estabas ocupado. Tengo que estar allí de aquí a diez minutos. Lo siento. —Ya se lo había avisado, pero siempre desconcertaba cuando pasaba. Y se lo estaba pasando muy bien.

—¿Por qué no picas algo rápido antes de irte? Parece una cena terriblemente buena.

—Lo sé. Me encantaría quedarme, pero me necesitan. Acaban de producirse dos emergencias y hay una tercera en camino. Tengo que irme corriendo —dijo en tono de disculpa. Se notaba que Coop estaba decepcionado; ella también lo estaba, pero estaba acostumbrada—. De todos modos me lo he pasado maravillosamente. Me ha encantado el baño. —Llevaba casi tres horas allí, y eso era prácticamente un récord estando de guardia. Se despidió de Jimmy y Mark, y Coop la acompañó hasta el coche, mientras los bomberos cargaban sus arreos en el camión. Ella prometió llamar más tarde. Un par de minutos después, Coop había vuelto con los otros, sonriente y desenvuelto.

—Bueno, ha sido breve y dulce —dijo con mirada lastimera a sus inquilinos. Se habían acostumbrado a que los llamaran invitados. Y lo cierto es que Coop parecía creer que lo eran.

—Qué mujer tan agradable —dijo Mark admirado, lamentando que estuviera con Coop y no pudiera acercarse más, aunque le parecía un poco joven para él. Claro que era mucho más joven para Coop. Como la mayoría de mujeres con las que salía, hubiera podido ser su nieta.

—¿Quieren acompañarme en la cena, caballeros? —propuso a Jimmy y Mark, cuyas hamburguesas se habían convertido en cenizas en la desventurada barbacoa—. Wolfgang Puck me ha mandado una comida muy digna, y detesto comer solo —dijo cortésmente, cuando los bomberos que quedaban ya se iban.

Media hora más tarde, Coop y sus invitados estaban disfrutando del pato a la Pekín, el surtido de pasta y la pizza de salmón, y Coop les estaba agasajando con más historias. Sirvió el vino con generosidad y cuando los dos hombres más jóvenes se fueron a las diez, habían bebido mucho y sentían que habían encontrado un amigo en Coop, un amigo muy viejo. El vino era excepcional, y la cena deliciosa. Aunque cuando dejaron a Coop no parecía especialmente lleno o bebido.

—Es un gran tipo —le comentó Mark a Jimmy cuando se dirigían hacia el ala para invitados de la casa.

—Desde luego es todo un personaje —concedió Jimmy, dándose cuenta en medio de la bruma que le envolvía de que por la mañana tendría un fuerte dolor de cabeza, aunque había valido la pena. Había sido una velada muy entretenida. Más de lo que jamás hubiera soñado. Frecuentar la compañía de una famosa estrella de cine parecía algo de lo más surrealista.

Los dos amigos se dieron las buenas noches, Mark entró en su ala para invitados y Jimmy se fue a la casa del guarda; entretanto, Coop se había sentado en la biblioteca, sonriendo para sus adentros, y estaba dando sorbos a un vaso de oporto. Había pasado una velada muy agradable, aunque muy distinta de lo que él tenía pensado. Lamentaba que Alex hubiera tenido que irse tan pronto, pero sus dos inquilinos eran divertidos y resultaron ser una compañía sorprendentemente agradable. Y los bomberos añadieron un poco de sal a la velada.

Ya era media noche cuando Alex se sentó en su despacho del hospital a tomar un café y pudo disponer de tiempo de llamar a Coop; pensó que sería muy tarde. Ella tampoco había pasado la velada como esperaba. El bebé con hidrocefalia llegó con muchos problemas, y el primero que entró en crisis estaba mucho mejor. Pero habían perdido al otro y eso les partía el corazón a todos. No sabía si algún día llegaría a acostumbrarse, pero era su trabajo. Cuando se tumbó en un jergón de su despacho para dormir un poco pensó cómo sería tomarse a Coop en serio, si es que eso era posible. Era difícil saber quién había realmente detrás de aquel encanto, de su audacia, de sus historias. Quizá no era más que fachada o quizá sí habría alguien real debajo. Resultaba difícil saberlo, pero sentía el impulso de averiguarlo.

Ella también se daba cuenta de que la diferencia de edad entre ambos era considerable, pero era un hombre tan extraordinario que no le importaba. Había algo en Coop que la empujaba a no hacer caso a los posibles riesgos de una relación con él. Era encantador, hipnótico, cautivador. Alex no dejaba de decirse que quizá no fuera buena idea salir con él. Era mayor, era una estrella de cine y a lo largo de los años había tenido relaciones con una cantidad innumerable de mujeres. Pero en lo único que podía pensar en aquellos momentos era en lo deslumbrante e inmensamente atractivo que resultaba. Su atractivo parecía superar todos los contras que se le ocurrían. Estaba enganchada. Cuando empezaba a dormirse, oyó unas campanillas de alarma sonar en su cabeza, pero de momento prefirió no hacer caso y ver adónde la llevaba todo aquello.

10

Mark estaba profundamente dormido, ayudado por el vino que había tomado durante la cena, cuando el teléfono sonó. Hizo ademán de levantarse, pero entonces pensó que lo habría imaginado. Había bebido mucho y sabía que si abría los ojos tendría un fuerte dolor de cabeza, así que mantuvo los ojos cerrados y siguió durmiendo. Pero el teléfono siguió sonando. Finalmente, abrió un ojo y vio que eran las cuatro de la mañana. Se dio la vuelta con un gruñido, y entonces se dio cuenta de que no era un sueño. El teléfono sonaba de verdad, aunque no acertaba a imaginar quién podía llamar a esas horas. Cogió el teléfono y se quedó tendido sobre la espalda con los ojos cerrados. Ya empezaba a dolerle la cabeza.

—¿Hola? —Su voz sonó ronca, y la habitación daba vueltas. Por un momento, lo único que oyó fue alguien que lloraba—. ¿Quién es? —Tal vez se habían equivocado de número, y entonces abrió los ojos bien abiertos y se despertó del todo. Era su hija, que llamaba de Nueva York—. ¿Jessie? Hija, ¿estás bien? ¿Qué ha pasado? —Tal vez le había pasado algo terrible a Janet, o Jason, pero su hija no dejaba de llorar. Era un llanto angustiado, como el de un animal herido o una niña pequeña cuando se muere su perro—. Dime algo, Jess... ¿qué tienes? —Estaba al borde del pánico.

—Es mamá... —Y volvió a echarse a llorar.

—¿Está herida? —Se sentó en la cama y pestañeó. Se sentía como si le hubieran pegado con un ladrillo en la cabeza, pero su adrenalina estaba a cien. ¿Y si había muerto? Solo de pensarlo se ponía malo. Incluso si le había dejado, seguía queriéndola, y le hubiera destrozado saber que había muerto.

—¡Tiene un novio! —se lamentó, y Mark se dio cuenta de que en Nueva York eran las siete de la mañana, aunque allí fueran las cuatro—. Le conocimos anoche. ¡Es un imbécil!

—Estoy convencido de que no —dijo Mark, tratando de ser justo, aunque una parte de él se alegró de que a Jessica no le gustara. Mark lo odiaba. Había destruido a su familia y le había robado a Janet. No podía ser tan maravilloso si hacía todo aquello. Desde luego, no en opinión de Mark. Y por lo visto tampoco en la de Jessie.

—Es un imbécil, papá. Trata de aparentar que es muy guay pero no deja de darle órdenes a mamá como si fuera suya. Mamá dice que lo conoció hace unas semanas, pero yo no la creo. Sé que es mentira. Él no deja de hablar de las cosas que hicieron hace seis meses, y el año pasado, y mamá todo el rato hace como que no sabe de qué le habla y le pide que se calle. ¿Crees que por eso quería que nos viniéramos a Nueva York? —Jessica se había dado cuenta de todo. Janet había cometido una estupidez al mentirles. Cuando le dejó, Mark no tenía muy claro cómo iba a llevar el tema. Pero, a juzgar por los sollozos de Jessie, no lo estaba llevando nada bien.

—No lo sé, Jess. Tendrás que preguntárselo.

—¿Por eso te dejó? —Eran preguntas muy duras para estar en plena noche, y no estaba de humor para contestar, sobre todo con aquella incipiente resaca. Acababa de empezar y ya tenía un dolor de cabeza de proporciones mastodónticas—. ¿Crees que tenía novio? ¿Por eso iba tanto a Nueva York cuando la abuela se puso mala y se murió?

—Tu madre me dijo que estaba preocupada por tu abuelo. Y la abuela estuvo enferma mucho tiempo, tu madre tenía que estar allí —dijo él honestamente. Janet tendría que explicarle el resto, con el tiempo. Si no lo hacía, Jessica jamás confiaría en ella. Y no la culpaba. Él tampoco volvería a confiar en ella.

—Quiero volver a California —dijo Jessica sin rodeos, sorbiéndose aparatosamente los mocos. Había dejado de llorar.

—Yo también —dijo Jason repitiendo las palabras de su hermana. Se había puesto en el supletorio. Él no lloraba, pero se le notaba muy afectado—. Le odio, papá. Tú también le odiarías, es un burro.

—Veo que en Nueva York habéis mejorado vuestro vocabulario. Tendréis que discutir esto con vuestra madre cuando estéis más tranquilos. Y, por más que deteste decirlo, tenéis que darle una oportunidad a ese hombre. —No era probable que vieran con buenos ojos a nadie con quien saliera su madre. O con él, si es que algún día encontraba una mujer con quien le apeteciera salir, aunque aún no había llegado a eso—. A lo mejor resulta que es un buen tipo, por mucho tiempo que haga que se conocen. Y si es importante para vuestra madre, tendréis que acostumbraros. No podéis tomar una decisión tan rápido. —Estaba tratando de ser razonable, tanto por ellos como por su madre, aunque no fuera eso lo que querían oír. Pero avivando el rencor que sentían por el hombre de quien su madre estaba enamorada y por quien le había dejado, solo conseguiría hacerles más daño. Si se casaba con Adam, tendrían que aceptarlo. No había elección.

—Cenamos con él, papá —dijo Jason con voz desdichada—. Trata a mamá como si tuviera que hacer todo lo que él quiere, y cuando está con él mamá se pone muy tonta. Cuando se fue, nos gritó y luego se puso a llorar. Creo que le gusta mucho.

—Puede ser —dijo Mark con tristeza.

—Quiero volver a casa, papá —dijo Jessica, con voz torturada. Pero ya no había casa adonde volver. La habían vendido—. Quiero volver a mi antiguo colegio, y vivir contigo —insistió.

—Yo también —repitió Jason.

—Hablando de eso, ¿no tendrías que estar ya de camino al colegio? —En Nueva York eran casi las siete y media, y Mark podía oír a Janet diciendo algo al fondo. No estaba seguro, pero parecía como si gritara. Si hubiera sabido lo que habían estado contándole, seguro que habría gritado más, pero supuso que no tendría ni idea. Quizá ni siquiera sabía que estaba al teléfono y que eran sus hijos quienes le habían llamado.

—¿Quieres hablar con mamá de cuándo volvemos a California? —preguntó Jessica por lo bajo, confirmando sus sospechas de que su madre no sabía con quién estaban hablando.

—No. Tenéis que intentarlo. Aún es pronto para decidir nada. Quiero que los dos os asentéis y tratéis de ser razonables. Y ahora mismo quiero que os vayáis al colegio. Hablaremos de esto más tarde. —Mucho más tarde. Cuando la resaca no le estuviera martilleando justo detrás de los ojos.

Seguían pareciendo muy infelices y, por primera vez desde hacía dos meses, Jessica le dijo que le quería. Pero Mark sabía que solo era porque en aquellos momentos odiaba a su madre. Con el tiempo, la rabia remitiría y es posible que Adam acabara gustándoles. Janet decía que era un hombre maravilloso. Pero en el fondo de su corazón, Mark tenía la esperanza de que lo odiaran por lealtad hacia él. Después de lo que Janet había hecho, habría sido difícil que no sintiera de aquella forma.

Después de colgar, Mark se quedó tumbado en la cama, pensando, preguntándose qué debía hacer. De momento no haría nada. Se quedaría quieto y vería cómo evolucionaban las cosas. Se dio la vuelta en la cama y trató de volver a dormir, pero el corazón le latía muy deprisa y estaba preocupado por sus hijos. Finalmente, hacia las seis, la ansiedad lo venció y llamó a Janet. Por la voz parecía tan desdichada como los niños.

—Me alegra que hayas llamado —dijo Janet sorprendida cuando oyó que era él—. Los niños conocieron a Adam anoche, y se portaron espantosamente con él.

—No me extraña. ¿A ti sí? Es demasiado pronto para que asimilen la idea de que sales con otro. Y quizá sospechan que lo conoces hace tiempo.

—Eso es precisamente lo que Jessica me dijo. No se lo dirías tú, ¿verdad? —preguntó ella con voz asustada.

—No, pero creo que tendrías que decírselo con el tiempo. Si no, alguna vez uno de los dos tendrá un desliz y se darán cuenta. De hecho, por algunas de las cosas que dijo Adam, ya tienen algunas sospechas.

—¿Cómo lo sabes? —Parecía sorprendida, y Mark decidió ser sincero.

—Me han llamado. Estaban muy tristes.

—Jessie se encerró en su habitación a mitad de la cena, y Jason no quiso dirigirle la palabra, ni a mí. Jessie dice que me odia. —Mark le notaba la voz llorosa.

—No te odia. Se siente herida y enfadada, desconfía de ti. Y tiene razón. Los dos lo sabemos.

—No es asunto de ella —dijo Janet acalorada, sintiéndose culpable.

—Tal vez, pero ella piensa que sí. Quizá tendrías que haber esperado antes de llevarlo a casa. —Janet no quería decirle que Adam había estado presionándola para que lo presentara a los niños. Ella tampoco creía que estuvieran preparados, pero Adam dijo que no pensaba seguir escondiéndose. Si iba en serio con él, tenía que conocer a sus hijos. Y había sido un desastre. Después de la cena ella y Adam tuvieron una fuerte discusión y él se fue hecho una furia dando un portazo. Fue una noche de pesadilla.

—¿Qué voy a hacer? —preguntó Janet con voz preocupada y nerviosa.

—Espera. Sé paciente con ellos. Dales tiempo. —Janet no quiso decirle que Adam quería instalarse en su casa enseguida, que no quería esperar a que se casaran, y que no estaba segura de poder quitarle la idea de la cabeza. No quería perderlo. Ni a los niños. Se sentía dividida.

—Esto no es tan sencillo como crees, Mark —dijo en tono lastimero, como si ella fuera la víctima, aunque los dos sabían que no era así.

—Tú simplemente procura no destrozar a nuestros hijos en el proceso —le advirtió—. No sé cómo esperas que yo o los niños seamos comprensivos contigo. La cuestión es que tú rompiste nuestro matrimonio por él; tarde o temprano los niños se enterarán. Es algo difícil de asimilar para ellos. —Para él había sido muy duro, pero él la quería, y seguía queriéndola—. Tienen todo el derecho para estar enfadados. Contigo y con él.

—Era lo más justo que se le ocurría. Detestaba ser tan conciliador, pero siempre había sabido ver los problemas desde los diferentes puntos de vista, no solo desde el suyo. Era una de sus grandes virtudes, o defectos, no como ella.

—Sí. Puede que sí. Pero no creo que Adam lo entienda. Él no tiene hijos, y hay muchas cosas que no entiende de los niños.

—A lo mejor tendrías que haber buscado a otro. Como yo, por ejemplo. —Ella no contestó, y Mark se sintió como un estúpido por haberlo dicho. El vino, el oporto y el brandy no le ayudaban, ni el dolor de cabeza. La resaca estaba en todo su apogeo y eso que ni siquiera se había levantado. Por el momento, la mañana estaba siendo muy ajetreada.

—Supongo que con el tiempo se calmarán —dijo Janet esperanzada, pero si no era así, Adam no lo toleraría. Quería gustarles y se había sentido insultado por la forma en que lo trataron, hasta el punto de que la amenazó.

—Llámame cuando quieras —le dijo Mark, y colgó. Se quedó en la cama un par de horas más, sin poder dormirse, con la cabeza martilleándole. Eran casi las nueve cuando se levantó, y pasaban de las diez cuando llegó a la oficina. A la hora de comer estaba otra vez hablando por teléfono con los niños. Acababan de llegar del colegio y no dejaban de decir que querían vivir con él, pero él les dijo que no quería precipitarse. Quería que se tranquilizaran y trataran de ser justos con su madre. Jessica no hacía más que decir que la odiaba y que si se casaba con Adam no volvería a dirigirle la palabra.

—Queremos vivir contigo, papá —insistía. No daba su brazo a torcer.

—¿Y si luego yo salgo con alguien que no os gusta? No puedes pasarte la vida huyendo de estas cosas, Jessie.

—¿Sales con alguien, papá? —Parecía sorprendida. No se le había ocurrido aquella posibilidad. Ni a Jason.

—No, pero algún día lo haré, y es posible que tampoco os guste mi pareja.

—Tú no dejaste a mamá por otra. Y creo que mamá te dejó por Adam. —Mark se dio cuenta de que, si no hubiera sabido ya la verdad, aquella noticia le hubiera destrozado. Desde luego los niños no vacilaban a la hora de lanzar bombas o informaciones. Pero él ya lo sabía. Y las sospechas de Jessica estaban bien fundadas. Mark no quería decirle la verdad, pero tampoco quería mentirle—. Si nos obligas a vivir con ella me escaparé.

—No me amenaces, Jess. Eso no es justo. Eres lo bastante mayor para no hacer esas cosas. Y estás poniendo nervioso a tu hermano. Hablaremos de todo esto cuando nos reunamos para las vacaciones. A lo mejor para entonces ya no pensáis lo mismo y resulta que Adam sí os gusta.

—¡Eso nunca! —dijo ella con vehemencia.

Las siguientes dos semanas fueron una lucha continua. Lágrimas, amenazas, llamadas en mitad de la noche. Adam había sido lo suficientemente obtuso para decir que quería vivir con ellos. Cuando Mark los recogió en Nueva York, los niños estaban enzarzados en una guerra con su madre. No hablaron de otra cosa durante las vacaciones. Janet estaba demasiado liada. Adam le decía que si no le dejaba instalarse en su casa sentiría que anteponía sus hijos a su relación. Que ya había esperado demasiado. Ahora lo que quería era vivir con ella y con los niños. Pero los niños no le querían y, como resultado, tampoco querían a Janet. Al final de las vacaciones, Mark habló con Janet y le dijo que no tenía ni idea de cómo hacer que se tranquilizaran y se quedaran con ella. Jessica había amenazado con llamar al defensor del menor y pedir al tribunal que la mandase con su padre. Era lo bastante mayor para hacerlo y para conseguir que el tribunal les escuchara a ella y a Jason.

—Creo que tienes un problema —le dijo Mark sinceramente—. No hay forma de calmar los ánimos en estos momentos. ¿Por qué no dejas que vuelvan a Los Ángeles hasta final de curso? Luego podrías renegociar la situación con ellos. Si los obligas a quedarse solo conseguirás empeorar las cosas. No quieren escuchar, no quieren ceder. —Janet había llevado la situación francamente mal; ahora lo estaba pagando y los dos lo sabían. Se sentía dividida entre los niños y Adam. Y las dos facciones estaban en conflicto permanentemente.

—¿Me los devolverás cuando acabe el curso? —preguntó ella con aire asustado. No quería perder a sus hijos. Ni a Adam, que no solo le había dicho que quería casarse con ella en cuanto tuviera el divorcio, quería que se quedara embarazada, quería que tuvieran un hijo, dos tal vez. Janet no podía ni imaginar cómo iba a decir eso a los niños. Pero ya se ocuparía más adelante. En aquellos momentos la estaban amenazando con marcharse con su padre.

—No sé lo que haré —dijo él honradamente refiriéndose al siguiente curso—. Depende de lo que ellos quieran. —Janet se había metido en un buen lío, y a Mark le daba pena. Pero también él estaba dividido. Casi se murió de pena cuando Janet se fue, y lo peor es que aún la quería, aunque no lo dijera. Ella estaba tan obsesionada con Adam que había arriesgado su matrimonio y su relación con sus hijos. En opinión de Mark, había hecho muy mal negocio. Él jamás hubiera hecho nada que pudiera herir a sus hijos y ellos lo sabían; por eso querían volver con él.

—¿Podrás volver a matricularlos en su antiguo colegio? —preguntó Janet dándose toquecitos en los ojos. De haber imaginado que iba a pasar aquello, nunca lo habría dejado. Y ahora tenía a Adam decidido a luchar, a obligarla a hacer que viviera con ellos.

—No lo sé. Puede. Lo intentaré —dijo Mark meditándolo.

—¿Tu casa es suficientemente grande? —Casi se había resignado. Comprendía perfectamente que no tenía elección, a menos que dejara de ver a Adam o lo hiciera a escondidas, y sabía que él no hubiera aceptado esto último.

—Es perfecta para ellos —le aseguró. Le describió la finca y ella lo escuchó entre lágrimas. Se iba a sentir muy desgraciada sin sus hijos, pero quizá si pasaban unos meses con Mark cuando volvieran se lo tomarían con más calma. Esperaba que fuera así—. Veré qué puedo hacer cuando vuelva, y te llamaré. —Cuando terminó la conversación, sus dos hijos saltaron sobre él ansiosos por saber lo que habían decidido—. Todavía no hay nada —les dijo él con expresión firme—, ya veremos qué pasa. Ni siquiera sé si podré volver a matricularos en el colegio. Y, pase lo que pase, quiero que mientras os portéis bien con vuestra madre. Esto también es difícil para ella. Os quiere mucho.

—Si nos quisiera se hubiera quedado contigo —espetó Jessica con mirada furiosa. Era una adolescente rubia y guapa, con el corazón lleno de cicatrices. Mark esperaba poder minimizar cualquier posible mal. No quería que el divorcio destrozara a sus hijos. Era lo que menos hubiera querido en el mundo.

—Las cosas no siempre son así, Jess —dijo él con pesar—. La gente cambia... las vidas cambian... No siempre puedes tener lo que quieres. La vida da muchas vueltas. —Pero ellos no querían escucharle. Seguían furiosos con su madre y el novio de su madre.

Aquella noche Mark tomó un avión de vuelta a California y pasó la siguiente semana negociando con la escuela la readmisión de sus hijos. Solo habían estado fuera tres meses y en Nueva York habían estado en una escuela muy buena, así que no se habían atrasado. Al final de la semana, ya estaban matriculados en su antigua escuela de Los Ángeles. El resto era fácil. Solo tenía que contratar una canguro que los vigilara cuando él estuviera en el trabajo y se encargara de llevarlos cuando tuvieran alguna actividad extraescolar o deportiva. No creía que eso fuera un problema, así que el fin de semana llamó a Janet.

—Ya está todo arreglado. Si quieren pueden empezar el lunes, pero supuse que querrías tenerlos otra semana, para hacer las paces con ellos. Decide tú cuándo quieres que vengan.

—Gracias, Mark. Gracias por ser tan bueno. Me parece que no me lo merezco. Voy a echarlos mucho de menos —dijo, y se echó a llorar otra vez. Todo aquello había sido muy angustioso para los dos, y ahora lo era para los niños.

—Ellos también te añorarán. Cuando se les pase el enfado, seguro que querrán volver a Nueva York contigo y empezar allí en el colegio al final del verano.

—Yo no estoy tan segura. Han sido muy claros con respecto a Adam, y él es muy obstinado. Para él es difícil empezar a hacer de padre con unos adolescentes, sobre todo porque nunca ha tenido hijos. —Desde luego era una situación delicada; no envidiaba la posición de Janet. Adam y los niños no dejaban de discutir, y Janet no dejaba de rodar como una pelota entre ellos. Nunca se le habían dado bien las situaciones estresantes. Siempre era Mark quien se encargaba de todo. Salvo en su aventura con Adam. Eso lo había llevado ella solita, y se había cargado la vida de todos.

Janet dio la noticia a los niños el domingo, y ellos ni siquiera tuvieron el detalle de fingir que lamentaban tener que irse. Los dos se pusieron muy contentos y media hora más tarde Jessica ya estaba haciendo las maletas. De haber podido se hubieran ido al día siguiente, pero Janet insistió en que pasaran otra semana con ella. Y les dijo que tendrían que volver para el verano.

Ella y Adam ya habían acordado que se casarían en julio, cuando el divorcio fuera definitivo, pero no se lo dijo a los niños. Tenía miedo de que no quisieran volver si se lo decía. Ya pensaría en algo más adelante.

Aquella semana fue terrible para ella, y al sábado siguiente, los llevó al aeropuerto. Mark había decidido que no contrataría ninguna canguro, y le dijo que había llegado a un acuerdo con la criada de la casa. Ella los vigilaría. Él mismo los llevaría cuando tuvieran actividades extraescolares, y acortaría su jornada laboral si era necesario. Sus hijos lo merecían.

Janet se quedó en el aeropuerto con expresión desolada cuando se fueron. Antes de irse la abrazaron, y Jason vaciló durante un largo momento. Aunque no quería quedarse, su madre le daba pena. Pero Jessica ni siquiera miró atrás. Se limitó a darle un beso, le dijo adiós y se alejó por la pasarela. Estaba impaciente por llegar a California y ver a su padre.

Al final del vuelo, la escena fue totalmente distinta. Cuando bajaron del avión Mark les estaba esperando y los niños gritaron de alegría. Mark los abrazó con lágrimas en los ojos. Por fin parecía que las cosas empezaban a irle bien. Había perdido a Janet de forma irreversible, por culpa suya tal vez, o quizá no, pero había recuperado a sus hijos. Eso era lo único que quería.

11

El horario de trabajo de Alex era algo nuevo para Cooper
Winslow. Jamás había conocido una mujer como ella. Había tenido aventuras con mujeres con carrera, e incluso con un par de
abogadas, pero nunca con una doctora. Y desde luego no una
residente. Sus citas con ella consistían en pizzas, comida rápida
y comida china para llevar, aunque casi cada comida, película o
velada quedaba interrumpida por las llamadas del hospital.
Alex no podía hacer nada. Que era la razón por la que la mayoría de médicos residentes no tenían vida privada y tenían que
salir con otros médicos o enfermeras, residentes o estudiantes
de medicina. Para ella salir con una famosa estrella de cine también era una experiencia nueva. Pero había sido muy clara con
respecto a sus horarios, y hacía todos los equilibrios que podía
con su tiempo. Coop hacía lo que podía por amoldarse. Estaba
entusiasmado con ella. Además, casi no se acordaba de su fortuna. De vez en cuando se le pasaba por la cabeza, y solo embe-
llecía el conjunto. Como la cinta roja de un regalo de Navidad.
Pero trataba de no pensar en eso. Lo único que le preocupaba
era lo que pensarían los padres de ella cuando se enteraran. Por
el momento, no se había atrevido a comentarle nada a Alex.

Las cosas avanzaban muy despacio entre los dos, en parte
por la cantidad de días y horas que trabajaba, y en parte porque
a Álex le habían hecho mucho daño y actuaba con mucha cautela. No quería volver a equivocarse y no tenía intención de
precipitarse con Coop. Después de su quinta cita, él la había be-

sado, pero no pasaron de ahí; él no la presionaba, era demasiado listo para eso, y sabía ser paciente. No pensaba acostarse con ella hasta que ella se lo suplicara. Instintivamente sabía que si la presionaba se retraería o se iría y no quería que eso pasara. Estaba más que dispuesto a esperar a que ella estuviera lista para su siguiente movimiento. Era exquisitamente paciente.

Finalmente, Charlene se había quitado de en medio. Después de dos semanas de no responder a sus llamadas, había dejado de llamar. Hasta Paloma veía con buenos ojos a Alex. Hubiera sido difícil que no fuera así. Pero a Paloma le daba pena. ¿Sabía dónde se estaba metiendo? Aunque por el momento Coop se estaba comportando. Incluso cuando no estaba con Alex, por las noches se quedaba en casa y leía guiones, o salía con sus amigos. Fue a otra cena, más modesta, en casa de los Schwartz, pero esta vez Alex no pudo ir con él porque trabajaba. Y él tampoco se lo dijo. No le parecía buena idea que la gente supiera que salían. Quería evitar a toda costa los escándalos. Sabía lo correcta y decente que era Alex, y no le hubiera gustado verse arrastrada por las revistas sensacionalistas en aquel circo que ahora Coop trataba de evitar a toda costa. La chica estaba más o menos al corriente de su reputación, después de todo, durante décadas había sido un playboy glamouroso de Hollywood, pero prefería guardarse los detalles.

Por otra parte, no era probable que en los lugares donde solían cenar atrajeran la atención de ninguna revista. Coop no la había llevado aún a ningún restaurante lujoso porque ella nunca tenía energía ni tiempo para veladas elegantes. Siempre estaba trabajando. Poder ir al cine ya era todo un logro, y Alex disfrutaba mucho cuando tenía el fin de semana libre y podía ir a La Villa. Se bañaba en la piscina, y una noche le preparó la cena, aunque tuvo que irse antes de poder probarla. Ella estaba acostumbrada, pero para Coop aquello suponía un reajuste considerable. No tenía ni idea de dónde se estaba metiendo. Pero era todo un desafío, y ella era tan brillante e inteligente que cualquier obstáculo o inconveniente que hubiera merecía la pena.

Alex disfrutaba charlando con Mark siempre que se encontraba con él en la piscina. Él hablaba mucho de sus hijos y, una noche, le habló de los problemas que tenía con los niños, Janet y Adam. Le confesó que en el fondo no quería que a sus hijos les gustara el hombre que había destrozado su matrimonio, pero que tampoco quería que sufrieran. Alex sintió pena por él y le agradó la conversación.

A Jimmy lo trataba menos. Él parecía trabajar casi tanto como ella. Algunas tardes visitaba casas de acogida y hacía de entrenador de un equipo de béisbol con pelota blanda en los barrios de protección oficial. Pero Mark siempre hablaba de lo buen tipo que era y le contó lo que sabía de Maggie. Alex se sintió conmovida cuando supo la historia; Jimmy, en cambio, nunca le hablaba de Maggie. Casi siempre se mostraba muy reservado, y parecía incómodo cuando había mujeres delante. Le gustaba estar solo porque en su corazón seguía casado con Maggie. Para entonces, Alex ya había deducido que aquellos dos hombres eran inquilinos, aunque Coop no se lo dijo y ella nunca se lo preguntó. No era asunto suyo si entre los tres había alguna clase de acuerdo económico.

Llevaban tres semanas saliendo cuando Coop la invitó a pasar fuera un fin de semana. Ella dijo que vería si podía arreglarlo, aunque lo dudaba, y le sorprendió descubrir que sí. La única condición era que durmieran en habitaciones separadas. Todavía no estaba preparada para que la relación pasara a la parte física. Quería tomarse tiempo e ir paso a paso, pero se sentía enormemente atraída por él. Además le dijo a Coop que ella se pagaría su habitación. Iban a alojarse en un centro turístico que Coop conocía en México; Alex estaba entusiasmada. No había tenido vacaciones desde que empezó la residencia, y le encantaba viajar. Dos días de sol y diversión con Coop le sonaban a gloria. Dio por supuesto que al irse a México evitarían cualquier posible publicidad. Nadie sabría lo que hacían. Era una idea algo ingenua, pero Coop no quiso desengañarla. No le convenía. Quería salir con ella y no deseaba que ella cambiara de opinión por miedo a la prensa. Todo tenía que ser sencillo y grato.

Salieron el viernes por la noche. El hotel era aún más bonito de lo que él le había dicho. Sus habitaciones estaban conectadas y disponían de sala de estar, terraza, una piscina para ellos solos y una cala privada. No veían a nadie, salvo cuando ellos querían. A media tarde bajaban a la ciudad, paseaban mirando tiendas y se sentaban en las terrazas de los cafés a tomar margaritas. Fue como una luna de miel; en la segunda noche, tal como Coop esperaba, ella le sedujo. Alex ni siquiera estaba borracha. Lo hizo porque quería hacerlo. Se estaba enamorando de él. Ningún hombre había sido nunca tan atento con ella, tan considerado, tan gentil. No solo era una maravillosa compañía y un gran amigo, era un amante perfecto. Cooper Winslow sabía cómo tratar a las mujeres. Sabía lo que querían, lo que les gustaba hacer, cómo les gustaba que las trataran, lo que necesitaban. Alex nunca había disfrutado tanto comprando como cuando salió con Coop, nunca había hablado con tanta facilidad con nadie, nunca se había reído tanto ni la habían mimado tanto. Nunca había conocido a nadie como él.

También le sorprendió ver la cantidad de autógrafos que firmaba, la gente que lo paraba para hacerle una fotografía. Era como si todo el mundo lo conociera. Aunque no tan bien como ella. Y sorprendentemente, él parecía deseoso de compartir con ella su vida y su historia, hasta sus secretos más íntimos. Ella lo correspondía de forma espontánea. Se mostraba completamente abierta con él.

—¿Qué van a decir tus padres de lo nuestro? —le preguntó Coop después de que hicieran el amor la primera vez. Había sido una experiencia memorable; después se habían sentado en su piscina privada, desnudos a la luz de la luna, con la música de fondo. Había sido la noche más romántica de su vida.

—A saber —dijo ella con expresión pensativa—. A mi padre no le ha gustado nadie en toda su vida, ni hombre ni mujer, incluyendo a sus hijos y mi madre. Desconfía de todo el mundo. Pero es imposible que tú no le gustes, Coop. Eres un hombre respetable, de buena familia, eres educado, inteligente, encantador, tienes éxito. ¿Qué podría objetar?

—Quizá no le guste la diferencia de edad. —Para empezar.

—Es posible. Pero hay días que tú pareces más joven que yo. —Alex le sonrió y volvieron a besarse. Coop no le había dicho que también había cierta diferencia en sus circunstancias: que ella era solvente y él no. Le dolía tener que admitirlo. No era una realidad que reconociera a menudo. Pero estaba bien saber que ella no dependería económicamente de él. Eso siempre había sido un problema. Nunca había querido casarse si no estaba en una situación estable y casi nunca lo estaba. Incluso cuando tenía dinero, se le escurría entre los dedos. No necesitaba ayuda de nadie para gastarlo y la mayoría de las mujeres que había conocido eran escalofriantemente derrochadoras. Alex no; y de todos modos, tenía su propio dinero, así que no sería un problema. Por primera vez en su vida, pensaba seriamente en el matrimonio. Como algo vago y lejano, por supuesto, pero al menos la idea no le aterraba como antes. Para su sorpresa, no le hubiera importado sentar cabeza con ella. Siempre había pensado que se suicidaría antes que casarse. Las dos cosas le parecían igual de mortíferas, como si fueran sinónimos. Pero con Alex todo era distinto. Así se lo dijo en la romántica noche mexicana, mientras la besaba.

—Todavía no, Coop —dijo ella con suavidad, siempre tan sincera. Lo amaba, pero no quería inducirlo a error. No estaba preparada para el matrimonio, por su carrera y por lo desastroso que había resultado su intento anterior de llegar al altar. No quería otro desengaño, aunque Coop no parecía capaz de algo así.

—Yo tampoco lo quiero todavía —susurró él—. Pero se me pone la piel de gallina cuando lo pienso. Para mí eso ya es mucho. —A Alex le gustaba ver que los dos consideraban la idea del matrimonio con cautela. Coop nunca se había casado. En una ocasión Alex le había preguntado, y él le explicó que no había encontrado a la persona adecuada. Aunque empezaba a pensar que ahora sí. Alex era una persona con quien valía la pena pasar la vida entera.

El fin de semana que compartieron fue mágico; cuando regresaron a Los Ángeles, los dos tenían la mirada soñadora y estaban apenados por tener que separarse.

—¿Quieres quedarte en casa conmigo? —le preguntó él cuando la llevaba a su casa desde el aeropuerto, y ella meditó con expresión reflexiva.

—Querer, sí quiero. Pero seguramente no debo. —Seguía queriendo ir paso a paso. Tenía miedo de acostumbrarse y que después algo saliera mal y se estropeara—. Aunque esta noche te echaré de menos.

—Yo también —dijo él, y era verdad. Se sentía un hombre nuevo. Cuando llegaron, insistió en subirle la maleta. No había visto aún el piso, y cuando entró se quedó muy sorprendido. Se quedó perplejo al ver las montañas de ropa de hospital, los libros de medicina apilados como rascacielos en el suelo, el cuarto de baño sin ningún elemento superfluo. Lo único que había era jabón, papel higiénico y toallas. Casi no tenía muebles, ni cortinas, ni alfombras, ni decoración—. Por el amor de Dios, Alex, esto parece una chabola. —Alex nunca se había molestado en decorarlo. No tenía tiempo, ni le importaba. Allí lo único que hacía era dormir—. Si alguien ve esto, no le va a gustar nada. —No pudo evitar reírse al pensar que Alex vivía de aquella forma. Era una mujer exquisita y delicada, pero durante años lo único que le había interesado era convertirse en médico. Coop había visto gasolineras más acogedoras—. Creo que tendrías que prenderle fuego a este sitio y venirte a vivir conmigo enseguida. —Sabía que no lo haría. Era demasiado cauta e independiente para eso. Al menos de momento. Pero, a pesar de la cama sin hacer y la anodina decoración, Coop pasó la noche con ella y se levantó con ella cuando se fue al trabajo a las seis. Cuando volvió a La Villa, la añoró de verdad. Nunca se había sentido así por ninguna mujer.

Paloma llegó más tarde, y cuando vio la expresión de Coop se sintió intrigada. Empezaba a pensar que estaba realmente enamorado de la joven doctora. Casi hizo que Coop le cayera mejor. Tal vez después de todo sí tenía corazón.

Coop pasó la tarde fuera porque tenía algunos compromisos, y posó para la portada de *GQ*. Cuando volvió a casa eran las seis y sabía que Alex aún estaría trabajando. Estaría en el hospital hasta la mañana siguiente. Tenía que recuperar las horas por el viaje a México, y trabajaría varios días para compensar a las personas que habían hecho sus turnos.

Coop se acababa de sentar en la biblioteca con un vaso de champán y había puesto música cuando oyó un estruendo procedente de la puerta principal. Sonaba como una metralleta, o una sucesión de explosiones, como si parte de la casa se estuviera derrumbando, así que se levantó y fue a mirar por la ventana. Al principio no vio nada; después entrevió a un niño y sus ojos se abrieron desmesuradamente. El pequeño gamberrete estaba bajando los escalones de mármol con una tabla de skate, que utilizaba para hacer piruetas complicadas y aterrizar sobre el mármol de la base. Lo hizo varias veces hasta que, con unas pocas zancadas, Coop alcanzó la puerta principal y la abrió con mirada furiosa. Ese mármol estaba ahí desde 1918, impoluto, y aquel pequeño delincuente iba a destrozarlo.

—¿Qué demonios crees que estás haciendo? Si no te largas de aquí voy a llamar a la policía. ¿Cómo has entrado en esta propiedad? —Las alarmas tendrían que haberse disparado cuando saltó la verja y no lo habían hecho. No había otra forma de entrar. El niño se quedó mirándolo aterrado y maravillado.

Lo único que se le ocurrió fue:

—Mi padre vive aquí. —Y lo dijo con voz ahogada, sujetando la tabla con fuerza contra el pecho. En ningún momento se le había pasado por la cabeza que podía estropear el mármol. Simplemente, le había parecido un buen sitio para practicar y se lo estaba pasando en grande hasta que Coop apareció y lo amenazó con hacer que lo arrestaran.

—¿Cómo que tu padre vive aquí? *Yo* vivo aquí y, gracias a Dios, no soy tu padre —exclamó Coop, aún furioso—. ¿Quién eres?

—Soy Jason Friedman. —El niño parecía temblar. La tabla se le escapó de las manos y al chocar contra el suelo los sobresaltó a los dos—. Mi padre vive en el ala para invitados. —Él y su hermana habían llegado la noche antes de Nueva York. El sitio le encantaba. Se había pasado la tarde explorando, después de volver del colegio. La noche anterior Mark les había presentado a Jimmy y habían cenado con él. Jason solo conocía a Coop por lo que le había oído decir a su padre. Y cuando ellos llegaron, Coop estaba en México. Para acabar de rematar el agravio, Jason añadió—: Y ahora yo también vivo aquí, y mi hermana. Llegamos ayer de Nueva York. —Lo único que quería el chico era que no lo arrestaran. Y para que eso no ocurriera estaba dispuesto a dar su nombre, rango y número de serie.

—¿Cómo que vives aquí? ¿Cuánto tiempo os vais a quedar?

—Quería saber durante cuánto tiempo tendría que tolerar la presencia del enemigo en sus fronteras. Recordaba vagamente que Liz había dicho que Mark tenía a sus hijos en Nueva York y que vendrían a visitarlo de vez en cuando, pero solo unos días y en raras ocasiones.

—Dejamos a nuestra madre en Nueva York y hemos venido a vivir con nuestro padre. Odiamos a su novio. —Era más de lo que Jason hubiera contado normalmente, pero Coop le intimidaba.

—Estoy seguro de que él también te odiaba si te dedicabas a practicar el skateboard en sus escalones de mármol. Si vuelves a hacerlo, te azotaré personalmente.

—Mi padre no le dejará —dijo Jason muy fiero. Aquel hombre estaba realmente chiflado. Sabía que era una estrella de cine, pero primero le amenazaba con arrestarle, y ahora le estaba amenazando con propinarle una azotaina—. Iría a la cárcel. Pero de todas formas —retrocedió ligeramente—, lo siento. No los he estropeado.

—Pero podrías haberlo hecho. ¿Os habéis instalado aquí? —Era una noticia horripilante y esperaba que el chico estuviera mintiendo. Aunque tenía la terrible sospecha de que no—. Tu padre no me ha dicho que veníais.

—Es que lo hemos decidido en el último momento. Por el novio de mi madre. Llegamos ayer, y hoy hemos empezado en nuestro viejo cole. Mi hermana va al instituto.

—Pues eso no me tranquiliza —dijo Coop mirándolo algo angustiado. No era posible que aquello le estuviera pasando. No era posible que aquellos dos críos se hubieran instalado en su casa. Tendría que echarlos. Antes de que lo quemaran todo o destrozaran alguna cosa. Tendría que llamar a su abogado—. Hablaré con tu padre —dijo con tono amenazador—, y dame eso —dijo tratando de quitarle la tabla. Jason no quería dársela y dio un paso atrás. Era su posesión más preciada, la había traído de Nueva York.

—He dicho que lo siento —le recordó Jason.

—Has dicho muchas cosas, sobre todo del novio de tu madre. —Coop lo miraba desde el escalón más alto; era la viva imagen del esplendor aristocrático. Era un hombre alto. Jason estaba en el tramo de mármol que precedía los escalones. Desde donde estaba, Coop parecía un gigante.

—Es un imbécil. Le odiamos —comentó Jason motu proprio sobre el novio.

—Es una pena. Pero eso no significa que podáis instalaros en mi casa. Ni mucho menos —dijo mirándolo con expresión furiosa—. Dile a tu padre que quiero hablar con él por la mañana. —Y dicho esto, entró en la casa y cerró de un portazo, mientras Jason se iba sobre su tabla como alma que lleva el diablo y le contaba a su padre una versión algo cambiada de los hechos.

—No tendrías que haber jugado con la tabla de skate en los escalones, Jase. Es una casa antigua y podías haberlos estropeado.

—Ya le he dicho que lo siento. Es un burro.

—En realidad es un buen tipo. Pero no está acostumbrado a los niños. Tenemos que ser un poco tolerantes con él.

—¿Puede obligarnos a irnos?

—No creo. Eso sería discriminación, a menos que hagáis algo muy malo y le deis una causa. Así que portaos bien. —A los dos niños les había encantado el sitio. Y a Mark le entusiasmaba la idea de tenerlos con él. No cabían en sí de contentos cuando se reencontraron con sus viejos amigos del colegio. De hecho, Jessica no dejaba de hablar por teléfono con toda la gente que conocía. Y Mark había estado preparando la cena. Aquella tarde habían conocido a Paloma en la terraza, y a ella los niños le encantaron. Pero su jefe estaba bastante menos encantado. Aún no sabía que a veces en su tiempo libre, Paloma hacía la colada de Mark y algunas de sus tareas domésticas.

Cuando entró en la casa, Coop se sirvió una bebida muy cargada y se sentó para llamar a Alex al busca. Ella lo llamó cinco minutos más tarde. Por su voz enseguida notó que había pasado algo terrible.

—Mi casa ha sido tomada por los extraterrestres —dijo con una voz tan alterada que no parecía ni él.

—¿Estás bien? —Parecía preocupada.

—No, no estoy bien. Los hijos de Mark se han instalado aquí. De momento solo he visto a uno, pero es un pequeño gamberrete. Voy a iniciar un proceso para echarlos. Pero entre tanto es posible que tenga una crisis nerviosa. El chico estaba jugando al skate en mis escalones de mármol. —Alex se echó a reír, aliviada al ver que no se trataba de nada serio. Pero Coop hablaba como si la casa se hubiera venido abajo.

—No creo que puedas echarlos. Existen todo tipo de leyes para proteger a la gente con hijos —dijo ella razonablemente, divertida al ver lo preocupado que estaba Coop. Por lo visto, odiaba a los niños tanto como había dicho.

—Pues necesito una ley que me proteja a mí. Ya sabes cuánto odio a los niños.

—Deduzco que eso significa que no tendremos ninguno, ¿no? —Le estaba tomando el pelo, pero a Coop se le ocurrió que eso quizá fuera un obstáculo para ella. No lo había pensado, pero Alex era lo bastante joven para querer hijos. Y él no estaba de humor para pensar en eso en aquellos momentos.

—Podemos hablarlo —dijo él muy sensato—. Al menos tus hijos serían civilizados. Los de Mark no lo son. Este al menos no. Dice que su hermana está en el instituto. Seguro que fuma crack y trafica con drogas.

—No creo que sea tan grave, Coop. ¿Cuánto tiempo se quedarán?

—Me parece que para siempre. Mañana ya sería demasiado. Por la mañana llamaré a Mark y trataré de averiguarlo.

—Bueno, procura no alterarte demasiado. —Pero por su voz sabía que ya lo estaba.

—Me voy a convertir en un alcohólico. Creo que tengo una fuerte alergia hacia las personas de menos de veinticinco años. No es posible que quiera que sus hijos se queden. ¿Qué voy a hacer si no puedo echarlos?

—Lo llevaremos lo mejor posible, y les enseñaremos a comportarse.

—Eres muy buena, mi amor. Pero hay gente a quien no se le puede enseñar. Le dije que le azotaría si volvía a verlo haciendo skate en mis escalones de mármol, y él me dijo que me meterían en la cárcel. —Definitivamente, había sido un mal comienzo, pero amenazar al chico con azotarlo tampoco era lo más acertado.

—Tú dile a Mark que los mantenga fuera de tu vista. Es un buen tipo y estoy segura de que lo entenderá.

Al día siguiente, cuando Coop lo llamó, Mark se disculpó profusamente por cualquier posible trastorno que Jason hubiera podido causar. Le explicó su situación con todo detalle y dijo que estaba seguro de que los chicos volverían con Janet al final de curso. Seguramente solo pasarían allí tres meses.

A Coop aquello le sonó como una sentencia de muerte. Lo único que él quería era que le dijeran que se iban al día siguiente. Pero no. Mark prometió que se comportarían y Coop se resignó a vivir con ellos al lado. Sabía que no tenía alternativa. Antes de hablar con Mark había llamado a su abogado, y descubrió que Alex tenía razón. Tendría que aguantar a aquellos dos críos, y ni siquiera la carta de disculpa que Mark obligó a escribir a Jason suavizó su opinión. Estaba furioso porque Mark de alguna forma había conseguido enchufarle a sus hijos. No tenía ninguna gana de convertir su casa en un instituto, ni en una guardería, en un grupo de boy scouts o en un parque de skateboard. No quería ver ningún niño en cien kilómetros a la redonda, ni en su casa ni en su vida. Solo esperaba que la aventura de la madre se acabara pronto y volvieran lo antes posible con ella.

12

Después de su primer encontronazo con Coop, Mark le dijo a Jason que se mantuviera alejado de la parte principal de la casa y que solo jugara con su tabla de skate por el camino. Jason vio a Coop llegar en su coche algunas veces, pero no hubo más incidentes, al menos durante las dos primeras semanas. A los niños les encantaba estar de nuevo en Los Ángeles con sus viejos amigos, en su colegio de siempre, y su nueva casa les parecía muy guay, a pesar de tener un casero tan gruñón. Él seguía viéndolos con malos ojos, pero tanto los de la agencia inmobiliaria como sus abogados le dijeron que no podía hacer nada. Había leyes para evitar la discriminación de los niños. Y Mark ya le había dicho que tenía hijos y que lo visitarían de vez en cuando. Tenía derecho a vivir allí con sus hijos, incluso de forma permanente. A Coop no le quedaba más remedio que resignarse y quejarse si alguna vez hacían algo que no debían. Pero, aparte del episodio de los escalones de mármol, no habían tenido más problemas.

El primer fin de semana que Alex pasó con él en la casa, se despertaron a mediodía por el ruido de lo que parecía una convención en su piscina. Parecía como si hubiera quinientas personas gritando. Alguien había puesto música rap muy alta. Alex no pudo evitar sonreír mientras estaba tumbada en la cama, oyendo las letras. Eran totalmente obscenas, pero divertidas, y hablaban de forma irreverente sobre los adultos y la forma en que los niños los veían. Un mensaje muy claro para Coop.

—Oh, señor, ¿qué es eso? —preguntó Coop horrorizado levantando la cabeza de la almohada.

—Parece una fiesta —dijo Alex desperezándose y acurrucándose después contra él. Había tenido que negociar cuatro turnos para poder estar allí con él, y entre los dos las cosas iban bien. Coop se estaba amoldando bien a su ritmo ajetreado de trabajo, y hacía años que no disfrutaba tanto con ninguna mujer. A pesar de la enorme diferencia de edad, Alex se sentía muy a gusto con él. Incluso después de haberlo pensado seriamente, decidió que la edad no sería un problema. Coop parecía más joven y mucho más interesante que muchos hombres de su edad.

—Deben de ser los alienígenas otra vez. Creo que acaba de aterrizar otro ovni. —En las últimas tres semanas había visto algún que otro adolescente, pero Mark parecía mantenerlos a raya. Coop aún no sabía que Paloma les hacía de canguro algunas veces—. Deben de estar sordos. Por el amor de Dios, esa música debe de oírse hasta en Chicago. —Se levantó de la cama y fue a mirar por la ventana—. Oh, señor, Alex, los hay a miles. —Ella se levantó también a mirar, y vio a veinte o treinta adolescentes en la piscina, riendo, gritando y tirando cosas.

—Parece una fiesta —confirmó Alex—. Será el cumpleaños de alguien. —A ella le pareció agradable ver aquellos niños sanos y felices divirtiéndose. Después de todo el sufrimiento que veía a diario en su trabajo, le parecía benditamente normal. Pero Coop tenía expresión horrorizada.

—Los extraterrestres no celebran cumpleaños, Alex. Salen del huevo en el momento más inconveniente y bajan a la tierra para destrozar todo lo que encuentran. Han sido enviados para destruirnos a nosotros y al planeta Tierra.

—¿Quieres que salga y les diga que paren la música? —preguntó ella con una amplia sonrisa queriendo ayudar. Se notaba que Coop estaba realmente molesto. A él le gustaba su vida tranquila y ordenada, estar rodeado de cosas bonitas y elegantes. Y las canciones que sonaban no eran ni lo uno ni lo otro. Alex sintió pena por él.

—Sería un detalle —dijo él agradecido, mientras ella se ponía unos pantalones cortos, una camiseta y unas sandalias. Era un bonito día de primavera, y Alex prometió que prepararía el desayuno en cuanto volviera. Él le dio las gracias y fue a darse una ducha y a afeitarse. Siempre estaba impecable e incluso recién levantado se le veía guapo y relativamente presentable. A diferencia de Alex, que siempre se levantaba sintiéndose como si se hubiera pasado la noche arrastrada por un caballo. Tenía el pelo muy desordenado y, trabajando tantas horas, siempre estaba agotada. Pero tenía la juventud de su lado y, cuando fue hacia la piscina para dar su mensaje a Mark, también ella parecía una niña.

Al llegar vio que Jessica estaba en medio de un grupo de chicas en biquini y bañador que reían y gritaban. Los chicos se hacían los interesantes y hacían como que no les interesaban las chicas y Mark estaba tratando de organizar un partido de polo desde el agua.

—Hola, ¿cómo va? Hace días que no te veía —dijo él con tono agradable cuando la vio. Había empezado a preguntarse si Coop ya no salía con ella. Pero tampoco había visto otras mujeres por allí. Las cosas habían estado relativamente tranquilas durante semanas.

—He estado trabajando. ¿Qué celebráis? ¿Algún cumpleaños?

—Jessie quería reunirse con sus viejas amigas para celebrar que ha vuelto. —La chica estaba entusiasmada por poder vivir con su padre y por el momento se negaba a hablar con su madre, para disgusto de Mark. Aún no había logrado convencerla. Él no dejaba de decirle a Janet que tenía que darle tiempo, pero Jessica parecía implacable. Jason sí le hablaba, pero no ocultaba su alegría por estar viviendo con su padre.

—Lamento tener que molestaros, parece que se lo están pasando tan bien... —dijo Alex en tono de disculpa—, pero Coop tiene un pequeño problema con el ruido. ¿Crees que podrían bajar un poco la música? —Mark pareció sobresaltarse, y entonces pestañeó, porque de pronto fue consciente de lo mucho que se había desmandado la situación. Estaba tan acostumbrado a la presencia de los niños que no se había dado cuenta. Y se le ocurrió que tal vez tendría que haber avisado a Coop de la fiesta, por mucho que le asustara mencionarle a los niños.

—Lo siento. Alguien debe de haber subido el volumen cuando no estaba mirando. Ya sabes cómo son los críos. —Lo sabía, sí, y le alegró ver que eran niños buenos, limpios y sanos. No veía ningún tatuaje ni ninguna hacha por ningún sitio, solo un montón de pendientes, y algún que otro *piercing* en la nariz. Nada especialmente grave. Y ninguno parecía un delincuente ni un drogadicto, a pesar de lo que Coop hubiera dicho si los hubiera visto. En opinión de Alex, eran alienígenas normales.

Mark salió de la piscina y fue a bajar la música, y Alex se quedó unos momentos mirando a los niños con una sonrisa en los labios. Jessica era una chica guapa, con el pelo largo y rubio y un tipo precioso, y que no dejaba de reír tontamente en medio de sus amigas, mientras varios de los chicos la miraban con deseo. Ella no parecía hacerles caso. Entonces, Alex vio que Jason se acercaba con Jimmy. El niño llevaba un guante de *catcher* y una pelota de béisbol, y sonreía mientras charlaban animadamente de algo. Jimmy le acababa de enseñar a dar efecto a la pelota con una precisión infalible. Jason nunca había acabado de dominar aquello, pero Jimmy le enseñó cómo hacerlo con facilidad.

—Hola —dijo Alex cuando se detuvieron junto a ella. Por un momento Jimmy pareció incómodo, y entonces le presentó a Jason. Siempre había una cierta reserva en la mirada de Jimmy, como si incluso mirar a la gente le resultara doloroso. Se notaba que le había afectado mucho la pérdida de su mujer. Tenía el aire de quien ha pasado por un gran trauma, la misma expresión conmocionada que veía en los padres que acababan de perder un bebé. Pero hablando con Jason parecía más cómodo que cuando estaba entre adultos—. ¿Cómo estás? —le preguntó—. ¿Has visto algún buen incendio últimamente? —La última vez que lo vio fue cuando Mark casi provocó un incendio con la barbacoa y a ella la avisaron para que volviera al hospital—. Fue toda una experiencia. —Los dos sonrieron al recordar la escena. Alex aún conservaba la inolvidable imagen de Coop firmando autógrafos entre los bomberos mientras los arbustos se quemaban. Cuando se acordaba le daban ganas de reír.

—Pues aquello nos valió una buena cena —dijo él con una tímida sonrisa—. Creo que nos comimos la tuya. Fue una pena que tuvieras que volver al trabajo. Aunque si no te hubieras ido no hubiéramos podido cenar —dijo muy sensato, y entonces sonrió al recordar la velada—. Fue una velada estupenda. No había bebido tanto desde que estaba en la facultad. A la mañana siguiente no fui capaz de ir al trabajo hasta las once. Nos sirvió una comida muy exótica y en gran cantidad.

—Parece que me perdí algo bueno. —Alex sonrió, y entonces volvió su atención a Jason y le preguntó en qué posición jugaba. Él dijo que era *shortstop*.

—Lanza muy bien —dijo Jimmy elogiándolo—, y es un bateador estupendo. Esta mañana hemos perdido tres bolas que se han ido al otro lado de la verja. *Home runs* clarísimos, directos al exterior del campo de juego.

—Estoy impresionada. Yo no sería capaz de acertarle a la bola ni aunque me fuera la vida —confesó Alex.

—Mi mujer tampoco podía —dijo él sin pensar. Las palabras le salieron de la boca antes de que se diera cuenta. Por su mirada Alex comprendió que le había dolido—. La mayoría de las mujeres no saben golpear la pelota, ni lanzarla. Tienen otras virtudes —dijo, tratando de llevar la conversación de vuelta al mundo en general y alejarla de Maggie.

—No estoy muy segura de que yo tenga esas otras virtudes —dijo Alex espontáneamente, intuyendo que el comentario le había incomodado—. No cocino bien ni aunque me vaya la vida. Pero preparo unos sándwiches de mantequilla de cacahuete pasables y encargo unas pizzas increíbles.

—Ya es algo. Yo cocino mucho mejor de lo que cocinaba mi mujer. —Maldita sea. Había vuelto a hacerlo. Después de aquello, Alex notó que se retraía detrás de un muro y guardaba silencio mientras ella charlaba con Jason. Luego el chico se fue con su hermana y sus amigas.

—Son unos chicos estupendos —dijo Alex con la esperanza de hacer que se sintiera a gusto. Veía que lo estaba pasando muy mal y hubiera querido decirle que lo sentía, pero no quería alterarlo más de lo que ya estaba.

—Mark está contentísimo por tenerlos aquí con él. Los echaba mucho de menos —dijo Jimmy tratando de salir del precipicio. Caía continuamente en un abismo de pesar. Todo lo que hacía o decía le recordaba a Maggie—. ¿Cómo lo lleva nuestro casero?

—Está haciendo terapia, y se está medicando por los cambios de humor —declaró solemnemente, y Jimmy se echó a reír. Era un sonido maravilloso, y en profundo contraste con lo que Alex sospechaba que sentía la mayor parte del tiempo.

—¿Tan mal está?

—No, peor. La semana pasada casi entra en código. —En el hospital hablaban de código cuando se producía un fallo general en los sistemas del paciente, su corazón se detenía y dejaba de respirar. Pero Jimmy pareció entenderla—. Creo que lo superará, pero he tenido que echar mano de mis conocimientos y aplicarle un masaje cardiorrespiratorio para reanimarlo. Ahora lo tenemos con respiración asistida y, hablando del asunto, será mejor que vuelva. He salido para pedirles que bajen la música.

—¿Qué será? —preguntó Jimmy.

—Por ahora han puesto rap, con unas letras muy jugosas. —Alex le sonrió.

—No, me refería al desayuno. ¿Mantequilla de cacahuete o pizza?

—Mmmm... es una pregunta interesante. No lo había pensado. Personalmente, yo tomaría pizza, las sobras. Vivo de eso. Y donuts para el postre, preferiblemente rancios. Creo que Coop tiene un gusto más selecto, huevos con beicon, tal vez.

—¿Crees que podrás solucionarlo? —preguntó Jimmy muy solícito. Alex le gustaba y producía una fuerte sensación de calidez y comprensión. No estaba muy seguro de lo que hacía, pero le parecía recordar que tenía algo que ver con los niños. Y tenía la sospecha de que era muy buena. Se notaba que era inteligente, y parecía una persona muy atenta. Aún no acababa de entender qué hacía con Cooper Winslow. Le parecía una extraña pareja para ella, pero a veces es difícil entender por qué la gente elige las parejas o los compañeros de juego que elige. Nadie sigue nunca el camino que uno esperaría. Coop era lo bastante viejo para ser su padre o más. Y ella no parecía la clase de mujer que se deja seducir por la celebridad o el glamour. Quizá Coop era más de lo que aparentaba o, Dios no lo quisiera, Alex era menos. A pesar de la velada que Jimmy había pasado en compañía de Coop, no tenía una opinión especialmente buena de él. Era guapo y encantador, desde luego, pero no tenía mucha sustancia.

—¿Tú qué opinas? ¿Crees que si llamo al 911 me traerán el desayuno? —preguntó Alex siguiendo con la broma. Jimmy era un hombre muy dulce y le daba mucha pena.

—Claro, Coop solo tiene que firmar. —Fue un comentario desafortunado y enseguida se disculpó. No tenía ningún motivo para dejarlo en evidencia, y él lo sabía—. Lo siento, eso ha estado de más.

—No pasa nada, se toma las cosas con mucho sentido del humor, incluso sus propios defectos. Es una de las cosas que me gustan de él.

Jimmy sintió el impulso de preguntarle qué más había que pudiera gustarle, aparte de su apariencia, pero se contuvo.

—Bueno, será mejor que vuelva. Creo que hoy no vamos a utilizar la piscina. Coop no podría con todo esto. Tendremos que controlarle.

Los dos se rieron; luego Alex se despidió con la mano de Mark y volvió al ala principal de la casa, donde encontró a Coop con aire petulante, peleándose con el desayuno. Había quemado unos panecillos y había roto las yemas de los cuatro huevos que estaba friendo. De tan quemado el beicon estaba irreconocible, y había zumo de naranja por toda la mesa.

—¡Pero si sabes cocinar! —exclamó ella asombrada, con una amplia sonrisa, mientras evaluaba el destrozo. Ella no lo hubiera hecho mucho mejor. Se le daba mucho mejor la unidad de cuidados intensivos que la cocina—. Estoy impresionada.

—Pues yo no. ¿Dónde demonios estabas? Pensaba que los alienígenas te habían tomado como rehén.

—Son buenos chicos. No creo que tengas que preocuparte. He estado charlando con Mark y Jimmy, y con Jason, el hijo de Mark. Todos los chicos que hay en la piscina parecen educados, sanos y correctos. —Coop se volvió a mirarla, con una espátula en la mano, mientras los huevos se quemaban.

—Oh, Dios mío... los ladrones de ultracuerpos... te han cambiado... eres uno de ellos... ¿quién eres en realidad? —Tenía la mirada de horror de las películas de ciencia ficción, y Alex se rió.

—Sigo siendo yo, y son buena gente. Solo he pensado que tenía que decírtelo para que no te preocupes.

—Has estado fuera tanto rato que pensaba que te habías fugado con ellos, así que me he preparado yo el desayuno... *nuestro* desayuno —rectificó, y entonces miró a su alrededor con desaliento—. ¿Quieres que salgamos a comer algo? No estoy seguro de que nada de esto sea comestible. —Parecía un poco desanimado.

—Creo que tendría que haber encargado una pizza.

—¿Para desayunar? —Parecía horrorizado, y se levantó todo lo alto que era con expresión indignada—. Alex, tus hábitos alimentarios son espantosos. ¿No os enseñan nada sobre nutrición en la facultad de medicina? La pizza no es un desayuno apropiado, por muy médico que seas.

—Lo siento —dijo ella humildemente. Puso dos panecillos más en la tostadora; luego limpió el zumo y sirvió dos vasos nuevos.

—Esto es cosa de mujeres —dijo Coop con una expresión de alivio de lo más machista—. Creo que lo dejaré en tus manos. Yo solo quiero zumo y café. —Pero, cinco minutos más tarde, ella había preparado huevos revueltos, beicon, tostadas, zumo y café, y se los llevó a la terraza en una bandeja. Había utilizado sus mejores platos, vasos de Baccarat para el zumo y servilletas de papel en lugar de las de tela.

—El servicio es excelente... Tendrás que trabajar un poco la cuestión de servir mesas... El lino siempre es un detalle elegante cuando utilizas buena porcelana —dijo él bromeando, y le sonrió, dejando a un lado el periódico.

—Puedes dar gracias de que no haya puesto papel higiénico. En el hospital lo hacemos cuando se nos acaban las servilletas. Es estupendo, igual que los platos y los vasos de plástico. La próxima vez me traeré algunos.

—Me tranquiliza enormemente saberlo —dijo él con gesto grandilocuente. No importaba dónde se hubiera educado ni cuál fuera su apellido; aquella joven no era en absoluto pretenciosa. Cuando terminaron de comer los excelentes huevos que

Alex había preparado, aquello llevó a la pregunta que Coop había estado pensando—. ¿Qué crees que pensará tu familia de mí, Alex? De lo nuestro. —Parecía preocupado, y a Alex le conmovió. La sensación de que iba en serio con ella era cada vez más fuerte, y no le importaba. Por el momento, le gustaba todo de él, pero aún era pronto. Llevaban saliendo poco más de un mes y era posible que las cosas cambiaran y surgieran los problemas cuando se conocieran más.

—¿Qué importa eso? Ellos no dirigen mi vida, Coop. Lo hago yo. Yo decido con quién quiero pasar mi tiempo.

—¿Y no tendrán ninguna opinión al respecto? Lo dudo. —Por las cosas que había leído del padre, Arthur Madison tenía opiniones sobre todo, y sin duda también las tendría sobre su hija. Y, por lo que él sabía, la mayoría de las cosas que Arthur Madison pensaba y hacía no eran precisamente agradables. Era el perfecto candidato a oponerse a la relación de su hija con Cooper Winslow.

—Mi familia y yo no nos llevamos bien —dijo Alex muy tranquila—. Los mantengo a una distancia saludable. Es una de las razones por las que estoy aquí. —Sus padres la habían criticado durante toda su vida, y su padre nunca tuvo una palabra amable para ella. Su única hermana se había fugado con su novio la noche antes de su boda. No había muchas cosas que apreciara en ninguno de ellos, si es que había alguna. En opinión de Alex, su madre tenía hielo en vez de sangre en las venas y había dejado de vivir hacía años. Dejaba que su marido hiciera y dijera lo que quería, incluso a sus hijos. Alex siempre había sentido que se había criado en una casa sin amor, donde cada uno iba a la suya, sin importarle si hacía o no daño a los demás. Y ni todo el dinero ni la historia del mundo podían cambiar eso—. En realidad ellos son los alienígenas de los que hablas. Han venido de otra galaxia para acabar con la vida en el planeta Tierra. Y van con una enorme ventaja, porque no tienen corazón, su cerebro es de tamaño medio y solo procesa lo más evidente y tienen una cantidad indecente de dinero, que utilizan casi exclusivamente en su provecho. Su plan para controlar el mundo va relativamente bien. Mi padre parece poseerlo casi todo, y no hay un solo ser humano que le importe, como no sea él mismo. Para ser sincera, Coop, no me gustan. Y yo no les gusto a ellos. No les sigo el juego ni me creo sus mentiras, nunca las he creído. Así que, piensen lo que piensen de nosotros, si al final se enteran, que imagino que se enterarán, me da absolutamente igual.

—Bueno, eso lo explica todo, ¿no? —Tanta vehemencia le había sorprendido. Se notaba que le habían hecho mucho daño, sobre todo el padre. Coop siempre había oído decir que era implacable y despiadado—. Siempre he leído que tu padre es un filántropo.

—Es un relaciones públicas. Él solo da dinero para causas que puedan reportarle algo, o que den prestigio. Donó cien millones de dólares a Harvard. ¿A quién le importa Harvard cuando hay niños muriendo de hambre por todo el mundo y gente que muere por enfermedades que podrían curarse si alguien pusiera el dinero? En realidad, no tiene ni un gramo de filantropía en su cuerpo. —Pero ella sí. Cedía el noventa por ciento de los ingresos por su fondo de inversiones cada año, y vivía con lo mínimo posible. Solo se permitía algún pequeño lujo, como su estudio en Wilshire Boulevard, pero muy pocos. Sentía que tenía una responsabilidad con el mundo por ser quien era, no a pesar de eso, que es la razón por la que había pasado un año trabajando en Kenia. Allí fue donde comprendió que su hermana le había hecho un enorme favor quitándole a su novio, aunque la odiase por su traición. Ella y Carter se hubieran matado. Había tardado años en comprender que era igual que su padre, y su hermana era como su madre. Lo único que su hermana quería era el dinero, el nombre, la seguridad y el prestigio de estar casada con alguien importante. No le importaba quién fuera. Y a Carter lo único que le interesaba era ser el hombre más importante del mundo. Su padre era un egocéntrico, y Carter también. Ya no estaban lo bastante próximas para hablar del tema, pero durante años Alex había sospechado que su hermana era muy desdichada. A Alex le daba pena, su hermana era un ser vacuo, solitario e insulso.

—¿Me estás diciendo que si se publica en las revistas o cualquier otro sitio que estamos saliendo, a tu padre no le va a importar? —preguntó Coop incrédulo. Aquello era una sorpresa para él.

—No, no es eso. Lo que digo es que seguramente le importará mucho. Pero *a mí* no me importa lo que él piense. Soy una persona adulta.

—Pero a eso me refería —dijo él, con expresión preocupada—. Seguramente no le gustará que te relaciones con una estrella de cine, y menos con alguien de mi edad. —O con su reputación. Después de todo, durante años Coop había sido un conocido playboy. Alex estaba convencida de que hasta su padre debía de saberlo.

—Seguramente, sí —dijo ella, tranquilizándole bien poco—. Él tiene tres años menos que tú. —A Coop aquella noticia le dolió, no sonaba nada bien, igual que todo lo que Alex le había dicho, salvo quizá el hecho de que le era indiferente la opinión de su padre. Pero si aquel hombre se enfadaba de verdad, podía buscarle muchos problemas. No tenía muy claro el cómo, pero la gente tan poderosa siempre encontraba la forma.

—¿Podría dejarte sin dinero? —preguntó él algo nervioso.

—No. —Alex sonrió muy tranquila, como si decididamente aquello no fuera asunto de Coop. Aunque tenía la sospecha de que él no quería ser responsable de los problemas que su familia pudiera causarle. Qué detalle—. La mayor parte de lo que tengo procede de mi abuelo. El resto lo puso mi padre en un fondo irrevocable. Pero incluso si me quitaran el dinero, me da igual. Soy médico, y me gano bien la vida. —Además de ser la mujer más independiente que había conocido. No quería nada de nadie, y menos de él. No le necesitaba, solo le quería. Ni siquiera dependía emocionalmente de él, disfrutaba de su compañía, y podía irse cuando quisiera. Estaba en una posición envidiable. Joven, lista, libre, rica, guapa e independiente. La mujer perfecta. Salvo que a Coop le hubiera gustado que dependiera un poco más de él. No tenía ningún tipo de garantía con Alex, no la tenía atrapada. Por el momento, si estaba con él era por decisión propia—. ¿Contesta eso a tu pregunta? —le preguntó, y se inclinó para besarle con sus largos cabellos oscuros cayéndole sobre los hombros. Parecía una de las adolescentes de la piscina, descalza, en pantalón corto y camiseta.

—Más o menos, de momento. No quiero que tengas problemas con tu familia por mi culpa —dijo con voz amable y responsable—, eso sería un precio demasiado alto por una aventura.

—Ya he pagado ese precio, Coop —dijo ella con expresión pensativa.

—Eso parece. —Parecía que lo había pasado realmente mal, seguramente cuando su hermana se fugó con su novio.

El resto del día transcurrió agradablemente. Leyeron el periódico, se tumbaron al sol en la terraza e hicieron el amor a media tarde. Al cabo de un rato los adolescentes se calmaron y apenas los oían. Y, cuando se fueron de la piscina, Coop salió a darse un baño antes de la cena. En la piscina, todo había quedado limpio y recogido, parecía estar en orden. Mark había hecho un buen trabajo vigilándolos, y les hizo limpiarlo todo antes de que la fiesta terminara.

Aquella noche, Alex y Coop fueron al cine. Cuando estaba pagando las entradas en taquilla, todas las cabezas se volvieron, y dos personas le pidieron un autógrafo cuando estaba comprando palomitas. Alex empezaba a acostumbrarse a que la gente les mirara en todas partes, y le divertía cuando le pedían que se apartara para hacerle una fotografía a Coop, normalmente con uno o más del grupo al lado.

—¿Es usted famosa? —le preguntaban a ella sin rodeos.

—No, no lo soy. —Y les sonreía humildemente.

—¿Podría apartarse, por favor? —Y ella lo hacía, riendo y haciéndole muecas desde detrás de la cámara. Pero no le molestaba, al contrario, le parecía divertido, y le encantaba tomarle el pelo por todo aquello.

Después fueron a un delicatessen a comer un bocadillo, y volvieron pronto a casa. Ella tenía que levantarse a las seis y estar en el hospital a las siete. El fin de semana había ido bien y Alex se sentía más feliz que nunca con Coop. Cuando se levantó, se fue con mucho cuidado para no despertarlo. Él ni siquiera la oyó, y sonrió cuando vio la nota que le había dejado junto a la maquinilla de afeitar.

Querido Coop:
Gracias por este maravilloso fin de semana... tranquilo y relajante... Si quieres una fotografía dedicada, llama a mi agente... Hablamos luego. Te quiere,

ALEX

Lo curioso era que él también la quería. No lo esperaba, pensaba que solo sería un entretenimiento, porque era distinta de las mujeres con las que normalmente salía. Pero le sorprendió ver lo mucho que le gustaba. Era tan real, tan decente y tan adorable... No tenía ni idea de lo que tenía que hacer. Normalmente hubiera disfrutado de su compañía unas semanas o unos meses y hubiera pasado a la siguiente. Pero, a causa de lo que Alex representaba y lo que tenía, Coop pensaba en el futuro. Las palabras de Abe no le habían pasado inadvertidas. Y, si quería una esposa rica, que no estaba seguro de quererla, Alex era perfecta. En ella todo tenía sentido. Y estar casado con ella no sería embarazoso, tendría muchas cosas buenas. A veces casi hubiera querido que no fuera quien era, porque Coop no podía fingir que no sabía nada de su dinero. Y aparte de divertirse con ella un tiempo, no estaba seguro de lo que hubiera sentido si no fuera tan rica. Aquello lo complicaba todo, le daba colorido. Más que ella, era Coop quien recelaba de sus motivaciones. Y, a pesar de eso, se dio cuenta de que la quería, significara eso lo que significara.

—¿Por qué no te limitas a relajarte y a pasarlo bien? —le preguntó Coop a su reflejo en el espejo cuando cogía la maquinilla de afeitar.

Lo único malo de Alex era que hacía que cuestionara sus propias motivaciones y desafiara su conciencia. ¿La amaba? ¿O era solo una chica muy rica que podía solucionar sus problemas? Si su padre les dejaba casarse. No se acababa de creer del todo que no le importara lo que dijera su padre. Después de todo, era una Madison, y eso significaba una cierta responsabilidad a la hora de elegir con quién se casaba, con quién tenía hijos y lo que hacía con su dinero.

Y eso era otra cosa... los niños... Coop odiaba la idea de tener hijos, aunque fueran ricos. Eran un engorro, y no tenía ningunas ganas de tener ninguno. Nunca. Pero ella era demasiado joven para renunciar a la idea. Aún no habían hablado en serio del tema, pero estaba claro que algún día ella querría tener alguno. Si para Alex no había ningún problema, en la cabeza de Coop todo era terriblemente complicado. Y lo peor de todo es que no quería herirla. Aquello nunca le había preocupado con ninguna de las mujeres con las que salía. Alex hacía salir lo mejor de él, y Coop no estaba seguro de que eso le gustara. Ser responsable y respetable era una enorme carga.

El teléfono sonó cuando se estaba afeitando, y no contestó. Sabía que Paloma andaba por allí, pero lo cierto es que tampoco ella contestó, y el teléfono siguió sonando. Quizá fuera Alex. Tenía que trabajar varios días seguidos para recuperar el fin de semana. Corrió a contestar con la espuma de afeitar aún en la cara y se sintió muy irritado en cuanto la oyó. Era Charlene, y estaba sin aliento.

—Te llamé la semana pasada y no me devolviste la llamada —empezó con tono enfadado y pasó al tono acusador.

—No recibí tu mensaje —confesó él sinceramente—. ¿Me dejaste un mensaje en el buzón de voz? —preguntó limpiándose el resto de la espuma con la toalla.

—Hablé con Paloma —dijo con tono digno. Oírla le ponía malo. Su breve aventura con ella parecía a años luz. Ahora tenía una aventura respetable con una mujer honorable, no una aventura sexual con alguien a quien apenas conocía. Aquellas dos mujeres y los sentimientos que tenían hacia él eran como dos mundos completamente opuestos.

—Eso lo explica todo —dijo Coop muy amable. Quería librarse de ella lo antes posible. No quería volver a verla. Estaba contento de que las revistas no hubieran sabido nada de ella, aunque apenas habían salido. Mientras duró su aventura, se pasaron la mayor parte del tiempo en la cama—. Ella nunca me pasa los mensajes, excepto cuando piensa que me los tiene que dar, y eso no pasa a menudo.

—Tengo que verte.

—No creo que sea buena idea —dijo él sin rodeos—. Me voy de la ciudad esta tarde. —Era mentira, pero normalmente eso las desanimaba—. Y no creo que tengamos nada más que decirnos, Charlene. Fue divertido para los dos, pero nada más. —Solo había salido con ella unas pocas semanas, entre Pamela y Alex. No había para tanto.

—Estoy embarazada. —Charlene había creído lo de que se iba de la ciudad y supuso que lo mejor era decírselo ahora que tenía ocasión. Coop guardó un largo silencio. Ya había pasado por aquello, y tenía una solución relativamente sencilla. Unas lagrimitas, apoyo emocional, y dinero para pagar el aborto. Y se acabó. Supuso que esta vez no sería diferente.

—Lamento oír eso. No quiero ser desagradable pero ¿estás segura de que es mío? —A las mujeres les dolía mucho aquella pregunta, pero algunas no estaban seguras y entonces él se mostraba menos comprensivo. En el caso de Charlene, la pregunta parecía indicada. Coop sabía que había tenido una vida amorosa bastante activa antes y seguramente también durante y después de él. El sexo era el motor de la vida de Charlene, y su principal medio de comunicación. Igual que otras utilizaban la comida o la compra. Charlene era una mujer muy activa.

Ella se sintió ofendida. Cuando habló, parecía la virtud en persona.

—¡Por supuesto que estoy segura! ¿Te llamaría si no lo estuviera?

—Es una pregunta interesante. Pero, en ese caso, lo siento mucho. ¿Tienes un buen médico? —La noticia hizo que Coop se sintiera instantáneamente distante, y sonaba receloso. Se sentía amenazado.

—No. Y no tengo dinero.

—Haré que mi contable te envíe un cheque para cubrir los gastos. —En aquellos tiempos no era nada extraordinario. Antes aquello hubiera significado cruzar la frontera con México o viajar a Europa. Pero ahora era algo tan normal como hacerse una limpieza de boca. Y no era ni peligroso ni caro—. Te mandaré el nombre de algunos médicos. —No era más que una onda sobre el océano de su vida, no una gran ola. Podía haber sido peor. Un escándalo público, por ejemplo, cosa que en aquellos momentos no le interesaba a causa de Alex.

—Voy a tener el niño —dijo ella, y a Coop le sonó testaruda y cabezona. Le parecía peligrosa y amenazadora. Él lo único que quería era protegerse y proteger a Alex; en su cabeza Charlene no era más que una amenaza. Nunca la había querido. Y no solo se sentía amenazado por lo que decía, sino por el tono con que lo decía. Más que un dilema, sus palabras parecían una amenaza para poder chantajearlo. Para él era muy difícil sentir algo por aquella mujer. Si tenía instinto de protección, no era hacia ella, sino hacia Alex. No quería preocuparla con aquella pesadilla.

—No creo que sea una buena idea, Charlene —dijo Coop tratando de mantener la distancia. No podía dejar de pensar que, con una aventura tan corta, ella podía haberse ocupado de todo sin necesidad de molestarlo. Pero no, tenía que arrastrarlo con ella. Claro que había mujeres a las que les gustaba la idea de tener un hijo con un famoso para poder sacarles dinero. El carácter posesivo de Charlene le asustaba, y no tenía ninguna gana de hacer planes con ella—. No nos conocemos tanto como para eso. Y tú eres demasiado joven y atractiva para atarte a una criatura. Traen muchos problemas. —Era una táctica muy buena y le había funcionado en el pasado, pero Charlene no parecía dispuesta a ceder. ¿Por qué iba a querer tener un hijo con alguien a quien casi no conocía? Solo que en este caso el desconocido era Cooper Winslow.

—He abortado seis veces, Coop. No puedo abortar otra vez. Y además, quiero a nuestro hijo. —*Nuestro* hijo, ahí estaba la clave. Estaba tratando de atraparlo. Coop no pudo evitar preguntarse si realmente estaría embarazada, o si aquello no sería un complot para sacarle dinero—. Quiero verte.

—Eso tampoco es buena idea. —Era lo último que quería. Lo que menos falta le hacía era una reunión con una histérica. En realidad lo que ella quería era recuperarlo, hacerle sentirse obligado. Pero Coop no creyó ni por un momento que la chica estuviera diciendo la verdad, y no tenía intención de poner en peligro su relación con Alex. Su aventura con Charlene no había durado más que tres semanas. La relación con Alex podía durar toda una vida—. No voy a decirte lo que tienes que hacer, pero si fuera tú yo abortaría. —No era tan idiota como para suplicarle. Hubiera preferido estrangularlos a ella y al niño, si es que existía. Aún no acababa de creerse que estaba embarazada o que el niño fuera suyo.

—¡No pienso abortar! —dijo ella con voz quejumbrosa y se puso a llorar. Le dijo que le quería, que creyó que siempre iban a estar juntos y que él también la quería. ¿Qué iba a hacer ahora con un niño sin padre?

—Exactamente —dijo él fríamente. No pensaba dejar que le

viera preocupado—. Ningún niño se merece un padre que no quiere reconocerlo. Y yo no voy a casarme contigo. No pienso veros ni a ti ni al niño. Y nunca te di muestras de quererte, Charlene. Éramos dos adultos que practicaron el sexo unas semanas, nada más. No confundamos los asuntos.

—Bueno, pues así es como se hacen los niños —dijo ella, y lanzó una risita tonta. Coop tenía la sensación de estar en una película muy mala, y no le gustaba. Y el hecho de que aquella mujer le estuviera causando todas aquellas molestias hacía que le gustara menos aún—. También es tu hijo, Coop —dijo ella, casi ronroneando.

—No es mi hijo. En estos momentos aún no es hijo de nadie. No es nada, solo es una célula del tamaño de la cabeza de un alfiler, no significa nada. Ni siquiera lo añorarás. —Coop sabía que eso no era del todo cierto, porque las hormonas harían que Charlene creyera que amaba a su bebé. Pero se negaba a dejarse atrapar.

—Soy católica. —Coop pestañeó al oírlo.

—Yo también, Charlene. Pero si eso hubiera significado algo para alguno de los dos, no nos hubiéramos acostado fuera del matrimonio. No creo que tengas elección. O te portas como una mujer sensata o como una estúpida. Y si decides ser estúpida, no cuentes conmigo. Si tienes ese niño, será sin mi apoyo y sin mi bendición. —Quería dejárselo muy claro desde el principio, sería inflexible. Lo mejor era que lo entendiera cuanto antes y no se hiciera ilusiones.

—Tienes que mantener al niño —dijo ella con tono pragmático—. La ley lo dice. —Era muy lista—. Y mientras esté embarazada no podré trabajar. No puedo hacer de modelo o de actriz con la barriga. Tienes que ayudarme. —En aquellos momentos no podía ni ayudarse a sí mismo, y no tenía ningunas ganas de mantenerla a ella—. Creo que tendríamos que vernos y hablarlo. —Casi se la oía contenta. Coop sospechaba que Charlene creía que podría convencerlo, e incluso hacer que se casara con ella si tenía el bebé. Pero con aquello lo único que estaba logrando es que la odiara. No solo estaba amenazando sus finanzas, sino también su relación con Alex, que significaba mucho para él.

—No quiero verte —dijo él con un tono frío y decidido. No pensaba dejar que le hiciera aquello.

—Creo que tendrías que hacerlo —dijo ella con tono amenazador—. ¿Qué pensará la gente si descubre que no te quieres responsabilizar de mí o de tu hijo? —Por la forma en que lo dijo sonó como si la hubiera abandonado después de diez años de matrimonio con siete criaturas. Durante unas semanas se había acostado con ella. Ahora le chantajeaba, se había convertido en una pesadilla.

—¿Y qué pensará la gente si se entera de que me estás chantajeando? —preguntó, y esta vez no fue capaz de disimular el tono cortante.

—Esto no es chantaje. Se trata de paternidad —dijo ella alegremente—. Es lo que hace todo el mundo. La gente se casa y tiene hijos. O tiene hijos y luego se casa. —Hablaba como si fuera algo inevitable y a Coop le dieron ganas de abofetearla. Nunca le habían hecho algo así, al menos no con tanta sangre fría y tanto descaro. Todas las mujeres a las que había dejado preñadas habían sido siempre muy razonables. Charlene no lo era, ni quería serlo. Aquello era una oportunidad de oro para ella.

—No voy a casarme contigo, Charlene, tengas o no tengas ese niño. Y, la verdad, me importa un bledo lo que hagas. Pagaré el aborto, pero no esperes más de mí. Y si quieres que te mantenga, tendrás que demandarme. —Aunque no tenía ninguna duda de que lo haría; haciendo tanto ruido como pudiera.

—No me gustaría tener que hacer eso, Coop —dijo ella con tono pesaroso—. La publicidad sería muy mala para los dos. Afectaría mucho a nuestras carreras. —Coop no quiso irritarla más diciéndole que ella no tenía carrera, y lo cierto es que en aquellos momentos él tampoco la tenía. Nadie le contrataba, salvo para apariciones concretas o algún anuncio ocasional. Pero aun así no quería que Charlene lo arrastrara a un escándalo. Nunca se había visto implicado en nada así. Quizá se le tenía por un playboy frívolo, pero nadie había dicho nunca nada realmente escandaloso de él. Y si se salía con la suya, Charlene iba a cambiar aquello. No podía haber elegido peor momento. A Arthur Madison le iba a encantar aquello—. ¿No podemos

166

vernos a la hora de la comida, antes de que te vayas? —Su voz sonaba lastimera e inocente. En cuestión de segundos pasaba de ser un tiburón a ser un pececillo inocente. Y, por un momento, Coop casi sintió pena por ella, aunque enseguida volvió a sentirse amenazado.

—No, no podemos. Te mandaré un cheque esta misma mañana. Lo que hagas es problema tuyo, pero ten por seguro que no voy a cambiar de opinión. No permitiré que me arrastres a esta locura si decides tener a mi hijo.

—¿Lo ves? —Se la oía satisfecha—. Tú también empiezas a pensar en él como tu hijo. Es nuestro hijo, Coop, y será una criatura preciosa. —Se estaba poniendo poética, y al oírla a Coop le dieron arcadas.

—Estás loca. Adiós, Charlene.

—Adiós, papaíto —susurró ella, y colgó, mientras Coop miraba el teléfono horrorizado. Era una verdadera pesadilla.

¿Qué haría Charlene? ¿Se daría cuenta de que no estaba dispuesto a seguirle el juego y abortaría o insistiría en tener el niño? Si tenía ese hijo seguramente iba a armar un buen escándalo. En otras circunstancias no le hubiera dicho nada a Alex, pero había mucho en juego. Así que, dadas las posibilidades de que Charlene lo hiciera público, decidió confesárselo todo. Charlene estaba loca, era imposible saber qué haría. Coop supo que tenía que hacer dos cosas enseguida, por mucho que le disgustara.

Primero tenía que mandarle a Charlene un cheque para cubrir los gastos del aborto. Y luego tratar de localizar a Alex y contárselo. Se levantó y fue desnudo a coger su talonario. Escribió una cifra que consideró suficiente. Y luego llamó a Alex y dejó mensaje de que lo llamara cuando tuviera un momento. No le entusiasmaba la idea de contárselo, pero era lo más sensato dadas las circunstancias. Solo esperaba que Alex no cortara con él cuando se lo dijera.

13

Alex llamó a Coop media hora después de recibir su mensaje. Había estado ocupada con el papeleo, y luego tuvieron otro prematuro con un problema en una válvula del corazón. En principio no era nada irreparable, pero el bebé necesitaba una supervisión continua. Y cuando lo llamó se la oía distraída.

—Hola, ¿qué tal?

—¿Tienes mucho trabajo? —Estaba nervioso, pero no quería que ella lo notara. De pronto se dio cuenta de lo mucho que significaba para él, y no solo por su fortuna. No quería hacerle daño, no quería perderla.

—No demasiado. Esto está un poco movido, pero se puede soportar. —Daba la sensación de estar muy concentrada en lo que hacía, pero siempre parecía alegrarse de oír su voz y hablar con él cuando tenía un momento. Había sido un detalle que la llamara.

—¿Tienes tiempo para una comida rápida? —preguntó, tratando de sonar normal.

—Lo siento, Coop. No puedo salir del hospital. Soy la residente de más edad, estoy atrapada durante todo el turno. —Su turno duraba hasta la mañana siguiente—. No puedo abandonar el edificio.

—No tienes por qué. ¿Por qué no me paso y tomamos un café?

—Claro, estupendo, si no te importa que no pueda salir. ¿Pasa algo? —Le hablaba normal, pero nunca había dicho de ir a verla al hospital. Quizá la echaba de menos.

—No, solo quería verte. —Por la forma en que lo dijo Alex casi se puso nerviosa. Quedaron en que iría a mediodía; en cuanto colgó, a Alex la distrajo una emergencia. Aún estaba atando cabos sueltos y firmando formularios cuando la enfermera del mostrador de planta le dijo que alguien preguntaba por ella.

—¿Es quien creo que es? —preguntó la mujer admirada cuando llamó a Alex. Su voz era de asombro, y Alex le contestó riendo.

—Me parece que sí.

—Oh, qué guapo es —dijo con admiración en voz baja, para que él no la oyera; Alex sonrió y dejó a un lado sus papeles.

—Sí, lo es. Dile que enseguida salgo. —Era un buen momento para hacer un descanso, y salió a toda prisa con su uniforme de hospital y la bata blanca encima. Llevaba calcetines y zuecos, el estetoscopio le colgaba del cuello en un ángulo disparatado y un par de guantes de plástico le colgaban del bolsillo. Llevaba el pelo recogido en una trenza y, como de costumbre, no se había molestado en maquillarse para trabajar. Cuando la vio acercarse parecía una adolescente disfrazada.

—Hola, Coop —dijo alegremente, con una amplia sonrisa, mientras la gente que había en cuidados intensivos trataba de mirarle discretamente. Alex ya estaba acostumbrada, y lo vio tan impecable como siempre, con una chaqueta de sport de tweed, jersey de cuello vuelto, pantalones caqui perfectamente planchados y mocasines de cuero marrón. Por su aspecto parecía como si hubiera salido de una revista de modas, y Alex se sintió como si la hubieran estado arrastrando entre unos arbustos.

Dijo a la enfermera del mostrador que iba a comer algo a la cafetería, que la llamara al busca si la necesitaban.

—Con un poco de suerte, podré pasar diez minutos sin que me interrumpan. —Se puso de puntillas para besarle la mejilla, y él la rodeó con el brazo cuando entraban en el ascensor para bajar a la planta baja. Alex sonrió cuando las puertas se cerraban: todo el mundo los estaba mirando. Coop era todo un espectáculo—. Acabas de aumentar mi importancia en un cuatro mil por ciento más o menos. Tienes un aspecto increíble. —Y mientras ella hablaba, Coop la acercó más a sí con gesto afectuoso.

—Tú también. Tienes un aire muy oficial con todas esas cosas colgando. —Alex llevaba el busca, el estetoscopio y una grapa que había olvidado sujeta al bolsillo. Las herramientas de su oficio le daban un aire más adulto. Y si era un disfraz, era muy bueno. A Coop la impresionó verla allí, la forma en que pasó rápidamente ante el mostrador y dio instrucciones a una de las enfermeras antes de dirigirse a él. No era una don nadie. Lo que hizo que se pusiera más nervioso al pensar en lo que tenía que decirle. No tenía forma de saber cómo reaccionaría. Pero tenía que decírselo antes de que lo hiciera otra persona. Gracias a Charlene, las cosas podían ponerse muy feas.

Los dos cogieron un bocadillo y lo pusieron en una bandeja, y Alex sirvió una taza de café para cada uno.

—Esta cosa es muy peligrosa —le advirtió señalando el café—, dicen que lleva veneno para ratas, y yo lo creo. Después de comer, si crees que lo necesitas, puedo llevarte al laboratorio.

—Menos mal que eres médico —dijo él mientras pagaba, y la siguió hacia una pequeña mesa en un rincón. Por suerte, no había nadie más por allí, y nadie parecía haberle reconocido en la cafetería. Coop quería unos minutos de tranquilidad con Alex. Ella ya había empezado a comerse el bocadillo, y en cambio él aún no había desenvuelto el suyo. Le costó unos minutos recobrar el aplomo, y Alex vio que las manos le temblaban cuando se puso el azúcar en el café.

—¿Qué pasa, Coop? —Se mostraba serena, tranquila y comprensiva, y su mirada era afable.

—Nada... no... no es verdad... ha pasado algo esta mañana. —Ella lo miraba a los ojos mientras esperaba que se explicara. Ahora se daba cuenta de que estaba preocupado. No había tocado ni el sándwich ni el café.

—¿Algo malo?

—Preocupante. Quería hablarlo contigo. —Alex no imaginaba de qué podía tratarse. La mirada de Coop no decía nada. El hombre respiró hondo y se lanzó a lo que temió que se convertiría rápidamente en aguas turbulentas—. He hecho algunas cosas absurdas en mi vida, Alex. No muchas, pero sí algunas. Y la mayor parte de las veces me lo he pasado muy bien. No he hecho daño a nadie. Normalmente juego en terreno llano, con personas que conocen las normas. —Conforme hablaba, Alex empezó a sentir pánico. Estaba segura de que iba a decirle que todo se había acabado entre ellos. Aquello sonaba como el preámbulo. Ella ya había pasado por aquello, pero hacía mucho tiempo. Y no se había permitido querer a nadie más. Hasta Cooper. Había estado enamorándose de él desde que lo conoció. Y ahora aquello le sonaba a discurso de despedida. Se recostó contra el respaldo de la silla y lo miró. Aunque la destrozara, al menos se iría con dignidad y coraje. Coop se dio cuenta de que Alex se retraía. Era una forma de protegerse. Pero prosiguió. Tenía que hacerlo—. Nunca me aprovecho de nadie. No engaño a las mujeres. La mayoría de las personas con quienes me he relacionado lo han hecho sabiendo perfectamente lo que había. He cometido algunos errores, pero en términos generales, puede decirse que estoy limpio. Nada de víctimas. Y cuando termina, pues adiós muy buenas. Que yo sepa, nadie me odia. Tengo un gran aprecio por la mayoría de las mujeres con las que me he relacionado y yo les gusto a ellas. Y si ha habido algún error se ha corregido enseguida.

—¿Y ahora? ¿Lo nuestro es un error, Coop? —Se preguntó si aquella era su forma de corregir otro error y tuvo que contener las lágrimas. Pero cuando preguntó aquello, Coop pareció sorprendido.

—¿Lo nuestro? ¡Por supuesto que no! ¿Es eso lo que crees que quería decirte? Oh, cariño... no se trata de nosotros. Es por una estupidez que hice antes de conocerte. —Ella pareció inmensamente aliviada cuando él la cogió de las manos y prosiguió—. Trataré de acabar con esto cuanto antes. —Sobre todo si había posibilidad de que les interrumpieran. Eso hubiera sido espantoso. *Tenía* que decírselo—. Poco antes de conocerte salía con una mujer. Seguramente no tendría que haberlo hecho. Es una chica muy simple, aspirante a actriz, que hasta el momento solo ha hecho películas porno y desfiles de moda. No tiene muchas cualidades, pero me pareció una buena chica, y los dos estábamos jugando. Ella conocía las normas. No es ninguna inocente. Ya ha pasado por lo mismo muchas veces. Y no le di falsas esperanzas. Nunca fingí que ella me importaba. Para los dos fue un intercambio sexual y nada más, y terminó enseguida.

Ni siquiera yo puedo estar liado mucho tiempo con una mujer con la que no puedo hablar. Parecía algo muy simple, y completamente inofensivo.

—¿Y? —Alex no podía soportar el suspense. Evidentemente, no le estaba diciendo que estuviera enamorado de la otra, pero ¿qué es lo que quería decir?

—Me llamó esta mañana. Está embarazada.

—Mierda —dijo Alex sin más, pero con una inmensa sensación de alivio—. Al menos no está terminal. Eso se puede arreglar. —Se sentía enormemente aliviada porque no le había dicho que estaba enamorado de esa mujer, así que le dedicó a Coop una sonrisa tranquilizadora y él se sintió como si le hubieran quitado un peso de encima. No se había levantado y se había ido, ni le había dicho que no quería volver a verle, aunque también es verdad que no conocía toda la historia.

—Esa es la otra parte del problema. Quiere tener el niño.

—Eso sí que suena feo. Pero puedo entender que lo haga. Hijo de famoso. ¿Te está haciendo chantaje, Coop? —Alex era práctica, inteligente y perspicaz, y eso hacía que hablar con ella fuera mucho más fácil de lo que había esperado.

—Más o menos. Quiere dinero. Dice que no puede trabajar mientras esté embarazada. Creo que no hacen vídeos porno con embarazadas —dijo con gesto sombrío y Alex le oprimió las manos para reconfortarlo—. Quiere que les mantenga a ella y el bebé. Yo le dije que no quiero ningún bebé, ni suyo ni de nadie... excepto tuyo tal vez —rectificó con una sonrisa triste. Se sentía como un perfecto idiota confesándole aquellas cosas a Alex, pero quería que lo supiera todo—. No le he hablado de ti, porque si lo hiciera se pondría en pie de guerra. Ya lo está. Habla como una loca. Llora y un momento después me amenaza y luego se pone a hablar con voz melosa de «nuestro bebé». Me da náuseas, me aterra. No tengo ni idea de lo que va a hacer, o de si tendrá realmente el bebé. O se pondrá en contacto con las revistas del corazón. Es como una bala perdida, y está cargada, si me perdonas el juego de palabras. Le mandé un cheque para que pague el aborto, pero es lo único que pienso hacer por ella, y así se lo he dicho. La aventura duró tres semanas. No tendría que haber pasado. A mi edad tendría que saber que estas cosas no se hacen. Pero estaba aburrido, y ella era divertida. Aunque definitivamente, lo que está pasando ahora no tiene nada de divertido —dijo con cara de arrepentimiento—. Lamento tanto que esto se interponga en nuestras vidas... pero quería decírtelo. Pensé que tenías derecho a saberlo, sobre todo sabiendo que puede recurrir a la prensa. Podría hacerlo. Y a la prensa le encantaría.

—Seguro que a ella también —dijo Alex con tono comprensivo—. ¿Estás seguro de que está embarazada? Quizá solo está probando para ver qué puede sacarte. No parece una persona muy agradable.

—No lo es. No sé si está embarazada o no, o si el bebé es mío. Llevaba protección pero, si quieres detalles escabrosos, uno se rompió en una ocasión. Supongo que desde el punto de vista de ella fue una suerte. —Al menos sabía que no había sido un complot, solo el destino que conspiraba en su contra.

—Más adelante podrías pedir las pruebas de paternidad, sobre todo si ella se hace una amniocentesis. Sería el momento ideal. Pero para eso aún queda mucho. ¿De cuánto está?

—Creo que dijo de dos meses y pico.

Ella y Coop llevaban seis semanas saliendo, así que no había mentido cuando dijo que estuvo saliendo con la otra justo antes de conocerla. Justísimo antes. Como dos semanas antes, o menos. Pero Alex recordó que lo que Coop hubiera hecho antes de conocerla no era asunto suyo.

—¿Qué vas a hacer, Coop? —preguntó, sujetándole aún las manos. Le gustaba que hubiera sido sincero con ella y le hacía sentirse más próxima todavía a él. Ella sabía que esas cosas pasaban. Sobre todo en el mundillo en el que Coop se movía, donde cualquier hombre famoso podía ser víctima de extorsiones, chantajes y envidias.

—No lo sé. Por el momento no puedo hacer nada aparte de esperar y ver qué pasa. Solo quería advertirte, porque es posible que en nuestro camino nos topemos con una mina si Charlene lo hace público.

—¿Te casarías con ella si tiene el niño? —preguntó Alex con expresión preocupada.

—¿Bromeas? De ninguna manera. Si casi no la conozco. Y

aparte de tener unas piernas estupendas y otros atributos similares, lo que conozco de ella no me gusta. —Al menos ya no—. No estoy enamorado de ella, nunca lo estuve ni lo estaré. Y no soy lo bastante estúpido ni lo bastante noble para casarme con ella en estas circunstancias. En el peor de los casos, tendré que pagar una pensión para el niño, y en el mejor todo se calmará. Le he dicho que no tengo intención de ver a ese niño, y lo decía en serio.

Pero había otras consideraciones, como la responsabilidad y la moral. Alex sabía que Coop tendría que reevaluar la situación si la mujer llegaba a tener la criatura. Pero al menos no estaba enamorado de ella y no tenía intención de casarse. En términos generales, aquello no afectaba a su relación. Aparte del revuelo que pudiera provocar en la prensa y a Alex eso no le preocupaba. Lo único que le importaba era lo que Coop sintiera por ella.

—Detesto decirlo —dijo Alex, y Coop aguantó la respiración esperando lo peor—. Ya me imagino que tú no lo ves así, pero no me parece tan grave. Estoy segura de que estas cosas les suceden a los hombres que son como tú con cierta regularidad. Es desagradable, pero no se va a acabar el mundo por eso. Me siento mucho mejor ahora que lo sé, y no me parece tan grave. Embarazoso tal vez, si sale a la luz. Pero cosas así pasan todos los días. Me siento mucho mejor. —Le sonrió con expresión radiante—. Pensaba que ibas a decirme que habíamos terminado. —En realidad, para ellos la vida no había hecho más que empezar.

—Eres increíble. —Coop se recostó contra el asiento y dejó escapar un suspiro, mirándola con expresión agradecida—. Cuánto te quiero. Tenía miedo de que me mandaras a tomar vientos.

—Nada de eso. —Habían estado tan concentrados en lo que Coop decía que ninguno de los dos había comido—. Creo que hay muchas probabilidades de que seas el amor de mi vida. —Él sentía lo mismo por ella y estaba a punto de decírselo cuando su busca sonó y Alex comprobó la llamada—. ¡Mierda! —dijo dando un trago al café al tiempo que se levantaba—. Alguien está en código... tengo que irme... no te preocupes, todo está bien... te quiero... te llamo después... —Antes de que Coop supiera qué estaba pasando, Alex corría hacia la salida de la cafetería. Así que se levantó y la llamó mientras todos le miraban.

—¡Te quiero! —gritó. Ella se volvió con una sonrisa y lo saludó con la mano; un hombre con una redecilla en el pelo que estaba limpiando las mesas le sonrió también.

—¡Adelante! —Coop le devolvió la sonrisa y salió de la cafetería con una sensación de ligereza en el corazón y una vitalidad que no tenía cuando entró. Alex era una mujer notable y, a pesar de lo que le había dicho, seguía siendo suya.

14

Jimmy estaba sentado en la cocina, revisando un montón de papeles que había traído del trabajo y tratando de decidir si le apetecía prepararse algo para comer. Parecía como si ya nunca comiera, excepto cuando los amigos del trabajo le convencían o Mark se presentaba con una chuleta y un pack de seis cervezas. Lo mismo le daba comer que no comer, vivir o morir. Se limitaba a pasar de un día al siguiente. Y las noches se le hacían eternas.

Hacía tres meses que Maggie había muerto y empezaba a preguntarse si alguna vez se sentiría mejor. La pena que sentía no parecía tener fin. Por las noches, se quedaba tumbado en la cama, llorando. Nunca se dormía hasta las tres o las cuatro y a veces se quedaba despierto hasta que amanecía.

Instalarse en la casa del guarda había sido una buena idea, aunque era consciente de que se había traído a Maggie con él. La llevaba con él a todas partes, en su corazón, su cabeza, sus huesos, su cuerpo. Ahora formaba parte de él, de cada pensamiento y reacción que tenía. De la forma en que veía las cosas, de lo que creía y lo que quería. A veces se sentía más Maggie que Jimmy. Todo lo veía con sus ojos. Le había enseñado tantas cosas... A veces pensaba si no sería esa la razón por la que había muerto. Porque ya le había enseñado todo lo que tenía que enseñarle. Aun así, aquel pensamiento no hacía que le resultara más fácil. La añoraba terriblemente y el dolor que sentía día y noche casi era insoportable. Nada le aliviaba. A veces conseguía apartarlo unas horas, como cuando estaba con Mark, cuando iba al trabajo o hacía de entrenador del equipo de béisbol con los chicos con los que trabajaba. Pero siempre seguía allí, esperándolo, como un viejo amigo, esa pena que lo acechaba en todas partes esperando para saltar sobre él. Era una batalla que no parecía que pudiera ganar. Por el momento el dolor seguía ganando.

Acababa de decidir que no le apetecía cocinar nada cuando oyó que llamaban a la puerta y fue a abrir. Tenía aspecto cansado y desaliñado; al ver que era Mark, sonrió. Ahora lo veía menos, porque Mark estaba ocupado con sus hijos. Tenía que prepararles la cena y luego ayudarles con los deberes. Pero llamaba con frecuencia a Jimmy y le invitaba a cenar con ellos. Jessica y Jason le gustaban y lo pasaba muy bien en su compañía. Pero eso también le hacía sentirse solo. Le recordaba que él y Maggie hubieran debido tener hijos y que ya nunca podrían tenerlos, ni estar en sus brazos.

—He comprado algo de comer —le explicó Mark—. Vengo para ver si nos quieres acompañar en la cena. —Mark sabía que a veces era mejor presentarse sin avisar. Plantarse en su casa y obligarlo a salir. Jimmy se aislaba demasiado, y Mark sabía que lo estaba pasando muy mal. Sobre todo últimamente. A Jimmy le resultaba todo más duro con el buen tiempo y la sensación de la primavera impregnándolo todo: le hacía sentirse aún más solo sin Maggie.

—No... estoy bien... pero gracias... me he traído un montón de papeleo del trabajo. Siempre estoy fuera visitando hogares y no me queda tiempo para el trabajo de oficina. —A Mark le pareció que estaba pálido y cansado, y le dio pena. Estaba pasando por un mal momento, él lo sabía. Él también lo estaba pasando mal, pero las cosas iban mejor desde que los niños habían vuelto a vivir con él. Solo esperaba que pasara algo que animara pronto a Jimmy. Era un hombre brillante, atractivo y agradable. Últimamente ni siquiera tenían tiempo de golpear bolas de tenis. Los niños le tenían muy ocupado y no tenía tiempo para nada.

—En cualquier caso tienes que comer —dijo Mark con tono práctico—. ¿Por qué no dejas que cocine algo para todos? Los niños tienen que cenar dentro de nada. Voy a preparar costillas y hamburguesas. —Por lo visto era su dieta básica. Mark les había prometido que se compraría un libro de cocina y aprendería a preparar otras cosas.

—No, de verdad, estoy bien —dijo Jimmy con expresión cansada. Sabía que Mark trataba de ser un buen samaritano y lo apreciaba. Pero no estaba de humor para ver a nadie. No lo estaba desde hacía meses, y cada vez iba a peor. Había dejado de hacer ejercicio y no había estado en el cine desde la última vez que fue con Maggie. Era como si al llevar una vida normal hubiera sentido que le era infiel.

—Ah, por cierto, casi lo olvido... —dijo Mark con una amplia sonrisa—. Tengo un pequeño cotilleo sobre nuestro casero. —Y le pasó a Jimmy un ejemplar de una revista. La había visto en la tienda de comestibles y la compró para enseñársela a Jimmy. Era un asunto feo, pero tenía que reconocer que le hacía gracia. Aquel tipo era un auténtico terremoto—. Página dos.

Jimmy abrió la revista y sus ojos se dilataron.

—Caray. —Había una fotografía de Coop que ocupaba la mitad de la página y otra de una mujer muy sexy con el pelo largo y negro y rasgos asiáticos. El artículo estaba lleno de supuestos detalles e insinuaciones sobre su apasionado romance, el hijo, chismes sobre él y una lista de las muchas y conocidas mujeres con quienes había tenido aventuras—. Señor —dijo Jimmy con una mueca devolviéndole la revista a Mark—. ¿Lo habrá visto Alex? No es muy divertido salir con un hombre que se mete en esa clase de problemas. Y ella parece una mujer seria.

—No creo que haya nada especial entre ellos —conjeturó Mark—, habrá estado aquí todo lo más diez minutos. Y a Coop no parece que le duren mucho más. Creo que desde que me instalé aquí he visto tres. Aunque hace que todo sea más entretenido, ¿no?

—Al menos para él. Apuesto a que está entusiasmado con lo del bebé. —Jimmy no pudo evitar reírse—. Imagínate tener un padre como él.

—Cuando el niño vaya a la universidad él tendrá casi noventa años —apuntó Mark.

—Sí, y seguramente dormirá con alumnas de colegios mixtos —aventuró Jimmy. Era una conversación algo despiadada, pero el artículo los animó a los dos y, cuando Mark se fue, Jimmy prometió que cenaría con ellos el fin de semana.

Coop no estaba ni mucho menos de tan buen humor cuando habló del artículo con Alex mientras cenaban aquella noche. Le preocupaba profundamente que hubiera salido a la luz y se alegró de haber avisado a Alex.

—Mira, has salido en las revistas montones de veces. Es parte de tu trabajo. Si no fueras quien eres a nadie le importaría con quién te acuestas.

—Ha estado muy feo que fuera con la historia a la prensa. —Él estaba muy pálido, pero Alex parecía tranquila.

—Era previsible. —Alex trató de tranquilizarlo asegurándole que a ella no le importaba. Y que con el tiempo todo el mundo se olvidaría del bebé—. No todo el mundo lee esas revistas. —A Coop le alivió que se lo tomara con tanta filosofía. Le hacía las cosas mucho más fáciles.

Aquella noche salieron a comer una pizza, y Alex hizo lo que pudo para que se distrajera. Pero no era fácil. Estaba muy malhumorado y, cuando llegaron a la casa, recordó algo que quería pedirle. La invitó a ir con él a la ceremonia de entrega de los Oscar. Ella pareció sorprendida y complacida, y de pronto puso cara de preocupación. Él le dijo la fecha y ella se puso a pensar.

—Veré si puedo conseguir librar esa noche. Creo que me toca guardia.

—¿Puedes cambiar el turno con alguien? —Ahora ya sabía cómo funcionaba.

—Lo intentaré. Últimamente cambio muchos turnos. Estoy agotando mis cartas.

—Esto es importante —dijo él con la esperanza de que fuera. No solo quería compartir la ocasión con ella, quería que los vieran juntos. Ella le daba un halo de respetabilidad y en aquellos momentos necesitaba contrarrestar el efecto de toda la porquería que Charlene le estaba echando encima. Pero no quería decírselo a Alex. Todo aquello era parte de las intrigas de Hollywood y prefería ahorrarle los detalles.

Aquella noche tenía que volver a la casa con él, aunque al principio pareció algo reacia. Pero Coop se sentía muy incómodo en su apartamento y siempre estaba hecho un lío, así que lo más fácil era que ella se quedara con él. Su estudio parecía una canasta gigante para la ropa sucia y no un apartamento. Coop se había acostumbrado a llamarlo «la canasta». Y a Alex le gustaba mucho La Villa. Le gustaba poder nadar por la noche y no le importaba encontrarse con los hijos de Mark. Había algo relajante y pacífico en aquel sitio. No era difícil entender por qué a Coop le gustaba tanto y se aferraba a él contra viento y marea.

Dos días más tarde, Alex le dijo que había cambiado el turno para poder ir con él a la ceremonia, y entonces le entró el pánico, porque se dio cuenta de que no tenía nada que ponerse y no tenía tiempo para ir de compras. El único vestido de noche que tenía era el que se puso para la velada en casa de los Schwartz la noche que lo conoció. Y si tenía que ir a la ceremonia de los Oscar con Cooper Winslow, necesitaba algo más espectacular.

—Nunca pensé que haría algo así —dijo ella con una risita aquella noche, y se acurrucó junto a él. Coop estaba encantado sabiendo que le acompañaría. Había aparecido otro artículo sobre Charlene en otra revista. El fuego era intenso. Pero, aparte de eso, le encantaba la idea de compartir una ocasión tan importante con Alex—. No tengo nada que ponerme, sabes. Puede que tenga que ir con la bata y los zuecos. No suelo tener tiempo para ir de compras.

—Déjame eso a mí —dijo él con tono misterioso. Él sabía mucho más de ropa que ella. Llevaba años pagando el vestuario de las mujeres y eligiendo por ellas cuando no sabían. Era una de sus muchas habilidades. Y era generoso en extremo.

—Si compras algo te lo pagaré —le recordó. No tenía intención de convertirse en una mantenida. Y, a diferencia de las otras mujeres con las que Coop había salido, era perfectamente capaz de pagarse sus extravagancias, que era lo que pensaba hacer. Pero apreciaba su oferta de buscarle un vestido.

Aquella noche Alex se durmió soñando que estaba en un baile y llevaba un enorme vestido que giraba y giraba a su alrededor mientras ella bailaba con un apuesto príncipe con el mismo aspecto que Coop. Era un príncipe muy apuesto. Y ella empezaba a sentirse como la princesa de un cuento. El hecho de que otra mujer fuera a tener un hijo suyo no parecía importarle.

15

La noche de la entrega de los premios de la Academia llegó más deprisa de lo que Alex esperaba. Fue dos semanas después de que él la invitara, más tarde que otros años, en la tercera semana de abril. Fiel como siempre a su palabra, Coop le había encontrado un vestido fabuloso en Valentino. Era el traje más elegante que Alex había visto en su vida, de satén azul cobalto, cortado al bies, que realzaba su figura inmaculada. Solo hubo que acortarlo un poco. Además, Dior ponía el abrigo de marta cibelina para ella, y una gargantilla de zafiros que la dejó sin habla, con un brazalete y pendientes a juego.

—Me siento como la Cenicienta —dijo Alex cuando se lo probó para que él la viera. Coop también había contratado a un peluquero y a un maquillador y, para ahorrar tiempo, Alex se vistió en su casa.

Llegó del hospital vestida con su bata y pantalón del trabajo y, tres horas más tarde, emergió. *Voilà*, como por arte de magia. La princesa de un cuento de hadas. Mejor que una princesa. Cuando bajó la escalinata desde el dormitorio, parecía una joven reina. Él la estaba esperando en el vestíbulo principal y al verla sonrió. Estaba elegante, atractiva, impresionante. Parecía la aristócrata que era y, cuando se miró en el espejo, le sorprendió ver que se parecía mucho a su madre. Cuando ella era pequeña su madre asistía a bailes vestida de aquella forma. Hasta recordaba un vestido azul parecido. Pero ni siquiera su madre había tenido zafiros como los que ella iba a lucir por cortesía de Van Cleef and Arpels. Eran inmensos y le quedaban perfectos.

—¡Uau! —exclamó Coop al verla, e hizo una reverencia. Él llevaba uno de los muchos esmóquines que tenía, confeccionado por su sastre de Londres, perfectos zapatos de charol y botones y gemelos de zafiro que eran suyos, no alquilados. Fueron el regalo de una princesa saudí cuyo padre prefirió llevársela sabe Dios dónde con tal de no permitir que se casara con Coop. Coop decía a menudo que la habían vendido para trata de blancas. Era una bonita historia, y los botones y los gemelos eran espectaculares—. Tienes un aspecto increíble, amor mío —le dijo, y salieron.

Nada de lo que Coop había dicho hubiera podido prepararla para todo el fasto que rodeaba la ceremonia. Aún era de día cuando entraron; había una larga alfombra roja y una caravana interminable de limusinas que esperaban para dejar a sus pasajeros. La norma eran las mujeres guapas con caros vestidos y joyas deslumbrantes. Los fotógrafos no dejaban de darse empujones haciendo fotografías. Había muchas actrices y lo normal hubiera sido que Coop asistiera a la ceremonia con alguna de ellas, aunque en aquella ocasión para él significaba más ir con Alex. Mientras avanzaban lentamente sobre la alfombra roja, eran la viva imagen de la respetabilidad aristocrática. Alex llevaba zapatos de satén con tacones de vértigo. Sonreía tímidamente mientras cientos de cámaras los fotografiaban. Coop no se lo había dicho, pero le recordaba a Audrey Hepburn en *Desayuno con diamantes*. Era bonita, elegante y distinguida. Y, mientras Alex se volvía hacia otro grupo de cámaras y Coop saludaba con la mano como un jefe de estado de visita, en el ala para invitados de La Villa alguien exclamó:

—¡Oh, señor!... ¡Es ella!... Es... ¿cómo se llama?... ya sabes... ¡Alex! ¡Y él! —Jessica estaba señalando, y en la habitación todas las cabezas se volvieron. Jimmy estaba viendo la ceremonia con ellos, igual que había visto la de los Globos de Oro. Coop y Alex habían bajado de la limusina y caminaban hacia el recinto—. ¡Está guapísima! —A Jessica le entusiasmaba mucho más ver a Alex que a ninguna estrella de cine porque la conocía.

—Sí, está estupenda —dijo Mark mientras todos la observaban—. ¿Dónde habrá conseguido esa gargantilla?

—Seguramente la presta alguna marca —dijo Jimmy con sentido común. No dejaba de preguntarse qué hacía una mujer como ella con Coop. Le parecía una estupidez que saliera con alguien como Coop, merecía algo mejor. Para él solo sería otra más, eso le dijo a Mark, aunque en opinión de este era lo bastante lista para saber lo que hacía. Eso sí, en realidad no la conocían, aunque les gustaba.

—No me había dado cuenta de lo guapísima que es. Tiene un aspecto maravilloso vestida así —comentó Mark. Él solo la había visto en pantalón corto y camiseta, en la piscina, y la noche que quemó los arbustos. Pero tenía que admitir que con aquella ropa estaba imponente. Mark había empezado a mirar a su alrededor y a ver a las mujeres, a diferencia de Jimmy, que seguía como entumecido. Cualquier interés que hubiera podido sentir por el sexo femenino parecía haber muerto con Maggie. Pero Mark aún no había salido con nadie. Se limitaba a mirar. De todos modos, tampoco tenía tiempo, estaba demasiado ocupado corriendo detrás de sus hijos.

Coop y Alex desaparecieron de la pantalla y entraron. Volvieron a verlos más tarde, cuando ya estaban sentados y las cámaras los enfocaron. Tomaron un primer plano de Alex riendo y susurrándole algo a Coop, que rió a modo de respuesta. Parecían muy felices. Más tarde, los fans que los veían desde La Villa los vieron entrar en la fiesta de *Vanity Fair*, en casa de los Morton. Ella llevaba la chaqueta de marta cibelina y tenía tanto glamour como cualquier estrella de cine. Puede que más, porque ella era real.

Aquella noche Alex lo pasó maravillosamente y, cuando volvían a casa en los asientos traseros del Bentley, le dio las gracias a Coop profusamente. El descapotable Azure turbo había sido devuelto hacía tiempo porque Coop no podía comprarlo. Pero la limusina Bentley era suya desde hacía años y cumplió con elegancia el trámite de llevarlos y traerlos de la ceremonia.

—Qué velada tan increíble —dijo ella bostezando feliz. Eran las tres de la mañana. Había visto a todas las estrellas habidas y por haber y, aunque nunca fue una fetichista de las estrellas, tenía que admitir que había sido emocionante. Sobre todo porque Coop le contó todos los cotilleos y detalles escabrosos y le presentó a todos los actores que había visto en el cine. Era como ser la Cenicienta—. Creo que voy a volver a convertirme en calabaza —dijo acurrucándose contra él. Coop se había sentido muy orgulloso de ella, y así se lo dijo—. Tengo que estar de vuelta en el hospital de aquí a tres horas. Quizá lo mejor es que ya no me acueste.

—Es una opción —dijo Coop sonriendo—. Has estado perfecta, Alex. Todos han pensado que eras una actriz novel. Seguro que mañana tendrás en tu casa una docena de guiones.

—No creo —dijo ella riendo cuando ya bajaban del coche en La Villa. Después de una larga velada, resultaba maravillosamente tranquilo y agradable volver a casa. Aunque lo había pasado infinitamente mejor de lo que hubiera imaginado, gracias a Coop, quien se encargó de que fuera memorable, incluso en detalles como lo del pelo y el maquillaje y la gargantilla alquilada de zafiros.

—Tendría que regalártela —dijo él con tono de pesar cuando Alex se la devolvió, y la guardó en la caja de seguridad junto con el brazalete y los pendientes—. Ojalá pudiera. —Costaba tres millones de dólares, Alex lo había visto en la etiqueta. Muy cara. Era la primera vez que Coop le confesaba que algo estaba fuera de sus posibilidades. Aunque aquello hubiera estado fuera del alcance de muchos. No le sorprendió, y lo cierto es que tampoco lo hubiera aceptado. Era un bonito pensamiento, y había estado bien llevarlo puesto. Louise Schwartz había lucido una parecida, aunque era notablemente más grande. Y Coop sabía que Louise tenía otra igual con rubíes. Louise se había puesto un traje de noche espectacular, confeccionado especialmente para ella por Valentino.

—Bueno, princesa, ¿subimos a la cama? —Coop la miró mientras ella le quitaba la americana y le aflojaba la corbata. Era increíblemente guapo y se le veía tan impecable al final de la velada como al principio.

—¿Ya vuelvo a ser calabaza? —preguntó ella somnolienta, con los zapatos en la mano, y empezó a subir las escaleras arrastrando la cola de su vestido de satén. Parecía una princesa muy cansada.

—No, vida mía —dijo él suavemente—, y nunca lo serás.

Estar con él era como un cuento de hadas que a veces le producía una sensación de irrealidad. Alex tenía que recordarse que trabajaba en un hospital con niños prematuros y que vivía en un estudio atestado de ropa sucia. Tenía otras opciones, es verdad, pero hacía mucho tiempo que decidió no hacer uso de ellas. El único glamour y extravagancia que pudiera haber en su vida lo ponía Coop.

Menos de cinco minutos más tarde estaba dormida en sus brazos y, cuando el reloj sonó a las cinco, casi se dio la vuelta y siguió durmiendo, aunque Coop la obligó a levantarse suavemente y le dijo que la llamaría más tarde. Veinte minutos después, iba trabajosamente por el camino en su viejo coche, completamente despierta. La noche pasada parecía un sueño. Hasta que se vio en los periódicos de la mañana. Había una enorme fotografía de ella y Coop al llegar a la ceremonia.

—Pareces tú —le dijo una de las enfermeras mientras ella miraba la foto con avidez. Luego levantó la vista con los ojos desorbitados cuando vio el nombre que ponía al pie de la fotografía. Alexandra Madison. Coop había olvidado decirles que era médico, y ella bromeó con él por el asunto. Le dijo que había trabajado muy duro para conseguir ese título y que lo menos que podía hacer era mencionarlo.

—¿No puedo decirles que eres mi enfermera? —repuso él también en broma. En las fotografías se la veía radiante; Coop la cogía de la mano y sonreía. Era como mandar al mundo el mensaje de que todo iba bien y no se escondía. Exactamente el mensaje que él quería transmitir. Aquella mañana, su agente de prensa le felicitó.

—Bien por ti, Coop —le dijo. Sin necesidad de mediar palabra, aquellas imágenes contrarrestaban la basura y los rumores de las revistas sensacionalistas. El mensaje implícito era: ¿Y qué si ha dejado embarazada a una insignificante actriz porno? Él seguía siendo el mismo y se relacionaba con mujeres respetables.

En el periódico de la tarde apareció otra fotografía de los dos. Cuando Coop la llamó por la tarde, le dijo que varios columnistas de periódicos respetables le habían llamado.

—Querían saber quién eres.

—¿Se lo dijiste?

—Por supuesto. Y esta vez no olvidé mencionar que eres médico —dijo con orgullo—. También querían saber si vamos a casarnos. He dicho que aún es demasiado pronto para hablar de boda, pero que tú eres la mujer más especial que ha habido en mi vida y te adoro.

—Bueno, eso los tendrá ocupados. —Alex sonrió y dio un sorbo de café de su vaso de plástico. Llevaba doce horas trabajando, pero por suerte había sido un día relativamente tranquilo. Estaba más cansada de lo que esperaba. No estaba acostumbrada a estar de fiesta toda la noche y trabajar durante el día. En cambio Coop había dormido hasta las once, luego tuvo una sesión de masaje, manicura y corte de pelo—. ¿Te preguntaron por el bebé? —preguntó con voz preocupada. Sabía que a Coop le inquietaba mucho el asunto.

—Ni una palabra. —Y tampoco había sabido nada de Charlene. Estaba demasiado ocupada haciendo declaraciones a la prensa rosa.

Sin embargo, dos semanas más tarde, tuvo noticias del abogado de Charlene. Estaban a primeros de mayo y decía que estaba de tres meses. Quería que la mantuviera durante el embarazo y estaba dispuesta a negociar la manutención del bebé y una pensión para ella.

—¿Pensión? ¿Por una aventura de tres semanas? Está loca —se quejó Coop a su abogado. Pero la mujer decía que se encontraba tan mal que no podía trabajar hasta que tuviera al bebé. Según su abogado, tenía muchísimas náuseas—. Por lo visto no las suficientes para dejar de conceder entrevistas. Jesús, esa mujer es un monstruo.

—Pues reza para que ese bebé no sea un monstruo tuyo —le dijo a Coop su abogado. Acordaron que, cualquier cosa que Coop le ofreciera tendría que ser con la condición de que prometiera someterse a una amniocentesis que incluyera las pruebas de paternidad—. ¿Qué probabilidades hay de que sea tuyo, Coop?

—Diría que un cincuenta por ciento. Lo normal. Me acosté con ella, el condón se rompió. Depende de la suerte que tenga estos días. ¿Qué probabilidades tendría en Las Vegas?

—Tendré que preguntarlo —le dijo su abogado, con tono sombrío—. Detesto ser tan brusco, pero, como diría uno de mis clientes, «Si la metes, la pagas». Espero que vayas con cuidado, Coop. Era muy guapa la mujer que te acompañó a la ceremonia de los Oscar.

—E inteligente —dijo él con orgullo—. Es médico.

—Esperamos que no sea una cazafortunas como la anterior. La futura mamá también es muy guapa. Euroasiática o algo así, ¿verdad? Pero, sea lo que sea, en vez de corazón tiene una caja registradora. Espero que lo que recibiste a cambio lo valiera.

—No lo recuerdo —comentó Coop discretamente y se apresuró a defender a Alex—. Mi amiga doctora no tiene nada de cazafortunas. Con la familia que tiene, no necesita nada de mí. Ni mucho menos.

—¿En serio? ¿Quiénes son? —preguntó él con interés.

—Su padre es Arthur Madison, ni más ni menos. —El abogado silbó.

—Eso sí que es interesante. ¿Sabes si el hombre ha dicho algo del bebé?

—No, no lo sé.

—Pues apuesto a que tendrás noticias. ¿Sabe que estás saliendo con su hija?

—No estoy seguro. No parece que él y Alex hablen mucho.

—Bueno, pues ya no es un secreto. Los dos habéis aparecido en todos los periódicos del país.

—Hay cosas peores. —Y las había. Charlene no dejaba de aparecer en la prensa rosa.

Y una semana más tarde, Alex también. Volvían a repetirse las mismas noticias, solo que ahora además de la fotografía de Coop y Charlene también publicaban la de Alex. Parecía una joven reina, aunque los titulares eran tan desagradables como cabía esperar. Mark compraba todas las revistas para enseñárselas a Jimmy. Jessica estaba enamorada de Alex, con la que se encontraba regularmente en la piscina siempre que no estaba en el trabajo. Se habían hecho amigas; a Alex le gustaba, aunque no le dijo nada a Coop. Sabía lo que sentía por aquellos niños y ya tenía bastantes problemas.

Esos días Coop recibió también algunas llamadas de Abe,

quien le recordó que estaba gastando demasiado y que le preocupaba la posibilidad de que tuviera que pagar la manutención del bebé.

—No puede permitírselo, Coop. Y si se salta algún pago, Charlene hará que le metan en la cárcel. Así es como funcionan estas cosas y, a juzgar por lo que he visto, lo hará.

—Gracias por animarme tanto, Abe. —Estaba gastando mucho menos que de costumbre porque Alex tenía gustos sencillos, pero según Abe seguía siendo demasiado. Tendría que ajustar sus cuentas.

—Lo mejor que puede hacer es casarse con esa Madison —le dijo chasqueando la lengua, y pensando si no sería esa la razón por la que salía con ella. Teniendo en cuenta quién era la joven, resultaba difícil no pensar que Coop tenía otros motivos, pero lo cierto es que él mismo no dejaba de preguntárselo. Cada día estaba más convencido de que la amaba.

Liz también le había llamado por el escándalo de la prensa. Estaba indignada.

—¡Qué situación tan terrible! ¡Jamás tendría que haber salido con ella!

—A mí me lo vas a decir. —Y sonrió con tristeza—. ¿Cómo va tu vida de casada?

—Me encanta, aunque me cuesta un poco acostumbrarme a San Francisco. Siempre tengo frío y todo es terriblemente tranquilo.

—Bueno, siempre puedes dejar a tu marido y volver conmigo. Siempre te necesito.

—Gracias, Coop. —Pero se sentía muy feliz con Ted, y adoraba a sus hijas. Lo único que lamentaba era haber esperado tanto. Ahora comprendía lo mucho que había sacrificado por Coop. Le hubiera gustado tener sus propios hijos, pero ya era demasiado tarde para eso. Con cincuenta y dos años, tendría que conformarse con las hijas de Ted—. ¿Cómo es Alex?

—Un verdadero ángel —dijo él sonriendo—, como la vecina de la puerta de al lado. Audrey Hepburn. La doctora Kildare. Te encantaría.

—Tráigala a San Francisco un fin de semana.

—Me encantaría, pero siempre está trabajando o de guardia.

Es la médico residente más antigua. Y eso es mucha responsabilidad. —Liz no podía evitar pensar que era una extraña pareja para Coop, aunque desde luego era muy guapa. Y según los diarios tenía treinta años, que era el límite de edad de las mujeres que le gustaban. Entre los veintiuno y los treinta a Coop todo le parecía bien.

Liz también le preguntó cómo le iba el trabajo. Últimamente no lo veía ni siquiera en los anuncios. Coop había estado llamando a su agente, pero de momento parecía que no había nada. Aunque, como le recordó su agente, no se iba a volver más joven.

—Trabajo menos de lo que quisiera, pero soy un hombre de recursos. Esta mañana he hablado con tres productores.

—Lo que necesita es un papel importante para empezar a calentar motores. Cuando le vean en un papel importante, todos querrán llamarle. Ya sabe cómo es esto, Coop. —No quería decírselo, pero lo que necesitaba era un papel importante interpretando a un padre. El problema de Coop es que siempre quería ser el galán, y nadie lo quería para eso. Pero Coop no se veía como un viejo, que era la razón por la que se sentía tan a gusto con Alex. En ningún momento se le pasó por la cabeza que tenía cuarenta años más que ella. Ni a Alex. Al principio lo pensó pero, conforme lo iba conociendo y se enamoraba de él, acabó por olvidarse del asunto.

Aquel fin de semana, estaban charlando en la terraza cuando el busca de Alex sonó. Estaba de guardia, pero, cuando comprobó el número, vio que no era del hospital. Reconoció el número enseguida, pero tardó mucho en coger su móvil. Coop estaba en una tumbona junto a ella, leyendo el periódico, y solo escuchó a medias la conversación.

—Sí, eso es. Me lo pasé muy bien. ¿Tú cómo estás? —Coop no tenía ni idea de con quién estaba hablando, pero el intercambio no parecía muy amistoso, y Alex tenía gesto serio—. ¿Cuándo?... Creo que trabajo... puedo verte a la hora de comer en el hospital, si me sustituye alguien. ¿Cuánto tiempo estarás aquí?... Bien... Nos vemos el martes. —Coop no hubiera sabido decir si estaba hablando con una amiga o con un abogado, pero fuera lo que fuese, no parecía que le hubiera gustado.

—¿Quién era? —preguntó Coop desconcertado.

—Mi padre. El martes vendrá a Los Ángeles para unas reuniones. Quiere verme.

—Parece interesante. ¿Ha dicho algo de mí?

—Solo que me vio en la ceremonia de los Oscar. No te ha llamado por el nombre. Eso lo deja para después.

—¿Quieres que le llevemos a cenar? —se ofreció Coop generosamente, aunque le inquietaba pensar que Arthur Madison era más joven que él y, lo que es más importante, no solo tenía dinero, también tenía poder.

—No —dijo Alex echándole una ojeada. Llevaba puestas unas gafas de sol, así que Coop no podía verle los ojos. Pero desde luego no parecía satisfecha y emocionada ante la perspectiva de ver a su padre—. Gracias de todos modos. Lo veré en el hospital a la hora de comer. Cogerá el avión después de la reunión. —Coop sabía que Arthur Madison tenía su propio 727.

—La próxima vez entonces —dijo Coop muy afable. Pero se dio cuenta de que a Alex no le entusiasmaba la idea de ver a su padre. Diez minutos más tarde tuvo que volver al hospital por una emergencia.

Alex no regresó hasta la hora de cenar. Cuando llegó, salió a darse un chapuzón en la piscina y se encontró con Jimmy, Mark y los niños. Por primera vez desde que lo conocía, le pareció que Jimmy estaba más alegre. Los niños estaban encantados de verla. Jessica le dijo que estaba muy guapa en la ceremonia de los Oscar.

—Gracias —dijo Alex después de nadar por la piscina durante una media hora. Jessica y Mark estaban con ella en la piscina, y Jimmy y Jason jugaban con la pelota de béisbol. Jimmy le estaba explicando cómo rectificar el lanzamiento, y el niño escuchaba con atención.

Diez minutos más tarde, Jessica estaba preguntando a Alex por la ropa que llevaba cada uno cuando Alex oyó algo que le pasaba silbando por encima de la cabeza y vio que la bola que Jason acababa de lanzar iba a estrellarse contra la ventana de la sala de estar de Coop.

—¡Mierda! —dijo Mark por lo bajo mientras las dos se quedaban mirando y Jimmy gritaba de entusiasmo.

—¡Estupendo lanzamiento! —le gritó a Jason, hasta que comprendió adónde había ido a parar la pelota por el sonido de los cristales. Mark y Alex se miraron y a Jason se le puso cara de pánico.

—Oh, oh —dijo Jessica, y unos momentos después Coop se presentó en la piscina sin poder apenas controlarse.

—¿Es que estamos probando para el equipo de los Yankees o solo nos estamos permitiendo un poco de vandalismo? —Se dirigió a todos en general, y Alex se sintió avergonzada por él. No había duda. Odiaba el desorden, el alboroto y a los niños.

—Ha sido un accidente —dijo Alex muy tranquila.

—¿Por qué demonios estás tirando pelotas de béisbol contra mis ventanas? —le gritó a Jason. Había visto el guante de *catcher*, así que no era difícil adivinar quién había lanzado. Ante la indignación de Coop pareció que el niño iba a echarse a llorar. Estaba seguro de que tendría problemas; su padre ya le había advertido que no molestara al señor Winslow. Ya había tenido un encontronazo con él por culpa de la tabla de skate.

—He sido yo, Coop. Lo siento mucho —dijo Jimmy adelantándose—. No tendría que haberlo hecho. —Le partía el corazón ver a su joven amigo tan preocupado, y no había muchas cosas que Coop pudiera hacerle a él—. Pagaré el cristal.

—Eso espero. Aunque no le creo. Creo que ha sido el joven señor Friedman quien lo ha hecho. —Miró a Jason, a Mark, y otra vez a Jimmy, y entretanto Alex salió de la piscina y cogió una toalla.

—Yo lo pagaré —se ofreció Alex generosamente—. No ha sido con mala intención.

—Esto no es un campo de juegos —dijo él furioso—. Se tarda muchísimo en hacer esas ventanas y su instalación es algo muy complejo. —Eran curvas, y se habían hecho especialmente para la casa. Sustituir los cristales iba a costar una fortuna—. Controle a sus hijos, Friedman —dijo Coop muy desagradable, y entró en la casa. Alex miró a los otros con expresión de disculpa.

—Lo siento mucho —dijo con suavidad. Era un aspecto de la personalidad de Coop que no le gustaba, pero él ya le había advertido en varias ocasiones que detestaba a los niños.

—¡Qué imbécil! —dijo Jessica en voz alta.

—¡Jessie! —exclamó Mark con gesto severo, mientras Jimmy miraba a Alex.

—Estoy de acuerdo con ella, pero lo siento mucho. Tendría que habérmelo llevado a la pista de tenis a lanzar bolas. No se me había ocurrido que podríamos romper una ventana.

—No pasa nada —dijo Alex con tono comprensivo—. No está acostumbrado a los niños, nada más. Le gusta que todo sea tranquilo y perfecto.

—La vida no es así —dijo Jimmy sin más. Él trataba con niños todos los días, y no había nada que fuera tranquilo ni perfecto, ni las cosas salían siempre como uno esperaba, por eso le gustaba tanto—. Al menos la mía no.

—Ni la mía —dijo Alex con expresión realista—, pero la de él sí. O al menos a él le gusta pensarlo. —Todos estaban pensando en el lío de la prensa rosa—. No te preocupes, Jason. Solo es una ventana. No una persona. Las cosas siempre se pueden reemplazar, las personas no. —Y, cuando lo dijo, miró a Jimmy y le dieron ganas de cortarse la lengua.

—Tienes razón —dijo él con suavidad.

—Lo siento... No quería decir que... —Estaba horrorizada.

—Sí, sí querías decirlo. Y tienes razón. A veces nos olvidamos. Nos apegamos demasiado a las cosas. Y es la gente lo que importa. Lo demás no sirve para nada.

—Yo lo veo todos los días —dijo ella, y Jimmy asintió.

—Yo he tenido que aprenderlo por las malas —dijo con sinceridad, y le sonrió. Alex le gustaba. No entendía qué hacía con un hombre que solo era fachada. En ella todo era real y sincero—. Gracias por ser tan amable con Jason. Yo me ocuparé.

—No, lo haré yo —terció Mark—. Es mi hijo. Yo lo pagaré. Pero la próxima vez ten más cuidado —le dijo a Jason, y luego miró a Jimmy—. Y eso también va por ti.

—Lo siento, papá —dijo Jimmy con expresión de disculpa, y los tres se echaron a reír bajo la mirada de los dos niños. Jason había salido bastante bien parado, quitando la parte en la que el señor Winslow le gritaba, pero los demás habían sido muy buenos con él. Cuando vio que la bola iba derecha contra la ventana pensó que su padre lo mataría—. Aunque ha sido un excelente lanzamiento. Estoy orgulloso de ti.

—Tampoco te pases —apuntó Mark. No quería darle a Coop una excusa para que los echara—. A partir de ahora los juegos de pelota, en la pista de tenis. ¿Trato hecho? —Jason y Jimmy asintieron, al tiempo, Alex se puso los pantalones cortos y la camiseta encima del bañador.

—Os veré pronto, chicos —dijo, y se fue, con sus largos cabellos oscuros húmedos a la espalda. Los dos hombres la observaron y, cuando ya no podía oírlos, Jimmy comentó:

—Jessie tiene razón. Es un imbécil. Y ella es una gran mujer. No la merece, por muy buen aspecto que tenga. La va a hacer picadillo.

—Creo que se van a casar —añadió Jessica con interés incorporándose a la conversación. Le hubiera gustado que su padre saliera con alguien como Alex.

—Espero que no —dijo Jimmy, rodeando los hombros de Jason con el brazo; los cuatro entraron en el ala para invitados: Mark les iba a preparar otra barbacoa y Jimmy había accedido a cenar con ellos.

En la parte principal de la casa, Alex estaba reprendiendo a Coop, que aún bufaba de cólera.

—Solo es un niño, Coop. ¿Es que tú no hacías esas cosas cuando eras niño?

—Yo nunca fui un niño. Ya nací con traje y corbata, y me convertí directamente en un adulto con buenas maneras.

—No seas tan tonto —dijo ella bromeando, mientras él la besaba.

—¿Por qué no? Me encanta tener rabietas. Además, ya sabes cuánto detesto a los niños.

—¿Y si te dijera que estoy embarazada? —preguntó Alex, con una mirada que casi lo dejó de piedra.

—¿Lo estás?

—No, pero ¿y si lo estuviera? Tendrías que convivir con tablas de skate, ventanas rotas, pañales sucios, mantequilla de cacahuete y bocadillos de gelatina. Vale la pena pensarlo.

—¿Ah, sí? Creo que me están dando náuseas. Doctora Madison, tiene usted un sentido del humor terrible. Espero que tu padre te pegue cuando te vea.

—Seguro que lo hará —dijo ella fríamente—. Siempre lo hace.

—Bien, te lo mereces. —Coop hubiera dado lo que fuera por poder estar durante ese encuentro. Pero Alex no le había invitado ni tenía intención de hacerlo—. ¿Cuándo le verás?

—El martes.

—¿Por qué crees que querrá verte? —preguntó él con evidente curiosidad. Estaba convencido de que hablarían de él.

—Ya se verá —repuso ella con una sonrisa mientras subían lentamente al dormitorio, cogidos del brazo. Ella conocía una estupenda cura para sus rabietas. De hecho, el incidente con la pelota de béisbol ya estaba olvidado cuando Alex le besó. Y un momento después, la ventana rota era la última cosa en el pensamiento de Coop.

16

Alex hubiera podido imaginar cómo iría la reunión con su padre, al menos hasta cierto punto. Fue como siempre iban las reuniones con él. Nunca cambiaba nada en su relación.

Él llegó cinco minutos antes de la hora; la estaba esperando en la cafetería cuando ella entró. Era un hombre alto y esbelto, con el pelo canoso, ojos azules y aire severo. Cuando hablaba con ella siempre lo hacía con una idea preconcebida. No podía limitarse a hablar y preguntarle cómo estaba. Al contrario, era como si fuera cubriendo los puntos de una lista mental, como en una reunión de negocios, que en cierto modo es lo que era. La única cosa que dijo que pudiera indicar que eran parientes fue que su madre le mandaba muchos besos. Y la madre no era mucho más afectuosa que él, cosa que explicaba por qué había podido pasar tantos años casada con él. Pero era el padre quien lo controlaba todo. Excepto a Alex. Entre ellos todo era motivo de discordia, y había sido una lucha continua desde el principio.

Su padre tardó exactamente diez minutos en llegar al asunto que le llevaba allí, no perdió el tiempo.

—Quería hablar contigo de Cooper Winslow. No me pareció bien discutir este tema por teléfono. —A ella le hubiera dado igual. Sus intercambios eran tan distantes y desapasionados que el hecho de que estuvieran cara a cara no cambiaba nada.

—¿Por qué no?

—Me ha parecido lo bastante importante para que nos viéramos en persona. —Para Alex, el hecho de que fuera su padre ya hubiera sido motivo suficiente para que se vieran en persona, pero para él no. Siempre tenía que haber un motivo—. Es un asunto delicado, y no pienso andarme con rodeos. —Nunca lo hacía, pero claro, ella tampoco. No le hubiera gustado admitirlo, pero en algunas cosas se parecía a él. Era implacablemente sincera, no solo con los demás, también sobre sí misma. Tenía sus principios y era muy clara respecto a lo que creía. La principal diferencia entre ellos era que Alex era amable y él no. Arthur Madison no perdía el tiempo en emociones y nunca escatimaba las palabras. Si había que hacer algo desagradable, él se ofrecía voluntario. Lo acababa de hacer.

—¿Va en serio esa aventura? —preguntó directamente mirándola con los ojos entrecerrados. La conocía muy bien, y trató de leer la expresión de su cara. Sabía que no le mentiría, pero tampoco era muy probable que le dijera lo que sentía. Desde el punto de vista de su hija, eso no era asunto suyo.

—Todavía no lo sé —dijo con reserva, y era cierto.

—¿Eres consciente de que ese hombre está hasta el cuello de deudas? —Coop nunca se lo había dicho, pero el hecho de que tuviera inquilinos ya indicaba que iba algo apurado. Y no tenía mucho trabajo, desde hacía años. Alex había supuesto erróneamente que tenía algún dinero ahorrado. Y, por supuesto, La Villa costaba un dineral. Su padre sabía que era la única posesión que tenía, y sobre ella pendía una suculenta hipoteca.

—No solemos hablar de sus asuntos financieros —dijo ella escuetamente—. No son asunto mío, ni los míos son suyos.

—¿Te ha preguntado por tu renta o tu herencia?

—Por supuesto que no; es demasiado educado para eso —repuso honestamente. Coop era demasiado correcto para discutir sus asuntos monetarios con ella.

—Y muy astuto. Seguramente te ha investigado a conciencia, como he hecho yo con él. Tengo un dossier sobre él de dos centímetros y pico de grosor encima de mi despacho. Y no dice nada bueno. Lleva años pendiente de un hilo y tiene una montaña de deudas. No tiene más crédito, no creo ni que pudiera sacar un libro de la biblioteca. Y sabe muy bien cómo atraer a mujeres ricas. Ha estado comprometido al menos con cinco.

—Se le da muy bien atraer a *todas* las mujeres —le corrigió

Alex—. ¿Me estás diciendo que va detrás de mí por mi dinero? ¿Es eso? —Al igual que su padre, ella iba directa al grano. Eran tal para cual. Y le había dolido que su padre dijera que Coop solo la veía como un objetivo fácil. Estaba completamente segura de que la quería. Ya era mala suerte que estuviera tan endeudado.

—Sí, eso es. Creo que es muy posible que sus motivos no sean tan puros como te gustaría pensar. Te está engatusando. Inconscientemente tal vez. Es posible que ni siquiera él se haya dado cuenta. Está en un terrible aprieto. Alex, la desesperación no es buena, para ninguno de los dos. Podría llevarlo incluso a querer casarse contigo, cuando de otro modo no lo haría. Por no hablar de que es demasiado mayor para ti. Creo que no sabes dónde te estás metiendo. Ni siquiera sabía que salías con él hasta que tu madre os vio en la ceremonia de los Oscar. Los dos nos quedamos muy sorprendidos. Por lo visto estuvo saliendo con alguien que tu madre conocía durante muchos años. No hizo nada incorrecto, pero la estuvo rondando mucho tiempo. Y supongo que sabrás lo de ese hijo ilegítimo con la actriz porno. Es lo único que faltaba.

—Podría pasarle a cualquiera —dijo ella con calma, odiando a su padre por cada palabra que había dicho, aunque no se le notaba en la cara. Llevaba años ocultándole todas sus emociones.

—Esas cosas no les pasan a los hombres responsables. Es un playboy, Alex. Ha llevado una vida de extravagancias y caprichos. No ha ahorrado ni un penique. Y actualmente sus deudas ascienden a algo menos de dos millones de dólares, por no hablar de la hipoteca que hay sobre la casa.

—Si consigue un papel importante en una película —repuso Alex defendiéndole valientemente—, podría saldar esas deudas. —Lo amaba, por mucho que dijera su padre.

—El problema es que no lo conseguirá. No puede conseguir trabajo. Es demasiado viejo. Pero incluso si encuentra alguna ganga, que no es probable, lo más seguro es que lo malgaste, como hace siempre. ¿Es esa la persona con quien quieres casarte, Alex? ¿Un hombre que gasta el dinero como el agua? ¿Y seguramente el tuyo también? ¿Por qué crees que va detrás de ti? Es imposible que no sepa quién eres y quién soy yo.

—Claro que lo sabe. Yo no le he dado ni un penique, ni me lo ha pedido. Es muy orgulloso.

—Solamente es apariencia. Mucho sombrero y poco ganado, como dicen en Texas. Ni siquiera es capaz de mantenerse a sí mismo. Y ¿qué me dices de esa mujer que va a tener un hijo suyo? ¿Qué piensa hacer al respecto?

—Mantenerla si tiene que hacerlo —dijo ella honestamente—. En realidad ni siquiera sabe si es suyo. La chica se hará las pruebas de paternidad en julio.

—No lo acusaría de algo así si el niño no fuera suyo.

—O sí. En realidad me da igual. No es una cosa agradable, pero tampoco se va a acabar el mundo. Estas cosas pasan. Me interesa mucho más saber que él se porta bien conmigo, y lo hace.

—¿Y por qué no iba a hacerlo? Eres rica y soltera, por no mencionar que eres una joven muy atractiva. Pero, sinceramente, si tu apellido no fuera Madison, no creo ni que se hubiera molestado en darte la hora.

—No te creo —dijo Alex mirando a su padre a los ojos—. Pero nunca lo sabremos, ¿verdad, papá? Soy quien soy y tengo lo que tengo, y no pienso elegir a los hombres de mi vida por su renta. Él procede de una familia respetable. Es un buen hombre. Hay gente que no tiene dinero. Es así. Y a mí me importa un bledo.

—¿Es sincero contigo, Alex? ¿Te ha dicho alguna vez que está endeudado? —Su padre insistía y trataba de minar sus sentimientos por Coop. Pero no le importaba. Aunque nunca hubiera visto un extracto de sus cuentas, sabía cómo era Coop, conocía sus rarezas, sus virtudes y sus defectos. Y lo quería tal y como era. Lo único que de verdad le preocupaba era que Coop no quería hijos, porque tarde o temprano ella sí querría tenerlos.

—Ya te lo he dicho, no hablamos de asuntos financieros, ni los suyos ni los míos.

—Tiene cuarenta años más que tú. Si te casas con él, Dios no lo quiera, acabarás siendo su enfermera.

—Es un riesgo que tengo que asumir. No sería el fin del mundo.

—Eso lo dices ahora. Cuando tengas cuarenta años, él tendrá ochenta, el doble de tu edad. Es ridículo, Alex. Sé sensata.

E inteligente. Creo que a ese hombre lo que le interesa es tu cartera, no tu corazón.

—Eso que has dicho es una cosa muy fea —dijo ella acalorada.

—¿Quién podría culparle? ¿Y si está tratando de buscar un sustento para su vejez y trata de salvarse de la única manera posible? Es demasiado tarde para que pueda recurrir a nada más. Eres su única opción. La chica que va a tener un hijo suyo no puede mantenerlo. No es agradable, Alex, pero está muy claro.

»No voy a decirte que dejes de salir con él, si tanto significa para ti. Pero, por el amor de Dios, ten cuidado y, hagas lo que hagas, no te cases con él. Si lo haces, si estás lo bastante loca para hacerlo, te aseguro que haré lo que esté en mi mano para impedirlo. Hablaré con él y le convenceré. Va a encontrar un poderoso enemigo en mí.

—Sabía que podía contar contigo, papá —dijo Alex con sonrisa cansada. Incluso si tenía buena intención, actuaba de una forma fea y dolorosa. Como siempre había hecho. Para él todo se reducía a control y poder. Cuando Carter se fugó con su hermana unas horas antes de su boda, su padre la culpó a ella y le dijo que si lo hubiera tratado correctamente aquello no hubiera pasado. Todo era siempre culpa suya. Aunque últimamente había oído decir que apreciaba mucho menos a Carter. El hombre había invertido buena parte del dinero de su hermana en el mercado de valores con poco acierto y lo había perdido todo. Por suerte, a su hermana aún le quedaba mucho. Pero si no otra cosa, aquello demostraba que no era muy listo.

—Sé que piensas que lo que te estoy diciendo es muy desagradable, y lo es. Estaba preocupado por ti y por él, y cuando empecé a indagar lo que descubrí me dejó horrorizado. Quizá sea atractivo, encantador, divertido, y entiendo que para una persona de tu edad todo eso resulte muy seductor. Pero es un completo desastre y no creo que a la larga pueda hacerte feliz si se casa contigo. Nunca se ha casado. No ha tenido necesidad. Se limita a divertirse y luego pasa a la siguiente. No es serio, Alex, y no es lo que querría para ti. Ver cómo te exhiben, y te vapulean y luego te dejan tirada. O peor, ver que te casas y te utiliza para cubrir sus carencias económicas. Quizá me equivoque, pero no lo creo —dijo su padre con tono dolido. Pero si algo consiguió, no fue alejarla de Coop sino incrementar su lealtad hacia él. El discurso de su padre tuvo el efecto contrario al que él deseaba. Al oír hablar de la apurada situación de Coop, Alex sintió pena por él.

Afortunadamente, el busca de Alex se disparó en aquel momento. No era una emergencia, pero ella lo utilizó como excusa para terminar la reunión. No habían comido nada. El hombre sentía que lo que tenía que decir era mucho más importante y era responsabilidad suya hacerlo. Había hablado del asunto con su mujer y, como de costumbre, ella no quiso inmiscuirse. Pero lo animó a que hablara con Alex. Alguien tenía que hacerlo. Y él siempre estaba dispuesto a hacer el trabajo sucio. Había sido un encuentro muy desagradable para los dos.

—Tengo que volver al trabajo —dijo Alex, y su padre se puso en pie.

—Creo que tendrías que hacer lo posible para no aparecer en la prensa con él, Alex. Que te vean con él no va a beneficiar en nada tu reputación. Lograrás que todos los cazadores de fortunas te persigan. —Eso era algo que, por el momento, había evitado, gracias sobre todo a su propio esfuerzo. En el trabajo nadie tenía ni idea de quién era o de quién era su padre, y lo prefería así—. Cuando Winslow termine contigo todos podrán percibir el rastro de sangre en el agua. —Otra imagen adorable. Su padre la veía como carnaza para los tiburones. Sabía que se preocupaba por ella, pero su forma de demostrarlo era vomitiva. Y su forma de ver el mundo le parecía patética. Sospechaba de todo el mundo, y siempre pensaba lo peor. Para él era impensable que, independientemente de su reputación o su situación económica, Coop pudiera quererla de verdad. Y ella creía que era así—. ¿Vas a venir a Newport este verano? —preguntó el padre haciendo un esfuerzo por ser más agradable, y ella negó con la cabeza.

—No puedo escaparme del trabajo —dijo ella, aunque, de haber podido, hubiera preferido quedarse en Los Ángeles. No tenía ningunas ganas de ver a su madre, su hermana, Carter o su padre, ni a ninguna de sus amigas. Hacía mucho tiempo que había renunciado a ese mundo. Se quedaría en California con Coop.

—Llámanos de vez en cuando —dijo su padre rígidamente, y se despidió con un beso.

—Lo haré. Saluda a mamá. —Ella nunca iba a visitar a Alex, nunca lo había hecho. Esperaba que ella fuera a Palm Beach, aunque era perfectamente capaz de viajar e iba a todos los rincones del mundo para ver a sus amigas. Pero ella y Alex no tenían nada en común. Nunca sabía qué decirle, así que casi nunca la llamaba. Su hija mayor le parecía un bicho raro, y nunca había entendido su empeño por estudiar medicina. Tendría que haberse quedado en casa y haberse casado con algún joven agradable de Palm Beach. Había otros hombres como Carter, que es precisamente de lo que Alex huía. No quería ningún hombre como él. Y, por el momento, se sentía muy feliz con Coop, a pesar de todo lo que su padre había dicho.

Su padre la acompañó hasta el ascensor y, cuando las puertas se cerraron, se dio la vuelta y se fue. Alex subió a su planta con los ojos cerrados, sintiéndose entumecida. Su padre siempre le producía el mismo efecto.

17

Mientras Alex estaba con su padre, Coop estuvo sentado bajo un árbol, al lado de la piscina, relajándose. Siempre procuraba no ponerse al sol, para protegerse la piel. Era parte de su secreto. Y le encantaba la tranquilidad que reinaba en la piscina durante la semana. No había nadie. Sus inquilinos estaban en el trabajo, y los desagradables hijos de Mark estaban en la escuela.

Coop estaba allí tumbado, a la sombra del árbol, con aire pensativo, preguntándose qué habría dicho el padre de Alex. Estaba seguro de que quería hablarle de él, al menos en parte. Y de que no aprobaba su relación. Solo esperaba que el viejo no la preocupara demasiado. Pero incluso él tenía que reconocer que el hombre tenía motivos para estar preocupado. En aquellos momentos Coop no era precisamente solvente y, si el padre había indagado, seguramente ya lo sabía.

Por primera vez en su vida, le preocupaba lo que alguien pudiera pensar de él. A pesar de sus aprietos económicos, había sido muy escrupuloso con Alex. Era una joven tan decente que resultaba difícil aprovecharse de ella, aunque lo había pensado. Pero, hasta el momento, Coop se había portado bastante bien y se había comedido. Por no mencionar que tenía la sospecha de que estaba realmente enamorado. A lo largo de los años aquello había significado cosas diferentes para él. Pero últimamente significaba estar a gusto y tranquilo, y no tener quebraderos de cabeza en su relación. Y había momentos en que el solo hecho de que le gustara ya era bastante. Había muchas mujeres problemáticas por ahí, como Charlene.

Era mucho más sencillo estar con mujeres como Alex. Era buena, amable, divertida y no pedía mucho. Esa era otra de las cosas que le gustaban de ella. Era maravillosamente autosuficiente y, si las cosas se ponían mal para él en el plano económico, sabía que podía contar con ella. El dinero de Alex era como un seguro. Todavía no lo necesitaba, pero es posible que algún día le hiciera falta. No estaba con ella por su dinero, pero le gustaba saber que estaba ahí. Por si acaso. Le hacía sentirse seguro.

Lo único que no le gustaba y hacía que evitara hacer promesas abiertamente, es que ella era lo bastante joven para tener hijos y seguramente los tendría. Eso era terrible. Una gran traba a su relación. Pero no se podía tener todo. Quizá el hecho de que fuera hija de Arthur Madison compensaría aquel defecto. De momento no se había decidido en uno u otro sentido, pero un día de aquellos lo haría. Ella no lo presionaba, y eso también le gustaba. Estar con ella no implicaba ningún tipo de presión. Había muchas cosas de Alex que le gustaban. Casi demasiadas.

Estaba pensando en ella cuando volvió a entrar en la casa y se topó con Paloma. La mujer estaba limpiando el polvo y comiéndose un bocadillo al mismo tiempo. Y dejando caer mayonesa en la alfombra, como Coop le señaló.

—Lo siento —dijo ella, y tapó la mancha que había hecho pisándola con sus zapatillas de leopardo.

Coop había renunciado ya a enseñarle. Se limitaban a tratar de sobrevivir en caminos paralelos sin gustarse. Y hacía varias semanas que sospechaba que también hacía trabajos para los Friedman, aunque mientras cumpliera con sus tareas, no le importaba. No valía la pena discutir. Se estaba suavizando, por pura necesidad. O tal vez fuera por Alex. Aquella tarde los cristaleros se pusieron con la ventana de su sala de estar, aunque Coop seguía molesto por el incidente con la pelota de béisbol. Si algún día tenía hijos con Alex, esperaba que no fueran chicos. Solo pensarlo le ponía malo. Como esa condenada de Charlene. Al menos aquella semana no había aparecido en las revistas.

Coop se estaba sirviendo un vaso de té helado que había enseñado a preparar a Paloma. Se lo había dejado en una jarra en la nevera. Cuando estaba con aquello, el teléfono sonó. Quizá fuera Alex. Pero no, la voz que oyó le era desconocida, de una tal Taryn Dougherty que dijo querer entrevistarse con él.

—¿Es usted productora? —preguntó él, con el vaso de té helado aún en la mano. Se había relajado un poco con la cuestión de buscar trabajo desde el asunto con Charlene. Tenía otras cosas en la cabeza.

—No, en realidad soy diseñadora. Pero no le llamo por eso. Hay cierto asunto que me gustaría discutir con usted. —Coop pensó que quizá fuera periodista, y al momento se arrepintió de haber contestado al teléfono y haber dicho quién era. Era demasiado tarde para decir que era el mayordomo y que el señor Winslow había salido, que es lo que hacía a veces, ahora que Livermore no estaba.

—¿Qué clase de asunto? —preguntó él fríamente. Últimamente no confiaba en nadie. Todo el mundo parecía querer algo de él. Al menos Charlene sí.

—Es un asunto personal. He recibido una carta de una vieja amiga suya. —Aquello parecía muy misterioso. Seguramente era una trampa, o alguna intriga. De Charlene tal vez. Pero al menos la mujer era amable.

—¿De quién?

—Jane Axman. Estoy segura de que recuerda el nombre.

—Pues no. ¿Es usted su abogada? —También podía ser que le debiera dinero. Recibía muchas llamadas como aquella. Abe siempre se las remitía. Antes Liz evitaba que llegaran a él, pero ahora tenía que rechazarlas personalmente.

—Soy su hija. —La mujer del teléfono no parecía dispuesta a decir más, pero insistió en que era importante y que no le robaría mucho tiempo. Y Coop estaba un tanto intrigado. ¿Sería atractiva? Tuvo la tentación de decirle que se vieran en el Beverly Hills, pero no tenía ganas de salir. Y estaba esperando noticias de Alex. Aún no le había llamado. Y le preocupaba que pudiera estar molesta. No le hubiera gustado recibir su llamada al móvil en medio de un restaurante.

—¿Dónde está? —preguntó Coop como si eso importara.

—Estoy en el hotel Bel Air. Acabo de llegar de Nueva York.

—Al menos se alojaba en un buen hotel. Eso no significaba nada, pero al menos era algo. Finalmente, la curiosidad lo venció.

—No vivo lejos. ¿Por qué no se pasa por mi casa?

—Gracias, señor Winslow —dijo ella muy educada—. No le robaré mucho tiempo. —Solo quería verle. Una vez. Y enseñarle la carta de su madre. Quería que conociera su historia.

Diez minutos después la mujer estaba en la verja de entrada y él le abrió por el interfono. Siguió el camino en un coche alquilado y, cuando se apeó, Coop vio que era alta y rubia, de unos cuarenta años. En realidad tenía treinta y nueve. Era una mujer atractiva, esbelta, y llevaba una falda corta. Vestía bien y parecía tener cierta elegancia. Había algo en ella que le resultaba familiar, pero no hubiera sabido decir el qué. No creía haberla visto nunca. Al acercarse la mujer le sonrió y le estrechó la mano.

—Gracias por recibirme. Siento mucho molestarle. Quería resolver esto cuanto antes. Hace tiempo que quiero escribirle.

—¿Qué le trae a California? —preguntó él cuando entraban en la biblioteca, y le sirvió un vaso de vino, que ella rechazó. Prefería un vaso de agua. Fuera hacía calor.

—Aún no estoy segura. Tenía un negocio de diseño en Nueva York. Pero lo he vendido. Siempre he querido diseñar el vestuario de alguna película, pero supongo que es una idea absurda. Pensé que podía venir y ver cómo funciona. —Y conocerlo a él.

—Supongo que entonces no estará casada —dijo él pasándole el vaso de agua que había pedido, en un vaso de cristal de Baccarat. Paloma estaba usando otro de los vasos para regar una planta.

—Estoy divorciada. Me divorcié, vendí mi negocio y mi madre murió, todo en cuestión de meses. Es uno de esos raros momentos en que no tienes compromisos y puedes hacer lo que quieres. Aunque no sé si eso me gusta o me aterra. —Sonrió al decirlo. No parecía una persona a quien pudieran asustarle muchas cosas. Se la veía sumamente firme.

—Bueno, ¿y qué me dice esa carta? ¿Me ha dejado alguien una fortuna? —lo dijo con una risa, y ella correspondió sonriendo.

—Me temo que no. —Le pasó la carta de aquella mujer a quien él no recordaba y no dijo más. Era una carta larga y, mientras leía, Coop levantó la vista varias veces. Cuando terminó, se quedó mirando a la mujer sin saber muy bien qué decir, o que querría de él. Le devolvió la carta con expresión grave. Si era otro plan para extorsionarlo, no pensaba ceder. Con uno tenía bastante.

—¿Qué quiere de mí? —preguntó bruscamente, y la pregunta hizo que la joven se sintiera muy triste. Hubiera esperado una acogida más cordial.

—Nada. Quería verle. Una vez. Y esperaba que usted quisiera verme a mí. Reconozco que es algo violento. También lo fue para mí, porque mi madre nunca me lo dijo. Encontré la carta después de su muerte, como ella quería. Mi padre murió hace años. No sé si él lo sabía.

—Espero que no —dijo Coop solemnemente. Aún estaba bajo los efectos del shock. Pero le alivió que hubiera dicho que no quería nada de él. Y la creía. Parecía una persona honrada, una mujer agradable. Se hubiera sentido atraído por ella, pero era demasiado mayor para él.

—No creo que le hubiera importado. Siempre fue muy bueno conmigo. Me dejó casi todo su dinero. No tenía más hijos. Y si lo sabía, no parecía guardarnos ningún rencor ni a mí ni a mi madre. Era un hombre muy bueno.

—Una suerte —dijo Coop, mirándola con atención, y entonces se dio cuenta de qué le resultaba tan familiar. Se parecía a él. Y con razón. La carta decía que su madre había tenido una aventura con Coop hacía cuarenta años. Los dos actuaban en una obra de teatro en Londres, y la aventura fue breve. Cuando las representaciones terminaron y ella volvió a Chicago, descubrió que estaba embarazada y decidió no decírselo a Coop. No se conocían lo bastante como para imponerle algo así, como ella decía. Era muy raro que una mujer pensara de esa forma cuando iba a tener un hijo y, a pesar de todo, decidió tenerlo. Se casó con otro hombre, tuvo el bebé y nunca le dijo a su hija que el hombre a quien tenía por padre no lo era. Su padre era Coop. Pero al morir le dejó una carta donde lo explicaba todo. Y ahora allí estaban los dos, sentados, examinándose el uno al otro. Un hombre que pensaba que no tenía hijos y de pronto tenía dos. Aquella mujer de treinta y nueve años y el hijo de Charlene. Era una extraña sensación para un hombre que odiaba a los niños, aunque Taryn no era ninguna niña. Era una mujer adulta que parecía respetable e inteligente, tenía dinero y se parecía muchísimo a él.

—¿Qué aspecto tenía tu madre? ¿Tienes una fotografía? —Tenía curiosidad por saber si la recordaba.

—De hecho, he traído una por si acaso. Creo que es más o menos de aquella época. —La sacó con cuidado de su monedero y se la dio y, mientras la examinaba, algo se movió en la memoria de Coop. Definitivamente, la cara le resultaba familiar. No le había dejado una impresión especial, pero la recordaba un poco, y creía saber qué papel interpretó en la obra. Ella era la suplente de la actriz principal, pero esta se emborrachaba con frecuencia y Coop recordaba haber estado con ella en el escenario. Y poco más. Él era muy libertino en aquellos tiempos; además bebía mucho. Y desde entonces había tenido a montones de mujeres. Tenía treinta años cuando concibió a Taryn.

—Es muy extraño —dijo devolviéndole la fotografía y volviendo a mirar a su hija. Tenía una belleza clásica, aunque era muy alta. Debía de medir metro ochenta y tres. Y le parecía recordar que su madre también era alta—. No sé qué decir.

—No pasa nada —dijo Taryn Dougherty con gesto afable—. Solo quería conocerle, verle una vez. He tenido una buena vida. Tuve un padre maravilloso que quería a mi madre. Fui hija única. No tengo nada que reprocharle. Nunca supo nada. Y fue mi madre quien lo mantuvo en secreto, aunque tampoco tengo nada que reprocharle a ella. No me arrepiento de nada.

—¿Tienes hijos? —preguntó Coop emocionado. Era un shock descubrir que tenía una hija ya adulta, pero aún no estaba preparado para los nietos.

—No, no los tengo. Siempre he trabajado. En realidad nunca he querido tener hijos, por embarazoso que me resulte admitirlo.

—Pues que no te dé vergüenza. Es genético —dijo con una sonrisa traviesa—. Yo tampoco quise tener hijos. Hacen mucho ruido, son sucios y huelen. O algo así. —La mujer se rió. Disfrutaba de su compañía, y comprendía por qué su madre se había enamorado de él y decidió tener su hijo. Era encantador, divertido, un caballero de la vieja escuela. Aunque no parecía un anciano. Resultaba difícil creer que él y su madre tenían la misma edad. Su madre había pasado muchos años enferma. Y aquel hombre aparentaba menos años de los que tenía—. ¿Te quedarás un tiempo por aquí? —le preguntó con interés. Le gustaba y, a su pesar, sentía que había algo que los unía, aunque no supiera muy bien qué. Necesitaba tiempo para descubrirlo.

—Creo que sí. —Aún no estaba segura de lo que quería hacer. Pero ahora que había hecho aquello se sentía liberada. Había sido un peso para ella desde que descubrió la carta. Pero ahora que lo había conocido, se sentía libre de continuar con su vida, tanto si mantenían contacto como si no.

—¿Puedo ir a verte al Bel Air? Estaría bien que nos viéramos otro día. A lo mejor te apetece cenar en mi casa alguna noche.

—Estaría encantada —dijo ella poniéndose en pie y dando por finalizada la entrevista. Tenía palabra. Había estado allí media hora. No estaba tratando de alargarlo. Había hecho lo que había ido a hacer. Conocerlo. Y ahora volvía a su vida. Se volvió hacia él con expresión seria—. Quería que supiera que no tengo intención de hablar con la prensa, si eso le preocupa. Esto queda entre nosotros.

—Gracias —dijo él, y se sintió conmovido. Realmente era una mujer agradable. No quería nada de él. Solo ver cómo era. Y le gustó lo que vio. Y a él también—. Supongo que es una tontería, pero seguro que fuiste una niña encantadora. Tu madre debía de ser una mujer muy honesta. —Sobre todo por no haberle buscado problemas y haber cargado con la responsabilidad ella sola. Se preguntó si en aquel entonces sintió algo por ella. Era difícil saberlo. Pero le gustaba su hija, la hija de los dos, le gustaba mucho—. Siento que haya muerto —dijo, y lo decía en serio. Era extraño sentir que, mientras él hacía su vida, sin saberlo, en algún lugar había estado viviendo una hija suya.

—Gracias. Yo también lo siento. La quería mucho. —Cuando se iba, Coop le dio un beso en la mejilla, y ella le sonrió. Era la misma sonrisa que Coop veía en el espejo todos los días y que sus amigos conocían tan bien. Le producía una sensación muy extraña mirarla. Él mismo veía el parecido, y seguro que su madre lo veía también. Debía de resultarle muy raro. ¿Lo supo alguna vez el marido? Por el bien del hombre, esperaba que no.

Coop estuvo tranquilo el resto del día. Tenía mucho que pensar. Cuando Alex llegó a las siete, aún estaba pensativo y ella le preguntó si estaba bien. Él le preguntó por el encuentro con su padre y ella dijo que había ido y poco más.

—¿Ha sido desagradable contigo? —preguntó Coop visiblemente preocupado, y ella se encogió de hombros.

—Mi padre es como es. No es el padre que hubiera elegido si me hubieran preguntado, pero es el que tengo —dijo con expresión filosófica, y se sirvió un vaso de vino.

Había sido un largo día para los dos. Coop no le dijo nada de Taryn hasta que estaban cenando. Paloma les había dejado algo de pollo y Alex le añadió un poco de pasta y preparó una ensalada. Era suficiente. Y entonces Coop levantó la vista con una extraña expresión.

—Tengo una hija —dijo con tono enigmático. Alex lo miró.

—Es demasiado pronto para que sepa lo que es, Coop. Te está mintiendo. Solo está tratando de ablandarte. —Alex se sintió irritada, porque pensó que se trataba de otro de los trucos de Charlene.

—No es ella. —Coop parecía aturdido. Había estado pensando en Taryn toda la tarde. Conocerla le había impresionado profundamente.

—¿Alguna otra mujer va a tener un hijo tuyo? —Alex pareció asustada.

—Según parece, lo tuvo. Hace treinta y nueve años. —Y le he hablado de Taryn y Alex se dio cuenta de lo conmovido que estaba.

—Qué historia tan sorprendente —dijo ella algo impresionada—. ¿Cómo pudo la madre mantener el secreto todos estos años? ¿Cómo es? —estaba intrigada.

—Agradable. Me gusta. Y se parece mucho a mí, creo. Es más guapa, claro —dijo galantemente—. De verdad, me ha gustado mucho. Es muy... —buscó la palabra—... digna, honorable... algo así. En eso me recuerda a ti. Es una persona honesta y recta. No quería nada de mí y me ha dicho que no iba a hablar con la prensa. Solo quería conocerme, verme una vez. Eso ha dicho.

—¿Por qué no la invitas otro día? —propuso Alex. Se notaba que era lo que Coop quería.

—Creo que lo haré.

Pero, en vez de eso, fue a comer con ella en el Bel Air al día siguiente. Se lo contaron todo el uno del otro, y les sorprendió ver lo parecidos que eran en muchas cosas, los gustos que compartían, hasta el helado y el postre favorito, los libros que les gustaban y los que no. Es extraño pensar lo poderosa que es la genética. Al final de la comida, Coop tuvo una extraña idea.

—¿Te gustaría quedarte en La Villa mientras estás aquí? —propuso, y lo decía muy en serio. Quería pasar más tiempo con ella. De pronto la veía como un regalo caído del cielo y no quería que se fuera. Quería tenerla cerca, al menos unos días, o unas semanas. A Taryn también le gustó la idea.

—No quiero molestar —repuso ella con cautela, aunque se notaba que la idea le gustaba.

—Tú no me molestarías. —Coop lamentó tener inquilinos en el ala para invitados y la casa del guarda. Hubiera estado bien que se instalara allí. Pero tenía una inmensa habitación de invitados en la casa, y estaba seguro de que a Alex no le importaría. Le había hablado a Taryn de ella, y por las cosas que le contó, Taryn pensó que le gustaría.

Taryn prometió trasladarse allí al día siguiente y Coop se lo dijo a Alex aquella noche. Ella estaba entusiasmada por él, y tenía muchas ganas de conocerla. Aún no le había hablado a Coop de la conversación con su padre, ni lo haría. Alex sabía que su padre tenía buena intención, pero a Coop le hubiera partido el corazón oír las cosas que le había dicho. No tenía por qué saber nada de aquello. Sencillamente, su padre no comprendía quién era Coop.

E, independientemente de lo que Taryn había significado para Coop, es evidente que era el destino. En los meses que hacía que lo conocía, nunca lo había visto así. Parecía notablemente tranquilo, y totalmente en paz.

18

Taryn se instaló en La Villa con muy poco equipaje y sin armar ningún revuelo. Era discreta, educada, agradable y de trato fácil. No pedía nada a Paloma y procuraba no entrometerse en la vida de Coop. Ella y Alex congeniaron enseguida. Las dos eran mujeres serias, fuertes y honestas, y sobre todo amables. Y Alex vio enseguida el parecido con Coop. No solo físicamente, también tenían el mismo aire aristocrático. Un parecido considerable. Lo único en lo que no coincidían es que ella viajaba con muy poco equipaje y era solvente económicamente. Por lo demás, eran como dos gotas de agua. Y a Coop le encantaba tenerla a su lado.

Pasaban los días conociéndose, hablando de sus respectivos pasados, y compartiendo sus puntos de vista y opiniones sobre todo lo habido y por haber. Había diferencias y similitudes que les intrigaban, y a Taryn le pareció un buen hombre. Cuando ya se conocían un poco, Taryn le preguntó si iba en serio con Alex, y él le dijo que no estaba seguro. Era la cosa más sincera que nunca había dicho. A pesar del poco tiempo que hacía que la conocía, Taryn hacía aflorar lo mejor de su carácter, más incluso que Alex. Era como si hubiera aparecido para hacer de él una persona completa. Y él también le aportó algo nuevo a ella. Ahora que sabía que existía, quería saber quién era y, aunque veía sus defectos, le gustaba.

—Estoy en un dilema con Alex —le confesó.

—¿Por su edad? —preguntó Taryn. Estaban tendidos a la

sombra, junto a la piscina, mientras los demás estaban en el trabajo. Taryn tenía la piel tan clara como su padre y, al igual que él, evitaba el sol instintivamente y tenía la misma complexión inmaculada de alabastro. Coop siempre decía que se la debía a su lejano antepasado británico. Tenía complexión «inglesa», y era evidente que Taryn también.

—No, estoy acostumbrado, la juventud no me molesta —dijo, y sonrió—. Casi diría que es demasiado mayor para mí. —Los dos se rieron por el comentario. También le había hablado de Charlene—. Su padre es Arthur Madison. Y ya sabes lo que eso significa. No dejo de cuestionarme mis motivos. Estoy hasta el cuello de deudas. —A Taryn su sinceridad le parecía encantadora. Aquello no se lo había dicho ni siquiera a Alex—. A veces me preocupa pensar que tal vez lo que de verdad me atrae de ella pueda ser su dinero. Y otras veces estoy seguro de que no es así. Sería tan condenadamente fácil y conveniente para mí... La cuestión es: ¿la querría si no tuviera un centavo? No estoy seguro. Y mientras no lo esté, estoy atrapado. Es muy triste preguntarse algo así.

—Quizá eso no importe —apuntó ella con tono pragmático.

—Pero quizá sí —repuso él con total sinceridad, y eso lo alivió enormemente. Era la única persona con quien podía sincerarse de aquella forma, porque no tenía ninguna hacha que esgrimir, y porque él no quería nada de ella. Ni su amor, ni su cuerpo, ni su dinero. Solo quería que formara parte de su vida. Era lo más cerca que había estado nunca del amor incondicional. Y era como si hubiera pasado de la noche a la mañana, como si de algún modo él hubiera sabido que ella estaba allá fuera, en algún sitio, y la hubiera estado esperando. La necesitaba. Y tal vez, de alguna forma, Taryn también le necesitaba a él—. En cuanto el sexo y el dinero entran en el juego, todo se complica. Al menos en mi vida. —Le encantaba compartir sus secretos con ella y a él mismo le sorprendía.

—Quizá tengas razón. Yo también tuve un problema parecido con mi marido. Creamos juntos el negocio y al final, eso fue lo que nos hundió. Él quería sacar más beneficios. Yo me encargaba de los diseños y tenía el reconocimiento, y eso le ponía celoso. Al final, durante el divorcio, trató de quedarse con el negocio. Lo más fácil era venderlo y seguir adelante. Y se acostaba con mi ayudante; cuando nos separamos se fueron a vivir juntos; eso me partió el corazón.

—Te entiendo —dijo Coop asintiendo—, dinero y sexo. Siempre lo estropea todo. Entre nosotros no se interpone ni lo uno ni lo otro, y todo es mucho más fácil. —Y le hacía sentirse tan bien... Su relación con su hija se había convertido en algo muy preciado para él.

—¿Hasta qué punto estás endeudado? —preguntó ella con expresión preocupada.

—Mucho. Alex no lo sabe. No se lo he dicho. No quería que pensara que voy detrás de su dinero.

—¿Y lo haces?

—No estoy seguro —respondió sinceramente—. Desde luego sería más fácil que trabajar haciendo anuncios y sabe Dios qué otras cosas. Pero es una joven tan honesta que no quiero utilizarla. Si fuera distinta, quizá lo haría. Y tampoco quiero tu dinero —remarcó. No quería que aquello influyera en su relación o estropeara lo que tenían. Las cosas estaban bien como estaban. Entre ellos todo era limpio, y quería que siguiera así—. Lo único que necesito es un papel en una película importante, un buen papel, y entonces podré recuperarme. Pero sabe Dios si eso pasará, o cuándo. Quizá nunca. Es difícil saberlo. —Parecía tomárselo con filosofía.

—¿Y entonces qué? —Estaba preocupada. El hombre parecía algo impreciso sobre la cuestión de sus deudas.

—Siempre sale algo. —Y si no, estaba Alex, aunque no le parecía bien. Era justamente lo que le estaba diciendo. De pronto, Coop le señaló los pies.

—¿Qué pasa? —preguntó ella. Se acababa de hacer la pedicura, y llevaba las uñas pintadas de rosa. Quizá él prefería el rojo. Aunque ella siempre se las pintaba de rosa. El esmalte rojo le recordaba la sangre.

—Tienes mis pies. —Puso sus pies al lado de los de ella y los dos se rieron. Parecían gemelos. Tenían los mismos pies largos y elegantes. Ella enseñó las manos—. Y las mismas manos. —Coop no podía negarlo, ni quería. Había estado pensando en presentarla como su sobrina, pero ahora que la conocía mejor, quería presentarla como su hija. Le pidió su opinión.

—A mí me parece bien, pero no lo hagas si crees que puede perjudicarte.

—No veo por qué. Podemos decir que tienes catorce años y estás muy crecida para tu edad.

—No le diré a nadie los años que tengo —dijo, y rió. También tenían la misma risa—, para mí mucho mejor. Me resulta muy raro volver a estar soltera a mi edad. Tengo casi cuarenta años y de pronto vuelvo a estar libre. He estado casada desde los veintidós.

—Qué aburrido —la reprendió Coop y ella volvió a reírse. Le divertía charlar con él. Le encantaba estar a su lado, y a él también. No hacían otra cosa desde hacía días, como si quisieran recuperarse por los años que habían vivido separados. Ella hacía aflorar lo mejor de Coop, y él de ella—. Había llegado el momento de cambiar. Ya te buscaremos a alguien por ahí.

—Todavía no —dijo ella tranquila—. No estoy preparada. Necesito recuperarme un poco. He perdido a mi marido, mi negocio y mi madre, y he encontrado un padre en cuestión de meses. Necesito tomármelo con calma. Tengo demasiadas cosas que asimilar.

—¿Qué me dices del trabajo? ¿Vas a buscar algo por aquí? —se estaba mostrando protector.

—No lo sé. Siempre he querido probar como diseñadora de vestuario, pero supongo que es una locura. En realidad no tengo por qué trabajar. Sacamos bastante dinero de la venta del negocio y mamá me dejó lo que tenía. Mi padre... mi otro padre —dijo con una sonrisa—, me dejó bien cubierta. Puedo tomarme tiempo para decidir. Y hasta podría ayudarte a buscar una solución a tu problema. Se me da muy bien ordenar y sacar sentido a las cosas.

—Eso debía de estar en los genes de tu madre. Yo soy todo lo contrario. Le quito el sentido a las cosas y las desordeno. A mí me funciona. Conozco a la perfección el caos financiero. —Lo dijo con buen humor y humildad, y a ella le pareció entrañable.

—Si quieres que eche un vistazo a tus asuntos y te diga lo que pienso solo tienes que decirlo.

—A lo mejor puedes traducirme lo que dice mi contable, aunque es muy sencillo. Es un hombre orquesta. Básicamente dice que no compre nada y venda la casa. Es un hombrecito increíblemente aburrido.

—Está en la naturaleza de la bestia —dijo ella con tono comprensivo.

Cuando Alex estaba con ellos, también se divertían. Preparaban la cena juntos, iban al cine y hablaban sin parar. Pero, cuando llegaba el momento, Taryn siempre desaparecía discretamente. No quería inmiscuirse entre los dos. Alex le gustaba mucho y sentía un profundo respeto por el trabajo que hacía.

Un sábado por la mañana, Taryn y Alex estaban tumbadas junto a la piscina hablando del tema cuando Mark y sus hijos salieron del ala para invitados. Coop estaba en la terraza, leyendo. Estaba resfriado y no quería nadar.

Alex presentó a Taryn a los Friedman, pero no dijo quién era. No hizo falta. Mark preguntó si ella y Coop eran parientes, porque se parecían mucho, y le preguntó a Alex si se había fijado. Las dos se rieron.

—En realidad —dijo Taryn muy tranquila—, es mi padre. No nos veíamos desde hacía mucho tiempo. —La frase del siglo. Alex chasqueó la lengua. Había resuelto la situación estupendamente.

—No sabía que Coop tuviera una hija —dijo Mark con expresión perpleja.

—Él tampoco lo sabía —repuso ella con una sonrisa, y se zambulló en la piscina.

—¿Qué ha dicho? —le preguntó a Alex algo confuso.

—Es una larga historia. Ya te la contarán algún día.

Unos minutos después llegó Jimmy. Era un día caluroso, y todos querían bañarse. Mark estuvo hablando con Taryn sobre el negocio que tenía en Nueva York, y los niños estaban con unos amigos que acababan de llegar. Alex les pidió que no pusieran música porque Coop no se encontraba bien, y se mantuvieron en el extremo más apartado de la piscina, hablando y riendo. Por una vez, tuvo ocasión de hablar tranquilamente con Jimmy. Siempre había otras personas con ellos.

—¿Cómo te va? —preguntó Alex tendida en una tumbona,

mientras él se ponía protector solar en los brazos. Aunque tenía el pelo oscuro, era de piel clara. Alex se ofreció a ponerle crema en la espalda y él vaciló un momento, pero luego le dio las gracias y se dio la vuelta. Nadie había hecho eso desde que Maggie murió. Alex no se dio cuenta.

—Creo que bien. ¿Y tú cómo estás? ¿Cómo te va el trabajo?

—Muy liado. A veces creo que todo el mundo tiene bebés prematuros, o bebés con problemas. Nunca veo bebés sanos.

—Debe de ser muy deprimente —dijo él con tono comprensivo.

—No, no creas. La mayoría acaban recuperándose. Algunos no. Aún no he logrado acostumbrarme a esa parte. —Odiaba perder un bebé. Era muy triste para todos. Pero las victorias eran muy dulces—. Los niños con los que tú trabajas tampoco lo tienen fácil. Es difícil creer lo que algunas personas les hacen a sus hijos.

—Yo tampoco podré acostumbrarme nunca a eso —reconoció Jimmy. Los dos habían visto muchas cosas en sus respectivos trabajos. Y, a su manera, los dos salvaban vidas.

—¿Por qué te hiciste médico? —preguntó él, sintiendo curiosidad por una vez.

—Por mi madre —dijo ella sin más, y sonrió.

—¿También es médico?

—No —Alex sonrió—, lleva una vida totalmente inútil. Sale de compras, asiste a veladas y le hacen la manicura. Y ya está. Igual que mi hermana. Yo quería hacer lo que fuera menos eso. Costara lo que costase. —Había sido más complicado, pero no mucho. Alex siempre fue excepcionalmente buena con las ciencias—. Antes quería ser piloto de avión, cuando era pequeña. Pero me pareció muy aburrido. Con el tiempo casi es como ser un conductor de autobús glorificado. Lo que yo hago es más divertido y cada día es diferente.

—Yo también —dijo él con una sonrisa—. Cuando estudiaba en Harvard, quería convertirme en jugador profesional de hockey sobre hielo, con los Bruins. Pero mi novia me convenció de que estaría muy feo sin dientes. Y pensé que tenía razón. Aunque sigue gustándome patinar. —Él y Maggie patinaban con frecuencia, pero trató de no pensar en eso—. ¿Quién es la mujer que está hablando con Mark? —preguntó interesado, y Alex sonrió.

—La hija de Coop. Va a quedarse un tiempo con él. Acaba de llegar de Nueva York.

—No sabía que tuviera una hija. —Jimmy parecía sorprendido.

—Por lo visto también ha sido una sorpresa para él.

—Vaya, se ve que recibe muchas sorpresas como esta.

—Esta ha sido una buena sorpresa. Es muy agradable. —También Mark parecía pensarlo. Llevaban hablando una hora, y Alex se dio cuenta de que Jessica la estaba evaluando. Jason estaba demasiado ocupado tratando de ahogar a sus amigos—. Son buenos chicos —dijo Alex refiriéndose a los hijos de Friedman. Jimmy estuvo de acuerdo.

—Sí, lo son. Es un hombre afortunado, al menos con los hijos. Creo que pronto volverán con su madre. Mark los añorará mucho. —A Alex le pareció muy triste. Se le veía tan feliz con sus hijos...

—Puede que se vaya con ellos. ¿Qué me dices de ti? ¿Te quedarás aquí o volverás al Este? —Alex sabía que él era de Boston, y de pronto se le ocurrió que tal vez conociera a un primo suyo que había estudiado en Harvard por las mismas fechas.

—Me gustaría quedarme aquí —dijo Jimmy pensativo—. Aunque me da pena mi madre. Mi padre ha muerto, y ella está sola. Yo soy lo único que tiene. —Alex asintió y entonces le preguntó por su primo. Jimmy hizo una mueca—. Luke Madison era uno de mis mejores amigos cuando estudiaba. Estábamos en el mismo edificio. En el último año, los fines de semana siempre nos emborrachábamos juntos.

—Sí, creo que hablamos del mismo Luke. —Y rió.

—Me da vergüenza decirlo, pero creo que no le veo desde hace al menos diez años. Creo que se fue a Londres cuando se licenció y después le perdí la pista.

—Sigue allí. Y tiene seis hijos. Todos chicos, creo. Yo tampoco le veo mucho, excepto en las bodas, aunque yo no suelo asistir.

—¿Algún motivo en particular? —Alex le intrigaba, y también la atracción que sentía por Coop. No tenía sentido, aunque no lo dijo. A él Coop no le gustaba particularmente. Aunque no sabía el porqué. Era un desagrado instintivo. Celos, tal vez. Aquel hombre siempre estaba rodeado de mujeres, y se permitía todos sus caprichos. Iba en contra de todo lo que Jimmy creía.

—Tuve una mala experiencia... con una boda, me refiero... —explicó Alex, y él se echó a reír por la aclaración.

—Mala cosa. Si salen bien son estupendas. La mía lo fue. Aunque más que la boda, fue la vida de casados. Nosotros nos casamos por el juzgado. Era una chica estupenda.

—Siento mucho lo que pasó —dijo Alex, y lo sentía de verdad. Siempre sentía pena por él, aunque últimamente lo veía mejor. Menos angustiado, menos pálido. Y había ganado algo de peso. Las veladas con los Friedman le habían sentado bien, y por lo menos comía. Pero sobre todo disfrutaba de los niños.

—Es curioso. El dolor. A veces piensas que va a matarte. Y otras veces estás bien. Y nunca sabes cuál de los dos será cuando te levantas. Un buen día puede convertirse en un infierno. O un día que ha empezado tan mal que te gustaría morirte puede cambiar completamente. Es como el dolor físico, o una enfermedad, nunca sabes por dónde va a tirar. Creo que me estoy acostumbrando. Con el tiempo se convierte en una forma de vida.

—Me parece que el único remedio que hay para eso es el tiempo. —Quizá fuera muy trillado, pero era la verdad. Casi habían pasado cinco meses. Cuando se instaló en la casa, él mismo parecía medio muerto—. Pasa lo mismo con muchas cosas, aunque no sean tan duras. A mí me costó mucho superar mi casi boda. Años.

—Creo que eso es distinto. Se trata de la confianza. Yo perdí a una persona. Es más limpio. No hay nadie a quien culpar. Pero duele como un demonio. —Estaba siendo sorprendentemente sincero sobre el dolor que sentía y Alex tenía la sospecha de que hablar le estaba haciendo mucho bien—. ¿Cuánto te queda de residencia?

—Otro año. A veces parece que no se acaba nunca. Demasiados días y demasiadas noches. Seguramente me quedaré en UCLA cuando termine, si me aceptan. Tienen una unidad neonatal de cuidados intensivos increíble. Es una especialidad muy dura, y no hay mucho trabajo. Al principio quería dedicarme a la pediatría normal, pero esto me enganchó. La adrenalina me mantiene centrada. Creo que de otra forma me aburriría. —Aún estaban hablando del tema cuando Taryn y Mark se acercaron. Habían estado hablando de leyes tributarias y paraísos fiscales. A Mark le sorprendió que la mujer supiera tanto del tema. Y parecía interesarle lo que decía. Era casi tan alta como él y Alex sonrió al ver que se acercaban. Hacían buena pareja, y casi tenían la misma edad.

—¿De qué hablabais? —preguntó Mark cuando se sentaron.

—Del trabajo. ¿De qué íbamos a hablar? —Alex sonrió.

—Nosotros también. —Mientras charlaban, un rebaño de adolescentes volvió a lanzarse a la piscina. Alex se alegró de que Coop no hubiera bajado. Se hubiera puesto nervioso. Parecía muy apropiado que la única hija que tenía se hubiera mantenido al margen hasta los treinta y nueve años. Era la edad perfecta para un hijo suyo. Se lo dijo a Taryn el día antes, y las dos se rieron. Coop era increíblemente explícito en su desagrado por los niños.

Cinco minutos después, en la piscina, los niños empezaron a jugar a waterpolo y Mark y Jimmy se unieron a ellos.

—Es un buen hombre —dijo Taryn, refiriéndose a Mark—. Por lo que he entendido se quedó muy mal cuando su mujer se fue. Ha sido una suerte que sus hijos quisieran volver.

—A Coop no le ha hecho tanta gracia —comentó Alex, y las dos se rieron—. Son unos críos adorables —aseguró Alex.

—¿Cómo es Jimmy? —preguntó Taryn con mucho interés.

—Triste. Perdió a su mujer hace casi cinco meses. Creo que ha sido muy duro.

—¿Otra? —Parecía una epidemia, pero Alex negó con la cabeza.

—No. Fue el cáncer. Tenía treinta y dos años —dijo en un susurro, porque ahora Jimmy estaba más cerca en la piscina. Acababa de marcar un tanto para su equipo y le arrojó el balón a Jason, quien marcó un tanto más. Eran muy ruidosos, y no dejaban de salpicar por todas partes. Mientras observaba, Alex vio que Coop les hacía señales. Quería que subieran. Estaba listo para la comida—. Creo que el amo nos llama. —Alex se lo señaló a Taryn y sonrió. Incluso desde aquella distancia, se notaba que Coop estaba orgulloso de su hija. Había sido una adorable adición a su vida y se alegraba por él.

—¿Eres feliz con él? —le preguntó Taryn. Tenía curiosidad por saber qué significaría aquella relación para ella. Coop le había contado muchas cosas.

—Sí, lo soy. Es una pena que le gusten tan poco los niños. Aparte de eso, tiene todo lo que deseo en un hombre.

—¿No te importa la diferencia de edad?

—Al principio lo pensé, pero no me importa, no. A veces es como un crío.

—Pero no lo es —dijo ella sabiamente—. Con el tiempo sí importará. Y puede que mucho.

—Eso es lo que dice mi padre.

—¿No está de acuerdo? —No le sorprendía. Tener a Cooper de yerno no podía ser el sueño de ningún padre, a menos que fueran fanáticos del cine, y no parecía muy probable teniendo en cuenta quién era el padre de Alex.

—La verdad es que básicamente él no está de acuerdo con nada de lo que hago. O no mucho. Coop le preocupa.

—Es lógico. Ha llevado una vida algo peculiar. ¿Te preocupa esa chica que dice que va a tener un hijo suyo?

—En realidad no. Sobre todo porque a Coop no le importa. Y ni siquiera sabemos si de verdad es suyo.

—¿Y si lo fuera?

Alex se encogió de hombros.

—Le mandará un cheque todos los meses. Dice que no quiere saber nada de ese niño. Está muy furioso.

—Lo entiendo. Es una pena que no quiera abortar. Sería lo mejor para todos.

—Sí. Pero si tu madre lo hubiera hecho, tú no estarías aquí. Me alegro de que no lo hiciera, sobre todo por Coop. Significas mucho para él —dijo Alex con gesto afable. Era una bendición para los dos.

—También significa mucho para mí. No sabía que iba a importarme tanto. O puede que sí y por eso vine. Al principio sentía curiosidad. Pero ahora me gusta de verdad. No sé qué clase de padre hubiera sido cuando yo era pequeña, pero ahora es un maravilloso amigo. —Alex también había notado el efecto positivo que Taryn tenía sobre Coop. Era como si hubiera encontrado una parte de sí mismo que le faltaba, aunque nunca lo hubiera sabido.

Taryn y Alex saludaron a los otros y volvieron lentamente hacia la casa. Coop las esperaba.

—Son muy escandalosos —se quejó Coop. Se encontraba fatal por el resfriado.

—No tardarán en salir de la piscina —le aseguró Alex—. Van a entrar a comer.

—¿Qué os parece si los tres nos vamos a comer a Ivy? —propuso Coop; a ellas les encantó la idea. Fueron a cambiarse y volvieron veinte minutos más tarde, arregladas y listas para salir.

Coop las llevó a North Robertson en su viejo Rolls-Royce, y fueron charlando y riendo todo el camino. Se sentaron en la terraza y disfrutaron de su mutua compañía. Era una tarde agradable y tranquila y, cuando Alex miró a Coop, intercambiaron una sonrisa y ella supo que en su mundo todo estaba bien, como en el de ella.

19

Estaban casi a finales de mayo y Alex tenía que trabajar dos días seguidos en el hospital. La enfermera del mostrador le dijo que tenía una llamada. Había pasado un relajante fin de semana con Coop y, por una vez, las cosas estaban relativamente tranquilas en el trabajo.

—¿Quién es? —preguntó ella cogiendo el auricular. Acababa de volver de comer.

—No lo sé —respondió la enfermera—, se trata de una llamada interna.

Alex supuso que sería otro médico.

—Doctora Madison —dijo ella en su tono oficial.

—Estoy impresionado. —Alex no reconoció la voz.

—¿Quién es?

—Soy Jimmy. He venido para hacerme unas pruebas y he pensado saludarte. ¿Estás muy ocupada?

—No, no pasa nada. Has escogido un buen momento. Creo que todo el mundo está dormido. Mejor no lo digo muy alto, pero no hemos tenido una sola emergencia en todo el día. ¿Dónde estás? —Se alegraba de oírle; la última vez que se vieron había disfrutado mucho hablando con él. Era un buen tipo, y había tenido muy mala suerte. Le preocupaba. Si otra cosa no, necesitaba buenos amigos, y si alguna vez necesitaba un hombro donde llorar, ella estaba más que dispuesta a ofrecerse voluntaria. Y él y Mark se habían hecho buenos amigos.

—Estoy en el laboratorio principal. —Se le oía como perdido, y Alex se preguntó qué problema de salud podía tener. Estrés, seguramente, y pena.

—¿Quieres venir? Yo no puedo abandonar la planta, pero puedo ofrecerte una taza de nuestro café imbebible, si tienes estómago.

—Me encantaría —dijo él. Era lo que esperaba cuando se arriesgó a llamarla. Se sintió un poco culpable por molestarla. Alex le dijo dónde tenía que ir.

Cuando Jimmy bajó del ascensor, ella le estaba esperando y lo saludó desde el mostrador. Estaba hablando por teléfono con una madre que acababa de llevarse a su bebé a casa y que parecía llevarlo bien. El bebé estaba estupendamente. Habían tardado cinco meses en darle el alta. Era uno de los triunfos de Alex.

—Así que aquí es donde haces tu trabajo —dijo él mirando con admiración alrededor. Detrás del mostrador había un panel de cristal, y del otro lado se veía una maraña de equipos e incubadoras, luces y gente que iba de un lado a otro con batas y mascarillas. Alex también llevaba una al cuello, además el estetoscopio en un ángulo imposible y el mismo uniforme verde que había llevado todo el día. Estaba impresionado. Era imposible no estarlo. Allí Alex estaba en su elemento y brillaba con luz propia.

—Me alegro de verte, Jimmy —dijo ella cómodamente, y lo hizo pasar a su minúsculo despacho. Allí tenía el catre, siempre revuelto, donde dormía. Alex siempre hablaba con los padres en la sala de espera—. ¿Qué tipo de pruebas te están haciendo? Si no te molesta la pregunta. —Estaba preocupada.

—Cuestión rutinaria. Cada año tengo que hacerme un chequeo completo en el trabajo. Placas de tórax, test de tuberculosis, esas cosas. Me había retrasado. No dejaban de mandarme notas y yo nunca encontraba el momento de venir. Así que al final me han dicho que no podré trabajar hasta que me haga el chequeo. Y aquí estoy. He tenido que tomarme la tarde libre para venir, porque nunca sabes cuánto vas a tardar, que es la razón por la que lo he pospuesto tanto. Seguramente tendré que trabajar el sábado para recuperarlo.

—Me recuerdas mucho a mí —dijo ella sonriéndole. Fue un

alivio saber que no tenía ningún problema serio. Se descubrió mirando a sus ojos marrones y, como siempre, sintió un gran afecto por él. Aún se notaba lo mal que lo había pasado—. ¿Qué haces exactamente? —le preguntó al tiempo que le daba una taza de plástico con el venenoso brebaje. Él dio un sorbo e hizo una mueca al instante.

—Veo que servís el mismo veneno de rata que nosotros. Nosotros le añadimos un poco de arena, que le da un toque especial. —Alex rió. Ella estaba acostumbrada, pero detestaba aquel café—. ¿Que qué hago? Saco a niños de casas donde los matan a palos o donde son sometidos a abusos por sus padres, sus tíos y sus hermanos mayores... Llevo al hospital a niños con el cuerpo cubierto de quemaduras de cigarrillo... Escucho a mujeres que en el fondo son buenas personas y tienen miedo de perder la cabeza y hacer daño a sus hijos porque tienen siete y no les llega la comida para todos, ni siquiera con los cupones para alimentos, y sus maridos les pegan... Pongo en programas a niños de once años que están enganchados, o a veces de nueve... a veces me limito a escuchar... o le doy al balón con un puñado de críos. Supongo que hago lo mismo que tú, trato de cambiar las cosas cuando puedo, aunque casi nunca consigo cambiar nada por más que quiera. —Era un trabajo increíble, y Alex estaba tan impresionada con él como él con ella.

—No creo que fuera capaz de hacer lo que tú haces. Me deprimiría demasiado ver esas cosas todos los días. Yo trato con pequeñas criaturitas que llegan al mundo con un par de golpes de desventaja, y nosotros hacemos lo que podemos por ponérselo más fácil. Si hiciera lo que tú haces creo que acabaría renegando de la raza humana.

—Pues lo más gracioso es que no es así —dijo él sorbiendo su café, y entonces pestañeó. Parecía increíble, pero era peor que el que él tomaba en su trabajo—. A veces te da esperanza. Siempre piensas que algo tiene que cambiar y, de vez en cuando, pasa. Y eso basta para mantenerte en pie hasta la próxima vez. Y, a pesar de lo que sientes, tienes que estar ahí, porque si no lo haces, todo va mucho peor. Y para cualquiera de esos niños, si las cosas se ponen peor... —Su voz se perdió y sus ojos se encontraron. Alex se hacía una idea.

—¿Quieres hacer una gira? —Quizá a Jimmy le parecería interesante.

—¿Por la unidad de cuidados intensivos? —Ella asintió, y Jimmy pareció perplejo—. ¿Se puede hacer?

—Si me preguntan, diré que eres un médico que ha venido de visita. Pero si algún bebé entra en código, no te acerques. —Le pasó una bata blanca. Jimmy era de tamaño medio, pero corpulento, así que le iba algo estrecha de hombros y las mangas le quedaban algo cortas. Pero nadie se fijaría. Todos tenían un aspecto espantoso. Allí lo importante era lo que se hacía, no el aspecto que se tenía.

—No te preocupes, si alguno entra en código, echaré a correr como alma que lleva el diablo.

Pero mientras Alex estuvo paseando con él no se produjo ningún incidente, y ni siquiera la necesitaron. Alex le habló de los diferentes casos, de la situación actual de cada uno, de lo que estaban haciendo por los pequeños pacientes que estaban en las incubadoras, tan pequeños que la mayoría no llevaban ni pañales. Jimmy nunca había visto tantos tubos y aparatos, ni bebés tan pequeños. El paciente más pequeño que tenían pesaba poco más de medio kilo, aunque no creían que sobreviviera. Los habían tenido más pequeños. Cuanto mayor era el peso, más aumentaban sus posibilidades de sobrevivir. Pero los bebés más grandes también estaban expuestos a graves peligros. A Jimmy le partió el corazón ver a las madres tocando los deditos de sus hijos, esperando que hubiera algún cambio. Un acontecimiento tan feliz como tener un hijo se convertía en algo terrible, y a veces tenían que vivir con aquello durante meses antes de saber cuál iba a ser el desenlace. Aquello tenía que producir una tensión insoportable. Cuando salieron, Jimmy estaba impresionado.

—Dios, Alex, es increíble. ¿Cómo puedes aguantar tanta presión? —Si hacían algo mal, aunque fuera por una décima de segundo, o no hacían algo que tenían que haber hecho, había una vida en juego y la vida de una familia podía cambiar para siempre. Él no hubiera podido soportar un peso tan grande y la admiraba enormemente por lo que hacía—. Creo que me daría muchísimo miedo venir a trabajar cada día.

—No, no es verdad. Lo que tú haces es igual de duro. Si se te pasa algún detalle o no te das cuenta de lo que pasa o no actúas con la suficiente rapidez, algún pobre niño puede morir, ser asesinado, sufrir un daño irreversible. Necesitas el mismo tipo de instinto que yo. La misma idea, aplicada a un lugar diferente.

—También hay que tener un gran corazón para hacer esto —dijo él con dulzura, y sí, Alex lo tenía. Jimmy ya lo había notado, y precisamente por eso no entendía qué hacía con alguien como Coop. Él solo se preocupaba por sí mismo, y ella siempre se preocupaba por los demás. A lo mejor por eso funcionaba.

Se quedaron charlando junto al mostrador durante un rato; entonces requirieron la presencia de Alex para evaluar a un paciente y hacer una consulta con uno de los médicos.

—Gracias por dejarme venir un rato —dijo él con gesto reverente—. Estoy realmente impresionado.

—Se trata de trabajar en equipo —dijo ella honestamente—. Yo solo soy una pieza más del engranaje. Una pieza muy pequeña —dijo con humildad cuando él la abrazaba. Jimmy saludó cuando las puertas del ascensor se cerraban, y luego Alex volvió al trabajo.

No volvió a verlo hasta el sábado siguiente por la tarde. Milagrosamente, había conseguido otro sábado libre, pero tenía que trabajar el domingo. Ella y Taryn estaban en la piscina con Coop, Mark y los niños cuando Jimmy llegó andando desde su casa. Taryn llevaba puesto un enorme sombrero, como siempre, y Coop estaba sentado a la sombra de su árbol favorito. Según él, la pureza de su piel y su aire juvenil los debía al hecho de no tomar nunca el sol. Y le complació ver que Taryn hacía lo mismo. No dejaba de llamarle la atención a Alex porque tomaba mucho el sol.

Automáticamente Alex evaluó el aspecto de Jimmy y le pareció que se le veía más descansado. Trataba al resto del mundo como si fueran pacientes, y le resultaba difícil no fijarse en su aspecto, su comportamiento o sus movimientos. Era como si nunca pudiera aparcar sus radares de médico. Se rió de sí misma. Jimmy sonrió al verla y le estrechó la mano a Coop, mientras Mark y Taryn seguían charlando de algo que por lo visto los fascinaba a los dos. Por una vez, los niños no habían invitado a sus amigos, así que todo estaba bastante tranquilo. Últimamente, con el buen tiempo, había una fiesta continua en la piscina, aunque ese día solo estaban los habitantes de La Villa, y para Coop fue un alivio. Ya eran un grupo suficientemente grande sin necesidad de que viniera nadie más.

Coop estaba de muy buen humor desde la llegada de Taryn. Pasaban mucho tiempo juntos, y la había llevado a comer a Spago, Le Dome, y sus otros restaurantes predilectos. Le encantaba enseñarla por todas partes y presentarla como su hija. Nadie parecía sorprenderse, se limitaban a dar por sentado que habían olvidado que tenía una hija ya adulta. Además, Taryn tenía un aspecto respetable. Coop la presentaba a todo el mundo, y ella estaba disfrutando de lo lindo conociendo el mundillo de Hollywood. Siempre que se veían, se lo contaba todo a Alex. Era un mundo nuevo para ella, y le parecía muy divertido. Y, tarde o temprano tendría que tomar una decisión y volver a Nueva York o hacer algo en Los Ángeles. Aunque no tenía prisa. Se estaba divirtiendo mucho, y no había presiones.

Alex pensaba que su influencia sobre Coop había sido muy positiva. Aunque antes era maravilloso, ahora parecía más asentado y más interesado por la vida de los demás. No estaba tan pendiente de sí mismo. En realidad, parecía como si de verdad le importara cuando le preguntaba a Alex qué había hecho en el trabajo. Pero, cuando ella respondía, seguía poniendo un poco cara de perplejidad. Las complicadas intervenciones médicas en las que participaba en el hospital le superaban, como le hubiera pasado a la mayoría de la gente. Pero al menos se le veía feliz y más dócil.

Tenía algo de trabajo, aunque no el suficiente, decía él. Abe seguía con sus quejas. Y había tenido noticias de Liz, que se quedó perpleja al enterarse de la cantidad de gente que vivía ahora en la casa. Le preocupaba que los hijos de Friedman lo molestaran y le conmovió la historia de Taryn.

—Coop, le dejo cinco minutos y se rodea de gente completamente nueva. —Al igual que a Alex, le pareció que sonaba notablemente tranquilo y satisfecho. Más de lo que nunca lo había estado. Y, cuando le preguntó por Alex, la respuesta de Coop fue algo ambigua. Él tenía sus propias dudas, pero no las compartía con nadie. Cada vez pensaba con más frecuencia que si se casaba con ella, nunca tendría que volver a trabajar. Y si no lo hacía, tendría que estar haciendo papeles insignificantes de por vida. Resultaba tan tentador dejarse llevar, pero detestaba coger el camino más fácil, incluso a su edad. Su lado más práctico le decía que se lo había ganado. Pero era una mujer tan honesta y buena y trabajaba tanto que no podía aprovecharse de ella. La amaba, y la idea de una vida fácil resultaba tentadora. Sus preocupaciones financieras quedarían resueltas definitivamente, pero por otro lado, tenía miedo de que ella lo dominara. Ella hubiera tenido derecho a obligarle a hacer lo que quisiera, o al menos intentarlo, y eso a él lo mataba. De momento, no veía ninguna solución. Alex vivía ajena a todas esas preocupaciones y estaba convencida de que la relación iba bien. Salvo los escarceos de Coop con su conciencia. Para su disgusto, parecía crecer en su interior como un tumor benigno. La conciencia nunca había sido problema para él, pero Alex había aportado algo nuevo a su vida, como una especie de luz blanca que hacía que algunas cosas aumentaran de tamaño y otras se encogieran. Y sus conversaciones con Taryn solo hacían que fomentarlo. Eran dos mujeres extraordinarias, que le habían marcado profundamente. Más de lo que hubiera podido soñar o querer. Antes, sin el peso de la conciencia, la vida era sencilla. Y, le gustara o no, las voces que oía en su cabeza parecían tener la intención de quedarse. Ahora lo único que necesitaba era una respuesta a sus preguntas. La estaba buscando.

Caía la tarde. Jimmy se había ido con Jason a comprar material deportivo, Jessie estaba sentada en el extremo más alejado de la piscina pintándose las uñas con una amiga, Taryn y Mark seguían charlando tranquilamente y Coop se había dormido bajo el árbol. Mark se volvió hacia Alex e invitó a los habitantes de la casa grande a cenar con ellos. Los ojos de Alex se dirigieron rápidamente a los de Taryn, quien asintió casi imperceptiblemente, así que Alex aceptó en nombre de todos. Cuando Coop despertó y los otros se hubieron ido, se lo dijo.

—Siempre están con nosotros —se quejó Coop. Mark y Taryn estaban tratando de jugar al tenis en la pista defectuosa y estaban solos. Así que Alex fue sincera.

—Me parece que a Taryn le gusta Mark. Creo que el sentimiento es mutuo y ella quería que aceptara. No tenemos que ir si no quieres, puede ir ella sola.

—No, no pasa nada. Haré lo que haga falta por mi única hija —dijo noblemente con una mueca—. Ningún sacrificio es lo bastante grande por un hijo.

En realidad, le encantaba tener una hija de casi cuarenta años, porque nadie tenía muy claro cuál era su edad. Pero aquel comentario le hizo pensar en Charlene. Había vuelto a pedir dinero a través de sus abogados. Quería un piso más grande en un vecindario mejor, preferiblemente cerca de donde él vivía en Bel Air, y preguntaba si podía utilizar su piscina, ya que se sentía demasiado indispuesta para ir a ninguna parte. Coop se puso hecho una furia cuando sus abogados le llamaron y dijo que no pensaba darle nada hasta que se hicieran las pruebas de paternidad. Para eso aún faltaban cinco o seis meses. Hasta entonces, y seguramente después, dada la forma en que se había comportado, era persona non grata en La Villa y en cualquier otro sitio relacionado con él. Su abogado dulcificó debidamente el mensaje y lo transmitió a la oposición.

Alex lo sentía por él. Era una situación terrible. Y creaba una cierta presión sobre ellos. Sabía que a Coop le preocupaba lo que aquello podría suponer para sus finanzas. Recientemente se había dado el caso de una joven que consiguió veinte mil dólares al mes para mantener a su bebé de un hombre con el que había tenido una aventura de dos meses. Pero, como Alex le señaló a Coop para tranquilizarlo, el padre de la criatura era una famosa estrella de rock con una renta ingente. Coop no estaba ni mucho menos en esa situación. Y Alex era particularmente consciente de ello tras su conversación con su padre. Coop nunca hablaba de sus deudas, y gastaba el dinero con descuido. Pero sabía que, en el fondo de su mente, debía de estar preocupado por el dinero que tendría que pagarle a Charlene para mantener al bebé si era suyo.

Aquella noche los tres bajaron al ala para invitados puntualmente, a las siete. Taryn vestía blusa y pantalones anchos de seda azul claro que le sentaban muy bien. Los había diseñado ella misma la temporada anterior, antes de cerrar el negocio. Alex llevaba pantalones de seda rojos y una blusa blanca, con sandalias doradas de tacón. Parecía más que nunca una modelo o una bailarina, no un médico. Estaba muy lejos de las batas, los zuecos y las trenzas que llevaba en el trabajo, y a Jimmy le gustó la diferencia cuando se unió al grupo para la cena.

Durante la cena Jimmy describió su gira por la unidad de cuidados intensivos, mientras Taryn y Jessie ayudaban a servir los excelentes espaguetis a la carbonara que Mark había preparado. Jimmy había traído la ensalada. Para postre había tiramisú. Coop había puesto dos botellas de un excelente Pouilly-Fuissé. Todos escucharon fascinados cómo Jimmy hablaba del trabajo de Alex. A ella le impresionó comprobar las cosas que había asimilado y solo tuvo que corregirlo en un pequeño detalle, sobre un bebé con un grave problema de corazón y pulmones. Pero el resto lo recordaba correctamente.

—Veo que sabe mucho sobre lo que haces, Alex —comentó Coop secamente cuando subían hacia la casa. Era más de media noche, pero Taryn había decidido quedarse un rato más charlando con Mark y Jimmy. Los niños estaban fuera con unos amigos y pasarían la noche en su casa. Había sido una velada agradable—. ¿Cuándo fue a verte? —preguntó con tono frío, y a Alex le sorprendió su tono. En realidad parecía celoso y, aunque era innecesario, le conmovió. Era bonito ver que la quería tanto.

—Esta semana tuvo que hacerse unas pruebas para el trabajo. Luego se pasó para tomarse un café y le hice una visita guiada por la unidad de cuidados intensivos. Parece que escuchó con mucho detenimiento. —Mucho más de lo que ella creía. Pero Coop sí se había dado cuenta. Sabía muy bien cómo funcionan los hombres. Y, esa noche, no solo se fijó en que Jimmy se sentaba al lado de Alex, sino que la monopolizó durante casi toda la velada. Alex no se dio ni cuenta, y no dejó de lanzar miradas a Coop, que estaba sentado entre Taryn y Mark. Pero, desde su sitio en la cabecera de la mesa, vio perfectamente todo lo que pasaba. Estuvo vigilando a Jimmy toda la noche.

—Creo que está colado por ti —dijo Coop bruscamente, y no parecía muy contento. Jimmy tenía una edad mucho más parecida y sus trabajos tenían cierta relación. El de Coop era de una galaxia diferente, y no pensaba empezar a competir con hombres que tenían la mitad de su edad. No toleraría semejante indignidad. Él estaba acostumbrado a ser la única estrella del firmamento y era lo que esperaba. Le gustaba que todo girara a su alrededor.

—No seas tonto, Coop —le reprendió ella—. Está demasiado deprimido para estar colado por nadie. Está completamente hundido desde que murió su mujer. Dice que no puede dormir, ha perdido el apetito. De hecho, me quedé muy preocupada cuando me lo contó el otro día. Creo que tendría que tomar antidepresivos. Pero no dije nada, no quería preocuparle.

—¿Y por qué no se los recetas tú? —dijo Coop en un tono muy desagradable y Alex lo rodeó por el cuello y lo besó.

—No soy su médico. En cambio a ti si puedo recetarte una cosa —dijo deslizándole las manos por el interior de la camisa. Él se relajó un poco. Estaba claro que no había disfrutado de la velada como ella. A ella le gustaba estar con los otros, charlar. Era divertido tener a personas tan compatibles tan cerca, en la misma propiedad—. Hablando de romances, creo que Mark y Taryn se gustan. ¿Tú qué opinas?

Él pareció vacilar y luego asintió. A él Mark le parecía aburrido.

—Taryn puede aspirar a algo mejor. Es una mujer fabulosa, y quiero presentársela a algunos de los productores que conozco. Ha tenido una vida muy aburrida y formal, y ese marido al que dejó debía de ser un perfecto imbécil. Creo que lo que necesita es glamour y emoción. —A Alex le pareció que se estaba saliendo por la tangente. Taryn no tenía la cabeza llena de pájaros, era una de las cosas que le gustaban de ella. Era realista y prosaica, necesitaba una persona real. Pero para Taryn era un gran cumplido que su padre quisiera presentarla a sus amigos y socios. Tenía toda la razón del mundo para estar orgulloso de ella.

—Ya veremos qué pasa —comentó Alex ambiguamente.

Se acostaron y Coop le hizo el amor. Cuando terminó, él se sentía mejor, como si hubiera proclamado su autoridad sobre su territorio. Le ponía nervioso tener a hombres más jóvenes cerca, sobre todo porque veía que Alex lo pasaba bien con ellos.

Cuando despertó a la mañana siguiente, ella se había ido al

trabajo. Y él y Taryn fueron a Malibú a visitar a unos amigos. Casi eran las diez de la noche cuando Coop la llamó. Ella había tenido un día muy ocupado; Coop y Taryn se habían divertido. En su voz no había la petulancia que le notó la noche antes. Le dijo que se verían al día siguiente cuando saliera del trabajo, a las seis de la tarde. Él había prometido llevarla a ver una película que tenía muchas ganas de ver y ella esperaba el momento con impaciencia.

Alex habló con Taryn un momento. Ahora casi parecían una familia. Al día siguiente saldría con Mark a cenar, y Alex se alegró por ella.

Poco después, Alex se acostó en su despacho. Cuando tenía guardia siempre dormía con la ropa de hospital puesta. Tenía los zuecos al lado por si tenía que salir corriendo. Nunca se dormía muy profundamente y estaba atenta al teléfono, incluso cuando dormía. A las cuatro de la mañana sonó el teléfono y ella se levantó sobresaltada y contestó.

—Madison —dijo, aclarándose la cabeza. En cuestión de segundos ya estaba completamente despierta. Se sorprendió mucho cuando oyó que era Mark. Algo tenía que haberle pasado a alguno de sus hijos o a Coop. Pero entonces se dio cuenta de que, de haberse tratado de Coop, hubiera llamado Taryn—. ¿Ha pasado algo? —preguntó enseguida. Por la hora en que llamaba era evidente.

—Ha habido un accidente —dijo él algo alterado.

—¿En la casa? —quizá los dos estaban heridos, Coop y Taryn. Pero Taryn no estaba con Coop. Mark no le dijo que había dormido con él. Había bajado a tomar una copa con él por la noche y, como los niños estaban en casa de unos amigos, pudieron disponer de una velada para ellos solos.

—Un accidente de coche —apuntó él rápidamente.

—¿Coop? —Alex contuvo la respiración, plenamente consciente de lo mucho que le quería. No necesitaba ningún accidente para darse cuenta. Lo sabía.

—No. Es Jimmy. No sé qué ha pasado. El otro día precisamente estuvimos comentando que no tenemos ningún pariente cercano a quien llamar en la ciudad si a alguno nos pasaba algo. Debía de llevar mi nombre con la documentación. Acaban de avisarme. Lo han llevado a la UCLA. Creo que está en la unidad de traumatología o algo así. He pensado que podías pasarte a ver cómo está. Taryn y yo llegaremos lo antes posible.

—¿Han dicho algo sobre su estado? —Alex sonaba preocupada.

—Nada. Solo han dicho que era grave. Se salió de la carretera en Malibú y cayó unos trescientos metros. El coche ha quedado destrozado.

—Mierda. —De pronto se le ocurrió que quizá no había sido un accidente. Había estado muy deprimido desde que perdió a Maggie—. ¿Le has visto hoy, Mark?

—No, no le he visto. —La noche anterior parecía que estaba bien, pero eso no significaba nada. Con frecuencia, los suicidas parecen más felices cuando toman la decisión. Incluso eufóricos. Aunque, durante la cena del sábado, ella lo vio normal.

—Iré a traumatología en cuanto encuentre a quien me sustituya.

Alex llamó a otro de los residentes en cuanto colgó. Era un tipo agradable a quien conocía bien y que la había sustituido otras veces. Le explicó lo que pasaba y le dijo que solo necesitaría media hora, lo suficiente para ir a traumatología y comprobar la situación. El hombre dijo que no había problema y se presentó, diez minutos más tarde, con cara de sueño. Ella ya había llamado a traumatología; lo único que pudieron decirle por teléfono fue que Jimmy estaba en estado crítico. Llevaba una hora allí y le estaban atendiendo.

Cuando Alex llegó, habló con el residente en jefe, quien le dijo que Jimmy se había roto las piernas, un brazo, la pelvis, tenía traumatismo craneal y estaba en coma. No era un cuadro muy halagador. Entró para verlo, pero se quedó a un lado para no entorpecer el trabajo de los médicos. Lo habían intubado, y estaba conectado a una docena de aparatos. Sus constantes vitales eran irregulares y su cara estaba tan magullada que casi no lo reconocía. Cuando Alex le vio, se le encogió el corazón.

—¿Es muy grave la lesión de la cabeza? —le preguntó al residente jefe cuando volvió a verlo, y este negó con la cabeza.

—Aún no lo sabemos. A lo mejor ha tenido suerte. El electroencefalograma tiene buen aspecto. Pero está en un coma muy profundo. Todo depende de lo que se inflame el cerebro, y eso es imposible predecirlo. Y de si sale o no del coma. —Pero, por el momento, habían decidido esperar antes de operar para aliviar la presión. Con un poco de suerte bajaría por sí sola. El tiempo era fundamental. Y la suerte. En un momento de calma, Alex se acercó. Para entonces ya le habían escayolado el brazo y las piernas, y lo habían limpiado, pero tenía muchas heridas.

Salió a la sala de espera y vio que Mark y Taryn ya estaban allí, con expresión asustada.

—¿Es muy grave? —preguntó Taryn antes de que Mark tuviera tiempo de decir nada.

—Está mal —dijo Alex con calma—. Podría ser peor. Y es posible que empeore antes de empezar a mejorar. —No dijo «si es que mejora», aunque lo pensó.

—¿Qué crees que ha pasado? —le preguntó Mark. Jimmy no bebía mucho, y no era probable que condujera estando bebido. Pero Alex no quería compartir sus sospechas con ellos. Se lo había comentado al doctor. En aquellos momentos eso no cambiaba nada, pero más tarde quizá sí. Si había intentado suicidarse, tendrían que vigilarlo muy de cerca cuando saliera del coma.

—¿Conoces a este hombre? —le había preguntado el doctor. Ella le dijo que eran amigos y le habló de Maggie. Él lo anotó, y añadió un signo de interrogación en un círculo rojo.

Alex explicó a Taryn y a Mark con la mayor sencillez posible lo que podía suponer la inflamación del cerebro.

—¿Me estás diciendo que podría haber muerte cerebral? —Mark estaba horrorizado. Él y Jimmy se habían hecho buenos amigos aquellos últimos meses y no quería que le pasara nada malo.

—Podría, pero esperemos que no pase. Todo depende de lo que tarde en salir del coma. De momento hay actividad cerebral y lo tenemos bajo supervisión continua. Si hay algún cambio lo sabremos enseguida.

—Jesús —dijo Mark pasándose la mano por el pelo con aire trastornado. Taryn estaba tan angustiada como él—. Alguien tendría que avisar a su madre.

—Sí, eso creo —dijo Alex con calma. Siempre cabía la posibilidad de que se les escapara, y su estado era muy grave—. ¿Queréis que llame yo? —Aquel tipo de llamadas nunca eran fáciles y, aunque no lo pasaba precisamente bien, dar las malas noticias formaba parte de su trabajo. Quizá para ella sería más fácil.

—No. Yo la llamaré. Se lo debo a Jimmy. —Mark no era una persona comodona. Fue hasta un teléfono y sacó de la cartera el número que Jimmy le había dado. Nunca se le había ocurrido que tendría que utilizarlo, solo había sido una medida de precaución. Y sin embargo, allí estaba, llamando a la madre de Jimmy para decirle que estaba en coma.

—¿Qué aspecto tiene? —le preguntó Taryn en voz baja cuando Mark fue a hacer la llamada, y Alex puso expresión desdichada.

—Está muy mal. Siento mucho que le haya pasado esto —dijo, y las dos se cogieron de las manos y esperaron a que Mark volviera. Cuando regresó, él se estaba enjugando los ojos, y tardó unos momentos en recuperar la compostura.

—Pobre mujer. Me siento como un verdugo. Por lo que Jimmy me dijo, es lo único que tiene. Es viuda, y Jimmy es su único hijo.

—¿Es muy mayor? —preguntó Alex, inquieta por la salud de la mujer.

—No lo sé, nunca se lo pregunté —repuso Mark pensativo—. Por la voz no me ha parecido muy mayor, pero no lo sé. Se puso a llorar en cuanto se lo dije. Dijo que tomaría el primer vuelo. Estará aquí dentro de ocho o nueve horas.

Alex volvió a comprobar cómo estaba Alex, pero no se había producido ningún cambio y ella tenía que volver a su trabajo. Dejó a Mark y Taryn en la sala de espera pero, antes de irse, Mark le preguntó si pensaba llamar a Coop. Eran las cinco de la mañana, demasiado temprano para él.

—Esperaré un poco. Lo llamaré hacia las ocho. —Les dijo su extensión y su número de busca para que la avisaran si pasaba cualquier cosa. Se abrazaron, y cuando Alex los dejó, Taryn apoyó la cabeza en el hombro de Mark.

Afortunadamente, la mañana fue bastante tranquila para Alex que, tal como había dicho, poco después de las ocho llamó a Coop. Aún estaba dormido y le sorprendió que lo llamara tan temprano, aunque dijo que no le importaba. De todos modos quería levantarse pronto porque su entrenador llegaría a las nueve y quería desayunar en cuanto llegara Paloma.

—Anoche Jimmy tuvo un accidente —le dijo ella con tono sombrío en cuanto lo notó completamente despierto.

—¿Cómo lo sabes? —A Alex le pareció extraño, pero hubiera jurado que hablaba con recelo.

—Mark me llamó. Él y Taryn están abajo, en la unidad de traumatología. Se salió de la carretera en Malibú Canyon Road. Tiene un montón de huesos rotos y está en coma.

Coop habló debidamente impresionado por la noticia. A lo largo de los años había visto muchas cosas tristes y desagradables y, a pesar de las esperanzas que pudiera tener uno, está claro que a la buena gente siempre le pasaban cosas malas.

—¿Crees que saldrá de esta?

—Es difícil saberlo en estos momentos. Podría pasar cualquier cosa. Todo depende de la inflamación del cerebro, de cómo le afecte, y del tiempo que tarde en salir del coma. Los huesos rotos no le matarán. —Pero lo otro sí podía matarle.

—Pobre hombre. No tiene mucha suerte, ¿verdad? Primero lo de su mujer y ahora esto. —Alex no le dijo que sospechaba que él mismo lo había provocado. No tenía ninguna prueba, solo su intuición y lo poco que sabía de él—. Bueno, mantenme informado.

—¿Quieres venir y quedarte un rato con Taryn y Mark? —Alex hubiera esperado que Coop se ofreciera, pero no se le ocurrió. No podía hacer nada por Jimmy. Ahora se trataba de esperar. Y de todos modos, odiaba los hospitales. Le ponían nervioso, excepto cuando alguna vez iba a ver a Alex abajo.

—No creo que les sirviera de gran cosa —repuso Coop con buen juicio—. Y es demasiado tarde para cancelar la hora con el entrenador. —Una excusa curiosa. Pero Coop lo dijo de forma instintiva. No quería ver a Jimmy cubierto de tubos. Esas cosas le impresionaban mucho.

—Están muy preocupados —insistió Alex, pero Coop no se daba por aludido. Quería evitar las realidades de la situación.

—Es comprensible —dijo Coop con calma—. Pero hace muchos años descubrí que quedarse esperando en un hospital no ayuda a nadie. Solo consigues deprimirte y molestar a los médicos. Diles que los llevaré a comer a algún sitio si siguen allí a mediodía, aunque espero que no. —Se negaba a reconocer la gravedad del asunto, Alex lo sabía, porque eso se lo hacía más fácil.

—No creo que quieran dejar solo a Jimmy —ni tampoco creía que estuvieran de humor para salir a comer, pero Coop se negaba a participar del trauma. Era algo que no quería hacer, bajo ningún concepto. Le hubiera alterado demasiado.

—Si lo que dices es cierto, y estoy seguro de que lo es, Jimmy no notará ninguna diferencia tanto si se quedan agobiados en esa sala de espera como si salen a comer a Spago. —A Alex el comentario le pareció de muy mal gusto, pero no dijo nada. Desde luego, era una forma diferente de enfocar el asunto. Y por experiencia Alex sabía que la gente reacciona de formas muy curiosas al estrés. Coop parecía negarse a reconocerlo.

A las diez volvió a llamar a traumatología. No había cambios. Lo único que Mark sabía era que la señora O'Connor ya estaba en un avión. Si todo iba bien, llegaría al hospital poco después de las doce. En su hora de descanso, Alex bajó a ver a Jimmy. Mark y Taryn seguían sentados en el mismo sitio. Mark tenía un aspecto terrible, y Taryn había estado fuera fumando un rato. Alex los saludó a los dos y luego fueron a la unidad de cuidados intensivos a ver a Jimmy. Lo tenían aislado, y controlaban rigurosamente su evolución. Alex habló un momento con una enfermera. Si acaso, el coma era más profundo. Las cosas no pintaban muy bien para Jimmy.

Alex permaneció en silencio a su lado y, con delicadeza, le acarició el hombro desnudo. Estaba conectado a todo tipo de monitores y aparatos. Tenía intravenosas en ambos brazos y necesitaba sangre para compensar las hemorragias internas. En el ranking de las heridas, las suyas estaban entre las más graves.

—Hola —dijo con suavidad cuando la enfermera salió y lo dejó a solas con él. Sabían que ella podía estar atenta a los monitores, y todos los datos aparecían en otros dos monitores fuera de la habitación—. ¿Qué estás haciendo aquí? Lo mejor será que te levantes ya. —Mientras hablaba, sentía que los ojos le escocían por las lágrimas. En su trabajo veía tragedias como aquella a diario, pero aquello era diferente. Jimmy era su amigo y no quería que muriera—. Sé que añoras a Maggie... pero nosotros también te queremos... tienes una vida esperándote ahí fuera... Jason se va a llevar un disgusto si te pasa algo... Tienes que volver, Jimmy, tienes que hacerlo. —Las lágrimas empezaron a deslizarse por sus mejillas. Durante media hora estuvo allí, hablándole, con firmeza pero también con suavidad. Y al final, le besó en la mejilla, volvió a tocarle el brazo y volvió con los otros, que la esperaban en la sala de espera.

—¿Cómo está? —preguntó Mark aún con cara de pánico. Taryn parecía agotada. Tenía la cabeza echada hacia atrás contra la silla, y los ojos cerrados. En cuanto oyó a Alex, abrió los ojos y se incorporó.

—Más o menos igual. Quizá le ayude oír la voz de su madre.

—¿De verdad crees que eso cambiará algo? —Taryn parecía sobresaltada. Había oído aquello otras veces, pero no acababa de creerlo.

—No lo sé —repuso Alex sinceramente—. He oído a personas que dicen haber oído cómo les hablaban estando en coma, cuando nadie pensaba que pudieran oír nada. La gente vuelve de las puertas de la muerte por las cosas más extrañas. La medicina es un arte además de una ciencia. Si pensara que así podría salvar a alguno de mis bebés, quemaría plumas de pollo y mataría cabras sin pensármelo dos veces. Y hablarle no le hará ningún daño.

—Quizá todos tendríamos que hacerlo —dijo Mark con aspecto nervioso. Le aterraba el encuentro con la madre de Jimmy. Y Alex había aumentado su preocupación. No tenía ni idea de lo mayor que podía ser, y si era muy mayor y frágil, quizá aquello sería demasiado para ella—. ¿Podemos verle? —Le habían visto antes, un momento, desde la puerta, pero ahora parecía haber mucho menos trajín a su alrededor. Alex fue a preguntar y los llamó. Ella estaba más acostumbrada a aquel tipo de escenas. Taryn aguantó un par de minutos y salió llorando. Y Mark permaneció inquebrantable junto a su amigo y le habló, como Alex había indicado. Al cabo de unos minutos, estaba tan acongojado que tuvo que parar. Jimmy no tenía buen color y, aunque aún no estaba in extremis, tenía aspecto de estar muriéndose. Era una posibilidad. Alex lo sabía, e incluso Mark se daba perfecta cuenta.

Después de aquello los tres se quedaron sentados en la sala de espera, llorando por su amigo. Había sido una mañana terrible, y estaban asustados y cansados.

Luego Alex volvió a su trabajo pero, antes de que se fuera, Mark le preguntó si Coop iba a ir.

—No creo —dijo ella muy pausada—. Esta mañana tenía un compromiso. —No tuvo valor para decirles que era con su entrenador. Sabía que eso no era más que una excusa y, acertadamente, intuía que Coop tenía miedo de ir. Aquello no era lo suyo.

Cada hora Alex llamaba a traumatología para preguntar. A las doce y media Mark la avisó por el busca de la llegada de la señora O'Connor. En cuanto llegó pasó a ver a Jimmy.

—¿Cómo está? —preguntó Alex, muy preocupada por aquella mujer a quien no conocía. Sabía que cuando viera a su hijo se le partiría el corazón.

—Está muy confusa. Pero ¿quién no lo estaría? —Por la voz parecía que Mark había estado llorando. Lloraba desde primera hora de la mañana, y a Alex eso la conmovió, igual que a Taryn. Ella casi no conocía a Jimmy, pero estaba muy afectada. Era una tragedia, aunque si moría, al menos no tenía hijos que quedaran huérfanos. Algo es algo, aunque era flaco consuelo.

—Bajaré en unos minutos —prometió, pero casi eran las dos cuando consiguió un momento—. ¿Dónde está su madre?

—Sigue dentro con él. Lleva casi una hora allí. —No hubieran sabido decir si era buena o mala señal. Pero a Alex le pareció comprensible. Aunque ya tuviera treinta y tres años, para su madre Jimmy seguía siendo su niño. No era muy distinto de las madres que veía en su unidad, angustiadas, solo que ella había tenido más tiempo para conocerlo y amarlo, y tenía mucho más que perder. Alex sabía que debía de estar destrozada.

—No quiero molestarla —dijo Alex algo precavida, pero los otros dos la convencieron de que fuera a echar un vistazo. Así que entró, aunque se había prometido que no diría quién era si veía que resultaba incómodo. Sin embargo, se llevó una sorpresa. No había ninguna viejecita allí dentro. La mujer que vio era atractiva, menuda y con aspecto juvenil; tendría cincuenta y pocos años, aunque con la cola de caballo y sin maquillar aparentaba menos. Había viajado hasta allí desde Boston en tejanos y con un jersey negro de cuello vuelto, y era una versión femenina y más guapa de Jimmy, aunque ella tenía una figura esbelta, no atlética como su hijo, y unos ojos grandes y azules, en vez del marrón oscuro de los de Jimmy. Pero sus facciones recordaban las de su hijo.

Estaba en pie, hablando con tiento cerca de la cabeza de su hijo, igual que había hecho Alex por la mañana. Cuando Alex entró, levantó la vista. Supuso que sería una enfermera o alguno de los médicos. Todos llevaban la misma ropa y los mismos aparatos.

—¿Algo está mal? —La mujer miró con horror a los monitores y luego volvió a mirar a Alex.

—No, lo siento... Soy amiga de Jimmy... Trabajo aquí. Esta es una visita extraoficial. —Valerie O'Connor la miró con tristeza y, por un momento, los ojos de las dos mujeres se encontraron. Luego la madre se puso a hablarle de nuevo a su hijo.

Cuando volvió a levantar la vista, Alex seguía allí y Valerie dijo:

—Gracias.

Alex volvió con los otros. Al menos se alegraba de que la mujer fuera lo bastante joven para soportar la impresión. Ni siquiera parecía lo bastante mayor para tener un hijo de la edad de Jimmy. Lo había tenido a los veinte años, y ahora tenía cincuenta y tres, aunque en sus días buenos aparentaba como mínimo diez años menos.

—Parece una mujer agradable —dijo Alex al sentarse junto a ellos, con sensación de agotamiento. Era mucho más duro tratar con amigos que con pacientes.

—Jimmy la quiere con locura —dijo Mark con mirada inexpresiva.

—¿Habéis comido? —preguntó Alex, y los dos negaron con la cabeza—. Tendríais que bajar a la cafetería y tomar algo.

—No podría comer nada —dijo Taryn con aspecto enfermizo.

—Yo tampoco —agregó Mark. Se había tomado el día libre en el trabajo y no había salido de la sala de espera en las nueve horas que llevaban allí—. ¿Va a venir Coop? —volvió a preguntar. Le sorprendía que no se hubiera presentado. Tenía que haber estado allí con ellos.

—No lo sé. Tengo que llamarle —repuso Alex. Dentro de tres horas y media se acababa su turno y había pensado quedarse por allí para ver cómo evolucionaba Jimmy. Mark tendría que volver a casa con sus hijos y Taryn necesitaba descansar, porque parecía agotada. Pero se había portado como una campeona.

Cuando volvió a su planta, Alex llamó a Coop. Él acababa de levantarse de una siesta junto a la piscina y se le oía animado.

—¿Cómo vamos, doctora Kildare? —preguntó él bromeando, y a Alex le pareció de lo más inapropiado. Por lo visto no comprendía la gravedad del estado de Jimmy. Así que se lo explicó con mayor detalle—. Lo sé, cariño, lo sé —dijo él con suavidad—. Pero yo no puedo hacer nada, así que no veo por qué me iba a deprimir. Vosotros tres ya parecéis bastante preocupados. No creo que pueda aportaros nada. Que me ponga histérico como vosotros no ayudará a Jimmy. —Quizá tuviera razón, pero a Alex le molestó mucho que lo dijera. No parecía que le diera ninguna importancia, y sin embargo hubiera tenido que estar allí con ella, tanto si le gustaban los hospitales como si no. Una persona a la que conocían podía morirse en cualquier momento e incluso ella, con su formación médica, no podía hacer como si tal cosa. Quizá a la edad de Coop la vida y la muerte imponían menos, o asustaban más. Quizá una vez que habías visto morir a algún ser querido ya no te afectaba tanto. Pero a Alex su actitud de rechazo le resultaba chocante—. Además, odio los hospitales, excepto cuando voy a verte a ti. Los médicos me ponen de los nervios. Es tan desagradable... —A veces la vida es desagradable, pensó Alex, y pensó también en todas las cosas desagradables que había tenido que sufrir Jimmy con la muerte de Maggie. Según le contó, fue él quien la estuvo cuidando hasta el último momento y no quiso que le mandaran ninguna enfermera. Sentía que le debía aquello a su mujer, quería hacerlo. Pero cada persona es diferente. A Coop no se le daban bien las cosas que no eran bonitas o agradables. Y un coma no era agradable, ni un accidente, ni el aspecto de Jimmy. Sin embargo, al no dar la cara, Coop les estaba fallando a todos ellos.

—¿A qué hora llegarás a casa? —preguntó Coop como si no hubiera pasado nada—. ¿Sigue en pie lo de ir al cine?

Cuando dijo aquello, algo saltó en el interior de Alex. No podía.

—No puedo, Coop. No podría pensar con claridad. Me quedaré un rato por aquí y veré si puedo ayudar a su madre. Mark y Taryn volverán un rato a casa y no creo que esté bien dejarla sola con un hijo en coma en una ciudad extraña. No tiene a nadie.

—¡Qué conmovedor! —dijo Coop con retintín—. ¿No crees que estás llevando esto un poco lejos? Que no es tu novio, por Dios. Al menos eso espero. —Alex no se molestó en contestarle. Como poco, era insultante e insensible. En aquellos momentos sus celos estaban totalmente fuera de lugar.

—Llegaré más tarde —fue lo único que dijo.

—Quizá Taryn quiera venir conmigo al cine —dijo él con voz petulante y Alex sintió un escalofrío. Se estaba comportando como un niño consentido. Pero, claro, a veces Coop era como un niño; formaba parte de su encanto.

—No creo que quiera, pero puedes preguntarle. Te veo después —dijo con rigidez, y colgó. La actitud de Coop ante aquella situación le estaba provocando un estrés considerable.

Acabó de trabajar a las seis; Mark y Taryn estaban a punto de irse. La madre de Jimmy estaba sentada con ellos en la sala de espera. Se la veía compuesta pero triste, aunque tenía mejor aspecto que ellos. Para ella también había sido un largo día —la impresión de la noticia, el vuelo desde Boston, ver a su hijo—, pero se veía una mujer tranquila, capaz y discreta. Mark y Taryn se fueron unos minutos más tarde y Alex se ofreció a llevarle a la mujer una sopa y un bocadillo, o una taza de café.

—Eres muy amable —Valerie le sonrió—, pero no creo que pudiera comer nada. —Al final, aceptó unas galletitas saladas y un tazón de sopa que Alex le llevó de la sala de enfermeras—. Tienes suerte de saber moverte por aquí —le dijo agradecida aceptando el cuenco y dando un sorbo—. No puedo creerme que haya pasado esto. El pobre Jimmy lo ha pasado tan mal...

Primero Maggie se pone enferma y se muere, y ahora esto. Estoy preocupada.

—Yo también —dijo Alex con suavidad.

—Me alegro de que tenga aquí tan buenos amigos. Gracias a Dios, le había dado a Mark mi número de teléfono —dijo, y las dos mujeres siguieron charlando un rato. La madre le preguntó a Alex por su trabajo, también sabía de la existencia de Coop por Jimmy. Mark le había explicado la situación de ella en la casa antes de que bajara, para que no pudiera pensar que Alex era novia de Jimmy. Aunque ella ya lo sabía. Se mantenía en contacto con su hijo, y sabía que no había salido con ninguna mujer desde lo de Maggie. Tenía miedo de que no lo hiciera nunca. Eran la pareja perfecta, y tuvieron un matrimonio envidiable, igual que lo tuvo ella. Llevaba diez años viuda y hacía ya tiempo que había renunciado a salir con ningún hombre. En su opinión, no había hombre en la Tierra que pudiera compararse al padre de Jimmy. Habían pasado veinticuatro años de casados y ella se había resignado a no tener otra cosa el resto de su vida. Nadie podía sustituir a su marido ni tenía ningún interés en intentarlo.

Estuvieron mucho rato charlando. Valerie le pidió a Alex que la acompañara cuando pasara a ver a su hijo. Se sentiría más valiente; hablando del estado de Jimmy la madre lloró. No sabía lo que iba a pasar con ella si él la dejaba. Era lo único que tenía en el mundo, aunque por lo que decía, tenía una vida bastante activa. Trabajaba como voluntaria con los ciegos y los sin techo en Boston. Pero Jimmy era su único hijo y el solo hecho de saber que estaba vivo en algún lugar, aunque no estuviera con ella, le daba un sentido a su vida.

Casi eran las diez cuando Alex habló con una enfermera para que le pusiera una cama a Valerie en un lugar apartado. No quería dejarlo, aunque Alex se ofreció a llevarla a la casa del guarda. Pero la mujer prefirió quedarse en el hospital por si pasaba algo.

Eran las diez y media cuando Alex llamó a Coop. Había salido. Taryn le dijo que se había ido al cine. Curioso.

—Creo que todo este asunto del hospital le está poniendo nervioso —le explicó Taryn, aunque ella ya lo sabía. Aun así, le molestaba que Coop ni siquiera intentara ponerse a la altura de las circunstancias. Negaba la situación.

—Dile que esta noche voy a quedarme en mi casa. Tengo que estar en el trabajo a las cinco, y que me resultará más fácil si estoy cerca. No quiero despertarlo cuando me levante —explicó. Taryn lo entendió.

—Le dejaré una nota. Yo también estoy agotada. —Alex ya le había dicho que no había ningún cambio en el estado de Jimmy. Ni a mejor ni a peor.

Cuando fue a despedirse de Valerie, ya estaba dormitando. Alex se fue de puntillas. Aquella noche, ya en su cama, estuvo pensando en Coop, y trató de definir lo que sentía. Tardó mucho rato, pero cuando se estaba durmiendo, se dio cuenta de que no estaba furiosa con él: estaba decepcionada. Por primera vez, el accidente de Jimmy le estaba mostrando una faceta del carácter de Coop que no le gustaba. Y sabía que, por más que lo quisiera, había perdido el respeto que sentía por él. Eso, unido al accidente de Jimmy, tuvo un efecto devastador para ella.

20

Alex llamó a Coop la mañana siguiente desde el trabajo y él le dijo que se había perdido una película buenísima, cosa que la dejó atónita. Seguía negándose a aceptar la situación. Ni siquiera preguntó por Jimmy. Ella de todos modos le contó cómo estaba y le dijo que no había cambios. Coop dijo que lo sentía, y trató de cambiar de tema enseguida.

—La saga continúa —dijo Coop con voz casi burlona; Alex le hubiera pegado. ¿Es que no entendía que la vida de un hombre pendía de un hilo? ¿Qué parte era la que no comprendía? Por lo visto, todo. La realidad de la situación de Jimmy era demasiado para él.

Alex se lo comentó a Taryn por encima más tarde, cuando la vio en traumatología. Mark y Valerie estaban con Jimmy.

—No creo que acepte las situaciones difíciles —dijo Taryn sinceramente. A ella también la había sorprendido un poco su reacción y durante el desayuno le había dicho algo sobre resistirse a la energía negativa, que era muy peligroso dejar que entrara en tu vida. Sin embargo Taryn tenía la sospecha de que se sentía culpable. Por muy natural que a Coop le pareciera su reacción sabía que no era la correcta, tanto si lo admitía como si no. Pero a Alex lo que le molestó fue que evitara la situación de forma tan descarada. Con su actitud les estaba negando su apoyo. Y ella se sentía estafada. Finalmente, tuvo que aceptar que era lo más que podía esperar de él. Pero le preocupaba pensar qué pasaría si algún día le pasaba algo malo a ella. ¿Daría la cara o se iría al cine? Daba miedo ver cómo hacía todo lo posible por huir. Era perturbador, nada de lo que estaba haciendo le gustaba.

Ese día, al salir del trabajo Alex fue a La Villa, aunque los otros estaban en el hospital con Valerie. Pero no quería presionar a Coop demasiado. Cuando llegó a la casa, estuvo muy agradable con ella y encargó una cena deliciosa a Spago. Era su forma de compensarla por las cosas que no hacía. Coop no hacía cosas desagradables. Hacía cosas bonitas. Sencillas. Divertidas. Elegantes. Graciosas. De alguna forma se las había arreglado para eliminar de su vida las cosas que no le gustaban o que le asustaban, y solo reconocía las que parecían entretenidas o le divertían. El problema, se recordaba Alex, es que la vida real no era así. Pero, claro, no en el mundo de Coop. Él no dejaba pasar nada malo. Fingía ante sí mismo y ante los demás que esas cosas malas no existían. Eso creaba percepciones y experiencias curiosas. Coop tampoco estaba sin dinero. Lo estaba, pero no lo admitía. Se limitaba a vivir, gastar y jugar. A pesar de todo, pasaron una velada adorable y relajante. Para Alex todo aquello era de lo más surrealista.

Llamó al hospital para preguntar por Jimmy, pero no se lo dijo a Coop. No había cambios. Las esperanzas empezaban a decaer. Llevaba casi cuarenta y ocho horas en coma; cada día que pasaba, disminuían las posibilidades de una recuperación completa. Le quedaba un día, dos como mucho; después, las posibilidades de recuperarse desaparecerían. Es posible que sobreviviera, pero no sería la misma persona. Lo único que se podía hacer ahora era rezar. Aquella noche, cuando se acostó con Coop tenía el corazón encogido, no solo por Jimmy, sino por aquella parte tan importante que veía que le faltaba a Coop. Le parecía deprimente, y para ella era una parte fundamental.

Al día siguiente descansaba en el trabajo, pero de todos modos fue al hospital para estar con Valerie y ver a Jimmy. Se puso su ropa de trabajo para poder entrar y salir sin que nadie le dijera nada.

—Gracias por hacerme compañía —le dijo Valerie agradecida. Las dos estuvieron solas todo el día. Mark había vuelto al trabajo, y Coop estaba rodando un anuncio para una empresa farmacéutica nacional y había insistido en que Taryn le acompañara.

Valerie y Alex pasaron horas sentadas en la sala de espera y se turnaron para hacer compañía a Jimmy. Le hablaban incansablemente, como si pudiera oírlas. Fue perfecto, porque Valerie estaba hablándole cuando Alex le vio mover un dedo del pie. Al principio pensó que era un reflejo, pero entonces movió todo el pie. Alex miró al monitor, luego a la enfermera. Ella también lo había visto. Entonces, muy lentamente, Jimmy cogió la mano de su madre. Valerie siguió hablándole mientras las lágrimas le rodaban por las mejillas, Alex también lloró. Con una gran tranquilidad y seguridad, le dijo a su hijo cuánto le quería y lo feliz que se sentía al verlo mejor, aunque en realidad aún no tenían ninguna señal clara. Pero ella actuó como si hubiera pasado. Pasó otra media hora antes de que Jimmy abriera los ojos y, cuando lo hizo, miró a su madre.

—Hola, mamá —susurró.

—Hola, Jimmy. —A través de las lágrimas le sonrió y Alex tuvo que contener un sollozo.

—¿Qué ha pasado? —Su voz era ronca, porque al ingresarle lo habían intubado. Le habían quitado el tubo esa misma mañana porque ya podía respirar por sí mismo, aunque seguía inconsciente.

—Eres un conductor espantoso —dijo su madre contestando a su pregunta, y hasta la enfermera rió.

—¿Cómo está mi gato?

—No tan bien como tú. Te puedo comprar otro.

—De acuerdo —dijo él, y cerró los ojos. Luego volvió a abrirlos y vio a Alex—. ¿Qué haces aquí?

—Hoy tengo el día libre, y he venido a verte.

—Gracias —dijo él y se durmió. El médico que lo llevaba llegó unos minutos después para comprobar su estado.

—¡Bingo! —dijo sonriéndole a Alex—. Lo hemos conseguido. —Era una victoria para todo el equipo y, mientras lo examinaban, Valerie estuvo sollozando en los brazos de Alex en el pasillo. Pensaba que su hijo iba a morir y se sentía tan aliviada que toda la tensión que había pasado desapareció.

—No pasa nada... ahora todo irá bien... —Alex la consoló y la abrazó. Había sido una dura prueba para ella, y era un alivio que Jimmy lo hubiera logrado.

Finalmente, Alex convenció a Valerie de que dejara a su hijo por la noche y la llevó a la casa del guarda. Encontró una copia de la llave en casa de Coop y la dejó pasar. Coop aún estaba en el rodaje del anuncio cuando ellas llegaron. Alex se aseguró de que Valerie tenía todo lo que necesitaba.

—Has sido tan amable conmigo —le dijo Valerie otra vez con lágrimas en los ojos. Ahora lloraba por cualquier cosa. Había pasado dos días terribles, y empezaba a sentirse muy trastornada—. Ojalá tuviera una hija como tú.

—Ojalá yo tuviera una madre como usted —dijo Alex sinceramente sonriéndole. Luego se fue. Alex volvió a la casa enormemente aliviada. Cuando Coop llegó a las once, con aspecto cansado, ella se había dado un baño y se había lavado el pelo. Para él el día también había sido interminable.

—Dios, estoy agotado —se quejó, mientras servía champán para él, Alex y Taryn—. En Broadway he representado obras que duraban menos de lo que hemos tardado en rodar ese dichoso anuncio. —Pero al menos le habían pagado bien y a Taryn le había parecido muy interesante. Le había ayudado a despejarse la cabeza de lo de Jimmy, aunque estuvo llamando a intervalos regulares durante el día para preguntar cómo estaba—. ¿Cómo te ha ido a ti el día, cariño? —le preguntó a Alex alegremente.

—Estupendamente. —Y le sonrió a Taryn, que ya sabía la noticia—. Jimmy ha recuperado la conciencia. Se va a poner bien. Tendrá que pasar un tiempo en el hospital, pero saldrá adelante. —La voz le temblaba. Había sido una experiencia muy emotiva para todos, menos para Coop.

—Y vivieron felices y comieron perdices —agregó Coop, y le sonrió con gesto algo paternal—. ¿Ves, cielo? Si no te concentras demasiado en esas cosas, ellas solas se arreglan. Es mucho más sencillo dejar que Dios se ocupe y seguir con tus asuntos. —Lo que estaba diciendo era una forma de negar el trabajo con el que ella se ganaba la vida. Desde luego, Dios tenía el control, pero ella también hacía una parte del trabajo.

254

—Es una forma de verlo —dijo ella tranquila. Pero Taryn sonreía por el alivio.

—¿Cómo está su madre? —preguntó con expresión preocupada.

—Hecha polvo, pero bien. La he llevado a la casa del guarda.

—A su edad, lo normal hubiera sido que se quedara en un hotel, con servicio de habitaciones —dijo Coop con tono grandilocuente. Como siempre, se le veía tan inmaculado y elegante como por la mañana cuando se fue para rodar el anuncio.

—Quizá no se lo puede permitir —dijo Alex con tono práctico—. Y no es tan mayor como pensábamos.

Coop pareció sorprendido, aunque aquello no parecía interesarle particularmente. Ya había tenido más que suficiente.

—¿Cuántos años tiene?

—No lo sé. Aparenta unos cuarenta y dos, cuarenta y tres, cuarenta y cinco como mucho... pero creo que tendrá poco más de cincuenta.

—Tiene cincuenta y tres —explicó Taryn—. Se lo pregunté. Tiene un aspecto increíble. Parece su hermana, no su madre.

—Bueno, al menos no tenemos que preocuparnos por si se cae y se rompe una cadera en la casa —bromeó Coop. Se alegraba de que aquello se hubiera acabado, y por Jimmy, claro, pero es que no le gustaban los melodramas. Ahora todo volvería a la normalidad—. Bueno, ¿qué planes tiene todo el mundo para mañana? —preguntó feliz. Había ganado algo de dinero y estaba de buen humor. Y ahora Jimmy también se recuperaría. Incluso Coop se alegraba por él; a Alex le alivió ver que se preocupaba.

—Yo trabajo —dijo Alex riendo.

—¿Otra vez? —Pareció decepcionado—. Qué aburrido... Creo que tendrías que tomarte un día libre y así podríamos ir de compras a Rodeo.

—Me encantaría. —Alex le sonrió. A veces era tan adorable y tan infantil que era difícil enfadarse con él. Desde que pasó lo de Jimmy había estado enfadada. Era una faceta de su personalidad que le había sorprendido, y el hecho de reconocer lo que no era capaz de afrontar ni sentir le había dolido—. Creo que en el hospital les molestaría un poco que no fuera a trabajar para irme de compras. Me resultaría un poco difícil explicarlo.

—Diles que te duele la cabeza. Diles que crees que hay amianto en el hospital y los vas a denunciar.

—Creo que es mejor que me vaya al trabajo —comentó ella riendo. A medianoche todos se fueron a acostar. Alex y Coop hicieron el amor y, a la mañana siguiente, antes de salir para el trabajo, ella lo besó mientras dormía. Le había perdonado su falta de compasión con Jimmy. Sencillamente, hay personas que no son capaces de hacer frente a una crisis o una emergencia médica. Para ella eran algo tan habitual que le costaba entenderlo. Pero no todo el mundo hubiera sido capaz de hacer lo que ella hacía. Necesitaba desesperadamente disculparlo. Concederle un respiro. De hecho, lo necesitaba, por sí misma. El amor, al menos lo que ella entendía por amor, era ante todo compasión, compromiso, perdón. La definición de Coop quizá hubiera sido distinta. Belleza, elegancia y romanticismo. Y tenía que ser algo sencillo. Y ahí estaba el problema. Para Alex, el amor no siempre era fácil. Pero para Coop tenía que serlo. Un serio inconveniente.

Aquel día, a la hora de comer, se pasó a ver a Jimmy. La madre acababa de bajar a la cafetería a comerse un bocadillo y ellos estuvieron charlando unos minutos sobre lo maravillosa que era. Alex dijo que le encantaba y Jimmy le dio toda la razón. Estaba tumbado tranquilamente en la cama. Por la mañana, al día siguiente, saldría por fin de la UCI.

—Gracias por haberte quedado a ratos mientras he estado inconsciente. Mamá dice que ayer estuviste aquí todo el día con ella. Has sido muy amable, Alex. Gracias.

—No quería dejarla sola. Todo esto impone —dijo mirándolo, y entonces decidió lanzarse. Estaba lo bastante recuperado para que le hiciera la pregunta que la había estado atormentando desde que ocurrió—. Bueno... ¿qué pasó con el accidente? Porque no habías estado bebiendo, ¿verdad? —Estaba sentada muy cerca, y Jimmy la cogió de la mano sin pensar.

—No, no bebí... no sé, creo que perdí el control. Neumáticos viejos, o los frenos... algo.

—¿Era eso lo que querías? —le preguntó con suavidad—. ¿Lo provocaste tú o solo dejaste que pasara? —Su voz era casi un susurro, y Jimmy la miró por un largo momento.

—Para ser sinceros, Alex, no estoy seguro... Yo también me he hecho esa pregunta. Estaba confuso... iba pensando en ella... el domingo fue su cumpleaños... creo que, durante una fracción de segundo, dejé que pasara. El coche resbaló y dejé que pasara, y cuando traté de detenerlo no pude y todo se había acabado. Y cuando desperté estaba aquí. —Era exactamente lo que Alex sospechaba. Jimmy parecía tan horrorizado como ella—. Es difícil admitirlo. No volvería a hacerlo, pero por esa fracción de segundo, lo dejé en manos del destino. Por suerte ellos me devolvieron la vida.

—Has corrido un riesgo muy grande —dijo ella con tristeza. Le dolía pensar que Jimmy pudiera sufrir tanto. Era una forma terrible de aprender la lección. Jimmy se había enfrentado a sus penas y terrores y había vivido para contarlo—. Creo que se impone una buena terapia.

—Sí. Eso creo yo también. De todos modos lo había estado pensando. No soporto seguir de este modo. Era como si me estuviera ahogando y no pudiera subir a la superficie. Parece una locura —dijo mirando las escayolas y los monitores—. Pero la verdad es que me siento mejor. —Y se notaba.

—Me alegra oírlo —dijo Alex aliviada—. A partir de ahora pienso tenerte vigilado. Pienso controlarte hasta que te vea bajar por el camino de la casa brincando de alegría.

Él rió al imaginar la escena.

—No sé si podré dar muchos brincos. —Tendría que ir en silla de ruedas por un tiempo, y luego pasaría a las muletas. Su madre ya se había ofrecido a quedarse y cuidarlo durante la convalecencia. Los doctores creían que en seis u ocho semanas podía volver a caminar. Jimmy estaba impaciente por volver al trabajo, y eso era una buena señal—. Alex —dijo con cautela—, gracias por preocuparte tanto. ¿Cómo supiste lo que había pasado? —preguntó, impresionado al ver que ella sola había sabido deducir el papel que él había tenido en el accidente. Era una persona muy atenta.

—Soy médico, ¿recuerdas?

—Ah, claro. Pero normalmente los prematuros no despeñan coches por precipicios.

—Lo supe. No sabría decirte por qué, pero en cuanto Mark me lo dijo, lo supe. Creo que lo sentí.

—Eres una mujer muy lista.

—Me preocupas mucho —dijo ella muy seria, y él asintió. Él también se preocupaba por ella, pero le dio miedo decirlo.

Cuando la madre volvió con su bocadillo, Alex regresó a su trabajo. La madre estuvo cantando las alabanzas de Alex. Sentía curiosidad por ella.

—Mark dice que es la novia de Cooper Winslow. ¿No es un poco mayor para ella? —preguntó con interés. Aún no conocía a Coop, pero sabía quién era y había oído contar muchas cosas de él a los dos inquilinos y a Alex.

—Al parecer, ella no lo ve así —contestó Jimmy.

—¿Cómo es? —preguntó la madre mientras masticaba su bocadillo de pavo con pan integral. Jimmy aún estaba con una dieta blanda y al ver a su madre le dio hambre. Era la primera vez en mucho tiempo que recordaba haber sentido hambre. Quizá lo que había dicho era cierto, quizá finalmente había logrado exorcizar sus demonios. Había ido hasta el borde y había saltado y, aunque no fue gracias a él, había aterrizado sano y salvo. Quizá de una extraña forma, al final el accidente había sido una bendición.

—Coop es arrogante, guapo, encantador, jovial y egoísta como él solo —dijo Jimmy en respuesta a la pregunta de su madre—. El único problema es que ella no lo ve —comentó con expresión molesta.

—No estés tan seguro —repuso Valerie serena, preguntándose si no estaría enamorado de Alex sin saberlo—. Las mujeres tenemos una forma muy peculiar de ver las cosas y no resolverlas hasta más adelante. Las archivamos. Pero no es que no las veamos. Y ella es muy inteligente.

—Sí que lo es —dijo él defendiéndola, lo que acabó de confirmar las sospechas de su madre, tanto si él era consciente como si no.

—Eso me ha parecido. Y no cometerá un error tan grande. Quizá Coop esté bien para ella en este momento, aunque debo decir que, por lo que he oído de él, forman una pareja muy extraña.

Pero Valerie quedó impresionada al día siguiente cuando trasladaron a Jimmy a una habitación y Coop envió un enorme ramo de flores. Pensó si no sería Alex quien las mandaba en su nombre, pero se dio cuenta de que no. Era el tipo de ramo que hubiera mandado un hombre, nunca una mujer. Un hombre que estaba acostumbrado a hacer que las mujeres se rindieran a sus pies. Y no se le ocurrió otra cosa que enviar cuatro docenas de rosas.

—¿Crees que querrá casarse conmigo? —le dijo Jimmy bromeando a su madre.

—¡Espero que no! —repuso ella riendo. Aunque también esperaba que no quisiera casarse con Alex. Después de las horas que había pasado hablando con ella, sabía que merecía algo más que una vieja estrella del cine. Necesitaba un hombre joven que la quisiera y se preocupara por ella y estuviera a su lado y le diera hijos. Como Jimmy. Pero Valerie sabía bien que no debía decir nada a ninguno de los dos. Eran amigos, y de momento era lo único que querían ser.

Cuando trabajaba, Alex pasaba a ver a Jimmy todos los días, y también cuando no. Bajaba a verlo en sus descansos, le llevaba libros para que estuviera entretenido y le contaba historias divertidas. Hasta le llevó una máquina de pedos con mando a distancia para provocar desbandadas entre las enfermeras. No era muy digno, pero a él le encantó. Y, por la noche, cuando ya era tarde, bajaba sin armar jaleo y pasaban horas hablando de cosas importantes. El trabajo de él, el de ella, el matrimonio de sus padres, su vida con Maggie, lo mucho que la añoraba. Ella le habló de Carter y de su hermana. De sus padres y de la relación que hubiera querido tener con ellos de pequeña. Poco a poco, fueron absorbiendo los secretos del otro y entraron en su terreno desconocido. Ninguno de los dos se daba cuenta y, de haberles preguntado alguien, hubieran insistido en que se trataba de amistad. Pero Valerie sí lo veía. No era lo que ellos decían. Lo que estaba surgiendo entre ellos era mucho más poderoso, tanto si lo sabían como si no. Valerie se alegraba por ellos. La única pega que le veía a todo aquello era Coop.

Aquel fin de semana, decidió echar un vistazo a la pega. Aún no le conocía y tuvo que admitir que era un hombre imponente. Era todo lo que Jimmy había dicho, egocéntrico, arrogante, divertido y encantador. Pero era más que eso. Aunque Jimmy aún no era lo bastante mayor o lo bastante maduro para entenderlo. Lo que ella vio en Coop fue un hombre vulnerable y asustado. Por muy juvenil que pareciera, por jóvenes que fueran las mujeres que le rodeaban, él sabía que el juego se estaba acabando. Y estaba aterrado. Aterrado ante la posibilidad de enfermar, de hacerse viejo, de perder su buen aspecto, de morir. Su negativa a afrontar el accidente de Jimmy era una prueba muy clara. Y también lo veía en sus ojos. Detrás de su risa había un hombre triste. Por muy encantador que fuera, Valerie sentía pena por él. Era un hombre que temía hacer frente a sus demonios. El resto solo era fachada. Pero sabía que, aunque hubiera intentado explicárselo, Jimmy no lo hubiera entendido. Aquella tontería sobre la chica que iba a tener un hijo suyo era otra forma de alimentar su ego. Aunque se quejaba, Valerie intuía que en parte aquello le halagaba, y lo utilizaba para torturar a Alex, para recordarle de forma subliminal que había otras mujeres que querían hijos suyos. Eso significaba que no solo era joven, también era potente.

No creía que Alex estuviera realmente enamorada. Se sentía impresionada, él era como el padre atento que siempre había querido tener. Eran un grupo interesante, pensó. Mark y Taryn hacían una pareja perfecta.

Pero, sobre todo, le resultaban fascinantes las complejidades de Coop. A primera vista, no pareció que Valerie le hubiera impresionado especialmente. No era el tipo de mujer que le atraía. Era lo bastante mayor para ser madre de esas mujeres. Lo que le había gustado de ella, según le dijo a Alex más tarde, era su afabilidad, su estilo, su elegancia y su falta de pretensiones. Llevaba puestos pantalones grises, un jersey gris y un collar de perlas. No había pretensión en ella. Y el hecho de que no se esforzara por parecer más joven hacía que lo pareciera. Tenía clase.

—Es una pena que no tenga dinero —dijo con tono apenado—. Por su aspecto tendría que tenerlo. Pero claro —y rió—, todos tendríamos que tenerlo. —De todo el grupo, Alex era la única que tenía dinero en abundancia y lo desaprovechaba. En realidad el dinero le daba lo mismo. De la misma forma que pensaba que la juventud se malgastaba entre los jóvenes, era un desperdicio que la gente demasiado filantrópica tuviera dinero. El dinero estaba para gastarlo y disfrutar de él. En cambio Alex escondía el suyo o no le hacía caso. Necesitaba lecciones para aprender a usarlo. Lecciones que él hubiera podido darle fácilmente, aunque dudaba. Otra vez su conciencia, maldita sea. Aún trataba de controlarla. Era algo nuevo para él, y se estaba convirtiendo en un estorbo.

Al día siguiente, Coop volvió a ver a Valerie, en la piscina. Estaba sentada a la sombra del árbol favorito de Coop. Se había tomado el día libre y no iría a ver a Jimmy hasta la tarde. Estaba tendida en una tumbona, con un biquini negro de una simplicidad exquisita que le quedaba impecable. Tenía un cuerpo notable. Alex y Taryn la envidiaban y esperaban tener el mismo buen aspecto cuando llegaran a su edad. Cuando se lo dijeron, Valerie respondió que solo era suerte, era cosa de los genes, que ella no hacía nada por mantenerse. Pero se sintió agradecida por los halagos de las dos jóvenes.

Coop la invitó a subir a su casa a tomar una copa de champán más tarde y ella fue, solo para poder decir que la había visto. Le sorprendió lo hermoso y comedido que era todo. No era una casa ostentosa. Todo había sido escogido con muy buen gusto, con espléndidas antigüedades y tejidos exquisitos. Definitivamente, era la casa de un adulto, como dijo cuando más tarde se lo estuvo contando a Jimmy. De nuevo, le pareció que allí Alex estaba fuera de sitio. Pero parecían muy felices juntos.

De hecho, empezaba a pensar que Coop iba en serio con ella. Era tan solícito, tan atento, tan amante. Desde luego, estaba encaprichado de ella, aunque con Coop era difícil saber si el sentimiento era profundo o no. En su vida todo era superficial, incluidas las emociones. Pero se lo imaginaba casándose con ella sin grandes problemas, aunque fuera por los motivos equivocados, para demostrar algo, o peor aún, para conseguir el dinero de los Madison. Por el bien de Alex, Valerie esperaba que hubiera algo más, aunque era difícil decirlo. En cualquier caso, a Alex no parecía preocuparle. Estaba muy a gusto con él en La Villa, sobre todo ahora que tenía a Taryn.

—Tienes unos amigos adorables —le dijo a su hijo aquella noche cuando fue a verlo al hospital. Y también le dijo cuánto le gustaba la casa de Coop, y hasta la casa del guarda—. Ahora entiendo por qué te gusta tanto. —A ella también le encantaba. Tenía un aire muy rústico. Y producía una profunda sensación de paz.

—¿Te ha tirado los tejos Coop? —preguntó Jimmy con interés.

—Por supuesto que no. —Valerie se rió—. Para su gusto me sobran unos treinta años. Es demasiado listo. Las mujeres de mi edad lo calaríamos enseguida. En realidad sería bueno para él, pero yo no tengo energía para estar con un hombre como Coop —dijo sonriéndole a su hijo—. Cuesta demasiado trabajo educarlos. —No tenía energía para ningún hombre, ni ganas. Para ella eso ya se había acabado, como ella decía. Se contentaba con vivir a su aire y poder estar con su hijo. Había prometido que lo cuidaría durante la convalecencia y él estaba deseando poder pasar aquel tiempo con ella. No estaban juntos desde hacía años, y disfrutaba mucho de su compañía. Además de madre e hijo, eran buenos amigos.

—Quizá tendrías que darle a Alex una lección —bromeó.

—No creo, mi vida —rió ella—, ella ganaría sin ninguna duda, y lo merece. —Lo que aún estaba por ver es si eso sería bueno o no para ella.

21

Para junio, el romance entre Taryn y Mark iba viento en popa. Actuaban con la mayor discreción posible. Ni ella ni Mark querían trastornar a los niños, se sentían muy a gusto con ella. Tanto que, cuando terminó el curso, no quisieron volver a Nueva York a ver a su madre. Solo los había visto una vez desde que se instalaron con su padre. Y, cuando Janet llamó a Mark para hablar del tema, insistió en que fueran a verla. Pretendía que se quedaran con ella hasta después de la boda. Iba a casarse con Adam el fin de semana del Cuatro de Julio.

—No pienso ir —le dijo Jessica con obstinación a su padre cuando lo discutieron. Y Jason dijo que él haría lo que hiciera su hermana—. Quiero quedarme aquí con mis amigos. Y no pienso ir a esa boda.

—Eso es un asunto aparte, y ya lo hablaremos más adelante. Pero no puedes negarte a ver a tu madre.

—Sí, sí que puedo. Te dejó por ese idiota.

—Eso es algo entre tu madre y yo. No es asunto tuyo —dijo Mark con firmeza. Pero Janet había jugado muy mal sus cartas. Y Adam no la había ayudado precisamente. Fue muy directo y autoritario con los niños, y se vio muy claro que su madre y él ya tenían una relación antes de que se fueran de California. Si no otra cosa, había sido una estupidez por parte de los dos. Y afectó mucho a la relación de Janet con sus hijos. Pero Mark sabía que tarde o temprano la perdonarían—. Tienes que ir a verla. Vamos, Jess —dijo tratando de convencerla—. Tu madre te quiere.

—Y yo la quiero a ella —dijo la niña sinceramente—, pero estoy muy enfadada. —Acababa de cumplir dieciséis años y estaba en pleno conflicto con su madre. Jason se mantenía más al margen, pero estaba claro que le había decepcionado. Y lo cierto es que estaba mucho mejor con su padre, y también Jessie—. Y no pienso volver al colegio allí. —Mark ni siquiera lo había mencionado, pero Janet quería que los niños volvieran con ella lo antes posible y que en otoño empezaran el curso en Nueva York.

Al final, tuvo que volver a llamar a Janet para hablarlo.

—No logro convencerles, Janet. Lo intento, pero no quieren escucharme. No quieren volver a Nueva York, y están empeñados en no ir a la boda.

—¡No pueden hacer eso! —dijo ella echándose a llorar—. Tienes que obligarlos.

—Puedo drogarlos y mandarlos empaquetados en un avión —repuso Mark sintiendo frustración por los dos bandos. Ella se había hecho su cama y ahora le estaba costando mucho tumbarse en ella. Mark no se sentía vengativo, ni siquiera estaba enfadado. Estaba muy feliz con Taryn—. ¿Por qué no vienes y tratamos de razonar con ellos? Quizá así les resulte más fácil —propuso Mark razonablemente, pero Janet no quiso escucharle.

—No tengo tiempo. Estoy demasiado ocupada con los preparativos de la boda. —Habían alquilado una casa en Connecticut, y ofrecerían una recepción para doscientos cincuenta invitados el fin de semana del Cuatro de Julio.

—Bueno, si tanto te importa, tus hijos no estarán allí a menos que hagas algo para cambiar eso. Yo ya he hecho todo lo que he podido.

—Oblígalos —dijo ella ya enfadada—. Si es necesario los llevaré ante un juez.

—Son lo bastante mayores para que el juez los escuche. Tienen catorce y dieciséis años, ya no son unos críos.

—Pues se están comportando como delincuentes.

—No —terció él defendiéndolos con calma—. Están dolidos. Creen que les mentiste sobre Adam. Y lo hiciste. Él les ha dejado muy claro que me dejaste por él. Creo que era su ego el que hablaba, pero lo oyeron perfectamente.

—No está acostumbrado a tratar con niños —dijo ella defendiéndolo, aunque sabía que Mark tenía razón.

—La sinceridad es un buen mensaje, suele ser el mejor. —Él nunca le había mentido y, antes de Adam, Janet tampoco. Estaba loca por él y hacía todo lo que él quería, incluso enfrentarse a sus hijos—. No puedo ayudarte con esto a menos que tú me ayudes. ¿Por qué no vienes un fin de semana?

Al final, Janet fue. Se alojó durante dos días en el Bel Air y Mark convenció a los niños para que se quedaran con ella en el hotel. Cuando pasaron los dos días, el problema no estaba resuelto, pero los niños accedieron a volver con ella a Nueva York hasta que acabara junio. Ella prometió no obligarlos a asistir a la boda si no querían. Estaba convencida de que cuando estuvieran allí podría persuadirlos. Y Jessica le dijo muy claramente que volverían a Los Ángeles para empezar el curso. Jason estaba de acuerdo. Janet sabía que no podía obligarlos a quedarse con ella, pero le dijo a Mark que si accedía tenían que establecer un plan de visitas para que los niños fueran a verla a Nueva York un fin de semana cada mes o más. Él estuvo de acuerdo y prometió que intentaría convencerlos. Para ellos fue una gran victoria que les dejara vivir con su padre; también para Mark. La semana siguiente, salieron hacia Nueva York de muy buen ánimo. Iban a estar fuera cuatro semanas; en cuanto se marcharon, Taryn se instaló con él en el ala para invitados de la casa. Todo iba sobre ruedas. Ella y Jessica eran íntimas amigas. La niña veía a Taryn de forma completamente distinta a como veía a Adam. También Jason, porque Taryn había sido sincera con ellos desde el principio, y no había roto el matrimonio de sus padres, lo cual definitivamente era una ventaja.

A Taryn nunca le habían gustado los hijos de nadie y le sorprendió ver lo a gusto que se sentía con los hijos de Mark. Eran respetuosos, divertidos, adorables y espontáneos, y cada vez sentía un afecto más profundo por ellos, que ellos correspondían.

—¿Sabes?, si van a quedarse conmigo de forma permanente —le dijo a Taryn pensativo unos días después de que los niños se fueran—, tendré que empezar a pensar en buscar una casa. No puedo quedarme aquí para siempre. Tendríamos que tener nuestra propia casa. —No había prisa, pero dijo que empezaría a buscar durante el verano. Si la casa que compraba necesitaba alguna reforma, tenía alquilada hasta febrero el ala de invitados. Era un arreglo perfecto, aunque tuvo que admitir que lamentaría mucho tener que irse.

El hecho de hablar de aquello, aunque fuera especulativamente, hizo surgir algunas preguntas sobre el futuro de los dos.

—¿Qué te parecería vivir con nosotros? —le preguntó Mark muy en serio. La vida había dado un vuelco inesperado para los dos. Cinco meses atrás, él estaba destrozado porque Janet le había dejado, y ahora había conocido a aquella mujer maravillosa que parecía perfecta para él y sus hijos.

—Suena interesante —repuso ella inclinándose y besándolo—. Creo que podría dejarme convencer en las circunstancias adecuadas. —No tenía ninguna prisa por volver a casarse, y Coop le había dicho que podía instalarse en el ala para invitados si Mark se iba, o en la casa del guarda si se iba Jimmy. Pero la verdad era que prefería vivir con Mark y sus hijos, donde fuera—. Asegúrate primero de que a tus hijos no les importa, Mark. No me gustaría convertirme en una intrusa.

—Eso déjaselo a Adam, cariño. —Y sonrió con tristeza. Le parecía de lo más improbable que sus hijos asistieran a la boda de su madre y no se lo reprochaba. Había sido muy fuerte para ellos.

El tiempo que Mark y Taryn pasaron juntos mientras los niños estaban fuera consolidó la relación y reforzó la decisión de hacer algo en un futuro próximo. Las cosas iban tan deprisa que Taryn se lo comentó a su padre. A él no le sorprendió, aunque sí le decepcionó.

—Me encantaría verte con alguien algo más animado —dijo él sinceramente, como si hubiera estado con ella desde pequeña. Sentía un fuerte instinto de protección hacia ella. En tres meses no solo había entrado en su vida y su corazón, sino que quería que se quedara en La Villa con él.

—Pues yo no creo que quiera a alguien más animado. En realidad lo sé —le confesó ella. Era una mujer sensata—. Tengo un padre emocionante, y no necesito un marido emocionante. Quiero alguien pacífico, estable y en quien pueda confiar. Mark lo es, y es una buena persona. —Ni siquiera Coop podía negarlo, aunque tenía que reconocer que hablar de legislación tributaria le aburría mortalmente.

—¿Y qué pasa con sus hijos? No te olvides del rechazo genético que sentimos hacia los niños. ¿Serías capaz de soportar vivir con esos delincuentes juveniles? —Nunca se lo hubiera confesado a nadie, pero últimamente le parecían menos alborotadores, casi agradables. Casi. Dentro de unos límites.

—Me gustan mucho. No, más que eso. Creo que los quiero.

—Oh, Señor, no puede ser. —Él levantó los ojos al techo fingiendo espanto—. Eso podría ser fatal. Y lo que es peor —añadió reparando de pronto en otro detalle—. Esos pequeños monstruos serían mis nietos. Los mataré si algún día se lo dicen a alguien. Yo nunca podría ser abuelo de nadie. Pero pueden llamarme señor Winslow. —Taryn se rió, y estuvieron charlando un rato. De hecho, ella y Mark habían estado pensando en casarse el invierno siguiente. Sospechaban que los niños no pondrían ninguna objeción al enlace.

—¿Qué me dices de ti y de Alex? —preguntó Taryn cuando terminaron con el tema de ella y Mark. Todo parecía ir bien entre ellos y, evidentemente, ella estaba feliz.

—No lo sé —dijo Coop con expresión atormentada—. Sus padres la acaban de invitar a Newport y ella no ha querido ir. Creo que tendría que hacerlo. Pero, por lo visto, yo no podría ir con ella. A su padre no le entusiasma precisamente nuestra relación. Entiendo sus motivos mucho mejor que Alex. No sé, Taryn. Creo que no estoy siendo justo con ella. Antes estas cosas no me preocupaban. Será que estoy senil o que soy viejo, sin más.

—O que estás madurando —dijo ella con suavidad. A aquellas alturas conocía todas sus flaquezas, o al menos muchas de ellas, pero le quería. Era muy distinto del padre que la había criado, pero también era una buena persona. Durante toda su vida había estado en otro mundo, un mundo que giraba a su alrededor y lo había malcriado. No era tan raro que en algunos aspectos su carácter no se hubiera desarrollado. No le había hecho falta. Pero, inesperadamente, Alex le había obligado a reparar en cosas que nunca había visto y a desafiar su sistema de valores y creencias. Igual que Taryn. Y, tanto si le gustaba como si no, aquello le había cambiado.

Coop seguía pensando en aquello cuando bajó solo a la piscina a darse un chapuzón. Taryn y Mark habían salido y Alex estaba en el trabajo, como siempre. Jimmy había vuelto del hospital hacía unos días, pero tenía que guardar cama y su madre estaba con él en la casa del guarda. Coop se alegró de poder disponer de un rato para pensar tranquilamente, y le sorprendió encontrarse a Valerie en la piscina, nadando. Llevaba el pelo recogido en un moño en lo alto de la cabeza y apenas iba maquillada, como siempre. Su bañador negro realzaba su figura juvenil. Desde luego, era una mujer atractiva, hasta guapa, pensó Coop. Pero era mayor que las mujeres que a él le gustaban. Por el momento, le parecía que era agradable hablar con ella. Era sensible, y tenía una visión sencilla de la vida que parecía atravesar directamente esa densa niebla que tanto confundía a otras personas, a veces incluso a él mismo.

—Hola, Cooper —dijo ella con una sonrisa cuando él se sentó en una de las tumbonas, y decidió no nadar. Prefería observarla, aunque en parte lamentaba que estuviera allí. Tenía demasiadas cosas en la cabeza. Alex. Los tests de paternidad de Charlene, que estaban a unas semanas. Ese era otro problema.

—Buenas tardes, Valerie. ¿Cómo está Jimmy? —preguntó educadamente.

—Está bien. Aunque le resulta muy irritante no poder caminar. Está durmiendo. Es muy difícil ayudarle a desplazarse con esas escayolas. —Pesaba demasiado para ella.

—Tendría que contratar a una enfermera. No puede hacerlo sola. —Parecía una locura, pero era admirable.

—Me gusta cuidarlo. No he podido hacerlo en mucho tiempo. Seguramente será mi última oportunidad. —Coop se dio cuenta de que había tenido poco tacto. Seguramente no podía permitirse pagar a una enfermera. Aunque tenía estilo, estaba claro que no le sobraba el dinero. Lo único que podía hacerle pensar otra cosa era que Jimmy pagaba un alquiler muy alto, aunque Coop sospechaba que sería el dinero de algún seguro que Maggie tenía y que tarde o temprano se le acabaría. Por lo demás, todo parecía indicar que él y su madre disponían de pocos recursos. Aunque ella lo hiciera con tanta clase. Valerie O'Connor era una mujer muy distinguida.

—¿Alex está trabajando? —preguntó ella afablemente y, tras salir de la piscina, fue a sentarse a su lado. No se quedaría mucho rato. No quería molestarlo. Le pareció que estaba distraído.

—Claro. La pobre trabaja demasiado, pero le encanta. —A su manera, él la admiraba por ello. Desde luego no tenía necesidad de trabajar, y eso la hacía aún más noble, o más absurda, según cómo se mirara.

—Anoche vi una de sus películas antiguas —dijo Valerie de forma espontánea, y le dijo cuál. Fue por la noche, mientras cuidaba de Jimmy—. Es usted un actor bastante bueno. —La había sorprendido—. Y la película era excelente. —Muy distinta de los papeles de figurante y los anuncios que hacía actualmente—. Era un actor muy bueno, y podría seguir siéndolo.

—Soy demasiado perezoso —dijo él sinceramente con sonrisa cansada—. Y demasiado viejo. Tienes que trabajar muy duro para hacer películas como esa. Ahora estoy demasiado echado a perder.

—Quizá no —dijo ella mirándolo con más fe de la que él sentía por sí mismo. Pero a Valerie le había impresionado mucho la calidad de la película. Nunca la había visto, ni había oído hablar de ella. Suponía que Coop tendría unos cincuenta años, y era embarazosamente guapo cuando la rodó, y seguía siéndolo. De joven, su atractivo era aún más sorprendente—. ¿Le gusta su trabajo, Coop?

—Antes sí. Lo que hago ahora no es muy interesante, la verdad. —En ningún sentido. Ahora todo era fácil y rápido, y el dinero también. Se había traicionado a sí mismo hacía tanto tiempo que resultaba difícil recordar otros tiempos—. No dejo de esperar que llegue el papel adecuado. Pero no llega. —Parecía triste, y algo desanimado.

—Si sacude un poco el árbol a lo mejor se sorprende. El mundo merece volver a verle en una buena película otra vez. La película de anoche me gustó mucho.

—Me alegra oírlo. —Coop le sonrió y guardaron silencio un rato, mientras él meditaba en lo que Valerie había dicho. Sabía que tenía razón y sus palabras le hicieron pensar—. Siento lo de su hijo —dijo finalmente—. Debe de haber sido terrible para usted. —Por primera vez, cuando la miró, casi lo entendió. Era una madre verdaderamente cariñosa.

—Sí, lo ha sido. Es lo único que tengo —confesó—. Mi vida no valdría nada si le perdiera. —Gracias a su nueva relación con Taryn Coop casi podía entrever lo angustioso que hubiera sido perderla. Después de compartir tantos años con su hijo, el dolor por su pérdida hubiera sido intolerable. Era su primer atisbo de compasión desde el accidente de Jimmy. Valerie lo intuía y estaba agradecida.

—¿Cuánto hace que es viuda? —preguntó. Sentía curiosidad.

—Diez años. Parece una eternidad. —Y le sonrió. Era una mujer que se había reconciliado consigo misma y con la suerte que le había tocado en la vida. Se había rendido a las fuerzas de la vida y se sentía a gusto con ellas. No había patetismo en ella. De hecho, a Coop le parecía una mujer muy fuerte. La había juzgado bien—. Ya estoy acostumbrada.

—¿No ha pensado nunca en volver a casarse? —Era una extraña conversación, allí, sentados bajo los árboles, junto a la piscina, en una cálida tarde de junio, pensando en la vida y lo que les había deparado a cada uno. Ella era lo bastante mayor para ver las cosas con la misma perspectiva que él, pero no tanto como para haber perdido el amor a la vida o la necesidad de divertirse o de ser feliz. Se sentía a gusto hablando con ella, y le parecía sorprendentemente joven, a pesar de su sabiduría. Tenía diecisiete años menos que él, en contraposición con los cuarenta que le separaban de Alex.

—No, nunca lo pienso —dijo ella sinceramente—. No he buscado. Siempre he pensado que si había un hombre para mí en algún sitio, él me encontraría, y no ha sido así. No importa. Ya tuve un buen marido. No necesito otro.

—Quizá alguien la sorprenderá tarde o temprano.

—Quizá —dijo ella. Pero no parecía importarle; a Coop aquello le gustó. Detestaba la desesperación—. Usted tiene mucha más energía para esas cosas que yo. —Y sonrió, pensando para sus adentros que si aplicara la misma diferencia de edades que él hubiera tenido que salir con Jason, el hijo de Mark. Pero no lo dijo.

—¿Tiene planes para la cena de esta noche? —le preguntó Coop de repente. Se había quedado colgado, porque Alex trabajaba. A veces le resultaba difícil ser fiel a una sola mujer que siempre estaba tan ocupada. Antes siempre salía con diferentes mujeres, y nunca tenía que pasar noches solo. Y si no se sentía tan solo era porque ahora tenía a Taryn. Era como un regalo del cielo.

—Prepararle la cena a Jimmy —preguntó ella sonriéndole afablemente—. ¿Quiere acompañarnos? Estoy segura de que a Jimmy le encantaría verle. —Coop había ido a la casa del guarda solo una vez desde que Jimmy volvió. Pero se fue enseguida, y luego le contó a Alex que detestaba las habitaciones donde había gente enferma.

—Puedo hacer que nos envíen la cena de Spago si le apetece —ofreció, sintiéndose agradecido por la invitación. Aquella mujer le gustaba y estaba disfrutando mucho de su incipiente amistad. Era casi como una hermana para él.

—Yo preparo la pasta mucho mejor que ellos —dijo con orgullo, y Coop se rió.

—No le diré a Wolfgang lo que acaba de decir, pero me encantaría probarla.

Jimmy se sorprendió cuando lo vio aparecer a la hora de la cena. Su madre había olvidado decírselo, y al principio el joven se sintió algo incómodo. Últimamente había pasado mucho tiempo con Alex, cuando lo visitaba, y habían compartido muchos secretos. No estaba seguro de si Coop lo sabía o si estaba celoso. Pero aquella noche Coop pareció más interesado en charlar con su madre. Y estuvo de acuerdo en la calidad de su pasta.

—Tendría que abrir un restaurante —comentó Coop con gesto grandilocuente—. Quizá tendríamos que convertir La Villa en un balneario o un hotel. —Abe había vuelto a advertirle que si no tenía pronto un golpe de suerte tendría que vender. Y Coop empezaba a quedarse sin empuje ni energía para enfrentarse a él. Además, a diferencia de Abe, él no creía que Alex fuera la solución adecuada. Ni el padre de Alex.

Jimmy se acostó después de la cena; después de ayudarlo, Valerie volvió a la sala de estar y se sentó junto a Coop y estuvieron charlando durante horas. Sobre Boston, Europa, sobre las películas que Coop había rodado y la gente que conocía. Les sorprendió descubrir que tenían algunos amigos en común. Valerie le contó que llevaba una vida tranquila, pero a Coop le pareció curioso que conociera a gente tan distinguida. Lo único que dijo fue que su marido había sido banquero, pero no pasó de ahí, y Coop no insistió en el tema. Se limitó a disfrutar de su compañía y, cuando quisieron darse cuenta, ya eran las dos de la mañana. Coop se fue de muy buen humor. Había pasado una velada maravillosa.

Alex le había llamado varias veces y le extrañó que no estuviera en casa. No le había dicho que pensara salir. Pero últimamente lo notaba muy inquieto, y no sabía muy bien qué hacer. No se le pasó por la cabeza llamarlo a las dos de la mañana ni que pudiera haber ido a la casa del guarda para cenar con los O'Connor. Pero, después de cinco meses, su relación parecía haberse estancado.

Coop pasó mucho rato despierto en su cama, pensando en las cosas que habían hablado él y Valerie. Tenía mucho que pensar, y muchas decisiones que tomar. Finalmente se durmió, y soñó con Charlene y el bebé.

22

Después de la cena con Jimmy y Valerie, las cosas empeoraron considerablemente para Coop. Al día siguiente tuvo una reunión con Abe, quien le dijo que si las cosas no cambiaban mucho en los próximos tres meses, tendría que vender definitivamente La Villa.

—Tiene impuestos pendientes, facturas de tiendas, de hoteles, le debe ochenta mil dólares a su sastre de Londres. Debe dinero a joyeros, le debe dinero prácticamente a todo el mundo. Y si a final de año no paga lo que le debe al fisco, por no hablar de las tarjetas de crédito, ni siquiera le darán la oportunidad de vender la casa; se la embargarán y la venderán por usted. —Las cosas estaban mucho peor de lo que Coop había pensado y por una vez en su vida escuchó a Abe. Por alguna razón, los meses que había pasado con Alex habían mejorado su oído—. Creo que tendría que casarse con Alex —le sugirió el hombre con sensatez, pero a Coop la sugerencia le ofendió.

—Mi amor no tiene nada que ver con mi situación económica, Abe —dijo con aire digno. Pero a su contable sus escrúpulos le parecieron absurdos. Tenía una oportunidad única. ¿Por qué no aprovecharla? Casarse con Alex le hubiera dado el empujón que necesitaba desesperadamente.

Alex acababa de trabajar tres días seguidos cuando volvió a casa agotada una noche. Había cubierto el puesto de otras dos personas y había tenido varias emergencias seguidas, bebés en estado crítico, madres histéricas, un padre que amenazó a un médico con un arma cuando su bebé murió inesperadamente y que fue posteriormente arrestado... Cuando llegó a la casa, se sentía como si ya lo hubiera visto todo. Mark y Taryn habían salido un par de días fuera, y lo único que Alex quería era darse un baño y acostarse junto a Coop. Ni siquiera tenía energía para contarle todo lo que había pasado.

—¿Un mal día? —le preguntó él, y ella hizo que sí con la cabeza. Estaba a punto de echarse a llorar de puro agotamiento. Quería ver a Jimmy, pero estaba demasiado cansada. Había prometido que por la mañana pasaría a verlo. El pobre se estaba volviendo loco tanto tiempo encerrado allí con su madre. Alex lo llamaba siempre que podía, pero en los dos últimos días ni siquiera había tenido tiempo para eso. Se sentía como si hubiera estado secuestrada en otro planeta.

—Tres malos días —le explicó, mientras Coop se ofrecía a prepararle la cena—. Estoy demasiado cansada para comer nada —le dijo sinceramente—. Lo único que quiero es meterme en la bañera y acostarme. Lo siento, Coop. Mañana estaré mejor.

Pero, por la mañana, notó a Coop extrañamente callado. Estuvo mirando al vacío mientras tomaban el desayuno. Ella le preparó huevos con beicon y le sirvió zumo de naranja en su vaso favorito de Baccarat. Cuando terminó el desayuno, la miró con expresión desdichada.

—¿Estás bien? —preguntó ella muy serena. Después de una noche de sueño y un buen desayuno se sentía mucho mejor. Pero ella era mucho más joven que Coop, y se recuperaba enseguida.

—Tengo que decirte algo —dijo, y por un momento su expresión se volvió angustiada.

—¿Hay algún problema? —Coop no respondió. No hubiera sabido decir el porqué, pero últimamente Alex tenía la sensación de que estaban perdiendo altura.

—Alex... hay cosas de mí que no sabes. Cosas que no quería decirte. Tampoco quería decírmelas a mí mismo. —Sonrió con pesar—. Estoy muy endeudado. Me temo que soy un poco como el hijo pródigo y lo he gastado todo en un «vivir desenfrenado». El problema es que, a diferencia del hijo pródigo, yo no tengo un padre al que regresar. Mi padre murió hace mucho tiempo, y de todos modos tampoco tenía dinero. Lo perdió todo durante la Depresión. Estoy con la soga al cuello, como se suele decir. Impuestos, deudas, y un día de estos me van a ajustar cuentas. Hasta es posible que tenga que vender la casa.

Por un momento, Alex pensó si no le estaría pidiendo dinero, aunque no le hubiera molestado. Ahora estaban lo bastante unidos para que Coop pudiera sincerarse con ella. Prefería eso a que hubiera secretos entre ellos, incluso si la verdad era desagradable. De todos modos, ella ya sabía lo que le estaba contando por su padre.

—Lamento oírte decir esto, Coop. Pero no es el fin del mundo. Hay cosas peores. —Como la muerte, la mala salud, el cáncer, o lo que le había pasado a Maggie.

—Para mí no. Mi estilo de vida es importante para mí. Tanto que alguna vez hasta he llegado a vender mi alma y he participado en malas películas o he gastado un dinero que no tenía para poder seguir viviendo como yo quería, como yo sentía que merezco vivir. No es algo de lo que pueda sentirme orgulloso, pero lo hice. —Coop estaba explicando su situación claramente. Tenía que hacerlo. Era la voz de su conciencia la que hablaba, aunque hasta entonces no sabía que tenía. Para él era algo completamente desconocido.

—¿Quieres que te ayude? —preguntó Alex con mirada amorosa. Lo amaba de verdad, tanto si quería tener hijos con ella como si no. Había decidido hacer ese sacrificio si él se lo pedía. Valía la pena.

Pero la respuesta de Coop la sorprendió.

—No, no quiero. Por eso estoy hablando contigo. Casarme contigo sería la forma más fácil de solucionar mis problemas. Y a la larga la más dura. Si me casara contigo, nunca sabría cuáles fueron mis motivos reales. Si tú o tu dinero.

—Quizá no es necesario que lo sepas. Todo está incluido en el lote. No tienes que elegir una cosa o la otra.

—Si te he de ser sincero, ni siquiera estoy seguro de quererte. O al menos no lo bastante para casarme contigo. Me encanta estar contigo, nos divertimos. Nunca he conocido a nadie como tú. Pero para mí eres una solución. Una respuesta a mis plegarias y mis problemas. Y luego qué. Todos dirán que soy un gigoló y seguramente tendrán razón. Y con el tiempo seguramente tú también lo harás, y tu padre. Hasta mi contable piensa que tendría que casarme contigo. Es mucho más fácil que trabajar para pagar impuestos atrasados. Y no quiero convertirme en eso. Quizá sí te quiero, Alex, porque me importas lo bastante para que te diga que no soy la persona con la que quiero que te cases.

—¿Me estás hablando en serio? —Parecía horrorizada—. ¿Me estás hablando en serio? —Ya lo sabía, pero no quería aceptarlo.

—Soy demasiado viejo para ti, lo bastante viejo para ser tu abuelo. No quiero hijos. Ni los de Charlene, ni los tuyos ni los de nadie. Ahora tengo una hija, por la gracia de Dios. Es una mujer adulta y muy agradable y yo no he hecho nada por ella en mi vida. Soy demasiado viejo y estoy demasiado cansado y depauperado, y tú eres demasiado joven y rica. Tenemos que acabar con esto.

Alex sintió como si el desayuno se le hubiera atascado en la garganta.

—¿Por qué? Ni siquiera te he pedido que te cases conmigo. No necesito casarme, Coop. Y decirme que soy demasiado rica es discriminación. —Él sonrió al oírlo, pero Alex tenía lágrimas en los ojos, y él también. Detestaba estar haciendo aquello, pero sabía que tenía que hacerlo.

—Tú tendrías que casarte y tener hijos, montones de hijos. Serías una madre estupenda. Y cualquier día esa bruja de Charlene va a convertir mi vida en un escándalo. No puedo hacer nada por evitarlo, pero al menos puedo ahorrarte el bochorno de tener que pasar por todo eso conmigo. No puedo hacerte algo así. Y no permitiré que tú resuelvas mis problemas económicos. De verdad, si me casara contigo, nunca sabría por qué lo he hecho. Seguramente sería por el dinero. Porque, si no tuviera los problemas que tengo, ni se me habría pasado por la imaginación casarme. Solo estaría jugando. —Nunca había sido tan franco con nadie, pero sentía que se lo debía a Alex.

—¿No me quieres? —Sonaba como una niña a la que acaban de abandonar en un orfanato, y era como se sentía. Coop la estaba rechazando. Igual que habían hecho sus padres. Y Carter.

Mientras lo miraba, sintió que el mundo se le caía encima. Coop estaba siendo muy sincero, porque se había prometido que lo sería.

—Si he de serte sincero no lo sé. Ni siquiera estoy seguro de saber lo que es el amor. Pero, sea lo que sea, no tendría que existir entre una joven de tu edad y un hombre de la mía. Es algo contra natura y no está bien. No es correcto. Y el hecho de que me case contigo por lo que podrías hacer por mí no cambiaría las cosas. Solo las empeoraría. Por una vez en mi vida, quiero ser una persona digna y no limitarme a actuar como si lo fuera. Quiero hacer lo más correcto para los dos. Y en este caso lo más correcto es dejarte libre y arreglar mis asuntos yo solo, cueste lo que cueste. —Había hecho un esfuerzo sobrehumano para decir aquello y se le partía el corazón al ver a Alex. Hubiera querido abrazarla y decirle cuánto la quería, porque la quería, la quería lo bastante para no arruinarle la vida quedándose con ella—. Creo que tendrías que irte a casa, Alex —dijo con tristeza—. Esto es muy duro para los dos. Pero créeme, es lo mejor.

Alex recogió la mesa entre lágrimas y, después, subió a la habitación y recogió sus cosas. Cuando bajó, encontró a Coop sentado en la biblioteca, con aspecto pesimista. Odiaba lo que estaba haciendo, pero sabía que era necesario.

—Es terrible tener conciencia, ¿verdad? —Ella se la había dado, como un regalo, y también Taryn. No estaba muy seguro de estarles agradecido. Pero ahora que estaba ahí tenía que utilizarla.

—Te quiero, Coop —dijo ella mirándolo, esperando que cambiara de opinión y la llamara y le pidiera que se quedara con él. Pero no lo hizo. No podía hacerlo.

—Yo también te quiero, chiquita... cuídate. —No hizo ademán de acercarse a ella. Alex hizo un gesto con la cabeza y salió de la casa. Se sentía como si su vida de princesa de ensueño se acabara de terminar. La echaban de su hogar, a la oscuridad y la soledad. No podía entender por qué Coop había hecho aquello y se preguntó si no habría otra persona. Y la había. Era Coop. Ahora se tenía a sí mismo. Finalmente había encontrado esa parte de sí mismo que siempre le había faltado y siempre había temido encontrar.

Alex se alejó en su coche por el camino, llorando, y cuando la verja de entrada se abrió, supo sin lugar a dudas que se había convertido en calabaza. O al menos así es como se sentía. Pero ella era la misma de siempre. Era Coop quien se había convertido en un príncipe. En uno de verdad.

23

Jimmy no entendía por qué no tenía noticias de Alex. No le había llamado, no había ido a verle. Y Valerie le dijo que no la había visto por la piscina en toda la semana. Tampoco había visto a Coop. Cuando, finalmente se topó con él, le pareció que se le veía triste. Ni siquiera supo si dirigirse a él. Se limitó a nadar en silencio, hasta que al rato él se dirigió a ella. Le preguntó por Jimmy.

—Está mejor. Se queja continuamente. Está harto de tenerme a su lado. Estará mejor cuando empiece a moverse con las muletas. —Coop se limitó a asentir con el gesto. Y entonces Valerie le preguntó por Alex. Se hizo un silencio interminable. Coop la miró y Valerie vio en sus ojos algo que no había visto antes. Lo vio desesperadamente triste, y eso no era propio de él. Coop siempre había sabido disimular, incluso ante sí mismo. Se le daba muy bien. Pero ya no. Había dejado de ser un dios, era un simple mortal. Y los mortales sufrían. Y mucho.

—Ya no salgo con ella —dijo muy desdichado, y Valerie, que se estaba secando el pelo con una toalla, se paró en seco. Se dio cuenta enseguida de lo mucho que le trastornaba lo que acababa de decir.

—Lo siento. —No se atrevió a preguntarle qué había pasado. Coop se lo había dicho a Taryn y Taryn comió con Alex y luego le contó a Coop lo infeliz que se sentía. Lo sentía por los dos, pero estaba convencida de que Coop había tomado la decisión correcta, sobre todo por Alex. Con el tiempo Alex lo comprendería. Y a Coop le hizo sentirse mejor cuando lo dijo; ahora necesitaba todo su apoyo.

—Yo también lo siento —le confesó Coop a Valerie—. Renunciar a ella ha sido como renunciar a la última de mis ilusiones. Es mejor así. —No le habló de sus deudas, ni del hecho de que no se casaba con ella por su dinero. Le bastaba con saberlo él. La virtud es una recompensa por sí misma, o algo así. Es lo que se decía a sí mismo con frecuencia por la noche, pero aun así la añoraba terriblemente. Y no tenía ningunas ganas de salir a buscar otra mujer, sobre todo joven. En él eso era una novedad.

—Es terrible ser adulto, ¿verdad? —preguntó ella con gesto comprensivo—. Yo lo detesto.

—Yo también —repuso Coop, y le sonrió. Era una mujer agradable. Como Alex, que era la razón por la que se había negado a aprovecharse de ella. Quizá por primera vez en su vida se había enamorado de verdad.

—¿Quiere cenar con nosotros? —le preguntó Valerie generosamente, pero él negó con la cabeza. Por una vez en su vida no quería ver a nadie. No quería hablar, ni jugar ni ir a ninguna fiesta—. Puede compadecerse de sí mismo junto a Jimmy y aullar a la luna los dos juntos.

—No me tiente —repuso él con una sonrisa—. Quizá de aquí a unos días. —O unos años. O unos siglos. Le sorprendía ver lo mucho que la añoraba. Alex se había convertido en un vicio delicioso. Demasiado delicioso. Con el tiempo, se le hubiera atragantado, o le hubiera hecho daño, y eso no lo hubiera querido de ninguna de las maneras.

Al principio Valerie no le dijo nada a Jimmy, pero cuando vio que empezaba a refunfuñar otra vez por el silencio de Alex, cedió.

—Creo que en estos momentos tiene sus propias penas —le dijo con dulzura.

—¿Y eso qué significa? —le gruñó él. Estaba harto de aquella silla de ruedas y de las escayolas de las piernas. Y estaba enfadado con Alex. Se había olvidado totalmente de él.

—Creo que ella y Coop han dejado de verse. En realidad es

seguro. Hace unos días me encontré con él en la piscina y me lo dijo. Me parece que los dos están muy afectados. Seguramente por eso no has sabido nada de ella.

Cuando oyó aquello Jimmy se quedó muy callado. Y, después de pensarlo bien unos días, la llamó al hospital, aunque le dijeron que aquel día no trabajaba. No tenía el número de su estudio. Llamó a su busca, pero ella no contestó. Pasó otra semana antes de que lograra localizarla en el trabajo.

—¿Qué te pasa? ¿Es que te has muerto o qué? —le ladró. Se había pasado la mañana fustigando a su madre. Echaba en falta poder hablar con Alex. Era la única persona a quien había abierto su corazón y ahora había desaparecido.

—Sí, me he muerto... más o menos. He estado muy ocupada. —Se la oía fatal, como si estuviera a punto de llorar. Se había pasado dos semanas llorando.

—Lo sé. —La voz de Jimmy se suavizó. Se notaba que estaba muy afectada—. Mi madre me dijo lo que había pasado.

—¿Y ella cómo lo sabe? —Pareció sobresaltada.

—Creo que Coop se lo dijo. La vio en la piscina o algo así. Lo siento, Alex. Sé que debes de sentirte muy mal. —Pensaba que era lo mejor para ella, pero no quiso decir nada para no alterarla más.

—Pues sí. Es complicado. Tuvo una crisis de conciencia o algo por el estilo.

—Es bueno saber que tiene conciencia. —A pesar de lo que había pasado, a Jimmy seguía sin gustarle. Sobre todo si entre medias había hecho daño a Alex. Pero en una situación así es imposible evitar el dolor. La separación de dos vidas que se han convertido en una, aunque sea brevemente, es inevitablemente dolorosa—. Me quitan las escayolas la semana que viene y me pondrán unas más finas que me permitirán caminar. ¿Te importa si voy a verte cuando las tenga?

—No. Me encantaría. —No quería tener que ir a La Villa para verlo y arriesgarse a encontrarse con Coop. Hubiera sido demasiado doloroso para ella, y puede que también para él.

—¿Puedo llamarte de vez en cuando? No sé cómo localizarte. Siempre estás ocupada en el trabajo, y no tengo el número de tu casa.

—No tengo. Duermo en un cesto para la ropa sucia, sobre un montón de ropa —repuso ella, sintiéndose y pareciendo una plañidera.

—Eso suena estupendo.

—Pues no lo es. Oh, mierda, Jimmy, me siento tan mal... creo que tiene razón, pero le quería de verdad. Dice que es demasiado viejo para mí, y que no quiere hijos. Y... tiene muchos problemas y no quiere que yo los arregle por él. Creo que piensa que se ha comportado de forma muy innoble. Qué tontería.

—Pues yo creo que se ha comportado como un hombre y que está haciendo lo correcto. Tiene razón. Es demasiado viejo para ti y tú tienes que tener tus hijos. Cuando tengas cincuenta años, él tendrá noventa.

—Eso no tiene por qué importar —dijo ella en tono quejumbroso. Seguía añorándolo. Nunca había conocido a nadie como él.

—A lo mejor sí. ¿De verdad quieres renunciar a tener hijos? Además, incluso si hubieras logrado convencerle, él no te hubiera apoyado durante el proceso. —Alex sabía que eso era cierto. Cuando Jimmy tuvo el accidente, Coop se mantuvo totalmente al margen porque ir al hospital le resultaba «desagradable». A largo plazo, necesitaba un hombre que estuviera dispuesto a aguantar a su lado las cosas agradables y las desagradables. Coop nunca lo haría. Esa era una faceta de él que no le había gustado.

—No sé. Me siento fatal. —Era agradable poder sincerarse con Jimmy otra vez. Añoraba su amistad. La única persona con quien había hablado desde que pasó era Taryn y se había mostrado muy comprensiva, aunque también pensaba que Coop había hecho lo correcto. Una parte de ella también lo pensaba, pero simplemente no se sentía bien.

—Seguramente te sentirás así por un tiempo —dijo Jimmy con gesto comprensivo. Él lo sabía muy bien. Había pasado por eso mismo después de lo de Maggie, pero desde el accidente se sentía mucho mejor. Había sido una especie de epifanía—. Cuando me quiten la escayola, te llevaré a cenar y a ver una película.

—Soy una compañía espantosa —se disculpó Alex compadeciéndose de sí misma, y él sonrió.

—Yo también. No dejo de darle coces a mi madre. No sé cómo puede aguantarme.

—Supongo que porque te quiere. —Los dos sabían que lo adoraba.

Jimmy prometió volver a llamarla al día siguiente y cuando la llamó, le pareció que la oía mejor. La estuvo llamando cada día hasta que le quitaron las escayolas. Y, para celebrarlo, la llevó a cenar. Su madre los llevó, y le alivió ver que Alex tenía mejor aspecto. Había sido un duro golpe, pero a la larga quizá sería lo mejor. Era difícil saberlo, pero esperaba que fuera así. Coop había vuelto a hablarle. Se había entregado de lleno al rodaje de una serie de anuncios y eso le mantenía distraído. Además, estaba preocupado por los tests de ADN que le harían a Charlene. Lo que menos falta le hacía en aquellos momentos era tener que mantener a un bebé, por no hablar de Charlene, con quien seguía estando furioso.

—Se lo prometo, Valerie —le había dicho el día antes—, nunca volveré a salir con una mujer. —Estaba hecho una furia y ella se rió.

—¿Por qué será que no le creo? No me creería una cosa así aunque tuviera noventa y ocho años y lo dijera en su lecho de muerte. Su vida siempre ha girado alrededor de las mujeres.

Con el paso de las semanas, se habían hecho buenos amigos. Coop se mostraba sorprendentemente sincero con ella y ella con él.

—Es cierto —dijo él, pensándolo mejor—. Pero la mayoría de las veces elijo a la mujer equivocada. Alex no lo era y, si no hubiera sabido que tenía dinero, tal vez hubiera sido distinto. Lo supe desde el momento en que la conocí. Y siempre fue un factor importante en mis sentimientos hacia ella. Nunca fui capaz de separar las dos cosas, lo que sentía y lo que necesitaba de ella. Me sentía demasiado confuso. —Lo había repasado todo mil veces, pero siempre acababa en el mismo punto. Confuso. Entonces, finalmente, llegó a la conclusión de que había hecho lo correcto. En una ocasión hasta reconoció ante Valerie que Alex era demasiado joven; eso para él ya era mucho.

—Sigo pensando que ha hecho lo correcto, Coop —dijo ella con sinceridad—. Aunque si se casara con ella lo entendería perfectamente. Es una joven muy especial y le quiere. Hay cosas peores. —Aunque en realidad esperaba que no se casaran. Por el bien de Alex.

—Yo también la quiero. Pero la verdad es que no quería casarme con ella. En realidad no. Y desde luego tampoco quería que tuviéramos hijos. Sentía que debía casarme con ella porque necesitaba el dinero. Es lo que mi contable quería. —Después de lo que había dicho, seguía pensando que había tomado la decisión más adecuada para los dos.

—¿Qué va a hacer ahora para solucionar sus problemas? —le preguntó Valerie preocupada.

—O una película muy buena —repuso él pensativo— o un montón de anuncios malos. —Ya le había dicho a su agente que estaba dispuesto a aceptar papeles diferentes a los que solía interpretar. Estaba dispuesto a considerar la idea de interpretar a un hombre mayor, o al padre de alguien. Ya no esperaba seguir haciendo el papel protagonista. Su agente se había quedado de piedra y desde luego Coop casi se muere cuando lo dijo. Pero el agente parecía más animado de lo que lo había estado en la última década.

Llegó el 1 de julio. Coop había conseguido recuperarse y Alex parecía un poco más alegre. Valerie había llevado a Jimmy a verla al hospital varias veces y, un fin de semana que sabía que Coop estaría fuera, Alex fue a la casa del guarda para cenar con ellos, además de Mark y Taryn. Los niños volverían a casa después de la fiesta del Cuatro de Julio. Finalmente habían accedido a asistir a la boda de su madre. Seguían diciendo que Adam era un imbécil pero lo hacían por su madre. Mark estaba orgulloso.

—Nos vamos a prometer —dijo Mark mirando a Taryn con orgullo.

Los dos se sentían un poco cohibidos, pero se notaba que estaban entusiasmados y muy enamorados.

—¡Enhorabuena! —dijo Alex sintiendo una punzada. Seguía añorando a Coop y los momentos que habían compartido. En ningún momento pensó que pudiera acabarse tan pronto y seguía doliéndole.

Jimmy se movía con dificultad por la habitación, con ayuda de las muletas y su madre trataba de convencerlo para que fuera a la casa que tenían en Cape Cod más adelante aquel verano.

—No puedo dejar el trabajo, mamá. Tendré que empezar tarde o temprano. —Se había comprometido a volver la semana siguiente, con muletas. No podría hacer visitas a domicilio, pero al menos podría recibir gente en su oficina. Valerie le llevaría en coche al trabajo, y se quedaría a su lado hasta que volviera a caminar y conducir otra vez.

—Me siento como un crío, con mi madre llevándome arriba y abajo —le confesó a Alex con una sonrisa triste.

—Da gracias por tenerla —la reprendió Alex. Todos pasaron una agradable velada; más tarde, cuando volvía a casa, Alex se preguntó cómo le iría a Coop. Sabía que estaba pasando un par de días en Florida, para rodar un anuncio en un velero. Pero no la había llamado. Le dijo que lo mejor era que no hablaran durante un tiempo, aunque esperaba que algún día fueran amigos. Por el momento, no parecía una perspectiva muy agradable. Seguía enamorada de él.

Los hijos de Mark volvieron a casa después del Cuatro de Julio. Tres días más tarde, Alex vio en un calendario que era la fecha en que Charlene tenía que hacerse las pruebas. En principio, los resultados tenían que estar en diez días. ¿Qué pasaría? ¿Tendría alguna noticia? Dos semanas más tarde, Coop la llamó. Estaba entusiasmado y quería compartir su alegría con ella. En cuanto se enteró, cogió el teléfono para llamarla.

—¡No es mío! —contó con entusiasmo después de preguntarle a Alex cómo le iba—. Pensé que te gustaría saberlo, así que te he llamado. ¿No es maravilloso? Soy libre.

—¿De quién es? ¿Lo sabes? —Alex se alegró por él, aunque sintió una punzada en el corazón al volver a oírle.

—No, ni me importa. Lo único que me importa es que no es mío. Nunca me he sentido tan aliviado. Soy demasiado viejo para tener hijos, ni legítimos ni ilegítimos —explicó. Quería recordarle a Alex, y quizá también a sí mismo, que no era el hombre adecuado para ella, por si aún estaba llorándolo. Él también la añoraba, pero cada día estaba más convencido de que había hecho lo correcto al cortar con ella. Y estaba más convencido que nunca de que Alex debía estar con un hombre que quisiera tener hijos con ella.

—Apuesto a que Charlene está decepcionada —dijo Alex pensativa, asimilando aún la noticia. Sabía que era un gran alivio para él, y que llevaba muchos meses muy preocupado.

—Diría más bien que tiene un ánimo suicida. Seguramente el padre será el empleado de alguna gasolinera y no podrá sacarle la manutención ni un piso en Bel Air. Se lo merece. —Los dos se rieron. Coop parecía más relajado de lo que lo había estado en meses. La semana siguiente, Alex vio en las revistas del supermercado una primera página donde decía «¡El hijo del amor de Cooper Winslow no es suyo!». Debía de ser cosa de su agente de prensa. Coop se defendía. Lo que lo dejaba libre como un pájaro, con sus deudas todavía pendientes, y a Alex igual de sola. Pero, cuando la llamó, volvió a dejarle muy claro que no volvería con ella, no solo por ella, sino por sí mismo. Ya no le parecía bien salir con una mujer cuarenta años más joven. Los tiempos habían cambiado. Y él también.

—De acuerdo, de acuerdo —dijo ella cuando Jimmy la reprendió por trabajar más de lo habitual. Nunca podía verla—. Sigo añorándolo. No hay muchos como él.

—Pues igual no es tan malo —bromeó Jimmy. Había vuelto al trabajo, y se sentía mejor de lo que se había sentido en mucho tiempo. Dormía bien y decía que estaba engordando por la comida de su madre, aunque no se le notaba. Aún le quedaba un mes de rehabilitación antes de poder quitarse las últimas vendas. Insistía en llevarla a cenar y al cine, con su madre haciendo de chófer. Pero estaba mucho más animado y, conforme el tiempo pasaba, ella empezó a animarse también. Se sentía como la mujer que fue y disfrutaba en compañía de Jimmy. Maggie había muerto hacía seis meses, y Coop la dejó hacía uno. Los dos se estaban recuperando de sus heridas emocionales.

—¿Sabes? —le dijo Jimmy una noche mientras cenaban en

un chino. Por una vez habían cogido un taxi. Su madre tenía una cita y no quería ser un estorbo. Alex dijo que ella lo llevaría de vuelta a casa en su coche—. Creo que tendrías que empezar a salir con hombres.

—¿En serio? —repuso ella con mirada divertida—. ¿Y quién te ha dicho que seas el guardián de mi vida amorosa?

—Para eso están los amigos, ¿no? Eres demasiado joven para estar de duelo por un hombre con el que solo has salido cuatro o cinco meses. Tienes que salir al mundo y volver a empezar. —Su actitud casi parecía paternal. Siempre lo pasaban bien juntos y no había ni un solo tema que no pudieran compartir. Ella se mostraba tan abierta con él como él con ella. La amistad que compartían era especial, y significaba mucho para los dos.

—Bueno, pues gracias, doctor Strangelove. Y, por si te interesa, te diré que aún no estoy preparada.

—Oh, claro, necesitas tiempo.

—No. Bueno, sí —rectificó— y además, estoy demasiado ocupada. No tengo tiempo para relaciones. Soy médico.

—No me impresionas. Ya eras médico cuando empezaste a salir con Coop. ¿Qué ha cambiado?

—Yo. Me siento herida. —Pero sus ojos reían cuando lo dijo. Simplemente, aún no había encontrado a nadie con quien le interesara salir, y definitivamente, era difícil estar a la altura de Coop. Había sido maravilloso con ella, incluso si era una relación que no podía durar. Empezaba a comprenderlo, aunque hubiera deseado que no fuera así.

—No creo que te sientas herida. Creo que eres perezosa y tienes miedo.

—¿Y qué me dices de ti? —le devolvía la pelota, mientras se terminaban su *dim sum* y ella se comía su último muslito.

—Estoy aterrado, que es distinto. Además, yo estoy de duelo. —Lo dijo muy serio, aunque no se le veía ni la mitad de desolado que cuando lo conoció. Volvía a tener un aspecto saludable—. Pero un día de estos pienso salir con alguien. Mi madre y yo hemos hablado mucho del tema. Ella ya pasó por esto cuando mi padre murió y dice que cometió un gran error al no volver a relacionarse. Creo que se arrepiente.

—Tu madre es una mujer estupenda —dijo Alex con admiración. Sentía un profundo afecto por ella y pensaba que Jimmy era muy afortunado.

—Sí, lo sé. Aunque también sé que está muy sola. Creo que en estos momentos le encanta estar aquí conmigo. Le he dicho que tendría que venirse a vivir aquí. —Y lo había dicho en serio.

—¿Crees que lo hará? —preguntó Alex interesada.

—Sinceramente, no. Le gusta Boston, está muy a gusto allí. Y le encanta la casa de Cape Cod. Normalmente pasa allí los veranos. Se irá para allá en cuanto me quiten los vendajes. Creo que está impaciente. Cuando está allí le encanta andar arriba y abajo haciendo pequeñas reparaciones.

—¿Y a ti te gusta ir? —Alex sentía curiosidad.

—A veces. —Tenía muchos recuerdos de Maggie allí, y sabía que sería muy duro tener que vivir con ellos. Había decidido no ir hasta el verano siguiente. Para entonces quizá le resultaría más fácil. Su madre le había dicho que lo entendía. Era una mujer muy comprensiva. Sobre todo ahora. Daba gracias por que su hijo estuviera vivo.

—Yo odio nuestra casa de Newport. Es como la casa de Coop, pero más grande. Siempre he pensado que era una estupidez tener una casa así en la playa. Cuando era pequeña me hubiera gustado que tuviéramos algo más sencillo, como los otros niños. Yo siempre tenía lo más grande, lo mejor y más caro. Era muy embarazoso. —La casa de Palm Beach era más grande aún, y también la odiaba.

—Se nota que ha sido muy traumático para ti —bromeó Jimmy mientras se bebían el té y ella se quejaba de lo mucho que había comido. Eran como dos niños bromeando—. Mírate, ya no llevas ropa como Dios manda. No creo que tengas ni un par de tejanos que no estén rotos. Llevas un coche que parece que lo hayas sacado de un desguace y, por lo que me has dicho, tu apartamento está como si lo hubieras decorado en un basurero. Es evidente que tienes una fobia psicótica por todo lo que sea limpio o caro. —No se dio cuenta, pero hubiera podido hacerle aquel mismo discurso a Maggie, y lo hizo muchas veces.

—¿Tienes alguna queja sobre mi aspecto? —Parecía divertida, no ofendida.

—No, en realidad tienes muy buen aspecto, teniendo en cuenta que te pasas el noventa por ciento del tiempo con ropa de hospital. El resto del tiempo tienes un aspecto estupendo. Me estoy quejando de tu coche y tu apartamento.

—Y de mi vida amorosa, o ausencia de ella. No te olvides. ¿Alguna otra cosa de la que quiera quejarse, señor O'Connor?

—Sí —dijo él mirándola a los ojos y pensando que eran como terciopelo marrón—. No me tomas en serio, Alex. —Su voz sonó extraña.

—¿Y qué es lo que tengo que tomarme en serio? —Ella pareció sorprendida.

—Creo que me estoy enamorando de ti —dijo con suavidad, sin estar muy seguro de cómo iba a reaccionar y aterrado ante la idea de que lo odiara. La noche antes, él y su madre hablaron seriamente del tema y ella lo animó a que se lo dijera.

—¿Que tú qué? ¿Estás loco? —Parecía perpleja.

—Esa no es exactamente la respuesta que esperaba. Y sí, creo que sí. Me ponía malo cuando salías con Coop. Siempre pensé que no era la persona adecuada para ti. Aunque no estaba preparado para ser yo esa persona —confesó sinceramente mientras ella lo miraba con asombro—. Y todavía no estoy seguro de que lo sea. Pero me gustaría ser esa persona algún día. O al menos que me dejes echar una solicitud para el puesto.

»Es posible que al principio me cueste un poco, por Maggie. Pero quizá sea menos de lo que parece. Creo que es como quitarme los vendajes de las piernas y volver a caminar. Lo mismo. Eres la única mujer que he conocido con la que siento algo muy parecido a lo que sentía por Maggie. Era toda una mujer, igual que tú... No sé ni que digo, solo sé que estoy aquí y que me importas, y que me gustaría ver lo que pasa si le damos una oportunidad a lo nuestro. Debes de estar pensando que soy un lunático, porque no hago más que decir sandeces y parezco un perfecto idiota. —No dejaba de balbucear y Alex alargó la mano para tocar la de él.

—Eh, no pasa nada —le dijo con suavidad—. Yo también tengo miedo... y también me gustas... siempre me has gustado... después del accidente tenía mucho miedo de que te murieras. Lo único que quería era que despertaras del coma y regresaras... y lo hiciste... y ahora Coop se ha ido. Yo tampoco sé lo que va a pasar, pero hagamos las cosas poco a poco, ¿vale? Y ya se verá.

Jimmy seguía allí sentado, sonriéndole, no muy seguro de lo que había dicho ninguno de los dos o de lo que sentían, salvo que se gustaban. Pero quizá era suficiente. Los dos eran buenos y merecían encontrar a la persona adecuada. Si eran o no la persona adecuada para el otro era algo que aún estaba por verse, pero al menos ya era un principio. Era la promesa de prometer que intentarían prometer que quizá si tenían suerte algún día se enamorarían el uno del otro. Los dos habían abierto su puerta y estaban ante el umbral de un nuevo principio. Era todo lo que cualquiera de los dos hubiera podido pedir o esperar en aquel momento. Era suficiente. No estaban preparados para otra cosa.

Cuando Alex lo llevó de vuelta a su casa aquella noche, los dos se sentían a gusto e incómodos, asustados y esperanzados. Ella lo ayudó a bajar del coche y subir las escaleras, y entonces él se volvió con una sonrisa, se inclinó y la besó. Jimmy perdió pie y casi se cayó; mientras lo ayudaba a meterse en la cama, Alex le gritó.

—¿Estás loco? ¡Podías haberte caído por las escaleras y habernos matado a los dos!

Jimmy la miró y se puso a reír. Siempre le había gustado todo de ella, y ahora más.

—¡Deja de gritarme! —le espetó de buen humor.

—Entonces no hagas cosas estúpidas como la que acabas de hacer —dijo ella, y le devolvió el beso. Unos minutos más tarde, Alex se fue y, cuando ya había bajado las escaleras, desde la sala de estar le gritó—: Dile a tu madre que gracias. —Por lo que les había dado, por animar a Jimmy a vivir otra vez y dejar por fin que Maggie se fuera, al menos un poco. No había ninguna promesa, ninguna garantía. Pero había esperanza para los dos. Eran jóvenes y la vida les deparaba muchas cosas. Alex condujo hasta su casa pensando en Jimmy, con una sonrisa en los labios. En su habitación, Jimmy sonreía también con expresión pensativa. A veces la vida era una carretera peligrosa, cargada de demonios y problemas. Pero su madre tenía razón. Había llegado el momento de darle otra oportunidad a la vida. El momento de empezar de nuevo.

24

Mientras Alex y Jimmy estaban en el restaurante chino, Coop estaba con Valerie. Había prometido llevarla a L'Orangerie. La mujer llevaba casi dos meses cuidando de Jimmy y Coop pensó que al menos merecía distraerse una noche. Valoraba mucho su amistad. Aparte de que, desde que Alex se fue, había estado muy solo. En el pasado, siempre se lanzaba a un nuevo romance para sanar sus «*chagrins d'amour*», pero esta vez había preferido pasar un tiempo solo. Otra cosa nueva en él.

También era la primera vez que iba a un restaurante desde hacía un mes, y Valerie resultó ser una excelente compañía. Por lo visto compartían muchos puntos de vista sobre muchas cuestiones diferentes.

Les gustaban las mismas óperas, la misma música, las mismas ciudades europeas. Él conocía Boston casi tan bien como ella. Y a los dos les encantaba Nueva York. Valerie había pasado un tiempo en Londres con su marido antes de que Jimmy naciera, y a Coop también le encantaba ir allí. Hasta les gustaba la misma comida y los mismos restaurantes.

Pasaron una velada agradable y relajada; hablaron de Taryn y Mark. Coop le contó cómo Taryn había aparecido en su vida. Y Valerie le habló de Jimmy y de su padre, de lo parecidos que eran. Hablaron de todo lo que era importante para los dos. Y Coop habló de Alex.

—Para ser sincero, Valerie, estaba loco por ella, pero no creo que estuviera bien. No estoy seguro de que ella sea lo bastante mayor para comprenderlo, pero creo que a la larga nos hubiéramos hecho muy desgraciados. En el último mes hasta me lo había planteado, pero egoístamente no quería renunciar a ella. —Al final, por una vez, Coop había optado por no ser egoísta. Hablaron de Charlene, y del error tan grande que Coop había cometido con ella. No se escondieron nada. Alex le había enseñado a no hacerlo. Ahora la sinceridad era algo familiar para él y afloró de forma espontánea con Valiere. Hasta se sinceró sobre la cuestión de su situación económica. Recientemente, había vendido uno de sus Rolls-Royce, y eso era un gran paso para él. Por una vez en su vida, estaba afrontando sus problemas. Liz habría estado orgullosa, y Abe casi lo estaba. Su agente decía que estaba detrás de un papel muy importante. Claro que él siempre decía lo mismo.

—Después de todo, quizá no sea tan malo ser adulto —le confesó a Valerie, contrariamente a lo que había dicho cuando dejó a Alex hacía un mes—. Para mí es algo nuevo. Nunca he sido un hombre mayor. —Su falta de responsabilidad siempre había formado parte de su encanto. Pero, al llegar a un cierto punto, el precio que había que pagar era demasiado alto. Y aún había que pagar las consecuencias—. Este verano quería ir a Europa. —Le había hablado a Alex del Hôtel du Cap, pero ella no podía faltar en el trabajo. De todos modos, él no se lo podía permitir—. Pero me quedaré por aquí y buscaré trabajo.

—¿Quiere venirse conmigo a Cape Cod unos días cuando me vaya? Tengo una bonita casa antigua. Era de mi abuela y no la llevo tan bien como ella. Se está viniendo abajo, aunque tiene mucho encanto. Desde pequeña siempre paso los veranos allí. —La casa significaba mucho para ella y le gustaba la idea de enseñársela a Coop. Estaba segura de que le gustaría.

—Me encantaría —dijo él con una sonrisa cordial. Le gustaba estar con Valerie. Se notaba que había sufrido mucho, pero había aprendido de su sufrimiento y había sabido sacarle provecho. No era una mujer triste, deprimida o quejosa. Era pacífica, tranquila, sabia. Y el solo hecho de estar en su compañía era una ayuda para Coop. Lo había sentido así desde el primer momento. Disfrutaba teniéndola como amiga y no era difícil imaginar esa amistad convirtiéndose en algo más profundo con el tiempo. Nunca se había sentido atraído por una mujer de su edad, o al menos no desde hacía mucho tiempo. Pero ahora veía un gran mérito en ello. Había acabado por sentir un gran desprecio por mujeres como Charlene y no quería herir ni decepcionar a nadie, como había hecho con Alex. Había llegado el momento de jugar con gente más acorde con su edad. Después de todo, Valerie era veinte años más joven, pero teniendo en cuenta que llevaba años saliendo con jovencitas con la mitad de años que Valerie o un tercio de la suya, ya era algo.

—¿Hay alguien en su vida, Valerie? —preguntó él con curiosidad. Quería asegurarse de que no había nadie esperándola en Cape Cod o en Boston antes de embarcarse en nada o planteárselo. Ella negó con la cabeza sonriendo.

—No he querido mantener una relación con nadie desde que mi marido murió. Hace diez años.

Coop parecía perplejo.

—Eso es una pena —dijo él con gesto comprensivo. Era una bella mujer y merecía tener a alguien en su vida.

—Yo también empiezo a pensarlo —confesó ella—. Tenía miedo de que Jimmy hiciera lo mismo. Le he insistido mucho. Necesita tiempo, pero no puede pasarse la vida llorando a Maggie. Era una mujer maravillosa, y una esposa estupenda para él. Pero se ha ido. Y algún día tendrá que aceptarlo.

—Lo hará —dijo Coop muy seguro—. La naturaleza lo hará por él —comentó riendo—. Conmigo lo hizo. Y me temo que demasiadas veces —y entonces se puso serio—. Aunque nunca he pasado por una situación tan dolorosa como esa. —Coop sentía un enorme respeto por los dos. Madre e hijo habían recorrido un largo camino, y a su manera él también lo había hecho. Solo esperaba que Alex se recuperara pronto y no dejara que aquel desengaño la amargara. Sabía que Carter le había hecho mucho daño y no quería aumentar su dolor. Esperaba que encontrara su camino muy pronto.

La velada fue agradable y relajada para los dos. Luego, cuando volvieron a La Villa, estuvieron paseando un rato. Los jardines estaban tranquilos y bonitos en aquella noche cálida de verano. Se sentaron un rato a charlar junto a la piscina. Del ala para invitados les llegaba el sonido de risas. Coop sabía que

Taryn estaba allí con Mark y los niños, aunque ahora que los niños habían vuelto, volvía a dormir a la parte principal de la casa.

—Creo que estarán bien juntos —dijo Coop refiriéndose a ellos, y Valerie estuvo de acuerdo—. Es curioso cómo salen las cosas, ¿verdad? Estoy seguro de que Mark estaba destrozado cuando su mujer le dejó. Y en cambio ahora tiene a Taryn y sus hijos quieren vivir con él. Seguro que nunca hubiera imaginado nada de todo esto. A veces el destino es increíble.

—Esta noche se lo estaba diciendo a Jimmy. Tiene que confiar en que las cosas le saldrán bien. Aunque sean distintas a como él hubiera esperado.

—¿Y qué me dice de usted, Valerie? ¿Le van bien las cosas? —le preguntó con suavidad, mientras se cogían de las manos. Coop veía sus ojos azules a la luz de la luna, y sus cabellos oscuros brillaban.

—Tengo todo lo que necesito —dijo ella, satisfecha con su destino. No pedía ni esperaba mucho de la vida. Tenía a Jimmy. Había sobrevivido. Y por ahora con eso le bastaba. No se atrevía a pedir más.

—¿De verdad? Pues es poco común. La mayoría de la gente nunca diría que tiene todo lo que necesita. Quizá no pida lo suficiente.

—Yo creo que sí. Tal vez me falta una persona con quien compartirlo. Pero si no la tengo tampoco pasa nada.

—Si realmente lo que ha dicho en la cena iba en serio, me gustaría visitarla en Cape Cod —dijo él muy pausado.

—Por supuesto. A mí también me gustaría.

—Me encantan las casas antiguas. Y siempre me ha gustado Cape Cod. Tiene un maravilloso aire a la antigua. No tiene la grandeza de Newport, que a mí siempre me ha parecido algo fuera de lugar, pero las casas son imponentes. —Le hubiera gustado ver la casa de los Madison, aunque eso ya no podría ser. Quizá algún día, cuando él y Alex se hicieran amigos como él esperaba. Pero le gustaba la idea de visitar a Valerie en Cape Cod. Le apetecían unas vacaciones sencillas en un lugar agradable, con una mujer con quien pudiera hablar. Y no se le ocurría nada más agradable que visitarla. Además, el hecho de saber que no quería nada de ella ni ella de él lo hacía todo más fácil. Si se daban algo, sería de corazón. No habría que cuestionar ningún motivo, nada que ganar. Todo era limpio y puro.

Durante un rato estuvieron sentados en silencio, luego él la acompañó a la casa del guarda. La dejó en la puerta y le sonrió. Esta vez quería ir poco a poco. No había prisa. Tenían toda la vida por delante. Ella también sonrió. Sentía lo mismo que él.

—Lo he pasado maravillosamente, Valerie. Gracias por cenar conmigo. —Lo decía muy en serio.

—Yo también lo he pasado muy bien. Buenas noches, Coop.

—La llamaré mañana —prometió. Ella lo saludó con la mano y entró. Nunca hubiera pensado que podía pasarle algo así, ni que hubiera aquella amistad entre ellos. Pero estaba agradecida. Por el momento no necesitaba nada más, y quizá seguiría sin necesitar más. Y lo que tenían era muy especial para los dos.

Coop tenía intención de llamar a Valerie al día siguiente como había prometido. Pero a las nueve de la mañana recibió una llamada de su agente, que le pidió que acudiera lo antes posible a la oficina. Fuera lo que fuese, no había querido decírselo por teléfono. Coop se sintió irritado ante tanto misterio y tantas prisas, pero de todos modos a las once estaba en la oficina y el agente le entregó un guión sin decir palabra.

—¿Qué es? —Coop parecía hastiado. Había visto millones de guiones.

—Léelo, ya me dirás qué te parece. Es el mejor guión que he leído nunca. —Coop esperaba otro papel de figurante o alguna aparición estelar donde hiciera de sí mismo. Lo había visto demasiadas veces, pero era lo único que le ofrecían desde hacía años.

—¿Quieren incluir un papel para mí? —preguntó.

—No hará falta. Esta película está escrita para ti.

—¿Cuánto ofrecen?

—Eso lo hablaremos cuando hayas leído el guión. Llámame esta tarde.

—¿Yo de quién hago?

—De padre —fue lo único que le dijo. No el personaje protagonista. Pero Coop no se quejó. No estaba en posición de decir nada.

Coop volvió a casa y leyó el guión, y quedó muy impresionado. Decididamente, podía ser un papel extraordinario, dependiendo de quién fuera el director y del dinero que quisieran invertir. Después de leerlo, quiso saber más.

—De acuerdo, lo he leído —dijo cuando llamó a su agente. Parecía interesado, pero aún no quería ponerse a dar saltos de alegría. Había muchas cosas que no sabía—. Ahora cuéntame.

El agente empezó a soltar nombres.

—Schaffer es el productor. Oxenberg dirige. Actor principal Tom Stone. Actriz principal Wanda Fox o Jane Frank. Quieren que tú seas el padre, Coop. Y con un reparto como ese seguro que ganas el Oscar.

—¿Cuánto ofrecen? —dijo Coop tratando de conservar la calma. Hacía años que no aparecía junto a nombres tan importantes. Si aceptaba, sería una de las películas más importantes que habría hecho nunca. Aunque seguro que no le pagarían mucho. Sería a cambio de gloria, pero incluso así valdría la pena. El rodaje se haría en Nueva York y Los Ángeles y, teniendo en cuenta la importancia de su papel, le ocuparía entre tres y seis meses. No tenía otra cosa que hacer, aparte de un puñado de anuncios que tampoco le interesaban mucho—. ¿Cuánto? —repitió, preparándose para lo peor.

—Cinco millones de dólares y el cinco por ciento de la recaudación de taquilla. ¿Qué te parece, Coop? —En el lado de la línea de Coop se hizo un silencio.

—¿Hablas en serio?

—Sí. Alguien te busca. Nunca pensé que podría ofrecerte una película como esta. Si la quieres es tuya. Quieren que demos una respuesta hoy.

—Llámales. Firmo esta noche mismo si quieren. No dejes que se nos escape. —Coop estaba tan asombrado que casi no podía respirar. No podía creerse que tuviera tanta suerte. Por fin.

—No van a ir a ningún sitio, Coop. Te quieren a ti. Eres perfecto para el papel y ellos lo saben.

—Oh, Dios mío. —Coop colgó el teléfono temblando. Fue a buscar a Taryn porque no sabía a quién más decírselo—. ¿Te das cuenta de lo que eso significa? Podré conservar la casa, saldar mis deudas, guardar algo de dinero para la jubilación.

—Era como un sueño hecho realidad, un respiro, su última oportunidad. Había llegado su barco. Y entonces se detuvo y miró a Taryn. También significaba que podía decirle a Alex que podía mantenerse él solo, pero lo curioso es que ya no quería llamarla. En vez de eso, fue corriendo hacia la puerta.

—¡Enhorabuena! —gritó Taryn cuando se iba—. ¿Adónde vas? —Pero él no contestó. Fue corriendo por el sendero hasta la casa del guarda y llamó a la puerta.

Jimmy estaba en el trabajo, pero Valerie estaba en la casa. Le abrió la puerta ataviada con unos pantalones negros de lino y una camiseta blanca. Se lo quedó mirando. Parecía un demente, con los ojos desorbitados y se estaba pasando una mano por el pelo. Nunca lo había visto de aquella manera, nadie lo había visto así. Pero a Coop no le importaba. Tenía que contárselo.

—Valerie, acaban de darme un papel importante en una película que acaparará todos los Oscar del año que viene. Pero incluso si no gana, puedo hacerme cargo de todas mis... mmm... mis responsabilidades. Es un milagro, de verdad. No sé qué ha pasado. Voy a la oficina de mi agente a firmar el contrato. —Estaba tan exaltado que no dejaba de farfullar, y Valerie le sonreía.

—¡Me alegro, Coop! Nadie lo merece más que usted.

—Yo creo que sí —dijo él riendo—, pero me alegro de que me lo hayan dado a mí. Es justamente lo que me dijo. Voy a hacer el papel de padre y no de personaje principal.

—Estoy seguro de que estará fabuloso —dijo ella sinceramente, mientras él seguía sonriéndole.

—Gracias. ¿Quiere cenar conmigo esta noche? —Tenía que celebrarlo con ella. Y también invitaría a Jimmy, Taryn y Mark. Por un momento lamentó no poder invitar a Alex, pero sabía que no hubiera sido buena idea, todavía no. Quizá con el tiempo. Pero la llamaría y le diría que había salido del aprieto.

—¿Está seguro de que quiere volver a cenar conmigo? Ya cenamos juntos ayer. Me voy a gastar.

—Tiene que cenar conmigo —dijo él tratando de parecer severo, aunque no lo logró, sonreía demasiado.

—De acuerdo. Estaré encantada.

—Y tráigase a Jimmy.

—No puedo. Ha quedado. —Valerie sabía que iba a salir otra vez con Alex. Estaban explorando las nuevas facetas de una antigua relación, y sabía que no podía llevar a Alex con ellos, hubiera sido demasiado duro para ella—. Pero le diré que le ha invitado. —Sabía que Jimmy no querría ir. Preferiría estar con Alex, desde luego. No sentía ningún rencor hacia Coop. Sencillamente, en aquellos momentos le interesaba más luchar por su vida amorosa, lo que a Valerie le parecía bastante razonable y saludable.

—La llamaré cuando vuelva y le diré adónde vamos. Spago, supongo —dijo Coop volviendo la cabeza cuando ya había echado a correr por el camino de vuelta a la casa grande y se despedía con la mano.

Cinco minutos después iba en el coche, de camino a la oficina de su agente; una hora más tarde ya estaba de vuelta en casa. Había firmado el contrato. Dijo a Valerie y a Taryn que había reservado mesa en Spago para la ocho. Entonces llamó a Alex al hospital. Ella contestó enseguida. Era la primera vez que la llamaba desde hacía casi un mes, cuando la telefoneó para contarle lo de los resultados de las pruebas de Charlene. El corazón le latía con violencia y la mano le temblaba, pero trató de que su voz sonara tranquila.

Coop le dijo lo que había pasado, y ella le repuso que se alegraba. Luego le contó todos los detalles y se hizo un largo silencio. Coop sabía lo que Alex estaba pensando y cuál sería la respuesta. Lo había estado pensando y, durante un par de minutos, tuvo la tentación de echarse atrás.

—¿Cambia eso algo entre nosotros, Coop? —preguntó ella conteniendo la respiración. Ni siquiera estaba segura de lo que quería en aquellos momentos, pero tenía que preguntarlo.

—Lo he estado pensando, Alex. Y me encantaría decirte que sí. Pero creo que no. No está bien. Incluso si pago mis deudas, soy demasiado viejo para ti. La gente siempre pensaría que busco tu dinero. Y no está bien que una joven de tu edad esté con alguien tan mayor. Necesitas un marido, hijos y una vida real con alguien que pertenezca a tu mundo o que haga el mismo tipo de trabajo. Creo que si intentáramos hacer de esto una relación permanente, cometeríamos un gran error. Lo siento si te he hecho daño, Alex. He aprendido mucho de ti, aunque es una excusa muy pobre. Quizá no te quería por el dinero. Pero no estaba bien. Creo que los dos necesitamos a alguien con una edad más parecida a la nuestra. No sé por qué, pero mi instinto me dice que teníamos que dejarlo antes de que se convirtiera en un embrollo. Si te sirve de consuelo, te has llevado una parte de mi corazón contigo. Guárdala siempre cerca de ti, como un guardapelo o un mechón. No podemos volver atrás y cometer un error del que los dos acabaríamos arrepintiéndonos. Creo que los dos necesitamos ir hacia delante, no retroceder.

Después del tiempo que habían pasado juntos y lo que había sentido por él, Alex tenía la esperanza de que dijera otra cosa, aunque estaba de acuerdo con él. Simplemente, no quería perderlo. Sin embargo, en las últimas semanas había pensado mucho en aquello y sus conclusiones no eran muy distintas de las de Coop. Lo añoraba muchísimo, lo había pasado muy bien con él, pero algo en su interior la retuvo e impidió que tratara de convencerlo o incluso de quererlo ella misma. Aunque tenía que preguntarlo.

Lo cierto es que en aquellos momentos quería explorar la relación con Jimmy. Sentía que estaba a gusto. Más de lo que nunca se había sentido con Coop. Ella y Jimmy compartían los mismos intereses, el mismo amor por los niños, hasta tal punto que lo habían convertido en un trabajo. A Jimmy le fascinaba lo que ella hacía; en cambio Coop siempre se había mostrado muy remilgado. Además, ella nunca había pertenecido realmente al mundillo de Coop. Se había divertido mucho con él, pero siempre se sintió como una visitante, una turista, no se imaginaba viviendo así para siempre. En realidad, tenía mucho más en común con Jimmy que con Coop. Aunque aún estaba por ver si lo suyo con Jimmy iría bien. De momento ninguno de los dos podía estar seguro. En cualquier caso, por la razón que fuera, su relación con Coop no había funcionado. Al menos para él. Y quizá tenía razón. Ahora lo mejor era que siguieran adelante en lugar de volver atrás, como él había dicho.

—Lo entiendo —dijo ella muy serena—. Y aunque me moleste tener que decirlo, creo que tienes razón. Mi cabeza lo piensa, y supongo que con el tiempo mi corazón acabará por entenderlo también. —Una parte de ella no soportaba la idea de dejarlo marchar, tal vez porque Coop era el padre afectuoso y alegre que nunca tuvo.

—Eres una chica valiente —dijo generosamente.

—Gracias —repuso ella con solemnidad—. ¿Me invitarás al estreno?

—Claro. Y puedes venir a verme recoger mi Oscar en la Academia.

—Trato hecho. —Alex sonrió; se alegraba por él.

Después de hablar con Coop Alex se sintió mejor. Era como si el golpe de suerte que había tenido los hubiera liberado a los dos. Coop necesitaba aquello desesperadamente, no solo para poder pagar sus deudas, sino para su tranquilidad de espíritu y su autoestima. Ahora podría hacer todo lo que quisiera. Alex se alegraba de verdad por él. Por eso aquella noche se sentía mejor cuando Jimmy pasó a recogerla al trabajo en un taxi. Luego cogieron el coche de ella. Iban a cenar fuera y luego irían al cine. Jimmy notó el cambio de humor en cuanto subieron en el coche de Alex.

—Pareces contenta. ¿Qué pasa?

—Hoy he hablado con Coop. Ha conseguido un papel importante en una película y ha arreglado muchas cosas. —Jimmy sintió pánico, aunque sabía que esa noche su madre iba a cenar con él. Pero no quiso decírselo a Alex.

—¿A qué cosas te refieres? ¿Sobre vosotros?

—Sí, eso y otras cosas. —No quería hablarle a Jimmy de sus deudas. Se lo debía a Coop—. Creo que los dos hemos acabado por entender que nuestra relación no estaba bien. Era divertido, pero a la larga los dos hubiéramos necesitado algo diferente. —Se sentía más libre y tranquila de lo que se había sentido desde que Coop la dejó.

—¿Cómo que necesitaríais algo diferente? ¿Como qué? —Parecía tenso.

—Como tú, tonto —dijo sonriéndole.

—¿Coop te ha dicho eso?

—No exactamente. Eso lo he deducido yo solita. Ya sabes, soy médico —dijo, y Jimmy pareció relajarse. Había conseguido preocuparlo durante uno o dos minutos. Coop era un oponente formidable para cualquiera y Jimmy se sentía notablemente en desventaja frente a él. Medía metro noventa y cinco y era condenadamente encantador. Pero lo que Jimmy podía ofrecerle significaba mucho más para ella. Su ternura y su gentileza la habían cautivado. Y sí, Coop tenía razón, ella necesitaba alguien con quien tuviera más cosas en común. En cierto modo, Jimmy era la respuesta a sus plegarias, y ella a las plegarias de él.

Tal como habían quedado, aquella noche, Coop, Valerie, Mark y Taryn cenaron en Spago. Todos estaban de un humor excelente, y Coop se sentía tan complacido que casi estaba eufórico. La gente se detenía para hablar con él, y la noticia ya había empezado a circular. Al día siguiente saldría un artículo. Coop se había convertido en el personaje del momento en la ciudad.

—¿Cuándo empieza el rodaje? —preguntó Mark con interés.

—Saldremos para Nueva York en octubre. Y en principio para Navidades ya estaremos de vuelta. Después el rodaje seguirá en el estudio. —Tenía dos meses para divertirse antes de empezar a trabajar—. Me gustaría viajar a Europa en septiembre, antes de empezar el rodaje —dijo mirando a Valerie. Tal vez podrían ir juntos después de su visita a Cape Cod. Ahora podía permitírselo, y quería invitarla a ir con él—. ¿Qué te parece? —le preguntó con suavidad a Valerie un poco más tarde, cuando los otros estaban hablando entre ellos.

—Interesante —dijo ella con sonrisa de Mona Lisa—. Veamos primero cómo va lo de Cape Cod. —Aún había muchas cosas que no sabían.

—No seas tan sensata —la reprendió él. Era una mujer muy despierta. Coop tenía la sensación de que había encontrado a la mujer de su vida—. Me encantaría ir al Hôtel du Cap.

Valerie parecía tentada y los dos se rieron. Ambos sentían la misma atracción irresistible. Pero todo llegaría. No debían precipitarse. Más tarde, mientras paseaban solos por la finca, Valerie así se lo dijo, y Coop estuvo de acuerdo. Simplemente, estaban pasando tantas cosas que Coop se sentía como un crío en una tienda de dulces y quería compartirlo con ella.

Le habló de la conversación que había tenido con Alex aquella tarde, y dijo que después de hablar con ella se había sentido liberado. Los dos sabían que habían hecho lo correcto, por muy doloroso que hubiera resultado.

—Creo que ella y Jimmy han empezado a salir —dijo Valerie con cautela. No quería ser indiscreta, pero tampoco quería que Jimmy se sintiera incómodo en presencia de Coop, sobre todo ahora. Por un momento, Coop pareció pensativo, pero entonces suspiró y la miró. Durante un instante, sus celos masculinos habían despertado, pero enseguida se aplacaron.

—Creo que está bien, Valerie. Para los dos. Y está bien para nosotros. —Le sonrió y la cogió de la mano y, cuando la dejó a la puerta de su casa, la besó. Era un mundo lleno de nuevos comienzos para todos. Es curioso, pero cuando uno sabe esperar, las cosas acababan saliendo como tienen que salir. Para Valerie la espera había sido larga, no tanto para Coop, pero habían acabado por encontrarse, y una película adecuada había acabado encontrando a Coop. Cuando volvió a besarla, fue como si fuera cosa del destino. Entonces Valerie entró silenciosamente en la casa pensando en él. Cooper Winslow no era la persona que esperaba, pero se alegraba de que estuviera allí. Con él ni siquiera se sentía como la Cenicienta. Se sentía como ella misma, una mujer que se enamora de su mejor amigo. Era exactamente lo mismo que sentía Coop cuando iba por el camino hacia la casa grande. Ahora lo que esperaba con más anhelo era el viaje a Cape Cod.

Finalmente, a principios de agosto, a Jimmy le quitaron los últimos vendajes, como estaba previsto. Para entonces la noticia de la película de Coop ya había aparecido en todos los periódicos. Era un héroe en la ciudad. Todo el mundo le felicitaba y empezó a recibir numerosas ofertas de trabajo. Pero él estaba decidido a pasar unas semanas con Valerie fuera de la ciudad. Después, quería ir a Europa, tanto si ella le acompañaba como si no. Valerie le dijo que decidiría después de Cape Cod.

Cuando la pareja se fue, Jimmy caminaba bastante bien. Salía con frecuencia con Alex y entre ellos la relación iba bien. Mark y Taryn iban a pasar un par de semanas con los niños en el lago Tahoe. Solo Jimmy y Alex se quedaban en la ciudad, porque tenían que trabajar.

La noche antes de partir, Valerie preparó su famosa pasta en una cena memorable. Coop y ella tomarían un avión hasta Boston y desde allí se desplazarían en coche a Cape Cod. Alex no fue a la cena, porque tenía que trabajar. Pero aquella tarde Valerie había ido al hospital a comer con ella y despedirse. Mark y Taryn sí estuvieron, con los niños. Y Coop trataba de hacer que estaba enfurruñado; le preguntó a Jason si últimamente había roto alguna ventana y el niño puso cara de espanto; entonces Coop le invitó a verlo cuando rodaran en Los Ángeles. El niño estaba entusiasmado. Jessica preguntó si podía ir ella también y llevar a sus amigas.

—No sé si tengo elección —repuso él con expresión dolida

mirando a Mark y Taryn—. Algo me dice que en los próximos meses vamos a acabar emparentados. Haré lo que queráis, siempre y cuando me prometáis que no vais a llamarme abuelo. Mi reputación ha sufrido muchos reveses a lo largo de los años, pero no podría soportar un golpe tan duro. Me ofrecerían papeles para abueletes nonagenarios —dijo con pesar, y todos se rieron.

Jessica y Jason empezaban a acostumbrarse a él. Estaban encantados con Taryn y dispuestos a aceptar a Coop como parte del lote. Existía la posibilidad de que tarde o temprano todos se convirtieran en familia, y la idea resultaba de lo más exótica. Incluso Alex, si finalmente él y Jimmy se decidían en serio y él y Valerie seguían juntos como esperaba. Sonaba todo un poco incestuoso, pero todos parecían haber sacado algo bueno de aquello, hasta los hijos de Mark.

—Espero que este año funcione la cadena del inodoro en Marisol —dijo Jimmy bromeando cuando se terminaron el postre, y Coop lo miró desde el otro lado de la mesa con aire desconcertado. Valerie lo reprendió por asustar a Coop.

—No es tan malo. Es una casa antigua, nada más.

—Un momento, un momento... ¿quién es Marisol? —preguntó Coop con una extraña mirada.

—Quién no, qué. Marisol es el nombre de la casa que mi madre tiene en Cape Cod. La construyeron mis bisabuelos y el nombre es una combinación de sus nombres, Marianne y Solomon. —Coop los miró como si le acabara de caer un rayo encima.

—Oh, Dios mío. Marisol. No me lo habías dicho —le dijo a Valerie como si acabara de enterarse de que había pasado los últimos diez años en la cárcel. Seguramente eso le hubiera resultado más fácil de asimilar.

—¿Decirte el qué? —preguntó ella inocentemente sirviéndole otro vaso de vino. La cena había sido excelente, pero no era eso lo que Coop tenía en la cabeza en esos momentos.

—Sabes perfectamente a qué me refiero, Valerie. Me mentiste —le dijo con aire severo, y los otros se extrañaron. Ninguno entendía qué estaba pasando. Pero Valerie sí.

—No te mentí. Simplemente, no te lo dije. No pensé que importara. —Pero sabía que sí importaba, era lo que había estado temiendo.

—Y tu nombre de soltera imagino que será Westerfield. —Ella emitió un sonido ambiguo a modo de respuesta y asintió con la cabeza—. Serás embustera. ¡Vergüenza tendría que darte! ¡Y me has hecho creer que eras pobre! —Parecía impresionado. La fortuna de los Westerfield era una de las más importantes del mundo, y desde luego de Estados Unidos.

—Yo no te he hecho creer nada. No lo he hablado contigo, nada más —contestó ella algo nerviosa mientras trataba de conservar la calma. Hacía tiempo que temía encontrarse con aquella reacción. Era demasiado para que Coop lo asimilara de un trago.

—Estuve una vez en Marisol. Tu madre me invitó cuando estaba rodando una película por la zona. Esa casa es más grande que el Hôtel du Cap, y desde luego, si lo convirtieras en hotel, podrías cobrar mucho más. Valerie, lo que has hecho ha sido muy poco honesto. —Pero no parecía tan enfadado como Valerie esperaba. Lo cierto es que los Westerfield eran la familia de banqueros más rica del Este del país. En sus tiempos fueron los Rothschild de Estados Unidos, y estaban emparentados con los Astor, los Vanderbilt y los Rockefeller, así como con la nobleza del país y del mundo. En comparación con los Westerfield, los Madison eran unos pobretones, pero la diferencia es que Valerie era una mujer adulta y no tenía que dar explicaciones a nadie. Pero, ahora que su situación económica estaba más o menos resuelta, o casi, aquella alianza no parecía tan mala. Y Valerie no era ninguna jovencita, aunque le sorprendió que nunca le hubiera dicho nada. Era la persona menos ostentosa del mundo. Coop había supuesto que era una viuda que vivía de una pequeña pensión. Pero claro, aquello explicaba por qué Jimmy había podido alquilar la casa del guarda tan fácilmente. Explicaba muchas cosas sobre la gente que Valerie conocía y los lugares donde había estado. Y sin embargo, no había conocido nunca una mujer menos ostentosa y más discreta. Durante un largo instante, Coop se quedó mirándola, asimilando todo aquello; entonces se recostó en su silla y se rió—. Bueno, pues te diré una cosa, ya no volverás a darme pena. —Pero tampoco pensaba dejar que ella lo mantuviera. Si se casaban, él la mantendría a ella. Así es como quería que fuera. Valerie podía ser tan discreta como quisiera con su dinero, pero las extravagancias de la pareja, y habría muchas, las pagaría él—. Y si la cisterna de mi aseo no funciona en Marisol tendré que llamar a un fontanero, mal bicho. ¿Qué hubieras hecho si no hubiera conseguido esta película? —Hubiera estado en el mismo caso que con Alex. Pero Valerie era más madura. Con Alex no se trataba solo del dinero: también estaba la edad, así como el hecho de que él no quería hijos, que todos lo verían como un gigoló, la desaprobación de Arthur Madison. Nada de aquello era realmente con Valerie, ella era la mujer adecuada para él. Y él volvía a ser una persona solvente, mucho más de lo que nunca había sido.

—Si llamas a un fontanero en Marisol —le advirtió Jimmy con una mueca—, a mi madre le dará un ataque. Ella piensa que forma parte del encanto de la casa, junto con las goteras y los postigos herrumbrosos. El año pasado casi me rompo una pierna cuando el porche de la cara sur se vino abajo. A mi madre le gusta hacer las pequeñas reparaciones personalmente.

—Estoy impaciente —gruñó Coop. Pero ya sabía que aquel sitio iba a encantarle. Se había quedado prendado cuando la madre de Valerie le invitó. Parecía no tener fin, con edificios y más edificios, cobertizos, casas para invitados y un garaje lleno de coches antiguos con los que Coop se hubiera pasado todo el fin de semana. Era una de las mansiones más famosas de la costa Este. Los Kennedy solían visitarla cuando estaban en Hyannis Port y el presidente se alojaba allí. Cuando los otros se fueron, Coop seguía meneando la cabeza.

—No vuelvas a mentirme, Valerie —la reprendió.

—No te he mentido. Solo he sido discreta —dijo ella con expresión comedida y mirada maliciosa.

—Un poco demasiado discreta, ¿no crees? —repuso él sonriéndole. En cierto modo, se alegraba de no haberlo sabido antes. Era mejor así.

—Nunca se es lo bastante discreta —dijo ella con recato. Pero a Coop esa faceta suya le encantaba. Adoraba su elegancia y su simplicidad. Explicaba la distinción que había percibido siempre en ella. Era una aristócrata de los pies a la cabeza incluso en vaqueros y camiseta. Y de pronto comprendió lo que aquello significaba también para Alex. Jimmy era justo lo que ella necesitaba, pertenecía a su mundo y al mismo tiempo era un renegado, como ella. Ni siquiera Arthur Madison podría poner ninguna pega. De pronto Coop se sintió complacido. Las cosas habían salido como tenían que salir. No solo para él, también para Alex. Incluso si Alex no lo sabía aún, estaba en el buen camino. Cuando Valerie estaba quitando la mesa y empezó a colocar los platos en el lavavajillas, Coop la miró.

—¿Lo sabe Alex?

—Conociendo a Jimmy, yo diría que no. —Valerie le sonrió—. A él eso le importa menos incluso que a mí. —No les importaba porque era una parte más de sus vidas. No lo habían creado ni inventado, no lo habían adquirido ni lo habían conseguido mediante algún casamiento. Nacieron así, de modo que podían vivirlo de la forma que ellos quisieran. Como ricos, como pobres, con discreción o con ostentación. Ellos decidían. Y Alex era igual. Para ella el dinero no significaba nada, y le gustaba vivir como si fuera pobre.

—¿Y dónde encajo yo en todo esto? —le preguntó sinceramente a Valerie, atrayéndola hacia sí. Realmente era la mujer de su vida, tanto si ella lo sabía como si no. Pero con el tiempo se lo haría ver. No por su dinero, sino por lo que era como persona y lo que significaba para él.

—Yo creo que encajas a la perfección. Ya estás acostumbrado a todo esto. De hecho, es posible que no seamos lo suficiente elegantes para ti. —Coop había vivido muy bien durante mucho tiempo. De hecho, estaba bastante consentido. Y ahora, con la película que había conseguido, podría permitirse mimarse a sí mismo y mimarla a ella. Era lo que pensaba hacer.

—Me amoldaré —dijo él riendo—. Este trabajo me irá que ni pintado. Pienso gastarme todo el dinero haciendo reparaciones en tu casa antigua.

—No lo harás —repuso ella, y sonrió—. Me gusta como está, con sus desperfectos, con las cosas cayéndose a pedazos. Tiene más encanto.

—Tú también —repuso Coop abrazándola con fuerza—, y tú no te estás viniendo abajo. —Pero sabía que, cuando eso llegara, seguiría amándola. Seguramente él se vendría abajo primero, porque, después de todo, era diecisiete años mayor que ella.

Valerie era una mujer más joven y muy saludable, aunque no demasiado joven. Y, por muy rica que fuera, eso ya no importaba, porque ahora Coop tenía su propio dinero. Había hecho falta una Westerfield para hacerle sentar cabeza. Pero por fin había pasado.

—¿Quieres casarte conmigo? —le preguntó, y Jimmy se fue discretamente, sonriendo para sus adentros. Era curioso, pero ahora que Alex no estaba con Coop, el hombre le caía mucho mejor. Empezaba a pensar que era un buen tipo.

—Creo que más adelante —contestó Valerie con una sonrisa. Y entonces Coop la besó y se fue. Tenían que salir al amanecer.

A la mañana siguiente, el chófer los llevó al aeropuerto en el Bentley. Coop llevaba cuatro maletas; había tenido que controlarse mucho para no llevar más. Pero después tenía que ir a Europa. Valerie solo llevaba una. Ella había recogido sus cosas deprisa y corriendo cuando Coop se fue la noche antes.

Coop se despidió de Taryn y Valerie abrazó a Jimmy con fuerza y lo besó y le dijo que se cuidara al menos diez veces.

—Cuídate mucho, Jimmy —le dijo, y entonces los dos hombres la obligaron a salir porque si no iban a perder el avión.

Salieron hacia el aeropuerto de muy buen ánimo, y durmieron en el avión. Cuando despertaron, casi habían llegado. Valerie le contó parte de la historia de la casa que Coop no conocía. Estaba fascinado, y se sentía impaciente por volver a verla y compartir aquello con Valerie. Por lo que él recordaba, era un lugar elegante, encantador y romántico, con unos jardines exquisitos.

Alquilaron un coche en el aeropuerto de Boston y fueron tranquilamente hacia Cape Cod. Marisol era exactamente como él la recordaba, solo que mejor. Porque ahora estaba allí con Valerie.

Coop la ayudó a clavar clavos y fijar pantallas y reparar accesorios de mimbre. Pasaron allí tres semanas. Coop se sintió más feliz que nunca, aunque en su vida había trabajado tanto. Pero le encantaba hacer aquello con Valerie y ella trabajaba tanto como él. Siempre llevaba el martillo y unos clavos en el bolsillo y una mancha de pintura en la cara. La amaba, y amaba cada minuto que pasaban juntos.

El fin de semana de la fiesta del Trabajo, volaron a Londres y se quedaron allí tres semanas. Desde allí Coop voló directamente a Nueva York para empezar el rodaje. Valerie regresó unos días a Boston y luego se reunió con él en Nueva York. Mientras duró el rodaje de exteriores, se alojaron en el Plaza. Luego los dos volvieron juntos a California, justo antes de Acción de Gracias. Para entonces Taryn y Mark ya se habían casado. Lo hicieron la semana anterior en el lago Tahoe, con la única presencia de Jessica y Jason. Había muchas cosas que celebrar. Alex y Jimmy vivían juntos en la casa del guarda. Ella había convertido el dormitorio de Jimmy en un cuarto para la ropa sucia y había renunciado a su estudio. Casi había terminado su residencia y le habían ofrecido un puesto permanente en el equipo de neonatología de la UCLA. Ella y Jimmy habían pensado en casarse. Aunque Jimmy aún no conocía a Arthur.

Coop los invitó a todos a cenar para Acción de Gracias, incluso a Alex. Se notaba que ella y Jimmy eran muy felices. Wolfgang mandó el pavo, que Paloma sirvió con sus zapatos de leopardo y una bata nueva de color rosa. Las gafas de fantasía habían quedado aparcadas durante el invierno. Para alivio de todos, Valerie le cayó bien. Y ella a Valerie.

Las revistas publicaron la historia la semana antes de Navidad. También la revista de *People, Time, Newsweek,* los periódicos serios y las agencias de noticias, además de la CNN. Los titulares eran los mismos en todas partes. «Viuda acaudalada de la costa Este se casa con estrella de cine.» Otros lo ponían a él por delante: «Cooper Winslow se casa con la heredera de los Westerfield». Pero fuera como fuese, las fotografías mostraban una pareja que sonreía feliz en la pequeña recepción que ofrecieron. El agente de prensa de Coop entregó las fotografías a la prensa. Al día siguiente, Valerie salió del dormitorio de Coop y bajó las escaleras con un montón de toallas que había encontrado en el armario de la ropa de casa.

—Esto irá maravillosamente, Coop —dijo Valerie distraída. Coop tenía una semana libre antes de que se reanudara el rodaje en Los Ángeles, y estaba tratando de convencerla para que fueran a Saint-Moritz, aunque ella no parecía interesada. Se sentía muy feliz en casa, con él, y él con ella. Más de lo que se había sentido en su vida.

—¿Qué dices? —Estaba repasando los cambios del guión. La película iba bien y ya había recibido ofertas para nuevas películas en primavera. Su caché había subido, por supuesto, y Abe estaba muy contento.

—Acabo de encontrar un montón de toallas con las iniciales bordadas y no creo que las vayas a usar. Y ya que vuelvo a ser una «W» he pensado que podríamos mandarlas a Marisol. Allí necesitamos toallas desesperadamente.

—Sospecho que esa es la razón por la que te has casado conmigo —dijo él con una mueca—. Para qué ibas a comprar toallas nuevas para la casa, ¿no? ¿Puedo pedirte algunas como regalo de bodas?

—Desde luego que no. Estas están bien. ¿Para qué comprar toallas nuevas si las viejas van bien?

—Te quiero, Valerie —dijo él sonriéndole, y entonces se levantó y fue hasta ella. La rodeó con los brazos y la obligó a soltar las toallas—. Puedes tener todas las toallas que quieras. A lo mejor encontramos algunas sábanas con letras bordadas. Si no, podemos comprar algunas en Goodwill.

—Gracias, Coop —dijo ella, y lo besó. Había sido un buen año, desde luego.

Primer capítulo del próximo libro de

DANIELLE STEEL
DESEOS
CONCEDIDOS

que Plaza & Janés publicará en otoño de 2004

1

Faith Madison era una mujer menuda, con clase. Tenía una expresión seria mientras ponía la mesa, aliñaba una ensalada y vigilaba la cena que había preparado y que estaba en el horno. Llevaba un traje negro, de buen corte y, a los cuarenta y siete años, seguía tan esbelta como cuando se casó con Alex Madison, veintiséis años atrás. Parecía una bailarina de Degas, con sus ojos verdes y su melena rubia, larga y lisa, que llevaba recogida en un estilizado moño. Suspiró y se sentó silenciosamente en una de las sillas de la cocina.

La pequeña y elegante casa de piedra rojiza de la calle Setenta y Cuatro Este, de Nueva York, estaba en absoluto silencio y, mientras esperaba que llegara Alex, podía oír el tictac del reloj. Cerró los ojos un minuto, pensando en el lugar donde había estado aquella tarde. Cuando los abrió de nuevo, oyó cómo se abría y se volvía a cerrar la puerta de la calle. No hubo ningún otro sonido, nada de pasos en la alfombra del recibidor, ninguna voz de «hola» al entrar. Siempre entraba así. Cerraba la puerta, dejaba la cartera, colgaba la chaqueta en el armario y miraba el correo. Al rato, iba a buscarla. Comprobaba si estaba en su pequeño estudio y luego miraba en la cocina a ver si estaba allí.

Alex Madison tenía cincuenta y dos años. Se conocieron cuando ella estaba en la universidad, en Barnard, y él en la escuela de negocios, en Columbia. Todo era diferente entonces. A él le sedujeron los modales abiertos y llanos de Faith, su calidez, su energía y su alegría. Él siempre había sido tranquilo y reservado, cauto en sus palabras. Se casaron en cuanto ella se licenció y él acabó su máster en administración de empresas. Desde entonces, trabajaba como banquero experto en inversiones. Después de licenciarse, ella trabajó durante un año en *Vogue*, como redactora en formación, y le encantó. Lo dejó para asistir a una escuela de leyes durante un año. Lo dejó también al nacer su primera hija, Eloise, que acababa de cumplir los veinticuatro años y se había ido a vivir a Londres a principios de septiembre. Trabajaba en Christie's y estaba aprendiendo mucho sobre antigüedades. La otra hija de Faith, Zoe, con dieciocho años, estaba en su primer año de universidad, en Brown. Después de veinticuatro años dedicada plenamente a hacer de madre, Faith estaba en paro desde hacía dos meses. Las chicas se habían ido y, de repente, ella y Alex estaban solos.

—¡Hola! ¿Qué tal ha ido? —preguntó Alex al entrar en la cocina, con aspecto cansado.

La miró apenas y se sentó. Había estado trabajando de firme en dos absorciones de dos empresas. Ni siquiera se le ocurrió tocarla o abrazarla. Casi siempre le hablaba desde el otro lado de la habitación. No lo hacía con mala intención, pero hacía años que no le daba un abrazo al volver del despacho. No tenía ni idea de cuándo dejó de hacerlo. Estaba tan ocupada con sus hijas que no se dio cuenta, hasta que un día se apercibió de que ya no la tocaba cuando volvía a casa. Cuando llegaba por la noche, ella siempre estaba ayudando a las niñas con los deberes o bañándolas. Pero hacía mucho, mucho tiempo que no se mostraba afectuoso con ella. Más del que ninguno de los dos quería saber o recordar. Ahora había un abismo entre ellos que ambos habían aceptado hacía tiempo y, mientras le servía una copa de vino, sentía como si lo estuviera mirando desde una enorme distancia.

—Bien. Triste —dijo, mientras él hojeaba el periódico y ella sacaba el pollo del horno. Él prefería el pescado, pero no había tenido tiempo de ir a la compra al volver a casa—. Parecía muy pequeño.

Hablaba de su padrastro, Charles Armstrong, muerto dos días antes, a la edad de ochenta y cuatro años. El funeral había sido aquella tarde y el féretro había permanecido abierto para que Charles pudiera ser «visto» por la familia y los amigos.

—Era viejo, Faith, y llevaba enfermo mucho tiempo.

Lo dijo como si eso no solo lo explicara todo, sino que lo descartara. Alex hacía eso. Desechaba las cosas. Igual que, hacía años, la había descartado a ella. Últimamente, sentía como si ya hubiera cumplido su propósito, hecho su tarea y la hubieran descartado, no solo sus hijas, sino también su marido. Las chicas tenían su propia vida, ahora que ya no estaban en casa. Y Alex vivía en un mundo que no la incluía a ella, salvo en raras ocasiones, cuando contaba con ella para agasajar a sus clientes o para que asistiera a una cena con él. El resto del tiempo daba por sentado que se entretendría sola. A veces, durante el día, se veía con algunas amigas, pero la mayoría tenían todavía a sus hijos en casa y siempre iban apretadas de tiempo. Durante los últimos meses, desde que Zoe se fue a la universidad, Faith había pasado la mayor parte del tiempo sola, intentando averiguar qué hacer con el resto de su vida.

Alex tenía una vida plena y solo suya. Parecía que habían pasado siglos desde que los dos se quedaban sentados durante horas después de la cena, charlando de las cosas que les importaban; años desde que iban a dar largos paseos durante el fin de semana o al cine, cogidos de la mano. Apenas conseguía recordar cómo eran entonces las cosas con Alex. Ahora casi nunca la tocaba y pocas veces le hablaba. Sin embargo, sabía que la quería o, por lo menos, eso pensaba, pero apenas parecía tener ninguna necesidad de comunicarse con ella. Todo era como taquigrafía y palabras en *staccato*. El silencio le resultaba más cómodo, como ahora, mientras ella le ponía la cena delante y se apartaba un mechón de pelo de la cara. Parecía que ni la veía, enfrascado en algo que leía en el periódico. Cuando ella le habló de nuevo, tardó mucho rato en contestarle.

—¿Vas a venir mañana? —preguntó en voz queda. El funeral de su padrastro era al día siguiente.

Él levantó la mirada hacia ella y negó con un movimiento de cabeza.

—No puedo. Me voy a Chicago. Reuniones con Unipam.

Una cuenta importante le estaba creando problemas. Los negocios tenían precedencia sobre todo lo demás y así era desde hacía mucho tiempo. Se había convertido en un hombre de mucho éxito. Aquel éxito había pagado la casa de la ciudad, la educación de sus hijas y un nivel de desahogo y lujo que Faith no había pensado disfrutar. Pero había otras cosas que habrían significado más para ella. Bienestar, risas, calidez. Sentía como si ya no riera nunca y llevara mucho tiempo sin hacerlo, excepto cuando estaba con sus hijas. No era que Alex la tratara mal. Más bien era que no la trataba en absoluto. Tenía otras cosas en la cabeza y no vacilaba en dejárselo claro. Hasta sus prolongados silencios le decían que prefería pensar a hablar con ella.

—Sería agradable que estuvieras presente —dijo Faith, con prudencia, sentada a la mesa, frente a él.

Alex era un hombre apuesto, siempre lo había sido. A sus cincuenta y dos años, era también distinguido, con una abundante mata de pelo gris. Tenía unos penetrantes ojos azules y una constitución atlética. Dos años atrás, uno de sus socios murió de repente de un ataque cardíaco y, desde entonces, Alex cuidaba mucho la dieta y el ejercicio. Esa era la razón de que prefiriera el pescado a todo lo demás y que dejara de lado el pollo que ella le había puesto en el plato. No había tenido tiempo de ser creativa. Había estado en la funeraria con su hermanastra, Allison, toda la tarde, recibiendo a los que venían a presentar sus respetos. Las dos mujeres no se habían visto desde el funeral de la madre de Faith, el año anterior y, antes de eso, desde hacía diez años. Allison no había acudido al funeral de su hermano Jack, dos años antes de la muerte de la madre de Faith. Eran demasiados funerales en pocos años. Su madre, Jack y ahora Charles. Demasiadas personas desaparecidas. Y aunque ella y su padrastro nunca habían estado muy unidos, lo respetaba y le entristecía pensar que se había ido. Era como si todas las referencias familiares fueran desvaneciéndose, desapareciendo de su vida.

—Tengo que estar en la reunión de Chicago mañana —dijo Alex, con la mirada fija en el plato. Solo picoteaba el pollo, pero no se había molestado en quejarse.

—Otras personas van a los funerales —dijo Faith, con voz tranquila.

No había nada estridente en ella. No discutía con él; no se peleaba. Pocas veces se mostraba en desacuerdo con él. Además, no valía la pena. Alex tenía una manera especial de retirarse. Hacía lo que quería, por lo general sin consultar con ella, y así había sido durante años. La mayor parte del tiempo funcionaba como una entidad independiente de ella; lo que lo motivaba era el trabajo y lo que este le exigía, no lo que Faith quería que hiciera. Sabía cómo trabajaba y qué pensaba. Era difícil atravesar los muros que levantaba a su alrededor. Nunca estaba segura de si eran una defensa o, simplemente, lo que le hacía sentirse cómodo. Muy distinto de cuando eran jóvenes, pero en eso se había convertido su matrimonio hacía ya años. Estar casada con él era vivir en un lugar solitario, pero estaba acostumbrada. Solo que ahora que sus hijas se habían ido lo sentía más. Durante años le habían proporcionado todo el cariño que necesitaba. Más que la de él, era la ausencia de ellas lo que sentía. Además parecía que se hubiera ido apartando de muchos de sus amigos. El tiempo, la vida, el matrimonio y los hijos habían sido de alguna manera los responsables.

Zoe se había marchado a Brown hacía dos meses. Parecía feliz allí y todavía no había vuelto para pasar un fin de semana en casa, aunque Providence estaba bastante cerca. Pero estaba ocupada con sus amigos, su vida, sus actividades en la universidad. Igual que Eloise era feliz en Londres, con su trabajo.

Desde hacía algún tiempo Faith sentía que todos ellos tenían una vida más llena que ella y llevaba tiempo esforzándose por decidir qué hacer con la suya. Había pensado en volver a trabajar, pero no tenía ni idea de qué podía hacer. Habían pasado veinticinco años desde que trabajó en *Vogue*, antes de nacer Eloise. También había pensado en volver a estudiar derecho y se lo había mencionado a Alex un par de veces. Él creyó que era una idea ridícula a su edad y la desechó de un plumazo.

—¿A tu edad, Faith? No se empieza a estudiar derecho otra vez a los cuarenta y siete años. Tendrías casi cincuenta cuando te licenciaras y consiguieras el título.

Lo dijo con el más absoluto desprecio y, aunque ella seguía pensándolo de vez en cuando, no le había vuelto a hablar de ello. Alex pensaba que tenía que continuar ocupándose de trabajos de beneficencia, como desde hacía años, y saliendo a almorzar con sus amigas. A Faith todo esto había empezado a parecerle carente de sentido, en particular ahora que sus hijas ya no estaban. Quería algo con más sustancia para llenar su vida, pero todavía tenía que encontrar un plan que le pareciera sensato y que pudiera convencer a su marido de que valía la pena.

—Nadie va a echarme en falta en el funeral de Charles —dijo Alex con tono tajante.

Faith retiró el plato y le ofreció un helado, que él declinó.

Vigilaba mucho el peso; tenía buen aspecto y estaba en buena forma. Jugaba al squash varias veces a la semana y al tenis los fines de semana, cuando el tiempo de Nueva York lo permitía. Cuando las niñas eran pequeñas, alquilaban una casa los fines de semana, en Connecticut, pero ya hacía años que habían dejado de hacerlo. A Alex le gustaba poder ir al despacho, si era necesario, los fines de semana.

Faith quería decirle que lo echaría en falta al día siguiente, en el funeral de su padrastro. Pero sabía que no serviría de nada. Cuando tomaba una decisión, era imposible hacer que la cambiara. Ni se le había ocurrido que ella podía necesitarlo a su lado. Y no estaba en la naturaleza de su relación que ella mostrara que era así. Era una persona competente y muy capaz de cuidar de sí misma. Nunca se había apoyado excesivamente en él, ni siquiera cuando las niñas eran pequeñas. Tomaba las decisiones acertadas y estaba segura de sí misma. Había sido la esposa perfecta para él. Nunca se mostraba «quejica», como él decía. Y tampoco lo hacía ahora. Pero se sentía decepcionada de que él no quisiera hacer el esfuerzo, por ella, de estar allí. La decepción había llegado a ser un modo de vida para Faith. Alex casi nunca estaba cuando ella lo necesitaba. Era responsable, respetable, inteligente, y los mantenía en una situación económica holgada, pero su lado afectivo se había desvanecido sin dejar rastro hacía años. Habían acabado teniendo la misma relación que los padres de él. Cuando los conoció, se quedó estupefacta por lo fríos que eran, lo incapaces de expresar su mutuo afecto. El padre se mostraba particularmente distante, justamente como Alex había llegado a ser con el tiempo, aunque Faith nunca le había señalado lo mucho que se parecía a su padre. Alex no era efusivo y, de hecho, le incomodaba que otras personas lo fueran, en especial Zoe y Faith. Las constantes demostraciones de afecto de las chicas siempre hacían que se sintiera molesto y todavía más distante y crítico hacia ellas.

De sus dos hijas, Zoe era la que más se parecía a Faith. Era cálida, afectuosa, bondadosa y con una actitud juguetona que recordaba a Faith cuando era joven. Era una estudiante fantástica y una joven brillante. Eloise estaba más cerca de su padre; tenían una especie de vínculo silencioso que a él le resultaba más cómodo. Era más tranquila que su hermana y siempre lo había sido; como Alex, con frecuencia era muy crítica con Zoe y lo decía sin tapujos. Quizá porque él también lo hacía. Zoe siempre acudía de inmediato en defensa de su madre y se ponía de su parte. Quería haber ido al funeral de Charles, aunque no estaba muy unida a él. Él nunca había sentido ningún interés por las chicas. Sin embargo, resultó que tenía exámenes trimestrales y no podía escaparse. Y no había ninguna razón para que Eloise hiciera el viaje desde Londres para el funeral de su abuelastro, cuando él nunca le había dado ni la hora. Faith no lo esperaba de ninguna de las dos, pero le habría gustado que Alex hiciera el esfuerzo de acompañarla.

Faith no volvió a mencionarlo. Igual que hacía con muchas otras cosas, lo dejó pasar. Sabía que no ganaría nada discutiendo. En lo que a él respectaba, ella era perfectamente capaz de ir sola. Y sabía, al igual que sus hijas, que Faith y su padrastro nunca habían estado muy unidos. Su pérdida era más bien simbólica. Lo que Faith no le había dicho era que resultaba más dolorosa porque le recordaba intensamente a los otros que ya se habían ido. Su madre, su hermano Jack, cuya muerte tres años atrás, al estrellarse su avión cuando iba camino de Martha's Vineyard, había destrozado a Faith. Jack tenía cuarenta y seis años en aquel momento y era un excelente piloto, pero uno de los motores se incendió. El avión estalló en pleno vuelo; fue una conmoción de la que solo hacía poco empezaba a recuperarse. Jack y ella siempre habían sido almas gemelas y los mejores amigos. Él fue su único apoyo emocional y su fuente de consuelo durante su niñez y su vida adulta. Siempre lo disculpaba todo, nunca criticaba nada y era fieramente leal. Se llevaban dos años de diferencia aunque, mientras crecían, su madre solía decir que parecían gemelos. En especial, al morir su padre repentinamente de un ataque al corazón cuando Faith tenía diez años y Jack doce.

La relación de Faith con su padre fue difícil; mejor dicho, fue una pesadilla. Era algo de lo que nunca hablaba y que le había costado buena parte de su vida adulta resolver. Había trabajado en ello con un terapeuta y hecho las paces con su pasado lo mejor que pudo. Sus primeros recuerdos eran de su padre acosándola. Actuaba de forma sexualmente inapropiada y abusaba de ella desde que tenía cuatro o cinco años. Nunca se atrevió a hablarle a su madre de ello, porque su padre la había amenazado con matar a su hermano y matarla a ella si lo contaba. Su profundo cariño por su hermano le hizo guardar silencio hasta que Jack lo descubrió, cuando él tenía once años y ella nueve, y él y su padre tuvieron una terrible pelea. El padre le dijo a Jack lo mismo, que mataría a Faith si cualquiera de los dos hablaba. Era un hombre muy enfermo. Fue algo tan traumático para los dos que no volvieron a hablar de ello hasta que eran mayores y ella iba a terapia, pero forjó un vínculo indestructible entre ambos, un cariño nacido de la compasión y una profunda tristeza porque aquello hubiera llegado a suceder. Jack se sintió atormentado por el hecho de no haber podido proteger a Faith de la pesadilla que su padre le había infligido, tanto física como emocionalmente. Lo desgarraba saber qué estaba pasando y sentirse impotente para cambiar las cosas. Pero solo era un niño. Y un año después de descubrirlo, el padre murió.

Años más tarde, Faith trató de contárselo a su madre, pero los mecanismos de negación de esta fueron insuperables. Se negó a escuchar, creer u oír, insistiendo repetidamente en que lo que Faith decía era una mentira maliciosa, inventada para difamar a su padre y hacerles daño a todos. Como Faith había temido toda su vida, su madre la culpó a ella y se atrincheró en sus propias fantasías y su negación. Insistió en que el padre de Faith era un hombre amable y cariñoso, que adoraba a su familia y reverenciaba a su esposa. De alguna manera, se las arregló para canonizarlo en los años que siguieron a su muerte. Eso dejó a Faith sin ningún lugar donde acudir con sus recuerdos, salvo a Jack, como siempre. Él la acompañaba al terapeuta y evocaba recuerdos dolorosos para ambos. Faith sollozaba durante horas entre sus brazos.

Pero con el tiempo, el cariño y el apoyo de Jack la habían ayudado a enterrar los viejos fantasmas. Recordaba a su padre como a un monstruo que había violado la inocencia y la santidad de su vida de niña. Y a Jack le costó años superar el hecho de que él no pudo impedir que aquello sucediera. Era un vínculo doloroso que compartían y una herida que los dos luchaban valientemente por cerrar. Y si Faith consiguió reconciliarse finalmente con aquello fue, en gran parte, gracias a Jack.

Sin embargo, las heridas se habían cobrado un precio. Los dos habían buscado relaciones difíciles, con personas frías y críticas hacia ellos. Se las arreglaron para igualar la frialdad de su madre en sus compañeros y encontraron cónyuges que les culpaban de cualquier cosa que fuera mal. La esposa de Jack era neurótica y difícil y lo dejó varias veces por razones que nadie podía comprender. Alex llevaba años manteniendo a Faith a distancia, echándole la culpa de cualquier problema que se presentara. La pareja que cada uno había elegido era algo de lo que Jack y ella hablaban con frecuencia y, aunque los dos acabaron comprendiendo lo que habían hecho, ninguno consiguió cambiar el orden de las cosas. Era como si hubieran elegido situaciones que reproducían muchos de sus sufrimientos de niños, para poder vencerlas, esta vez, y hacer que el resultado fuera diferente, pero habían elegido a personas a quienes no podían ganar, y el resultado en ambos casos fue tan decepcionante como había sido su niñez, aunque menos traumático. Jack lo manejaba siendo conciliador y tolerando casi todo lo que se le ocurría a su mujer, incluyendo los frecuentes abandonos, para que no se enfadara y arriesgarse a perderla. Y Faith hacía casi lo mismo. Raramente, por no decir nunca, discutía con Alex, pocas veces expresaba una opinión contraria a la suya. Las lecciones que su padre le había enseñado estaban profundamente arraigadas en su interior. Ella sabía en lo más profundo de su corazón que tenía la culpa de todo. La pecadora era ella, no él, y de alguna manera ella era la culpable. Su padre la había convencido de ello. Y por terrible que fuera, su último castigo fue abandonar a los dos al morir. Faith sintió o temió que también era culpable de su muerte y eso le hacía tener mucho cuidado en su matrimonio para no hacer nada que pudiera impulsar a Alex a dejarla. En alguna parte de ella se había pasado toda la vida esforzándose por ser una niña perfecta para expiar los pecados que nadie, salvo su hermano, conocía. A lo largo de los años, pensó algunas veces en contarle la verdad a Alex, pero nunca llegó a hacerlo. En algún nivel inconsciente y profundo, temía que si él sabía lo que su padre le había hecho, dejaría de amarla.

En los últimos años se preguntaba si la habría querido alguna vez. Puede que la amara a su manera, pero era un amor basado en que ella no molestara e hiciera lo que él decía. Ella tuvo la sensación desde el principio de que él no podría soportar oír la verdad sobre lo que su padre le hizo. Su oscuro secreto continuó en manos de Jack y él fue el único cariño incondicional que conoció. Era un cariño mutuo. Ella lo quería total e incondicionalmente, igual que él a ella, lo cual solo hizo que su pérdida fuera aún más dolorosa cuando él murió. Su muerte fue casi insoportable para ella, sobre todo a la luz de todo lo que no tenía en casa.

A los dos les resultó muy difícil aceptar que su madre se casara con Charles; Faith tenía doce años y Jack catorce. Faith desconfiaba de él y estaba segura de que haría lo mismo que había hecho su padre. En cambio él no le prestó la más mínima atención, lo cual fue una bendición para ella. No era un hombre que se sintiera cómodo con las mujeres o las chicas. Incluso su propia hija era una extraña para él. Era militar y duro con Jack, pero capaz, por lo menos, de demostrarle un cierto afecto. Lo único que hizo por Faith fue firmar sus boletines escolares y quejarse de sus notas, que era lo que, según creía, se esperaba de él. Era su único cometido. Fuera de eso, Faith no existía para él, pero eso le resultaba cómodo. Se asombró de que no tomara iniciativas sexuales con ella; lo había dado por sentado y se quedó estupefacta cuando no le mostró ningún interés. El alivio que sentía compensó con creces la frialdad que Charles exhibía siempre hacia ella y hacia todo el mundo. Por lo menos ese era un estilo que le resultaba familiar.

Charles acabó por ganarse a Jack haciendo cosas de hombres con él, pero nunca prestó atención a Faith, simplemente porque era una chica. Apenas existía para él. Jack fue su único modelo masculino, su único vínculo sano con el mundo masculino. A diferencia de su madre y de Charles, Jack era afectuoso, feliz y cálido, igual que Faith en aquel entonces. La mujer con la que se casó se parecía mucho a como su madre había sido siempre: distante, carente de emoción, fría. Parecía incapaz de ofrecerle calor y cariño. Llevaban vidas separadas y en sus quince años de matrimonio no tuvieron hijos, porque Debbie no soportaba esa idea. Faith no podía entender la atracción que ejercía sobre Jack, pero él tenía devoción por ella y, pese a sus dificultades, siempre encontraba excusas para su carácter y veía cosas en ella que nadie más veía. En el funeral de Jack, Debbie permaneció con la cara absolutamente inexpresiva y sin derramar ni una sola lágrima. Seis meses después de su muerte, se volvió a casar y se trasladó a Palm Beach. Faith no había vuelto a tener noticias suyas. Ni siquiera una postal por Navidad. En cierto sentido, era otra pérdida más, por poco afecto que Faith le tuviera; era una pieza superviviente de Jack que también había desaparecido.

La verdad era que ahora Faith no tenía a nadie más que a Alex y a sus dos hijas. Sentía como si su mundo fuera haciéndose cada vez más pequeño. Las personas que había conocido y querido, incluso aquellas por las que había sentido interés, se marchaban una tras otra. Aunque solo fuera eso, formaban parte de su familia, igual que Charles. En última instancia, las cualidades de persona sensata y sana de este, aunque fuera frío y distante, demostraron ser un lugar seguro para ella. Ahora todos se habían ido: sus padres, Jack y Charles. Eso hacía que Alex y sus hijas fueran todavía más preciosos e importantes para ella.

Temía el funeral de Charles al día siguiente. Sabía que le recordaría el de Jack, algo que, en sí mismo, sería muy duro. Pensaba en ello cuando pasó frente al estudio donde a Alex le gustaba leer por la noche. Estaba examinando atentamente unos papeles, y no levantó la vista cuando ella se detuvo en el umbral. Tenía la capacidad de aislarse, de hacer saber a los demás que no quería que lo tocaran o lo molestaran. Se convertía en inalcanzable para ella, incluso sentado al otro lado de una habitación.

Era imposible salvar la enorme distancia que había crecido entre ellos a lo largo de los años. Al igual que los glaciares, se habían movido de forma imperceptible, cada uno de ellos apartándose lentamente del otro, y ahora lo único que podían hacer era mirarse desde lejos y saludarse con la mano. Ya no había medio alguno de acercarse a él. Alex había logrado aislarse completamente, aunque siguiera viviendo bajo el mismo techo que ella. Y ella hacía tiempo que había abandonado todo intento. Se limitaba a aceptarlo y seguir con su vida. Pero el vacío que sentía ahora que sus hijas se habían marchado era abrumador. Todavía no había encontrado una manera de llenarlo y se preguntaba si lo conseguiría alguna vez. Observó cómo Alex guardaba los papeles, sin decirle una palabra. Luego se dirigió en silencio al piso de arriba.

Él la siguió al dormitorio media hora más tarde. Ella ya estaba en la cama, leyendo un libro que Zoe le había recomendado. Era una novela divertida y estaba sonriendo para sus adentros cuando él entró. Parecía cansado, pero había leído la mayor parte de los documentos que necesitaba para la reunión de Chicago al día siguiente. La miró un momento, fue a cambiarse y, unos minutos después, se deslizó en la cama a su lado. Era como si hubiera una barricada invisible en medio de la cama. Era una Línea Maginot que ninguno de los dos cruzaba, excepto en caso de extrema necesidad, una vez cada varias semanas o incluso una vez al mes. Cuando hacían el amor era una de las pocas ocasiones en que ella se sentía cerca de él, pero incluso eso era efímero. Era más como un recuerdo de lo que compartieron en un tiempo, antes de seguir cada uno su camino, que algo que compartieran ahora. Su relación sexual era breve y mecánica, aunque agradable a veces. Era el reflejo de su realidad, no los sueños que compartieron en un tiempo hechos realidad. Era, sencillamente, lo que era y nada más. Curiosamente, debido a una buena terapia, ella no tenía problemas sexuales, pese a la farsa impuesta por su padre. Pero debido a la falta de comunicación y calidez entre ella y Alex, su falta de sexualidad era, en ocasiones, un alivio para ella.

Ese día, al meterse en la cama, Alex se dio medio vuelta y le dio la espalda. Era la señal de que no quería nada más de ella esa noche. Habían cenado juntos y le había dicho adónde iba al día siguiente. Él sabía dónde estaría ella y ella sabía, por el programa de su marido, que lo acompañaría a una cena de negocios al día siguiente, por la noche, después del funeral. Era lo único que necesitaban saber uno del otro y lo único que podían compartir. Si ella necesitaba algo más, algún gesto de intimidad o afecto en su vida, tendría que conseguirlo de sus hijas y lo sabía. Era lo que hacía que aún echara más en falta a Jack. Con los matrimonios que cada uno tenía, se habían necesitado mutuamente para recibir intimidad, solaz y calidez.

Faith quería a su hermano con desesperación y pensaba que su muerte la mataría. No había sido así, pero una parte de ella andaba errante desde aquel día, como si hubiera perdido su hogar. No podía contarles a sus hijas ni a nadie más la clase de cosas que había compartido con Jack desde siempre. Nunca había habido nadie como él en su vida. Nunca la decepcionó ni le falló en ningún momento. Nunca se olvidaba de hacerla reír ni de decirle lo mucho que la quería y ella hacía lo mismo por él. Él fue el sol de su vida, el corazón, el salvavidas al que se aferró muchas veces. Y ahora, con Alex roncando ligeramente a su lado y sus hijas lejos de allí, Faith apagó la luz, sin hacer ruido, y se sintió, calladamente, a la deriva en un mar solitario.